Das Grundbedürfnis eines erwachsenen Menschen ist neben Essen und Trinken auch der Sex. Warum wird so wenig darüber geredet? Warum macht es trotzdem jeder? Warum sind dennoch viele Menschen in einer ansonst intakten Ehe sexuell unglücklich? Und warum sollte man genau deshalb der in sich schlummernden sexuellen Begeisterung in einer intakten Ehe nicht nachhelfen?

Schreibe alles auf, Ani. Und bitte komme immer wieder zu mir zurück. In Liebe, Lars

***

Zur Treue gehört Ehrlichkeit.
Auch wenn Ehrlichkeit in meinem
Fall Untreue bedeutet.

Ani van Roelen

Für mein Herz,
mein Sein, meine Seele

Bibliografische Information der Deutschen Nationalbibliothek: Die Deutsche Nationalbibliothek verzeichnet diese Publikation in der Deutschen Nationalbibliografie; detaillierte bibliografische Daten sind im Internet über **www.dnb.de** abrufbar.

ACHTUNG! Roman mit sexuellem Inhalt.

Klare Altersempfehlung: Ab 18 Jahren

© 2020 Ani van Roden
2. Auflage 2021

Herstellung und Verlag:
BoD – Books on Demand, Norderstedt

ISBN:
978-3-7519-5989-6

Kontakt:
ani_post@web.de

Ani van Roden

Animalisch

Tagebuch der Ani R.

Roman

Prolog

Aus dem Tagebuch der Ani R.:
Ich saß in der Ecke. Nackt wie ich war zitterte ich, mir war kalt und das sah man mir an. Meine Nippel stellten sich auf. Er stand vor mir, ich starrte auf seinen harten erigierten Schwanz. Er wusste, mich erneut zu ficken, wäre jetzt nicht der richtige Moment. Trotzdem kam er näher, sein Schwanz war nun direkt vor meinem Gesicht. „Lutsch", hauchte er rau und ich gehorchte. Langsam wurde mir wärmer, sein Schwanz schmeckte nach Lust, Verlangen und Sex. Ich schmeckte mich selbst, denn er steckte vor Kurzem noch in mir. Es pulsierte wieder zwischen meinen Beinen. Ich wurde feucht – schon wieder...
Dieses Verlangen wird nie enden. Denn ich bin unersättlich...

***

Aus der Sicht des Ehegatten

War es nun Ani oder Eva, mit der ich sprach? War es nun Ani oder Eva, von der ich hier las? Die Zeilen, die ich gerade gelesen hatte, verrieten es mir nicht. Ihr Tagebuch, welches ich ihr geschenkt hatte, lag in meinen Händen. Ich blätterte die Seiten ohne hinzusehen vor und zurück. Es gehörte zu meinen Bedingungen. Die Einträge in ihrem Tagebuch durfte ich immer lesen. Einerseits war ich erschüttert, andererseits erregte mich beinahe alles, was bis zu diesem Tag in diesem Buch geschrieben stand. Der Einband des Buches war aus Leder und es fühlte sich trotz der Struktur weich und edel an. Auch der Inhalt war teilweise edel, teilweise anrüchig, wenn man das denn so nennen konnte. Anrüchig klangen die Wörter, die auf dem Buch abgedruckt waren, nicht. In Großbuchstaben war schlicht »TAGE-BUCH« eingeprägt. Darüber stand ihr Name, sie hatte ihn selbst in das Leder einprägen lassen. Ich fuhr mit dem rechten Zeigefinger langsam über den Namen meiner Frau. Ani… Sie ist eine Frau, wie sie im Buche stand. Aber nicht die Frau, die in dieses in meinen Händen liegende Buch geschrieben hatte. Darin verkörpert schien eine andere Frau, die oberflächlich betrachtet nichts mit der Frau zu tun hatte, die ich vor einigen Jahren geheiratet hatte. Aber es störte mich nicht, ich war eher erstaunt, dass ich es all die Zeit zwar geahnt, aber trotzdem nicht gemerkt hatte, was meine Frau brauchte und was ich ihr nicht geben konnte und kann; dafür schämte ich mich. Ja, genau, ich schämte mich, obwohl die Gesellschaft sicherlich der Meinung war, dass Ani sich gewaltig schämen sollte. Ich sah das anders. Die Geschichten in diesem Tagebuch waren authentisch, sie gehörten zu ihr. Sie konnte ihr Verlangen nicht ablegen.

In ihrem Job war sie immer perfektionistisch engagiert und häufig mehr auf der Arbeit als zu Hause anzutreffen. Und wenn sie denn mal zu Hause war kümmerte sie sich um den Haushalt, die Einkäufe und war auch noch immer liebevoll für mein Patenkind Max da. Wir haben keine eigenen Kinder, also stürzte Ani sich voll in die Rolle der perfekten Tante. Max war inzwischen 13 Jahre alt und seine Erziehung lag natürlich bei seinen Eltern Eric und Ina. Aber auch wir hatten einen gewissen Teil an seiner Erziehung beigetragen, da Eric und Ina häufig auf Geschäftsreise waren und in der Nähe keine Familie da war, die auf Max aufpassen konnte. Vor drei Monaten kam dann der Umzug – Eric und Ina hatten sich entschieden, ein eigenes Geschäft zu eröffnen und zogen mit Max deshalb in ein über 300 km weit entferntes Örtchen, in dem auch Inas Eltern lebten. Der Kontakt zwischen mir und Eric blieb, der zwischen Ani und Ina geriet ins Wanken. Ich weiß nicht, aus welchem Grund, aber dies sei auch nur am Rande erwähnt.

»Bin ich unnormal?« Diese Frage stellte mir Ani einmal, anfangs, als sie mir unter Tränen gebeichtet hatte, was in ihrem Inneren los sei. Als sie mir gebeichtet hatte, dass sie mich betrogen hatte. Ich brauchte einige Wochen, bevor ich ihr auf diese Frage eine Antwort geben konnte. Sie akzeptierte mein Schweigen, setzte mich darauf nie unter Druck. Nein, ganz im Gegenteil, sie fing nach und nach an, mir ihr Innerstes immer weiter zu offenbaren. Ich war erstaunt und bin es bis heute, wie ehrlich sie war. Ehrlich zu mir und ehrlich zu sich selbst. Weil sie einfach irgendwann akzeptiert hatte, wer und wie sie war.

Zur Treue gehört Ehrlichkeit. Auch wenn Ehrlichkeit in meinem Fall Untreue bedeutet.

***

Diese Sätze standen auf der zweiten Seite ihres Tagebuchs, geschrieben auf gleicher Höhe meines Textes auf der ersten Seite. Ich drehte das Tagebuch in meinen Händen hin und her. Ani saß neben mir. Ihr Blick blitzte vor Verlangen danach, von mir auch nur ein Wort zu hören. Meine Meinung war ihr wichtig. Ich lächelte sie an, ich liebte sie von ganzem Herzen. Ich hatte einfach akzeptiert, wie sie war. Diese, wenn auch brutale, Ehrlichkeit hatte unsere Ehe gerettet. Wäre sie unehrlich gewesen, dann hätte ich mich früher oder später von ihr getrennt. Denn ich konnte ihr nicht die Ausdauer und all das geben, was sie nun auslebte. Ich gab ihr in genau diesem Moment die Antwort auf ihre Frage: »Ani, was ist schon normal? Wichtig ist doch nur, dass es dir und mir damit gut geht, dann ist das prima – und ganz normal!«

Ich war erstaunt, dass ich so dachte. Ich wollte es irgendwie erklären, aber ich konnte es nicht. Es kam aus meinem Herzen, denn ich war glücklich, wenn meine Frau glücklich war. Ich gab Ani das Tagebuch. »Schreibe doch rein, was du gestern erlebt hast. Und zwar, bevor du übermorgen wieder losziehst.« Ich reichte ihr einen Füllfederhalter. Sie nahm ihn dankend in ihre Hand, wandte den Blick von mir ab und begann zu schreiben. Ich stand vom Sessel auf, ging zur Tür und blickte sie nochmal an. Wie sanft sie doch beim Schreiben lächelte. Sie war ganz vertieft. Und so entstand es...

Das Tagebuch der Ani R.

TEIL 1
Erkenntnis

Erklärung

Zu erkennen, was man ist, wer man ist und was man will, kann ein langer Prozess sein. Je mehr man seine Eindrücke und Erfahrungen verarbeitet, desto näher rückt die Erkenntnis. Sie ist die Einsicht, die daraus erfolgt. Und sie lässt uns das verstehen, was vorher unklar und nicht durchschaubar war.

Ani, sie verkörpert Herz und Verstand. Eva verkörpert die Lust. Und zusammen sind sie unschlagbar.

1. Der Anfang

Aus der Sicht von Ani

Ich konnte mich noch genau an den Moment erinnern. Wir standen vor dem Altar, Hand in Hand. Seine in meiner, vereint, wunderbar. Ich lächelte Lars an, er lächelte zurück. Um uns herum schien es nichts weiter zu geben als uns – für immer. Ein Leben lang. Wir schworen uns Treue, wir schworen uns Ehrlichkeit. In diesem Moment dachte ich nicht daran, dass Ehrlichkeit ebenfalls bedeutet, in Untreue zu geraten. Oder war ehrliche Untreue doch Treue? Weil man seinem Partner ehrlich und treu sagt, was man denkt? Jedenfalls war es in diesem Moment ganz egal – wir würden gleich JA zueinander sagen, JA zu einer gemeinsamen Zukunft und JA zum gemeinsamen Leben.

Wir lernten uns an meinem 18. Geburtstag kennen. Ina und Eric, die zwei Jahre später auch unsere Trauzeugen waren, brachten Lars zu meiner Feier mit. Es sollte kein kurzer Flirt zwischen mir und Lars bleiben, schnell wurde aus uns ein Paar. Und wie so viele Frauen träumte ich davon, mit dem richtigen Mann ein gemeinsames Leben aufzubauen. Ich sah zu Lars auf, der mit seinen 1,88 m gut einen Kopf größer war als ich. Seine rehbraunen, oval geformten Augen zogen mich direkt in den Bann. Sein damals längerer Haarschnitt verdeckte die kleinen, anliegenden Ohren. Sein hellbraunes Haar, welches inzwischen grau durchzogen war, fiel lockig und lässig. Generell wirkte er lässig, wie er seine Hände in den Hosentaschen vergrub und mich mit einem Lächeln ansah, welches sein auf der linken Seite befindliches Grübchen zum Vorschein brachte.

Lars und ich zogen recht schnell zusammen. Wir teilten viele Interessen. Er wusste genau, wie er mit mir umzugehen hatte und ich wusste es umgekehrt ebenso. Wir waren schnell aufeinander eingespielt. Der Eine begann den Satz, der Andere beendete ihn. Ich war mir nach einiger Zeit sicher: Dieser Mann soll mein Mann werden! Er verstand mich, er akzeptierte meine Entscheidungen, er hatte Verständnis für meine in manchen Augen komischen Sichtweisen, er nahm mich genauso wie ich bin und er wollte mich nicht ändern oder gar verbiegen. So, wie es andere Leute von einem verlangten. Ich konnte und durfte einfach ich sein, ohne dass ich infrage gestellt wurde. Das tat mir unheimlich gut! Ich konnte bei ihm ohne Bedenken alles ansprechen, mir wurde nie der Mund verboten.

Wer kennt ihn nicht, diesen einen Satz:»Was sollen die Leute denn denken?«So denn, mittlerweile war es mir egal, was die Leute denken. Aber früher lebte ich so, wie die Leute jemanden gern leben sehen wollten. Brav und anständig nach außen. Innerlich brodelte es schon damals in mir, wie ein Vulkan, der irgendwann einmal ausbrechen würde. Heimlich machte ich Dinge, die niemand erfahren sollte. Damit die Leute nur nichts Falsches von mir denken. Denn man wird nur gemocht und nicht schief angesehen, wenn man der Norm entspricht. Wenn man brav die Fenster putzt, wenn man brav den Vorgarten sauber hält. Wenn man brav für den Mann sorgt, ihm essen kocht und am Abend die Wäsche gebügelt hat. Natürlich immer mit einem Lächeln auf den Lippen.»Kein Problem, ich mache das gerne. Ach, für morgen auch noch einen Kuchen zum Fest backen? Ja klar, ich helfe doch gerne.«Ich half wirklich gerne. Das war an dem vorangegangenen Satz die Wahrheit... In diesem Brave-Mädchen-Stil vergingen die Jahre.

Dann lernte ich Lars kennen. Ich blieb in den ersten Wochen auf diesem Stil auch bei ihm hängen. Aber irgendwann merkte ich, dass ich das bei ihm gar nicht musste. Ich musste nicht diesen Stil fahren. So wurde ich einfach ich. Wer ich bin? Mein Name ist Ani van Roden. Und dies hier ist meine Geschichte…

»Willst du Ani ehren und ihr Treue schwören, bis das der Tod euch scheidet?«, dröhnte es vor uns. Es war Pastor Zech, der im überschwänglichen Tonfall die Predigt bei unserer Hochzeit hielt. Mit Tränen in den Augen antwortete Lars:»Ja, ich will.«»Und du, liebe Ani, möchtest du den hier anwesenden Lars…« Ich wusste wie es weiter geht. Ich hörte die Worte von Pastor Zech wie durch einen Nebel, der sich langsam auf meine Ohren legte. Ich fühlte mich wie in Trance, so, als wäre ich körperlich anwesend, aber geistig ganz woanders. Unsicher sah ich zu Lars rüber. Er lächelte, wirkte unwahrscheinlich glücklich und in sich zufrieden. Mir jedoch schlug das Herz bis zum Hals, welcher grad sehr trocken wurde und ich nicht übel Lust gehabt hätte, aus dem Taufbecken einen Schluck zu trinken. Darf man das? Weihwasser trinken? Vermutlich nicht. Aber ich war noch nie diejenige, die viel darauf gab, was man nun durfte und was nicht. Ich wusste natürlich genau, wie ich mich außerhalb meiner vier Wände zu benehmen hatte, um nicht unangenehm aufzufallen. Aber ein heimliches Abenteuer oder aber etwas zu tun, was man eigentlich nicht durfte, das reizte mich schon immer. Das lockte die versteckte Rebellin in mir hervor. Ich fühlte mich dann groß, stark und mächtig. So dachte ich gerade darüber nach, ob es sinnvoll wäre, nachts in die Kirche zu gehen um aus dem Taufbecken…

»…Ani? Alles in Ordnung?« Die Worte von Lars rissen mich aus meinen Gedanken. Sowohl er als auch Pastor Zech sahen mich erwartungsvoll an. »Ja, alles ok«, gab ich lächelnd zurück. »Dann beantworte doch bitte meine gestellte Frage«, meinte der Pastor. Ich starrte Lars an. In mir rebellierte es. Ich liebte Lars. Aber würde er mich wirklich immer lieben? Auch dann noch, wenn er erfuhr, welche zweite Seite seit Jahren in mir schlummerte? Eine Seite, von der ich ihm nie erzählt hatte, aus Angst, er würde dann nicht sein Leben mit mir verbringen wollen. Es war töricht, es ihm nicht zu sagen. Gerade wenn man JA zur Ehe sagt, sollte der Partner doch zumindest den größten Teil von einem selbst wissen. Jetzt wäre gewiss der schlechteste Zeitpunkt, ihn einzuweihen. So stupste mein Innerstes das brave Mädchen an. Ich gab dem nach, lächelte Lars an und sagte in klaren und sehr deutlichen Worten: »Ja, ich will!« Und das meinte ich aus ganzem Herzen, mit voller Liebe und tiefer Verbundenheit. Sowohl ich, Ani, das brave Mädchen, als auch meine andere Seite, die unter Verschluss stand und auf den Namen Eva hörte.

Eva, der Auftakt

Sie wurde aus dem Paradies vertrieben, weil sie ihrer Lust nachging. Die Lust, etwas Verbotenes zu tun. Die Lust, etwas Verbotenes zu kosten. Und bei ihr handelte es sich lediglich um eine Frucht von einem Baum, die ihr die Schlange schmackhaft machte! Doch es war verboten. Niemand sollte von der Frucht des Baumes essen dürfen, denn dieser eine Baum im Garten Eden sollte nur dem Herrn gehören. Und man darf ja nicht einfach etwas nehmen, was jemand anderem gehört, richtig?

War das so richtig? Eva durfte im Garten Eden leben, einem wundervollen Ort, das Paradies auf Erden. Nirgends sollte es schöner sein. Aber ihre Neugier nach dem Verbotenen und die Lust in ihrem Inneren übermannten sie. Der Legende nach hatte die Schlange, die für die Lust gestanden haben soll, Eva, die für die Sinnlichkeit stand, dazu gebracht, eine Frucht von dem verbotenen Baum zu essen. Und nicht nur sie aß die Frucht des Baumes. Auch Adam, der Vernünftige, ließ sich verführen und aß die verbotene Frucht. Und das Ende vom Lied? Beide mussten den schönen Garten Eden verlassen.

Genau so eine Eva schlummerte in Ani. Eine Frau voller Sinnlichkeit, die ihrer Lust (und somit irgendwie der Schlange in ihr) nachgehen wollte. Die etwas Verbotenes tun wollte. Wobei es grundsätzlich nicht zwingend verboten war. Es entsprach halt einfach nicht der gepflegten Etikette. Aber Ani wollte dabei nicht erwischt werden, weil sie aus ihrem schönen Paradies nicht vertrieben werden wollte. Das war der Unterschied zu der Eva, die in ihr schlummerte. Ani wollte sich von gar niemandem etwas vorschreiben lassen. Nach wie vor dachte sie häufig darüber nach, wie sie Ani mit Eva vereinen könnte, ohne großes Aufsehen zu erregen. Eines war klar: Um ein Gespräch mit Lars kam sie nicht herum. Sie schob die ganze Sache schon viel zu lange vor sich her. Ihr Leben nach der Hochzeit verlief wie im Märchen. Sie und Lars kauften ein tolles Haus, welches etwas abgelegen vom turbulenten Stadtleben lag. Hier hatten beide ihre Ruhe, konnten sich sowohl ausruhen als auch mal laute Feste feiern, ohne dass es einen Nachbarn stören konnte. Ihr ganz persönliches Paradies hatten sie sich geschaffen. Es lief alles nach Plan. Nur eine Sache bekamen sie nicht in den Griff.

Das erste Mal mit Lars zu schlafen war wunderbar – hätte sie gerne sagen wollen. Leider war es das komplette Gegenteil. Es war so, dass Ani sich mittendrin immer wieder fragte:»Was tut er da nur?« Sie konnte seine Handgriffe, Küsse und Berührungen nicht einordnen. Es gefiel ihr, wie sehr er sie begehrte. Allerdings blieb sie bei dem ersten Mal komplett auf der Strecke. Er kam – sie nicht. Und darauf folgten viele weitere Male, die einfach nicht so liefen, wie sie es gerne gehabt hätte. Seinerzeit fasste sie den Mut und sprach Lars nach einigen Wochen darauf an. Er war ganz bestürzt und wollte es besser machen. Die beiden probierten es weiter und weiter. Einige Male wurde es besser, andere Male schlechter und irgendwann gab es eine Zeit, in der Ani Lars gar nicht mehr an sich heran ließ. Sie liebte ihn zu sehr, als dass dies ein Grund gewesen wäre, sich zu trennen. Sie gab einfach die Hoffnung nicht auf, dass es doch irgendwann einmal besser werden könnte. So zogen die Jahre ins Land. Innerlich war sie der glücklichste Mensch auf Erden – körperlich, sprich sexuell gesehen, lag Ani am Boden. Sie las viel über den weiblichen Körper, den weiblichen Orgasmus. Wenn sie sich selbst befriedigte, kam sie zur Erfüllung. Mit Lars war das schwierig. Er hatte so hohe Anforderungen an sich gesetzt, dass sie einfach nicht mehr in der Lage war, sich ihm so hinzugeben, dass auch sie zufrieden gestellt im Ehebett neben ihm einschlafen konnte. Sie schlief ein, klar. Allerdings weitestgehend unbefriedigt. Und so schlich sich nach und nach immer mehr die innere Verzweiflung ein. Sie sehnte sich nach anderen Körpern, anderer Haut. Sie sehnte sich nach Orgasmen, vielen Orgasmen und nach leidenschaftlichem und vor allem langem Sex. Denn auch das war ein Problem zwischen den beiden. Lars kam immer sehr schnell. Und da konnte er nicht einmal was dafür. Sie probierten es mit speziellen Cremes, die die Eichel betäuben sollten, mit Kondomen, die auch betäubende Beschichtungen hatten. Sie probierten es damit, dass Lars kurz vorm Kommen einfach stoppte und dann weitermachte. Sie versuchten es ohne große vorherige Reize, sprich ohne großes Vorspiel. Sie versuchten es sogar einfach mehrfach hintereinander, auch über den Tag verteilt, was auch nichts brachte. Auch nach mehrfacher Selbstbefriedigung seinerseits kam Lars in Ani meist sehr schnell. So schnell, dass sie gar nicht die Chance hatte, auch nur annähernd einen Orgasmus zu bekommen. Grundsätzlich fühlte sie sich geschmeichelt. Lars musste sie unheimlich attraktiv finden, er sprang immer sofort auf sie an. Und war dann am Ende immer viel zu schnell fertig.

... JAHRE SPÄTER

2. Urlaub

»Na, alles gepackt?« Lars stand neben Ani, die gerade dabei war, ihren Koffer zu packen. Sie hatte sich entschieden, allein in den Urlaub zu fliegen. Sie brauchte Zeit für sich, sie brauchte die Ruhe außerhalb des hektischen Alltags. Ihre Arbeitswoche umfasste inzwischen mehr als 48 Stunden, Überstunden nicht mitgezählt. Sie stand als Assistentin der Geschäftsführung eines Unternehmens, welches Damenschuhe vertreibt, sehr unter Strom. Ihr Chef war ein netter

Mann, aber er erwartete vollen Einsatz von all seinen Mitarbeitern. Und gerade von Ani, denn sie war unter anderem auch dafür zuständig, immer die neusten und aktuellsten Schuhmodelle auf den Catwalks zu begutachten und entschied teilweise alleine, welche Modelle in die nächste Kollektion aufgenommen werden und welche einfach nicht in die nächste Saison passen.

Nach wochenlangem Durcharbeiten, um den aktuellen Katalog der Saison fertig zu stellen, war sie mit ihren Nerven völlig am Ende. Sie entschied daher, sich eine Auszeit nur für sich zu nehmen. Lars, der die letzten Wochen immer wieder eine blasse und zitternde Ani vor sich sah, war einverstanden.

Zwei Wochen später war es dann so weit. Ani saß auf ihrem gepackten Koffer, um zehn Tage Italien auf sich wirken zu lassen. Ihr Ziel war die Toskana. »Ja, Kiwi, ich denke, ich habe alles gepackt und hoffentlich nichts vergessen.« Lars stupste Ani mit seinem Zeigefinger in die Seite. Er mochte es, dass sie ihn immer noch Kiwi nannte. Der Name entstand nach ihrem ersten Treffen, als er sich beim Essen fürchterlich an einem Stück Kiwi verschluckt hatte und sich kurzerhand im Restaurant übergeben musste. Keine schöne Situation beim ersten Date, aber beide konnten nach der Misere nicht mehr aufhören zu lachen. »Na dann kann ja nichts mehr schief gehen. Und selbst wenn du etwas vergessen hast, ist es nicht schlimm. Man kann ja alles nachkaufen.« »So ist es.« Ani nickte zustimmend und schaute zur Uhr. Ihr Flieger würde in vier Stunden starten. Grundsätzlich wäre noch Zeit, um sich von Lars richtig zu verabschieden. So, wie sie es früher immer getan hatte, wenn sich ihre Wege kurzzeitig trennten. Aber sie gestand sich selber ein, dass sie auf Sex mit Lars in diesem Moment überhaupt keine Lust hatte. Ihm würde es sicher guttun, dachte sie. Nur war sie nicht in der Stimmung, ihm zuliebe die Beine breit zu machen und selber keine Befriedigung zu bekommen. »Worüber denkst du nach?« Ani zuckte mit den Schultern. »Ich könnte dich ein wenig ablenken und aufmuntern. Ein bisschen Zeit ist ja noch bis zum Abflug.« Da war er wieder. Der Moment, in dem Ani gern gesagt hätte, was sie über das Sexleben zwischen ihr und Lars dachte. Wieder sah sie zur Uhr. »Ach, Kiwi, lass uns einfach schon mal losfahren und irgendwo noch einen Kaffee trinken.« Lars lächelte und küsste Ani. »Das machen wir. Ich packe deinen Koffer ins Auto und wir fahren zum Flughafen.«

Der Geruch im Wageninneren hatte sich nicht verändert. Sie hatten es vor einem Jahr gekauft und noch immer roch es nach neuem Leder. Lars parkte im Parkhaus. Ani stieg aus, öffnete den Kofferraum und holte ihren Koffer heraus. Lars nahm ihr den Koffer ab, nachdem er sich seine Jacke übergezogen und das Auto abgeschlossen hatte. Beim Verlassen des Parkhauses fegte beiden ein kühler Wind um die Ohren. Ani vergrub ihr Gesicht in ihrem Jackenkragen, sodass nur noch ihre Augen zu sehen waren und sie gingen einen Schritt schneller zum Flughafengebäude.

Dort setzten sie sich in ein Café. Keinem war danach, noch große Reden zu schwingen. Ani beobachtete die Leute, die an dem Café vorbeigingen. Große Leute, kleine Leute, junge Leute, alte Leute, hektische Leute, schlendernde Leute, Leute mit und ohne Gepäck. Es war viel los am Flughafen und trotzdem war Ani die Ruhe selbst, sie ließ sich nicht stressen, da die letzten Wochen stressig genug waren.

Nachdem sie ihren Kaffee ausgetrunken hatten begleitete Lars Ani noch zum Check-in. Sie küssten sich innig. »Wir sehen uns in zwei Wochen.« »Erhole dich gut, Ani.« Sie nickte, strich Lars übers Gesicht, ging dann Richtung Gate und drehte sich noch einmal um, da sie Lars zuwinken wollte. Aber Lars war bereits nicht mehr zu sehen. Einige Zeit später startete ihr Flieger. Sie saß am Fenster, blickte raus in die Ferne und fiel dann in einen unruhigen Schlaf.

Ihr Hotel lag mitten in Piombino, einer malerischen Hafenstadt im Herzen der Toskana. Von dort aus konnte sie einige Ausflüge starten oder aber einfach nur den herrlichen Ausblick genießen. Abseits der großen Touristenzentren galt dieser Ort als echter Geheimtipp. Piombino beeindruckte Ani mit mittelalterlichen Sehenswürdigkeiten und einer historischen Altstadt. Sie fühlte sich gut, von Tag zu Tag wurde ihr Kopf freier. Die Sonne schien, es war angenehm warm und sie beschäftigte sich nur mit Dingen, die ihr guttaten. Die meiste Zeit lag sie am Strand oder am hoteleigenen Pool und las. Im Hotel kamen und gingen die Gäste. Sie hatte wenig Lust, sich zu unterhalten. Sie genoss es sehr, dass sie für sich sein durfte. Abgesehen davon waren die meisten Gäste Italiener. Da ihr Italienisch nicht sonderlich gut war, war auch das ein Grund, für sich zu bleiben.

Am sechsten Abend ging sie allein in ein Restaurant. Es lag direkt am Meer mit einer herrlichen Terrasse, von der man einen wunderschönen Ausblick hatte. Ani setzte sich unter das Sonnensegel an einen Tisch, der für zwei Personen eingedeckt war. Eine leichte Brise wehte ihr durchs Haar.

Das Restaurant füllte sich rasch und schnell waren alle Tische belegt. Ani war ganz in die Speisekarte versunken, die auf italienisch verfasst war. Sie blätterte in ihrem Wörterbuch. Sicherlich hätte sie auch nach einer deutschen Speisekarte fragen können, aber sie wollte ganz in Ruhe mit ihrem Büchlein übersetzen. Ihr Smartphone hatte sie absichtlich nicht immer bei sich, um von der virtuellen Außenwelt abgeschirmt sein zu können. Damit sie ihre Gedanken wieder aneinandergereiht bekommt und nicht abgelenkt wurde durch Informationen, die sie gerade einfach nicht interessierten. Mit diesem Wörterbuch in der Hand fühlte sie sich sehr in vergangene Zeiten zurückgesetzt, in denen es noch kein Smartphone gab. In denen es noch überhaupt keine Mobiltelefone gab. War diese Zeit besser? Stressfreier? Irgendwie war es einfach nur anders, damals...

Sie blätterte nun schon das dritte Mal in dem Büchlein auf und ab. Hier musste doch irgendwo stehen, was genau ein »Cacciucco« sein soll. Ihre Stirn lag in Falten, ihre Augen waren starr aufs Büchlein gerichtet. Sie erschrak entsetzlich, als ihr jemand von hinten leicht auf die linke Schulter klopfte. Ihr Kopf fuhr herum, ihre rechte Hand krallte sich in ihre Bluse und sie spürte an ihrer Hand ihr nun schnelles klopfendes Herz. Sie wollte ihrem Schreck Luft machen und demjenigen, der sie so aus den Gedanken gerissen hatte, ins Gesicht bluffen. Doch ihr verschlug es die Sprache, als sie in die Augen dieses äußerst ansehnlichen Mannes blickte. Er hielt ihrem Blick stand, lächelte sie an. Seine Hand ruhte nach wie vor auf ihrer linken Schulter. Der Duft von seinem Parfum, welches sich auf seinem Handgelenk befinden musste, erfüllte ihre Nase. Sie schloss kurz die Augen, sog tief den Duft dieses Mannes in sich hinein. Dann blickte sie ihm wieder in seine tiefseeblauen Augen. »Die Dame, ich kann Ihnen wärmstens das Bistecca alla fiorentina empfehlen. Ein sehr köstliches Steak.« Ani nickte, ihr Blick wanderte nun zwischen Karte und diesen Augen hin und her. Sie fand ihre Sprache dann doch schnell wieder. »Vielen Dank, dann werde ich Ihrer Empfehlung folgen.« Sie lächelte verlegen. Und doch stieg in ihr ein Verlangen hoch. Das Verlangen, diesem Mann zu gefallen. Von diesem Mann begehrt zu werden. Dieses Gefühl kannte sie nicht mehr. Das letzte Mal, als es entflammte, war Jahrzehnte her, nämlich als sie Lars kennenlernte, wobei es dort noch ein wenig anders war. Bei Lars wollte sie nicht nur seinen Körper, sondern auch sein Herz erobern. Bei diesem Mann machte sich in ihrer Brust eine Art Jagdinstinkt breit. Dieser ließ ihr Herz noch schneller schlagen und ihre Wangen erröten.

»Hätten Sie Interesse an ein wenig Gesellschaft? Ich würde unter anderen Umständen nicht so aufdringlich fragen, aber dieses Lokal ist beinahe bis auf den letzten Platz ausgebucht.« Ani blickte sich um. Nicht, weil es sie wirklich interessierte, wie voll das Lokal war. Sie brauchte einen kurzen Moment, um unauffällig ihren Gefühlen die Zeit zu geben, sich zu ordnen. Um ihren Herzschlag zu besänftigen. Das alles gelang ihr – aber ein Pulsieren zwischen ihren Beinen blieb, welches wiederum ihre Gedanken im Nu dazu brachte, sich Sex mit diesem Mann vorzustellen. Wie er sie langsam auszog, sie am Hals küsste, sie dabei seine Erregung spürte… Exakt in diesem Augenblick erwachte die Eva in Ani. Die Lust, etwas Verbotenes zu tun, war schlagartig da.

3. Eva

»Was tue ich hier eigentlich?« Eva sah durch Anis Augen, über denen noch ein leichter Schleier hing. Eva blinzelte einige Male und der Schleier fiel. Sie sah auf ihre Hände, rieb Daumen und Zeigefinger aneinander und spürte sich. Sie bewegte ihre Schulterblätter, streckte einmal ihre Beine lang aus und ließ ihre Zehen wackeln. Sie war echt, sie war da. Sie war nicht im Körper einer fremden Frau, sie war ein Teil dieser Frau. Sie fühlte sich wohl, geborgen und bereit, der Lust und dem Jagdinstinkt zu folgen, den Ani jahrelang unterdrückt hatte. Sie wollte Ani anschreien, warum sie Eva so lange unterdrückt hatte. Warum sie sie hat warten lassen, warum hat sie sie nicht schon früher rausgelassen? Evas Augen funkelten vor Verlangen, sie fühlte sich ausgehungert, wie ein Raubtier, dem man jahrelang das Fleisch verwehrt hatte und nur Blätter, die sie nicht satt machten, zum Fressen gegeben hatte. Sie fühlte sich dünn, wollte sich ausgefüllt fühlen, im besten Fall durch ein großes langes Stück… »Die Dame?« Das verlegene Lächeln der Ani verwandelte sich in ein reizendes Lächeln der Eva. Mit sanfter Stimme sagte sie: »Aber sehr gerne doch, bitte setzen Sie sich zu mir. Ich bin Ihrer Gesellschaft nicht abgeneigt.«

Mit dem Namen Tom stellte sich der Herr vor. Er setzte sich ihr gegenüber und sie gaben beim Kellner, der ein wenig abgehetzt zu ihnen kam, die Bestellung auf. Tom bestellte sich das »Cacciucco« und erklärte dazu: »Das ist ein in der Toskana typisches Gericht, nämlich eine Suppe aus verschiedenen Fischsorten. Erst gestern habe ich das Steak hier genossen, heute darf es mal etwas Leichtes sein«, erklärte er. Eva wandte sich dem Kellner zu und sagte: »Bistecca alla fiorentina, prego.« Beim Aussprechen lief ihr das Wasser im Mund zusammen. Sie lächelte Tom an. »Ich fühle mich, als hätte ich mich mein Leben lang ausschließlich von Gemüse ernährt.«

Tom erzählte von seiner Arbeit, er war Dolmetscher und dadurch viel unterwegs. Er erzählte von seiner Frau, die sich in der Zeit, in der er nicht da war, um Haus und Hof kümmerte. »Wir sind seit acht Jahren verheiratet.« Tom strahlte dabei. »Meine Frau lässt mir alle Freiheiten, genauso, wie ich ihr alle Freiheiten gönne. Wir führen eine offene Ehe.« Dabei sah er Eva verschmitzt an. Sie zog ihre Augenbraue hoch. »Das funktioniert?« Tom nickte. »Ja, das funktioniert sogar sehr gut. Wir profitieren beide davon. Ich schätze, dass meine häufige Abwesenheit von zu Hause ansonsten zu einer Trennung führen würde.« Eine offene Ehe... Ani übernahm zeitweilig das Denken. Auch sie war geschäftlich viel unterwegs. Sie hatte nie die Befürchtung gehabt, dass Lars sie hinter ihrem Rücken betrog. Und wenn doch, dann versteckte er dies gut. Vielleicht wäre eine offene Ehe der Schlüssel? Dies war nicht der richtige Moment, darüber intensiv nachzudenken. Aber in ihr brannte etwas und Eva schrie sie an, dass sie – sobald sie zurück sei – mit Lars reden müsse. Tom riss sie aus ihren Gedanken. »Wissen Sie, auch wenn ich unterwegs bin, möchte ich nicht auf meinen Spaß verzichten. Selbstbefriedigung auf Dauer ist nicht meine Erfüllung. Um es mal mit den Worten von Claudia Cardinale zu sagen: Die Ehe funktioniert am besten, wenn beide ein wenig unverheiratet bleiben.« Er lächelte. »Aber dann müssen Sie ja immer damit rechnen, dass eine Frau mehr will als nur den Spaß.« »Ausgeschlossen ist das nie, aber ich suche bewusst über eine Plattform im Internet. Dort melden sich weitestgehend nur diejenigen Frauen, Männer und Paare an, die gepflegten Sex suchen.«

Sex – er sprach dieses Wort aus, als wäre nichts dabei, einfach Frauen zum Spaß zu treffen und am nächsten Tag wieder ziehen zu lassen. Eva wurde immer hellhöriger. Sie hatte noch nie von einer solchen Plattform gehört. Zu gegebener Zeit wollte sie sich die Homepage einmal ansehen. Das bestellte Essen sowie eine Flasche Wein stand dreißig Minuten später vor ihnen. Eva und Tom prosteten sich zu und begannen zu essen. Eva genoss jeden Bissen des leckeren Fleisches. Ihre Gedanken drehten sich um Sex und um eine Plattform, die so verlockend klang. Sie wollte den Kick. Den Kick des Ungewissen. Den Kick des Herzflatterns, jedoch ohne sich zu verlieben. Es war spannend, wenn man einem fremden Mann gegenübersaß und genau spürte, dass dieser Interesse an einem hatte.

Im Laufe des Abends unterhielten sie sich angeregt, lachten und prosteten sich mehrfach zu. Die leichten Berührungen ihrer Füße und das Zwinkern von Tom ließen kaum Zweifel zu. In ihrem Inneren brannte Eva darauf, diesem Mann die Kleider vom Leibe zu reißen und sie dachte sich: »Fremde Haut ist spannend. Wie sieht er wohl nackt aus?«

Es war ein wunderschönes Gefühl für Eva, sie fühlte sich frei. Sie ließ die Nervosität, das Kribbeln und die Erregung zu. Diese leichten Berührungen lösten Verlangen aus. Nach jahrelanger Beziehung mit Lars war das einfach nicht mehr möglich – weil sie Lars kannte und wusste, wie er auf sie reagierte. Was wunderschön war! Aber eben nichts mehr mit der Anfangszeit zu tun hatte, wo selbst die Erinnerung an eine Situation Erregung auslöste. Das hörte im Laufe der Jahre auf. Die Liebe zwischen ihnen wuchs – die Erregung sank. Das war der Lauf der Dinge. Sie musste unbedingt mit ihm über diese Plattform reden.

Drei Stunden saßen Eva und Tom bereits beisammen, tranken nach dem guten Essen noch Kaffee und unterhielten sich angeregt. Die Zeit verflog – das Restaurant wurde immer leerer. Evas Beine wurden müde. »Tom, ich möchte diesen schönen Abend ungern unterbrechen, aber ich muss ein paar Schritte gehen. Können wir bitte zahlen und einen kleinen Spaziergang machen?«

Die Rechnung kam und er zahlte sie mit den Worten: »Ein schöner Abend mit einer schönen Frau. Ich zahle, denn ich möchte dir eine Freude machen.« Sie fühlte sich geschmeichelt und dankte Tom. Kurze Zeit später gingen sie langsam spazieren. Ein Hauch von Romantik lag in der Luft, als sich ihre Arme leicht berührten. Keiner wagte den ersten Schritt. Es knisterte gewaltig zwischen den beiden. »Nun sei doch mal mehr Eva und weniger Ani!«, dachte sie und guckte Tom von der Seite genau an. Es zeichneten sich Muskeln an den Oberarmen ab. Generell war er schlank und nur ein wenig größer als sie. Sie aber interessierte eher, was unter den Klamotten los war und fragte nach einigem gedanklichen Hin und Her: »Was möchtest du jetzt?« Sie entschied, Tom zu duzen. »Jetzt? In diesem Moment?« »Ja, in diesem Moment«, meinte Eva augenzwinkernd. »Was möchte eine verheiratete Frau, deren Mann derzeit nicht weiß, dass sie mit einem ihr fremden Mann einen Spaziergang wagt?«, fragte Tom. Aus ihr sprach dann die pure Lust. »Küss mich.«

4. Das erste Mal

War das erregend! So eine Kleinigkeit! So ein Kuss! Tom hielt an, zog Eva zart an sich, umfasste ihr Gesicht mit beiden Händen und ließ seine weichen Lippen auf den ihren nieder. Ihre Lippen bebten, ihr ganzer Körper bebte. Sie ließ sich hinreißen von seinem Duft, seinem Sein. Ihre Hände glitten unter sein Hemd und über seinen Rücken. Auch dort zeichneten sich fühlbar leichte Muskeln ab. Eva wurde immer heißer. Auch Tom wurde immer leidenschaftlicher und wilder. Auch seine Hand spürte sie plötzlich unter ihrer Bluse und die andere Hand wanderte in ihre Hose an ihre rechte Arschbacke. Sie spürte an ihrem Unterleib seine Erektion, was ihre Erregung verdoppelte. »Du bringst mich um den Verstand«, hauchte Tom ihr ins Ohr. »Wenn du erlaubst würde ich dich gerne mit in mein Hotelzimmer nehmen.« Evas Herz pochte wie wild. Sie wusste doch fast nichts über diesen Mann! Aber die Neugierde und der innerliche Kick überwogen einfach zu sehr. Sie mochte das Gefühl, wie sich ihr Magen leicht verkrampfte bei dem Gedanken daran, in Kürze mit diesem Mann, den sie nicht kannte, von dem sie nicht wusste, wie er im Bett ist und was er so mit ihr anstellen wollte, einfach mitzugehen. Dieses Gefühl kannte sie noch von früher, vor Lars. Aus einer Zeit, wo die Spannung noch überwog.

Eva und Tom lösten sich voneinander. Er nahm ihre Hand und sie gingen zu seinem Hotel, welches zwei Straßen entfernt lag. Sein Zimmer lag im Erdgeschoss und war freundlich hell, modern und gemütlich eingerichtet. Wobei die Einrichtung recht nebensächlich war. Das Schlafzimmer schien abgetrennt vom Wohnbereich zu liegen.

Eva starrte Tom an. Nicht sehr lange, aber tiefgründig. Er zog sie wieder an sich, küsste sie und streifte ihr die Bluse ab. Sie knöpfte sein Hemd auf und er warf es mit einer schnellen Handbewegung auf einen hinter ihm stehenden beigefarbenen Sessel. Seine Muskeln an Ober- und Unterarm sowie am Bauch zeichneten sich leicht ab. Seine Haut sah makellos aus, seine Hände waren klein und Eva war verblüfft, dass diese kleinen Hände sie erregten. Sie starrte Tom aus den Augenwinkeln weiter an. Was erwartete er jetzt? Alles kann, nichts muss? Seine Nähe tat ihr gut und sie merkte, wie ihre Pussy wieder zwischen ihren Beinen anfing zu pulsieren. Sie strich Tom sanft über den Oberkörper, fasste jede seiner abgezeichneten Muskelpartien nach. Ihr fiel auf, dass sein Puls sehr schnell ging – er schien genauso aufgeregt zu sein wie sie. Unterhalb seines Kehlkopfes an der Drosselgrube sah sie seinen Puls schlagen. Er schlug auf jeden Fall schneller als normal. Ihre Hüllen fielen weiter – ein Kleidungsstück nach dem anderen landete auf dem Sessel. An Toms Beinen zeichneten sich ebenfalls eindeutig Muskeln ab. Nicht zu sehr, einfach genau im richtigen Maß. Dem Maß, auf das Eva eindeutig stand. »Lass uns ins Schlafzimmer gehen«, hauchte Tom ihr ins Ohr. »Gern«, erwiderte sie. »Vorher möchte ich aber nochmal die Toilette aufsuchen.«

Im Bad beim Frischmachen kam die Ani in ihr hoch. War das alles richtig so? Abgesehen davon, dass ihr Körper nach Nähe, fremder Haut, fremden Gerüchen und sexueller Lust schrie (was das Denken nicht ganz leicht machte, denn sie verfiel in die »mir-doch-alles-egal«-Schiene, da sie endlich die Eva in ihr zuließ): Würde es der Ehe guttun? Hätte sie ihre Gefühle unter Kontrolle? Es ging hier rein um das Eine. Um Sex. Um Leidenschaft. Ums Vögeln. Es würde aber erst der Lauf der Zeit zeigen, ob das alles genauso richtig war. »Du möchtest es so. Mach es einfach. Genieß es einfach. Lass aber keine Gefühle an dich ran«, dachte sie, nickte sich selber zu, öffnete mit diesem Gedanken die Badezimmertür, legte die Ani wieder ab und eilte weiter zu Tom – in sein Schlafzimmer.

Eva und Tom fielen im Schlafzimmer direkt übereinander her. Er küsste sie fordernd, fasste sie inbrünstig an. Sie legte ihre Hände oberhalb ihres Kopfes ab und ließ es einfach zu. Seine Zunge erkundete ihren Körper. Er küsste ihren Hals, ihre Brüste und spielte mit seiner Zunge an ihren Brustwarzen, während seine Hand über ihren glatten Venushügel fuhr. Dann leckte er sie, spielte mit ihrem Kitzler. Er ließ nicht locker, machte immer weiter. Es machte ihm sichtlich Spaß, sie immer mehr und mehr in Erregung zu versetzen. Eva stöhnte leise auf, ihr wurde heiß und kalt. Ihr Körper durchfloss eine wohlige Wärme, ihre Muskeln verkrampften, das Zucken in ihren Beinen und ihrer Hüfte nahm zu. Und dann kam sie… überschwänglich, laut, ihre Hände krallten sich im Kissen fest, das sie sich auf ihr Gesicht drückte. In ihren Ohren sauste es, sie konnte kaum noch etwas hören, es rauschte so, als wenn gerade der Kreislauf komplett abgesackt wäre. Was er nicht war, denn großartig schwindelig war ihr nicht. Sie musste sich kurze Zeit akklimatisieren – um dann direkt über Tom herzufallen. Mit einem Satz drückte sie ihn auf die Matratze. Lang und ausgiebig spielte sie an seinem Schwanz, blies und leckte ihn voller Erregung. Tom stöhnte lustvoll auf, das machte sie noch mehr an. Sie hatte richtig Spaß daran, ihn so anzuheizen. Und sie war so froh, dass Tom dabei nicht direkt kam. Im Gegenteil….

Nachdem beide sich oral so auf Touren gebracht hatten, griff Tom zum Nachttisch. Er zog aus der Schublade ein Kondom heraus und streifte es sich über seinen Schwanz. Er sah Eva an und erkannte, dass sie ihn genauso wollte wie er sie. Er genoss es, wie sich eine solch schöne Frau unter ihm regte, dass sie es kaum abwarten konnte, denn sie spreizte hastig ihre Beine, als er sich über sie beugte. Seine Lippen kamen den ihren näher, er küsste sie erneut und drang dabei langsam in sie ein. Sie keuchte auf vor Lust.

Aufzeichnung der Ani R., die sie später in ihr Tagebuch klebte:

Tom nahm mich in der Missionarsstellung, dann seitlich in der Löffelchenstellung. Er war ausdauernd und extrem erregt, was mich wiederum noch mehr erregte. Vollgepumpt mit Endorphinen ritt ich ihn, er kam nach einiger Zeit mit dem Oberkörper hoch, wir verschmolzen im Unterleib und in wilden Küssen. Unsere Körper klebten aneinander, es war so heiß und man hörte es ganz deutlich, dieses „schlick-schlick-schlick".

Am Ende saß er auf den Knien, ich mit meinem Po hoch davor (er hatte mir ein Kissen unter meinen Bauch gelegt). Er vögelte mich wieder lange und biss mir dabei in den Nacken. Ich bekam eine Gänsehaut – huch, das gefiel mir sehr. Mein Oberkörper zuckte unter dem Biss. Zwischen „Geil, du bist so geil" und „So komm ich am Schnellsten" kam Tom mit lautem Ächzen und sackte danach erschöpft zusammen. Ich lag genauso erledigt auf dem Bett. Wie oft war ich gekommen? Drei oder vier Mal? Warum konnte ich plötzlich vaginal kommen?

Ich muss wirklich einfach mal loslassen, die Kontrolle abgeben und mich hemmungslos fallen lassen. Ganz egal, was man von mir denken mag.

***

Zwei Stunden waren vergangen, als Tom kam. Er rollte sich auf die Seite, gab Eva noch einen Kuss und schlief wortlos ein. Eva lag mit Blick an die Decke gerichtet neben ihm. Diese Orgasmen waren schön, aber sie fühlte sich bei weitem nicht befriedigt. Sie stand auf und ging sich abduschen. Sie wollte mehr, wollte ausleben, was so lange Zeit unterdrückt wurde. Aber vorher musste mit Lars geredet werden.

Nach dem Duschen ging Eva zum Sessel, auf dem ihre Sachen lagen. Sie zog sich an. Tom schnarchte leise vor sich hin. Noch einmal sah sie ihn genau an. Und das einzige Gefühl, was sie erfüllte, war Dankbarkeit.

Eva hinterließ Tom einen Zettel, auf dem ein schlichtes »Danke« geschrieben stand. Tom hatte sie aus Ani hervorgelockt, dafür war sie ihm dankbar. Sie schlich geräuschlos aus dem Hotelzimmer und schloss leise die Tür hinter sich.

Sie sah Tom nie wieder.

5. Die alte Dame

Die noch verbliebenen vier Urlaubstage genoss Ani sehr. Sie legte sich morgens an den Pool, aß mittags eine Kleinigkeit, ging abends in dem hoteleigenen Restaurant essen und danach las sie, bis sie müde wurde. Für Eva war dies alles sehr langweilig, aber Ani brauchte die Ruhe, bevor sie wieder nach Hause flog. Dort würde ein Gespräch mit Lars unumgänglich sein. Sie hatte nicht vor, ihn noch ein weiteres Mal zu hintergehen. Sie wollte – so absurd das auch klingen mag – treu vögeln. Wenn Lars damit nicht einverstanden wäre, dann muss Eva zurück hinter die Gitter, aus denen sie an dem Abend mit Tom ausgebrochen war. In einer Ehe war Treue immer das oberste Gebot von Ani. Und zur Treue gehört Ehrlichkeit. Auch wenn diese Ehrlichkeit in diesem Fall Untreue bedeutet.

Ihr Flieger startete um 14:55 Uhr in Pisa. Sie hatte sich einen Fensterplatz gesichert, der Blick nach draußen verschaffte ihr weiterhin Ruhe. Die Triebwerke des Flugzeugs fuhren hoch und mit einem leichten Ruckeln hob die Maschine ab. Und so flog Ani über den Wolken, frei wie ein Vogel kam sie sich vor. Von hier oben sah die Welt so einfach aus, es gab keine Vorurteile, hier oben herrschten Ruhe und Glück. Sie wollte glücklich sein, sie wollte ihr Leben leben und genießen, sie wollte nicht mehr gefangen in einer Gesellschaft sein, die sie dazu zwang, ein Leben zu leben, welches sie nicht glücklich machte. »Konfuzius sagt: Die Freude ist überall. Es gilt nur, sie zu entdecken.« Ani blickte erstaunt neben sich. Dort saß eine ältere Dame, Ani schätzte sie auf Mitte 70. »Sie haben richtig gehört, junge Frau. In ihren Augen steht der Kummer, gepaart mit Verlangen. Welches Verlangen das ist, geht mich nichts an. Aber ich sage Ihnen ganz klar: Die Freude ist das oberste Gebot. Ohne das Gefühl der Freude und der Zufriedenheit in unserem Leben verwelken wir schnell wie eine Blume, der man kein Wasser gibt. Jeder Mensch muss mit seinem eigenen Wasser gegossen werden. Was genau ist Ihr Wasser, das Sie erblühen lässt?« Die alte Dame stellte diese Frage eher rhetorisch, sie schien keine Antwort darauf von Ani zu verlangen und redete weiter. »Ich bin alt, ich habe so viele Sachen nicht getan, die ich hätte tun können, als ich noch jung war. Jetzt kann ich es körperlich nicht mehr und außerdem brechen meine Knochen schneller als die einer jungen Frau. Ich kann die Zeit nicht zurückdrehen, ich hatte ein schönes Leben und werde die letzte Zeit genießen. Aber Sie können mir glauben: Ich habe mein Wasser nie gefunden.« Die alte Dame verstummte, kramte in ihrer Handtasche und zog ein Taschentuch hervor. Damit wischte sie sich eine Träne ab, die ihr langsam die Wange herunterlief. »Freudentränen wären mir lieber«, schniefte sie. Dann steckte sie das Taschentuch wieder zurück in ihre Handtasche und räusperte sich. Ihr Blick ruhte auf ihren zittrigen Händen. »Wie heißen Sie?« »Mein Name ist Ani van Roden.« Die alte Dame sah auf. Ihr Kopf rückte näher an Ani und sie flüsterte ihr leise ins Ohr: »Sie wissen, dass ein Name nicht nur ein Name ist, den sich Eltern für ihr Kind ausdenken. Ein Name hat Bedeutung. Ani bedeutet: Gnade, Anmut oder auch Blume. Aber in ihrem Namen fehlt etwas. Etwas, was die Blume erblühen lässt. Sie müssen Ihr Wasser finden.« Sie räusperte sich erneut und kam noch ein Stück näher an Ani gerückt. Kaum hörbar flüsterte sie: »Und Sie müssen das Leben finden.« Dann rückte die alte Dame ab und starrte auf die Lehne vor ihr. Sie rieb sich dabei ihre immer noch zittrigen Hände. Ohne Ani noch ein weiteres Mal anzusehen meinte sie nur noch: »Ich möchte nun mein Wasser trinken.«

Ani blickte die alte Dame seitlich an. Ihr Blick war fragend auf sie gerichtet. Aber es kam zu keiner weiteren Reaktion und nachdem die Dame ihr Wasser ausgetrunken und ihren Kopf angelehnt hatte, schlief sie ein. Ani war ratlos, sie hätte so viele Fragen an diese alte Dame gehabt. Sie entschied aber, der Dame ihren Schlaf zu gewähren, zog eine Visitenkarte von sich hervor und ließ diese, nachdem sie auf der Rückseite einen kleinen Gruß hinterlassen hatte, in die Handtasche der alten Dame gleiten.

Der Zwischenstopp in München verlief reibungslos und einige Zeit später saß Ani in der nächsten Maschine, die sie zum Zielflughafen bringen sollte. Lars wartete bereits ungeduldig dort auf Ani. Er war mal wieder viel zu früh dran, lief umher, schaute in die verschiedenen Geschäfte, holte sich noch einen Kaffee, ging dann zurück zur großen Infotafel und sah, dass der Flug weiterhin keine Verspätung aufwies. Um 18:30 Uhr und somit in genau 15 Minuten würde der Flieger landen, in dem seine Frau saß. Lars setzte sich und wartete. Er stand wieder auf und lief umher. Dann setzte er sich wieder. Ruhig sitzen konnte er noch nie gut. Schon als Kind war es für ihn eine Qual, so lange am Tisch sitzen bleiben zu müssen, bis alle mit dem Essen fertig waren. Sein Vater ermahnte ihn oft, dass er still zu sitzen habe. Lars versuchte es, aber es gelang ihm nie. So war es bis heute.

Ani knabberte in der Zeit nervös an ihrer Unterlippe. Sie wusste, dass sie es noch heute tun musste. Sie müsste mit Lars reden, es brannte ihr so auf der Seele. Sie wusste nicht genau, wie sie es angehen könnte, aber frei raus schien ihr die beste Lösung zu sein. Sie wollte für das Gespräch nun auch kein Drehbuch schreiben. So etwas klappt nie. Sie wird es ihm einfach sagen. Frei raus. Und sie hoffte dabei sehr, dass er sie nicht verstoßen würde, dass er sie versteht. Sie hoffte, dass er die Eva in ihr akzeptierte.

Ani griff nach der Landung ihr Handgepäck und reihte sich in die Schlange ein, die sich im Flugzeug zum Ausgang hin gebildet hatte. Einige Köpfe vor sich entdeckte sie die alte Dame, die nach dem Zwischenstopp in München im Anschlussflug nicht mehr neben Ani gesessen hatte. Ani musste lächeln, irgendwas hatte diese Frau in ihr ausgelöst. Sie kannte sie überhaupt nicht, aber sie hat die Worte der Frau nicht nur gehört, sondern sie konnte ihre Worte fühlen. Nicht nur ihr Ohr, auch ihr Herz war ganz aufmerksam, als die alte Dame mit ihr gesprochen hatte. Sie hatte so etwas Warmes und unheimlich Ehrliches an sich. Ani hoffte, dass die alte Dame ihre Visitenkarte finden und sich bei ihr melden würde.

Die Warteschlange setzte sich langsam in Bewegung. Das erste Shuttle stand draußen bereit. Als der Bus voll war, fuhr ein Zweiter vor, in den Ani einstieg.

Am Gepäckband herrschte viel Durcheinander. Ani war froh, als sie endlich ihren Koffer sah. Sie griff ihn und lief Richtung Ausgang – direkt auf Lars zu. Er lief auf und ab.

Lars freute sich sehr, gleich seine Frau in den Arm nehmen zu dürfen. Er beobachtete sie genau, wie sie mit ihrem Handgepäck in der linken und ihrem Koffer hinter sich herziehend in der rechten Hand galant auf ihn zuging. Sie trug eine eng anliegende Jeans, in der ihre langen schlanken Beine sehr zur Geltung kamen. Ihre langen rot-braunen Haare fielen ihr lockig ins Gesicht. Sie wirkte so zart und edel. Und wieder einmal stellte er fest, wie sehr er sie liebte. Er hatte die Zeit ohne sie und ihre manchmal launische Art genossen, erst zum Ende hin fehlte Ani ihm. Der Anblick dieser Frau, die lediglich auf ihn zuging, ließ sein Herz schneller schlagen. Ani blickte ihm in die Augen, lächelte und nickte zum Gruß mit dem Kopf, da sie keine Hand zum Winken frei hatte. Sie ging schnurstracks auf Lars zu, ließ, bei ihm angekommen, Handgepäck und Koffer los und fiel ihm in seine geöffneten Arme. Er löste sich von ihr, umfasste ihr Gesicht mit beiden Händen, sah ihr tief in die Augen und küsste sie. Sie erwiderte seinen Kuss, seine weichen Lippen hatten ihr gefehlt. Tom hatte nicht so weiche Lippen gehabt. Tom… sie dachte bei dem Kuss mit Lars an Tom? Sie ging einen Schritt zurück, löste sich somit von seinen Lippen, drückte Lars sachte von sich und meinte schwermütig:»Kiwi, wir müssen reden!«

6. Das Geständnis und das Squirten

Bei der Rückfahrt herrschte Stille. Dieses Schweigen zwischen Ani und Lars war für beide unerträglich. Ani blickte mehrmals zu Lars hinüber, der seinen Blick kontinuierlich auf die Straße richtete. Seine Hände umfassten krampfhaft das Steuer. Und dann brach er das Schweigen und fragte ganz ruhig:»Wie war es denn mit ihm?« Betreten sah Ani zu ihm rüber. Leugnen hatte keinen Sinn, warum auch? Sie hätte ihm zu Hause sowieso die Wahrheit gesagt. »Woher weißt du es?« Er zuckte mit den Schultern. »Süße, wir sind verheiratet, ich kenne dich besser als du denkst. Erzähle mir bitte einfach, wie es war. Wer er war.« In seiner Stimme lag kein Vorwurf, sie klang ehrlich interessiert und ganz sachlich. Ähnlich als hätte die Frage»Wie war denn das Wetter« gelautet. Ani wusste nicht, wie sie anfangen sollte. »Kiwi, ich wollte dich nicht hintergehen. Ich liebe dich wirklich von ganzem Herzen. Ich möchte dir nicht wehtun und…« Sie unterbrach. Vielleicht hätte sie doch vorher ein

Drehbuch schreiben sollen. Lars lenkte ein, er sah dabei ganz zufrieden und verständnisvoll aus. »Ich weiß doch, dass ich dir sexuell nicht reiche. Das weiß ich schon lange. Die Frage für mich war immer nur, wann es das erste Mal passieren würde, dass du im Bett eines anderen landen würdest.« Ani verkrampfte innerlich. Hatte sie solch einen Mann überhaupt verdient? Ihre Zweifel überlagerten ihr Selbstbewusstsein. »Ich möchte dich nicht verlieren«, flüsterte sie. »Süße, verlieren würdest du mich nur, wenn du unehrlich zu mir wärst. Ich möchte, dass wir immer ehrlich miteinander sind. Und wenn ich jetzt mal ganz ehrlich und direkt bin: Mich machen erotische Geschichten geil. Erzähle mir Geschichten, es kann unser eigenes Sexleben ja nur besser werden lassen.« Er wusste es! Er wusste ganz genau, dass er seiner Frau allein nicht reichte. Lars hatte Ani nie etwas davon gesagt. Er hatte immer die Hoffnung, dass das Sexleben zwischen ihnen von allein irgendwann besser werden würde. Aber nach den letzten Monaten merkte er immer mehr, dass es von allein nicht besser werden wird. »Kiwi, ich war schon immer anders. Es gibt Tage, an denen ich pausenlos an Sex denke. Ich habe diese Seite von mir bewusst immer unterdrückt. Aber ja, du hast recht, du allein reichst mir nicht. Ich brauche mehr. Aber ich wollte nie etwas tun, was unsere Ehe gefährden könnte. Du bist also so gar nicht eifersüchtig?« Lars schüttelte den Kopf. Er hatte schon lange damit angefangen, im Kopf das Thema Liebe und Sex zu trennen. Weil er wusste, dass er Ani nicht alles geben konnte, was sie brauchte. »Bin ich unnormal?« Ani biss sich auf die Unterlippe. Lars gab ihr keine Antwort auf diese Frage. Stattdessen sagte er: »Komm bitte einfach immer wieder zu mir zurück. Das und dass du deine Erlebnisse aufschreibst verlange ich. Mehr nicht. Nennen wir es

doch ganz einfach offene Beziehung.« Der Gedanke an sexuelle Geschichten, in der seine heiße Frau die Hauptrolle
spielt, ließ seinen Schwanz anschwellen. Lars war bei weitem gedanklich nicht so von Sex geprägt wie Ani es vermutlich war. Aber auch er hatte Bedürfnisse, die er befriedigen wollte. Wenn er Texte über Sex las, explodierte es in
seinem Kopf. Er las lieber, als dass er es in Form eines Por-
nofilms sah. Davon hatte er Ani noch nie erzählt. Nicht,
weil es ein Geheimnis war, sondern weil es bisher nicht nö-
tig war. Er war fest entschlossen, sie sexuell frei zu lassen.
Im Gegenzug wollte er ihre Texte lesen. Und ihm gefiel der
Gedanke, sich im Zuge einer offenen Beziehung auch mit
anderen Frauen treffen zu dürfen.

Ani konnte es kaum fassen, was ihr Ehemann von sich
gab. Als wenn er ihre Gedanken lesen konnte, meinte er:
»Vertrau mir, ich meine das ernst. Sei frei, sei du. Sei einfach Ani! Und lass mich teilhaben, erzähle mir deine Erlebnisse und schreibe sie auf. Und lass es mich lesen, wann immer mir danach ist.«

Zwanzig Minuten später fuhren sie auf ihre Hofeinfahrt.
Lars parkte den Wagen, stieg aus, öffnete den Kofferraum
und ging mit Anis Koffer Richtung Haustür. Ein leichter
Windstoß fuhr durch Anis Haar, als sie die Beifahrertür öffnete. Sie hielt inne und schloss ihre Augen, um die frische
Brise noch intensiver zu genießen. Sie konnte ab jetzt so vieles intensiv genießen. Lars war ein Mann, der das, was er
sagte, auch so meinte. Ani war dankbar, dass sie den Segen
ihres Ehemannes bekommen hatte.

In ihrem Freundeskreis wurde über solche Themen nicht
gesprochen. Ob dort wohl auch Paare dabei waren, die den
Deal der offenen Beziehung hatten? Solche Themen werden
nicht unbedingt bei Spieleabenden besprochen. Solche

Themen gehören für die meisten Menschen einfach unter Verschluss. Weil es sich nicht gehört, vermutete Ani. Aber sie empfand nichts Anstößiges an einer offenen Beziehung. Für Menschen wie sie würde es eine Bereicherung bedeuten. Ob Lars wohl zuließ, dass sie dabei zusah, während er eine andere Frau fickte? Diesen und andere in der konventionellen Gesellschaft weitestgehend als abstoßend empfundene Wünsche hegte sie schon lange in sich. Sie durften bisher nur einfach nicht ans Tageslicht rücken. Doch genau das würde sich ab jetzt ändern. Und jede Geschichte sollte mit Lars geteilt werden.

Lars stellte Anis Koffer im Flur ab und ging dann in die Küche. Die Gardine flatterte leicht, da das Küchenfenster noch offen stand. Lars hatte es nach dem Kochen geöffnet, um zu lüften. Beim Schließen des Fensters konnte er Ani beobachten. Wie sie so dasaß, sie schien tief in Gedanken zu sein. Er war glücklich, dass ihre Ehe nun eine Wende vor sich hatte und war gespannt auf die Geschichte von Ani, die sie im Urlaub erlebt hatte. Er setzte sich kurz, stand dann wieder auf, holte eine Flasche Wein, stellte diese nebst zwei Weingläser auf den Esszimmertisch und öffnete die Flasche, damit der Wein etwas atmen konnte, ging erneut zum Küchenfenster und schaute wieder hinaus. Ani stieg aus dem Auto aus, schloss die Tür und den Kofferraum und ging Richtung Haustür.

»Wein, das gefällt mir gut!« Sie setzte sich auf einen der vier mit Samt bezogenen Stühle an den Esszimmertisch, welcher optische Abnutzungsspuren aufwies. Ani und Lars liebten den Vintage-Stil, er versprühte ein schönes nostalgisches Flair. Sie hatten das gesamte Haus in diesem Stil eingerichtet.

Lars schenkte erst Ani und danach sich Wein ins Glas. Dann setzte er sich hin. Er wollte zumindest versuchen, ruhig sitzen zu bleiben, wenn Ani erzählte. Sie nahm einen großen Schluck aus dem Weinglas, stellte es vor sich ab, strich mit der Hand über die lasierte Tischplatte und begann mit Blick auf das Glas von Tom zu erzählen. Von seinen tiefseeblauen Augen, dem Erwachen der Eva und des Jagdinstinktes, der Erregung, die sie durchfuhr, der Plattform und der von Tom geführten offenen Ehe.»Tom sagte dazu, dass das sehr gut funktionierte und sowohl er als auch seine Frau davon profitierte. Gerade seine häufige Abwesenheit von zu Hause hätte sonst schon längst zur Trennung geführt. Und ich hätte überhaupt nichts dagegen, wenn auch du dir Spaß gönnst. Es würde mich sogar anmachen, wenn es so wäre. Und ich würde es irgendwann gern mal sehen dürfen, wenn du eine andere Frau fickst.« Ani erzählte alles mit Leidenschaft, ihre Augen leuchteten, sie war voller Endorphine und es tat so gut, die von ihr begangene Untreue rauszulassen und nun treu und ohne jegliche Gewissensbisse ihrem Ehemann davon zu erzählen. Die Wörter überschlugen sich teilweise, sie wirkte wie ein Vulkan, der jahrelang darauf gewartet hatte, endlich explodieren zu dürfen. Sie erzählte dann vom Hotelzimmer, den wilden Küssen, das Aneinanderkleben ihrer Körper, die Erfahrung des vaginalen Kommens und der Tatsache, dass Tom sie zwei Stunden lang gevögelt hatte. Lars hörte gebannt zu, es schossen ihm Bilder in den Kopf, wie genau es wohl ausgesehen haben mochte, als die beiden Körper ineinander verschmolzen. Das Kopfkino ließ seinen Schwanz wieder hart werden. Er konnte sich kaum noch beherrschen, aber er ließ Ani ihre Geschichte bis zum Ende erzählen. Als Ani am Ende angekommen war, wartete sie gespannt auf die Reaktion von Lars. Er saß still da, was absolut untypisch für ihn war. »Ist alles ok mit dir?«, fragte sie zögerlich. Lars nickte, stand auf, streckte Ani seine Hand entgegen und meinte nur noch: »Mitkommen.« Sie landeten im Schlafzimmer. Lars warf Ani bestimmend aufs Bett. Er hielt ihre Hände fest und küsste sie stürmisch. Sie lag regungslos da – vor Schreck. Sie war es nicht gewohnt, dass Lars so hart die Führung übernahm. »Bleib einfach so liegen und genieße. Ich nehme mir jetzt genau das, was ich brauche.« Er wollte es versuchen, erst vor kurzem hatte er darüber gelesen. Der Artikel »*Wie du sie zum Squirten bringst*« brachte ihn seit Tagen um den Verstand. Er hatte die Tipps verschlungen und wollte wissen, ob das Squirten nicht nur in der Theorie klappt. Und er wollte wissen, wie es aussah, dieses »weibliche Ejakulat«. Gepaart mit Anis Erzählungen brannte er darauf, diese Sache genau jetzt zu versuchen. Auch wenn Ani kein Wort über Squirten in ihrer Geschichte erwähnt hatte. Sie hatte dieses Thema noch nie erwähnt, daher ging er davon aus, dass Ani – wenn sie es denn konnte – es noch nie erlebt hatte. Er wollte der erste Mann sein, der Ani dazu bringt.

»*Als weibliche Ejakulation wird bei der Frau das stoßweise Freisetzen eines Sekrets auf dem Höhepunkt der sexuellen Erregung bezeichnet, das mit einem intensiven Lusterlebnis verbunden ist. Das Ejakulat wird beim Orgasmus abgesondert. Diese sexuelle Reaktion der Frau unterlag lange Zeit einer medizinischen und gesellschaftlichen Tabuisierung. Weiterer Forschungsbedarf besteht unter anderem zur genauen Zusammensetzung des Ejakulats, des genauen anatomischen und physiologischen Entstehungsorts sowie der Vorgänge, die zum Auslösen der Ejakulation führen. Nach wissenschaftlichen Erkenntnissen handelt es sich bei weiblicher Ejakulation und Squirting im Grunde um zwei verschiedene Vorgänge, die allerdings gleichzeitig während eines Orgasmus auftreten können. Squirting allein bezeichnet ein stoßweises Ausspritzen der in der Blase befindlichen Flüssigkeit, die Eigenschaften verdünnten Urins aufweist. Dieser Prozess ereignet sich während des Orgasmus.«*

So stand es – recht nüchtern ausgedrückt – im Artikel.

Lars zog Ani aus, küsste dabei ihre harten Nippel, ihren Bauchnabel und fing dann langsam an, sie zu lecken. Unter seinen Zungenstößen an ihrem Kitzler stöhnte sie auf. Dann ließ er mit seiner Zunge von ihr ab, sie war herrlich feucht und schmeckte unheimlich süß. Er steckte den Mittelfinger seiner rechten Hand in ihre Pussy und tastete diese oberhalb ab. Kurz nach dem Eingang, hinter dem Knochen müsste sie sitzen, diese kleine raue Stelle, die solche Ekstase auslösen konnte. Er tastete ein Stück links, ein Stück rechts und wartete auf Anis Reaktion. Da... genau jetzt krallte sie ihre Hände in die Matratze und holte tief Luft. Lars versank nun auch noch mit dem Ringfinger in Ani, setzte sich aufrecht hin und bewegte seine Hand erst langsam, dann immer schneller werdend vor und zurück. Die beiden Finger in ihr bewegte er dabei ganz sachte.

Ani wurde ganz anders... Schauer überliefen sie, ihr wurde heiß und kalt zugleich. Sie genoss dieses unheimlich gute Gefühl, welches sich mehr und mehr ausbreitete. Ein Druck machte sich in ihrem Unterleib breit. So als würde man eine Flasche Sekt schütteln, auf der der Korken noch sitzt und nur darauf wartet, dass er aus der Flasche rausknallt. Sie hielt diesen heftigen Druck kaum noch aus und schrie: »Raus mit den Fingern!« Dabei drückte sie mit ihren Händen seine Hand aus ihr raus. Und dann kam sie – und zwar im hohen Bogen. Sie sah nicht, dass sich dabei die Flüssigkeit aus ihrer Pussy im Bett breit machte. Sie war damit beschäftigt, in einem wunderbaren Orgasmus zu schweben. Ihr Körper zitterte, ihre Stimme wimmerte. Nachdem der Orgasmus vorbei und sie wieder ansprechbar war, meinte Lars gelassen:»Guck mal, du hast alles nass gemacht.« Erschrocken sprang sie zurück und starrte ungläubig auf das Bettlaken. Dort zeichnete sich ein sehr großer, nasser Fleck ab. Lars setzte hinterher:»Wenn ich meine Hand nicht vor deine Pussy gehalten hätte, hättest du mit dem Strahl, der da rauskam, sicher den Kleiderschrank getroffen.« Der Schrank stand ca. 3 Meter vom Bett entfernt. »Ich würde mal behaupten, du kannst squirten«, meinte er und war mit sich sehr zufrieden. Ani starrte mit geweiteten Augen weiter sprachlos auf den riesigen nassen Fleck im Bett. Dann fing sie an zu lachen.»Da muss ich also erst 36 Jahre alt werden, um festzustellen, dass ich zu so etwas fähig bin«, lachte sie.»Ist ja unglaublich! Ich kann squirten! Wie geil ist das denn?« Das erst schamhafte Gefühl wandelte sich um in Glückshormone.»Nun ja, nächstes Mal legen wir lieber ein Handtuch unter.«»Besser ist das«, meinte Ani. Sie war so glücklich, dass Lars derjenige war, bei dem ihr das Squirten das erste Mal passierte. Sie hielt das Thema Squirten bis zu diesem Zeitpunkt für einen Mythos. Nie hätte sie damit gerechnet, dass ihr Körper in der Lage war, einen solch intensiven Höhepunkt herzustellen. Und sie hätte auch nie damit gerechnet, dass eine Frau so viel Flüssigkeit dabei ausstößt. Eva applaudierte heimlich. Sie wollte mehr davon, genauso wie Ani.

Nach der ganzen Aktion, inklusive Bettwäschewechsel, hatten Lars und Ani noch ganz normalen Sex miteinander. Danach schliefen sie erschöpft ein.

7. Clubbesuch

Lars stand in der Buchhandlung. Er suchte ein Tagebuch, welches er Ani gern schenken wollte. Eines, in dem sie all ihre Erfahrungen und Geschichten reinschreiben sollte. Es sollte edel und schlicht wirken. Er ging an den Regalen auf und ab und sah sich um. In der hinteren Ecke, links neben einer kleinen Spielecke, stand auf einem Aufsteller ein Tagebuch, welches von weitem nach dem aussah, was er suchte. Er ging hin und nahm das Buch in die Hand. Der Einband des Buches war aus Leder und es fühlte sich trotz der Struktur weich und edel an. Die Farbe glich einer Mischung aus weinrot und lila und in Großbuchstaben war schlicht »TAGEBUCH« eingeprägt. »Perfekt«, murmelte Lars und ging zur Kasse. Die Kassiererin schenkte ihm ein Lächeln. »Moment, da fehlt noch was«, sagte sie, öffnete eine Schublade und holte ein Lederband hervor. Sie legte es um das Buch und verschloss es mit einem Knoten.

Lars bezahlte das Buch und fuhr zurück nach Hause. Ani schlief noch. Lars betrat leise das Schlafzimmer, legte das Tagebuch neben Ani, gab ihr einen Kuss und verließ das Schlafzimmer wieder.

Ani träumte derzeit wild. Von Schwänzen, von Pussys, von Spaß mit mehreren Mitspielern, von Sex. Wild, hemmungslos und nass. Eva applaudierte, bald würde alles wahr werden. Ani wälzte sich, wachte schließlich auf und entdeckte neben sich das Buch. Sie nahm es in ihre Hände, strich über den Einband, der sich weich anfühlte. Sie öffnete es und las die folgenden Zeilen auf der ersten Seite:

Das Grundbedürfnis eines erwachsenen Menschen ist neben Essen und Trinken auch der Sex. Warum wird so wenig darüber geredet? Warum macht es trotzdem jeder? Warum sind dennoch viele Menschen in einer ansonst intakten Ehe sexuell unglücklich? Und warum sollte man genau deshalb der in sich schlummernden sexuellen Begeisterung in einer intakten Ehe nicht nachhelfen?

Schreibe alles auf, Ani. Und bitte komme immer wieder zu mir zurück. In Liebe, Lars

***

Ani lächelte. Wie recht er doch hatte. »Ich liebe dich auch, Lars«, hauchte sie. Dann küsste sie das Buch. Schon jetzt liebte sie es.

Sie stand auf und ging erst einmal duschen. Die letzte Nacht und das geschenkte Tagebuch zeigten ihr, dass er wirklich nichts dagegen hatte, wenn sowohl sie als auch er sich auslebten. Zusammen oder getrennt. Solange sie immer wieder zueinander fänden, wäre alles gut. In ihrem Kopf tat sich das Bild von zwei nebeneinander liegenden Wegen auf. An dem ersten Weg stand ein Hinweisschild: »Alltag«. An dem zweiten Weg stand ein Schild mit dem Wort: »Ausleben«. Der Alltag und alles, was zur Liebe gehört, war für Lars reserviert. Und das Ausleben… da gehörten andere Mitspieler dazu. Manchmal führten die Wege ineinander, dann liefen sie wieder nebeneinander her. Zwei Wege – zwei Leben. Und Ani konnte gut mit diesem Bild vor Augen leben. Somit entschied sie, sich die Plattform jetzt einmal näher anzusehen.

Nach dem Duschen und Anziehen setzte Ani sich in die Küche, öffnete ihren Laptop und dann – nach kurzem Suchen – die Homepage. Es erschien ein Anmeldefenster.

Man konnte sich als Single oder als Paar anmelden. Sie dachte sich einen Benutzernamen und ein Passwort aus und meldete sich erst einmal als Single an, gab auf der Seite ihre Vorlieben und Abneigungen an und lud ein Foto hoch, auf dem sie allerdings nicht zu erkennen war. Sie war erstaunt, wie viele Leute auf dieser Plattform angemeldet und wie viele allein in ihrer Gegend auf der Suche nach sexuellem Spaß waren. »Was machst du da?« Lars stand hinter ihr und sah ihr über die Schulter. »Ich habe mich bei der Plattform angemeldet, von der ich dir gestern erzählt habe«, sagte sie. Dann drehte sie ihren Kopf zu Lars, küsste ihn auf die Nasenspitze und meinte: »Danke für das Tagebuch.« Er lächelte und nickte ihr zu. »Bitte.« Lars setzte sich neben Ani. Beide studierten die Plattform. Man konnte neben Leuten auch Swingerclubs und Dates in der Umgebung suchen, selber Dategesuche einstellen, Fotoalben anlegen, Videos hochladen und ansehen. »Vielleicht sollten wir uns auch ein Paarprofil anlegen. Neben deinem Single-Profil. Auch ich möchte was erleben. Guck mal, da kann man ja auf Event-Suche gehen. Klick da mal drauf!«

Über eine Stunde klickten die beiden sich durch die Plattform und waren mit jedem Klick erstaunter, was für Möglichkeiten sie bot. Am Ende legten sie neben Anis Single-Profil auch ihr Paarprofil an. »Wir sollten uns für den Anfang vielleicht einfach mal so einen Swingerclub von innen ansehen, um die erotische Stimmung einzufangen. Was denkst du?« Ani nickte zustimmend. »Und was zieht man in so einem Club an?« Auch dazu gab die Plattform Antworten. Unter den Clubs stand der gültige Dresscode. »Frivoles Outfit. Na dann komm, Kiwi. Wir gehen shoppen!«

Stunden später kamen sie wieder nach Hause, die Einkaufstasche gefüllt mit einigen passenden Klamotten. Ani entschied sich für schicke schwarze Unterwäsche und ein eng anliegendes, knapp bis über den Po gehendes Kleid, dazu High Heels und halterlose Strümpfe. Für Frauen war es recht leicht, ein passendes Outfit zusammenzustellen. Lars hingegen wusste nicht ganz genau, was denn nun passend für einen Herrn wäre. Er kaufte somit lediglich eine neue, eng anliegende Boxershorts. Darüber würde er eine schwarze, schlichte Hose mit passenden schicken Schuhen und ein weißes Hemd tragen. Damit konnte er nicht viel falsch machen, auch wenn es alles andere als frivol war. Sie meldeten sich für eine Veranstaltung an, die genau den Abend noch stattfinden sollte. Ein Blick in die Gästeliste der Veranstaltung sagte ihnen, dass mehrere Pärchen heute dort sein würden.»Lass uns ein Pärchen anschreiben. Vielleicht mögen die sich im Club mit uns auf ein Glas Wein treffen, dann haben wir Anschluss.«

Ani schrieb ein Pärchen an und bekam prompt eine Antwort. Sie schrieben etwas hin und her und das Treffen im Club stand fest.»Ist wirklich einfacher, als ich es je für möglich gehalten hätte«, stellte Ani fest. Das Pärchen war zwar jünger als Ani und Lars, aber diese Tatsache störte weder sie noch das andere Paar.

Ani und Lars stylten sich so richtig auf. Der Herr in Hemd und Anzughose. Die Dame in der neuen Unterwäsche, dem kurzen Kleid, nach hinten gesteckten Haaren, halterlosen Strümpfen und einem klopfenden Herzen in Verbindung mit gelegentlicher Übelkeit vor Nervosität. Beim Stylen wollte Ani es für einige Momente einfach lassen – zu Hause bleiben. Brav bleiben. Nichts Unsittliches tun. Und doch siegte am Schluss die Neugier und eine ungeduldige Eva, die in ihr schrie:»Fahrt da hin!« Somit stiegen Ani und Lars, nachdem sie sich Jacke und Mantel angezogen hatten, ins Auto und fuhren los.

Der Parkplatz am Club war fast leer. Beide stiegen aus dem Auto und folgten einem Schotterweg zur Eingangstür. Ani konnte sich auf dem Schotter nur schwer auf ihren High Heels halten. Die Tür war zu, aber mit einem Hinweis versehen. »Bitte klingeln« stand auf einem Schild, welches mittig der Türe angebracht war. Ani und Lars klingelten. Eine kleine rundliche Dame öffnete den beiden die Tür. Ihr blondes Haar hatte sie zu einem wilden Dutt gesteckt und unter ihrem Netzoberteil blitzten ihre Nippel hervor. Ihr Rock war äußerst kurz, nur ein Zentimeter kürzer und man hätte ihre Schamlippen sehen können. Sie lächelte, reichte beiden die Hand und bat sie herein. »Ihr seid neu hier, sehe ich sofort!« Sie lachte. »Kein Problem, Schätzchen.« Sie knuffte Ani in die Seite. »Brauchst nicht so schüchtern gucken. Ich zeige euch erstmal alles. Ich bin übrigens die Astrid.« Astrid ging vor und führte Ani und Lars im Club herum. Sowohl Sitzmöglichkeiten als auch Spielwiesen, auf denen man sich austoben konnte, waren mit schwarzem Kunstleder bezogen. In jedem Raum standen vor den Sofas kleine Tische, auf denen Kerzen brannten und der Geruch von Kerzenwachs stieg in Anis Nase. Sie gingen weiter und erreichten die Bar. Auch die Sitze der Barhocker, die an der Theke und an Hochtischen standen, glänzten in edlem Schwarz. Manche Leute hatten sich Handtücher auf die Sitzfläche gelegt. Auf der Tanzfläche war eine Poledance-Stange angebracht, an der gerade niemand tanzte. »Seid ihr Raucher?«, fragte Astrid, ohne die Antwort von Ani und Lars abzuwarten. »Da vorn und auch draußen ist Raucherbereich, sonst nirgends, alles klar? Und daneben sind Toiletten und Duschen.« Sie lachte und ihre gelben Zähne kamen dabei zum Vorschein. Gegenüber den Toiletten stand ein großes Regal, in dem haufenweise Handtücher lagen. »Die könnt ihr zum Abtrocknen nehmen, wenn ihr geduscht habt. Danach einfach in den Wäschepott werfen. Und wenn ihr auf ne Spielwiese geht, legt Handtücher unter eure Ärsche.« Astrid überlegte kurz, bevor sie weitersprach. »In so nem Club gibt's Regeln: Ein Nein ist ein Nein. Und immer fragen, bevor man jemanden berührt oder aber näherkommt. Sind Vorhänge oder Türen auf«, dabei zeigte sie Richtung Spielwiesen »darf man gucken. Sind sie zu, ist auch Gucken nicht erlaubt. Wenn ihr noch Fragen habt, dann kommt gern an die Bar.« Astrid gab den beiden einen Spindschlüssel. »Sammelumkleide ist da vorn. Viel Spaß!«

Nachdem Ani und Lars ihre Wertsachen sowie Jacke und Mantel im Spind verstaut hatten, gingen sie zur Bar. Alles wirkte so... normal! An der Bar saßen Leute, Musik spielte im Hintergrund, die Stehtische und Stühle waren teilweise belegt. Eine Discokugel rundete alles ab, die beiden kamen sich eher vor, als wären sie in einem normalen Tanzlokal gelandet. Beide fühlten sich ein wenig verloren und zum Glück war das Pärchen, mit dem Ani vorher geschrieben hatte, bereits da. Ani und Lars atmeten 3x durch. (Na gut... es waren nach »Ich muss nochmal aufs Klo«, Beine in den Bauch stehen und nervös am Kleid rumziehen um die 30x durchatmen.) Dann schob Lars Ani in Richtung des Pärchens. »Hi, ich bin Ani, wir hatten vorhin miteinander geschrieben...« Ani streckte der Dame die Hand entgegen. Diese zögerte kurz, sah Ani groß an. »...oder seid ihr das doch nicht? Ihr seht so aus, wie das Pärchen auf dem Foto...« Mittlerweile war Ani komplett rot im Gesicht, was in dem Dämmerlicht aber nicht auffiel. »Ach doch, klar! Hi, ich bin Melina.« Die Dame erwiderte Anis Begrüßung. »Das ist mein Freund Henry.« Auch er gab Ani die Hand. Dann wurden Hände von links nach rechts und zurück geschüttelt. »Ich bin Lars.« »Setzt euch gern zu uns«, meinte Henry und grinste dabei Ani flirtend an.

Lars bestellte für die Runde Getränke und sie verfielen in einen Smalltalk. Henry war 19 Jahre alt und Student. Seit einem Jahr war er mit Melina, 18 Jahre alt, zusammen. Melina lächelte ihn an, sie war unübersehbar bis über beide Ohren in Henry verliebt. Ani fragte sich, warum man in so jungen Jahren und gerade, wenn man so frisch zusammen ist, in einen Club geht. Henry flirtete offensichtlich mit Ani und Melina schien dieser Umstand nicht unbedingt zu gefallen. Sie fiel Henry ins Wort, als er gerade erzählte, dass Melina gern mal ihre bi-Seite ausleben möchte. »Wir wollen bald zusammenziehen.« Ani entnahm einen zischenden Unterton in dieser Aussage. Sie zischte nicht laut, nicht sehr offensichtlich, aber Ani verstand direkt, um was es Melina ging. Nämlich: »Lass die Finger von meinem Freund.« Ani fühlte sich nach und nach unwohler. Es war an der Zeit, dass Eva die Führung übernahm.

»Eva, bist du da?« Eva freute sich, dass sie gebeten wurde, in den Vordergrund zu treten. Sie rieb sich die Hände, grinste zynisch und meinte: »Bin ich, mach Platz für mich.«

Lars hörte Henry und Melina gespannt zu. Er bemerkte nichts von dem Unterton in Melinas Stimme. Aber er merkte, dass sich die Hände seiner Frau in den Stuhl krallten. Sie atmete schwerer und rang kurzzeitig nach Luft. Ihre Muskeln und ihr Kiefer spannten sich an und sie biss sich auf die Unterlippe. Lars legte die Hand auf den rechten Unterarm seiner Frau. »Ist alles ok, Ani?« Der Kopf seiner Frau drehte sich langsam zu ihm. Ein zynisches Grinsen lag auf ihren Lippen. Ihre Augen funkelten, ihre Finger und auch ihr Kiefer entspannten sich wieder. Eva sah Lars tief in die Augen. »Im Wandel. Du solltest mich ab jetzt lieber Eva nennen.« Lars verstand so gar nichts. Er wusste nicht, was Ani damit sagen wollte. Wer war Eva? Kurz dachte er daran, dass vielleicht irgendwas in dem Getränk von Ani gelandet ist, was sie verwirrte. Aber Ani/Eva legte ihre rechte Hand auf die Wange von Lars, zog ihn an sich und flüsterte ihm ins Ohr: »Eva ist die Drecksau in mir.«

Lars musste fast laut loslachen. Die Drecksau in seiner Ani? Ani war bei weitem alles andere als etwas, was man so nennen konnte. Eva sprach weiter: »Erschrecke dich nicht, Lars. Genieße es einfach.« Lars entschied, dass er genau dies tun sollte. Er wollte unvoreingenommen sein. Es hatte keinen Zweck, deswegen jetzt eine Diskussion zu beginnen. Er wollte wie Ani/Eva den Abend einfach genießen. Das Lachen unterdrückte er weiterhin.

Eva ignorierte die Aussage von Melina und meinte: »Ihr Süßen, lasst es uns doch etwas gemütlicher machen.« Ohne eine Antwort abzuwarten stand sie auf, griff ihr Glas und setzte sich mit Hüftschwung auf eines der Sofas in dem Bereich, in dem man auch zur Sache kommen durfte. Henry schloss sich direkt an, Lars bemerkte nun die Bissigkeit von Melina. Ihr Blick sprach Bände, aber auch sie stand auf und ging in Richtung Sofa. Demonstrativ setzte sie sich zwischen Eva und Henry.

Es gibt Regeln in einem Club. Genauso wie es Regeln bei Paaren gab, das war Eva klar. Aber die Signale, die Henry ihr sendete, waren eindeutig. Sie ignorierte die Blicke, die Melina ihr zuwarf. Solange Henry ihr nicht eindeutig zu verstehen gab, sie solle ihm nicht zu nahekommen, wollte sie mit ihrem Flirtspiel nicht aufhören.

Nach einigem Small-Talk kam plötzlich ein weiteres Pärchen auf die Gruppe zu. »Da sind ja Jesse und Lena«, meinte Melina erfreut. »Die beiden haben wir hier letztes Mal kennengelernt. Lief nichts, aber er kann gut quatschen.« Ani stand auf, hielt den beiden ihre Hand entgegen und meinte: »Hi, ich bin Ani und das ist Lars.« Jesse und Lena stellten sich vor. Dabei grinste Jesse neckend übers ganze Gesicht. »Neu hier, richtig?« Ani nickte. Die beiden setzten sich zur Runde dazu und plauderten ein wenig.

Jesse und Lena waren verheiratet. Er, 37 Jahre alt, arbeitete als Künstler und liebte Tattoos. Auch Lena, 30 Jahre alt, war tätowiert. Auf ihrem rechten Arm zeichneten sich viele Linien in Form von Mandalas ab, dazwischen verziert mit Blütenblättern. Wie der Frühling, so frei und wunderschön. Lena war die Vollendung eines sinnlich weiblichen Erscheinungsbildes. Sie war nur an Frauen interessiert, Männer hatten bei ihr keine Chance, abgesehen von Jesse.

So saßen sie zu sechst da, sprachen über Gott und die Welt. Jesse erzählte, dass Lena und er zwei Kinder hätten, auf die gerade die Großeltern aufpassten. »Habt ihr Kinder?«, fragte er Ani. Ein kurzer Schmerz durchfuhr sie, obwohl sie daran gewöhnt war, diese Frage mit einem »Nein« zu beantworten. Sie hatte sich lange Zeit gewünscht, Mutter zu werden. Einmal dachte sie sogar, sie sei schwanger. Aber der falsche Alarm war nicht das Schlimmste. Ihr Arzt meinte damals, sie sei »mit einer eingebauten Empfängnisverhütung« ausgestattet. Diese Worte saßen in ihr gefangen und jedes Mal, wenn jemand das Thema Kinder ansprach, versuchte sie, sich nicht an den Schmerz zu erinnern, den sie an dem Tag empfunden hatte, an dem ihr gesagt wurde, dass sie mit Lars niemals ein eigenes Kind haben würde. Sie hätten adoptieren können, aber sie taten es nicht. Lars bemerkte das Gedankenkarussell von Ani, beantwortete knapp die Frage von Jesse und lenkte das Gespräch auf Gos und No-Gos. Es wurde nämlich immer später und später. Eva stupste Ani an. »Hör auf daran zu denken. Auf geht´s«, flüsterte sie.

Runde 1:
Lena legte die große Spielwiese mit Handtüchern aus. Aus hygienischer Sicht nur zu empfehlen. Die Vorhänge, die an der großen Spielwiese angebracht waren, schlossen sich – und plötzlich verlor auch Ani jegliche Hemmungen. Sie sah nach rechts – dort küssten sich Henry und Melina leidenschaftlich und ließen die Hüllen fallen. Ani zog sich ihr Kleid aus und saß nun da in BH, Höschen und halterlosen Strümpfen. Sie schielte nach links – Lena hatte nichts mehr an (das ging nun schnell) und Jesse saß auf einer erhöhten Lehne oberhalb der Spielwiese. Lena zog Ani an sich – und küsste sie. Wild, leidenschaftlich, fest. Ani erwiderte gierig den Kuss, drückte Lenas Kopf an sich, fasste in ihr dickes, langes, dunkles Haar. Nach kurzer Zeit ließ Lena von Ani ab, drückte sie sanft in die Liegeposition, küsste und berührte Ani vom Hals an abwärts. Ani sah zeitgleich zu Henry und Melina rüber, die mittlerweile beide keine Kleidung mehr trugen. Er befriedigte sie gerade oral. Dann sah Ani über sich, da saß Lars und schaute einfach nur zu. Sie suchte durch Berührungen ein wenig Halt bei ihm. Er lächelte und nickte zustimmend. Lena war mittlerweile zwischen Anis Beinen angekommen und fing an, sie ausgiebig zu lecken und zu massieren. Immer im Wechsel. Ani stöhnte auf, schloss ihre Augen und vergaß alles um sich.

Als sie das nächste Mal heruntersah, konnte sie sehen, dass Henry sie leckte, während Melina ihn oral befriedigte. Lena führte einen Blowjob bei Jesse aus, der wiederrum Ani sanft am Arm berührte, ihre Hand drückte, sie voller Verständnis ansah. Es fühlte sich alles fantastisch gut für Ani an. Lars küsste Ani, während Lena wieder mit ihrem Kopf zwischen Anis Beinen verschwand, Henry mittlerweile an Anis Brüsten spielte – und sie dabei biss. Er biss so fest zu, dass es schmerzte. Aber Ani fand diesen Schmerz sehr schön. Wieder stöhnte sie auf, drückte ihren Brustkorb hoch, weil sie mehr wollte. Auch Jesse knabberte an Anis Brüsten, Melina strich etwas schüchtern mit ihren Händen über Anis Körper. Ani strich Henry an Schulter und Brust entlang, strich lustvoll durch sein Haar. Ihr war gar nicht bewusst, dass sich gerade alles um sie drehte. Und so gab sie sich den Zungen, Händen, Mündern und Körpern hin – und erreichte somit einen Höhepunkt. Sie schrie dabei laut auf, in ihrem Kopf drehte es sich, ihre Hände suchten verzweifelt nach etwas, an dem sie sich festklammern konnte. Sie ergriff das Bein von Lars – oder war es das Bein von Jesse? Sie wusste es nicht und es war ihr auch egal. Und das Spiel war noch lange nicht beendet.

Ani und Lars sahen zu, wie Jesse Lena von hinten vögelte bis sie kam – in einer sehr anheizenden Lautstärke. Henry vögelte derzeit Melina, sie lag auf dem Rücken. Lars beugte sich zu ihr herunter, küsste ihre Brüste, Ani beugte sich ebenfalls zu Melina herunter. Leise versicherte sie sich: »…darf ich dich küssen?« Eva schüttelte nur den Kopf. Was für eine Frage! Melina nickte – und so geschah es. Eine Hand fasste Ani derweil an Hintern und Pussy, dann lag sie plötzlich auf dem Rücken. Lars über ihr, links und rechts von den beiden in Missionarsstellung vögelnde Leute. Lars konnte nicht mehr, sein Schwanz drohte zu explodieren. Dieses ganze Durcheinander machte ihn so heiß, dass er seinen eigenen Saft kaum noch zurückhalten konnte. Er drang in Ani ein, sie streckte beide Beine hoch, Lena berührte ihre Beine, Jesse nahm ihre Hand und führte sie an Lenas Brüste, auf der anderen Seite waren Henry und Melina noch in Aktion. Lena kam ein zweites Mal lautstark, dieser Sound war Musik in Anis Ohren. Sie hörte leises Stöhnen und Quietschen von Melina und das schwere Atmen von Lars. Sein Schwanz war so hart, bereit zum Schuss, er wollte kommen – in Ani. Der Gedanke, sie mit seinem Saft voll auszufüllen, heizte ihn noch mehr an. Und auch er kam, jedoch sehr leise.

Kurze Zeit später lagen alle kaputt beieinander. Lena erkundigte sich in die Runde:»Hatten alle einen Höhepunkt?« Sehr aufmerksam! Alle nickten. Dann löste sich die Runde kurzzeitig auf. Lena, Ani und Melina gingen duschen, die Jungs nahmen vorher die Getränkebestellungen der Damen entgegen und gingen an die Bar.

»Dry Martini! Mit zwei Oliven, bitte«, rief Ani laut aus.

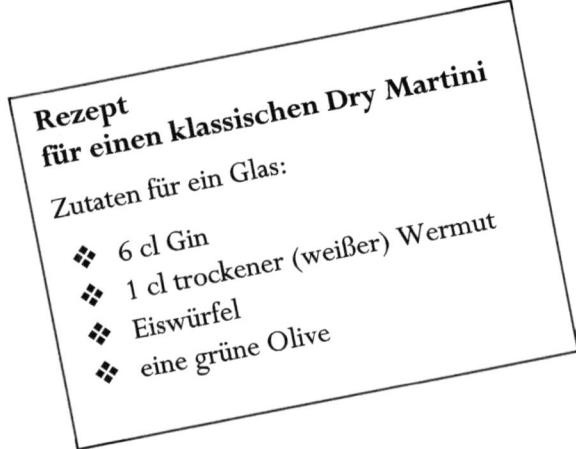

Rezept
für einen klassischen Dry Martini

Zutaten für ein Glas:

❖ 6 cl Gin
❖ 1 cl trockener (weißer) Wermut
❖ Eiswürfel
❖ eine grüne Olive

Sie liebte dieses Getränk! Aber sie liebte es mit zwei Oliven, nicht – wie es klassisch der Fall war – mit einer Olive. Sie hatte so einen köstlichen Tropfen schon lange nicht mehr getrunken. Warum dies so war, wusste sie nicht. Aber jetzt schrie etwas in ihr danach. War es Eva? Ja, es war Eva. »Gin? Wirklich?« Lars zog seine rechte Augenbraue hoch. Ani nickte. Genau den brauchte sie jetzt.

Nachdem die Ladies mit Duschen fertig waren, sich alle wieder auf die inzwischen nach Sex riechende Spielwiese setzten und jeder sein Getränk in der Hand hatte, unterhielten sie sich miteinander – so, als wenn gerade gar nichts Unsittliches passiert wäre. Es fühlte sich einfach alles normal an und Ani tauchte in ihre Gedankenwelt ab. Aus Sicht eines Nicht-Swingers muss das völlig unnormal wirken. Hier im Club lag alles abseits der eigentlichen Realität, des normalen Alltags, des normalen Lebens. Sie fühlte sich so wohl, es war fast ein Gefühl, endlich auf einer Ebene angekommen zu sein, die ihrem Leben fehlte. Sie wollte mehr, wollte testen, wollte ihre Grenzen überwinden und hatte weder ein schlechtes Gewissen noch ein schlechtes Gefühl dabei.

»Hast du Fantasien, Ani?« Jesse riss Ani aus ihren Gedanken. Sie nippte an ihrem Gin, der ihr kalt die Kehle herunterlief. Köstlich… Sie konnte nicht direkt alle Fantasien aussprechen, sie hegte viele und sicherlich lagen einige noch so im Verborgenen, dass sie sie selber noch nicht wusste. Eine Sache aber fiel ihr direkt ein. »Ich möchte eine Frau lecken und selber dabei von hinten gevögelt werden.« Jesse grinste, zeigte auf seine Frau Lena und meinte nur: »Bitte, bei ihr darfst du.«

Aus dem Tagebuch der Ani R.:

Runde 2:
Alle starrten mich an. Erwartungsvoll, neugierig. Ich war überfordert und nippte weiter an meinem Gin. „Leute, so wird das nichts. Lasst mir mal einen Moment Zeit..." Wir quatschten weiter, wieder so, als sei es völlig normal, jemanden zu bitten, jemand anderen mal eben zu lecken und waren irgendwann der Meinung, wir seien ein klasse Gesprächskreis.

Ich wurde wieder nervöser, sah mir Lena genau an. Sie war so schön weiblich, tolle Lippen, schöne Brüste, tolle Haut, wunderbar riechende Haare, schöne Hände...

Lena legte sich entspannt auf den Rücken – und ließ mich einfach machen. Ich küsste sie, ich fasste sie an, jede Berührung sog ich auf wie einen lang ersehnten Atemzug. Nach jahrelanger Unterdrückung dieser Fantasie freute ich mich innerlich sehr, dass ich es nun endlich ausleben durfte. Ganz vorsichtig tastete ich mich mit meinen Händen und Gesicht nach unten. Ich wollte wissen, wie sich eine andere Frau untenrum anfühlt. Und ich wollte wissen, wie sie schmeckt...

Sie schmeckte neutral, es fühlte sich mit der Zunge ganz anders an, als ich dachte. Nicht schlecht, sondern herrlich anders. Vorsichtig leckte ich los, bis ich merkte, dass Lena mehr brauchte. Ich wurde etwas härter, heftiger und begann dann zu saugen. Meine rechte Hand wanderte zu ihrem Herzen hoch. Denn der Herzschlag verrät immer, wann jemand kommt. Er wird anders – erst stockender, dann holpriger und am Ende richtig schnell. Meine komplette Konzentration lag auf Lena. Ich berührte wieder ihre Brüste, ihr Becken drückte sich immer höher, sie wimmerte und stöhnte. Das Stöhnen wurde lauter und lauter und lauter... und dann kam sie. Wieder so schön lautstark wie die letzten zwei Male.

Und ich dachte in dem Moment nur: Ich habe wirklich eine Frau zum Höhepunkt gebracht!

***

»Wo ist denn Melina?« Ani hatte nicht mitbekommen, dass Melina die Gruppe kurzzeitig verlassen hatte. Henry, der mit seiner Hand seinen Schwanz aufrecht hielt, sagte:»Die hat ihre Pille vergessen, sie ist kurz beim Auto um sie zu nehmen.« Ani zuckte mit den Schultern.»Und sie will tatsächlich ihre bi-Seite ausleben? Ich merke da recht wenig von. Sie ist so verhalten.« Henry nickte, sagte aber nicht mehr dazu, sondern hielt Ani seinen Schwanz vor die Nase.»Du bist ja beschnitten«, stellte sie fest. Sie guckte ihn fragend an, während ihre Hand von Henrys Oberschenkel in Richtung Schwanz wanderte. Er nickte und ohne Kommentar drückte er seinen Schwanz in Anis Mund. Gierig begann sie, seinen Schwanz zu blasen. In dem Moment kam Melina zurück. Henry zog seinen Schwanz aus Anis Mund und guckte Melina mit großen Augen an. Ihre Augen blitzten vor Eifersucht. Henry wandte sich wortlos ab und küsste Melina. Sie war eifersüchtig. Weder Ani noch Eva hatten Lust auf Stress. Obwohl sie gern mehr mit Henry angestellt hätten, ließen sie es bleiben. Ihr Bauchgefühl sagte ihnen, dass Henry gern mehr wollte, aber Melina zu eifersüchtig war und bei weiterem Kontakt ihnen eine Szene machen würde. Und der Abend sollte mit Spaß enden, nicht mit Stress.

»Gib mir mal meine Tasche.« Lars reichte Ani die Tasche und sie zog ihren Vibrator raus.»Ist der gut?«, fragte Lena. Ani nickte und machte den Vibrator an – bevor sie den Mut dazu verlor. Eine wohlige Wärme durchfuhr ihren Körper. Lars küsste Ani. Der Anblick, wie sie es sich vor allen

Beteiligten selbst machte, brachte ihn wieder voll in Fahrt. Ani schaltete ihren Kopf aus. Die Hitze stieg weiter in ihr hoch, ihre Muskeln verkrampften sich leicht. »Komm für mich und komm so laut du willst«, hauchte Lars Ani ins Ohr. Sie war eine von der stilleren Sorte. Wenn sie kam, dann recht leise. Sie hatte sich nie darüber Gedanken gemacht, dass es toll sein könnte, bei einem Orgasmus zu schreien. Zu eingefahren war sie in ihrer Sexualität, es gab selten Neues beim Sex und man hält sich automatisch an die alten Gepflogenheiten. Und so entschied sie, dass sie in vielerlei Hinsicht daran etwas ändern könnte. Die eingefahrenen Dinge störten sie schon lange, sie wollte mehr, wollte Neues, wollte probieren wie es ist, wenn man Dinge tut, die man so nie gemacht hatte. Sie brannte in diesem Moment förmlich darauf, etwas zu ändern. Sich zu ändern. Ihre Sexualität zu ändern. Ihre Fantasien auszuleben und sich voll und ganz hinzugeben. Und somit schaltete sie ihren Kopf aus und als sie kam, schrie sie. Es fühlte sich so an, als ob man in einen Wald geht, um verborgene Aggressionen herauszuschreien. Schreien befreit und sofort setzte ihr Körper Glückshormone frei, die intensiver waren als je zuvor.

Nach ihrem befreienden Orgasmus lachte Ani. Sie fühlte sich so unheimlich glücklich, jeglicher Stress fiel von ihr ab. »Öfter mal was Neues«, brachte sie hervor und drückte Lars überschwänglich auf die Matte. Sein Schwanz war hart, er drang in sie ein und sie begann, ihn zu reiten. Lena half Ani, im richtigen Rhythmus zu bleiben, indem sie ihre Hände an Anis Hüfte legte und sie hoch und runter führte. Ani konnte so gut im Takt bleiben.

Jesse sah genussvoll zu. Der Körper von Lars spannte sich an und er kam. Er spritzte seine aufgestaute Ladung in Ani, zog sie anschließend zu sich herunter und küsste sie.

»Das war großartig«, hauchte er in ihr Ohr und Ani konnte nichts anderes tun, als zustimmend zu nicken. »Da bekommt das Wort Reitbeteiligung eine ganz andere Bedeutung!«, stellte Jesse ganz sachlich fest. Ani zwinkerte Lars zu. »Wo er recht hat… hat er recht.«

Die Runde setzte sich wieder in eine Art Gesprächskreis. Alle wirkten kaputt und dennoch glücklich. Eine schöne Harmonie umgab sie, selbst Melina, die ihren Henry einige Minuten zuvor per Blowjob zum Kommen gebracht hatte, wirkte entspannt.

»Sehen wir uns wieder?«, fragte Ani in die Runde. Lena und Jesse nickten eifrig. Ani sah zu Henry und Melina rüber. Die beiden wirkten verhalten, sagten weder ja noch nein. »Mal sehen, was die nächste Zeit noch so anliegt«, sagte Henry schließlich.

Um 2:45 Uhr verließen alle den Club, verabschiedeten sich und fuhren nach Hause.

8. Beginn der offenen Ehe

Verlief so ein Swingerleben? Wenn dem so war, wollten Ani und Lars mehr davon. Ani dachte viel nach, besonders die Bisse von Henry hatten es ihr angetan. Sie wollte mehr, wollte wissen, ob noch mehr Fetische in ihr steckten. Sie brannte darauf, ihre Bedürfnisse zu stillen. Mit und ohne Lars.

Aus dem Tagebuch der Ani R.:
Ich frage mich immer mehr, ob man Sex und Liebe nicht einfach trennen kann. Liebe ist der Alltag, Sex ist das Ausleben. Ich möchte mich ausleben, ich möchte mal die Liebe dabeihaben, aber auch mal ohne Liebe losziehen dürfen.

***

Lars las diese Zeilen. Anis Tagebuch lag für ihn immer so bereit, dass er darin lesen konnte. Der Alltag, ja... der umfasste ihre Arbeit, ihre Freunde und ihre Familie. Er wusste, dass Ani im Kopf frei werden sollte. Sie sollte sich nicht einschränken, denn er hatte Angst, dass sie daran irgendwann kaputt ginge. Er konnte sich vorstellen, sie sexuell ziehen zu lassen. Er wollte sie sexuell ziehen lassen, denn er wusste, wenn er dies nicht täte, wäre Ani unglücklich. Und er konnte ihr nicht alles geben, was sie brauchte. Wobei er nicht einmal wusste, was sie wirklich brauchte, aber er würde es herausfinden und sie darüber schreiben lassen. Er musste mit ihr reden – denn einige Regeln müssten im Vorfeld geklärt werden.

»Ich habe große Lust, mit dir ab und zu in einen Club zu gehen oder vielleicht sogar eine Frau oder ein Pärchen zu uns einzuladen«, sagte er abends zu Ani. Sie hatten beide einen normalen Arbeitstag hinter sich und kuschelten gemeinsam auf ihrem großen beigefarbenen Sofa. »Kiwi, das geht mir genauso.« Lars nickte, aber er wollte an Ani nicht die Führung dieser Unterhaltung abgeben. Er nahm das Gesicht seiner Frau, die er so sehr liebte, in beide Hände und blickte ihr tief in die Augen. »Ani, ich liebe dich.« Ani wollte ihm antworten, doch Lars legte ihr seinen Zeigefinger auf ihre vollen Lippen. »Nein, du redest jetzt nicht, ich rede.« Sein Ton klang strenger als er es wollte. Aber sie gehorchte. Er hatte es ihr bereits gesagt, wollte es aber noch einmal in Ruhe und in aller Form sagen, weil er wusste, dass Ani genau diese Bestätigung brauchte, um frei zu sein. »Ich möchte es noch einmal klarstellen und es fällt mir nicht einmal schwer, dies erneut zu tun. So konkret habe ich es dir letztens nicht gesagt. Das hole ich hiermit nach: Ani, ich lasse dich sexuell komplett frei. Ich habe nur drei Bedingungen. Erstens: Benutze immer ein Kondom. Zweitens: Komme immer wieder zu mir zurück und drittens: Schreibe alles auf und lass es mich lesen. Nicht umsonst habe ich dir das Tagebuch geschenkt. Aber diese Bedingung kanntest du ja auch schon.«

Seine Worte verhallten im Raum, Stille machte sich breit. Jeder hing seinen Gedanken nach. Ani durfte frei sein! Sie hatte hiermit das komplette OK dafür erhalten. Sie stellte die Worte von Lars nicht infrage, nickte und küsste ihn. Dann kuschelte sie sich noch enger an ihn. »Danke.« Und damit war es besiegelt: Die offene Ehe hatte offiziell begonnen.

»Gehen wir nochmal in den Club?«, fragte Ani. »Ja, das können wir gern tun.« »Nächsten Freitag vielleicht? Jesse und Lena haben sich auch bereits angemeldet.« Ani hatte sich inzwischen die App der Plattform aufs Handy gezogen. »Ok. Was ist denn mit Henry und Melina?« Ani klickte auf den Chatverlauf, um dann auf das Profil von den beiden zu gelangen. »Dieses Profil wurde bereits gelöscht« wurde ihr angezeigt. Sie hielt Lars ihr Handy hin. »Die waren sich wohl nicht ganz einig«, feixte er, küsste seine Ani auf die Nasenspitze und setzte hinterher: »Umso schöner ist es, dass wir uns einig sind.«

9. Jesse und Lena

»Wir sind heute zum Grillen verabredet«, erzählte Greta. Sie war eine Kollegin und inzwischen gute Freundin von Ani, die beiden arbeiteten schon jahrelang zusammen. Ani sagte:»Oh schön, da wünsche ich euch viel Spaß!« und dachte»…wir sind heute zum Vögeln verabredet. Naja, hat beides zumindest irgendwie mit Tieren zu tun.«

Ani und Lars waren der Meinung, dass nicht jeder wissen musste, auf was für eine Art Beziehung sie sich geeinigt hatten. Das normale Umfeld sollte so wenig wie möglich davon erfahren.

Nach der Arbeit aßen Ani und Lars eine Kleinigkeit und begannen im Anschluss, sich zurecht zu machen.

Eine Stunde später saßen sie mit Jesse und Lena im Club. Das Wetter war gut, es war noch warm und hell draußen, sodass sie sich in den von außen nicht einsehbaren Garten setzen konnten. Die Besitzer des Clubs sowie einige weitere Clubgäste gesellten sich dazu. Es herrschte eine normale Stimmung, es liefen normale Gespräche. Der einzige Unterschied zu einer normalen Kaffeerunde war die Tatsache, dass alle sehr sexy angezogen waren. Und obendrauf wirkten die Gespräche freier, man wurde hier nicht verurteilt, wenn man offen über Sex sprach, auch wenn es nicht die ganze Zeit nur um dieses Thema ging.

Lars wurde von Jesse zu einem Whiskey eingeladen. Ani nippte an ihrer Cola und Lena aß genüsslich ihre Portion Pommes. Im Hintergrund lief Musik und Ani entschied, sich eine Runde an der Poledance-Stange auszutoben. Für Ani war dies Leidenschaft auf der Tanzfläche! Sie schloss ihre Augen, genoss den Sound, der aus den Boxen dröhnte und alles, was um sie herum passierte, rückte in den

Hintergrund. Die Tanzfläche war fast leer, neben ihr tanzten nur drei weitere Damen. Ihre Hüften kreisten zur Musik und mit der rechten Hand hielt sie die Stange fest, um die sie sich immer wieder drehte. Mitten in ihren Hüftschwüngen flüsterte Jesse, der sich angeschlichen hatte, ihr ins Ohr: »Zieh doch mal den Rock beim Tanzen aus!« Ani grinste – Eva erwachte. Und sie tat es einfach. Ohne nachzudenken. Ohne die ewigen Gedanken in ihrem Kopf »Oh Gott, was denken die anderen wohl von mir?!?« Sie tat es einfach, weil sie es wollte. Weil ihr in dem Moment alles egal war und es erlaubt war, dass ihr alles egal war. Ihr Rock flog im hohen Bogen auf einen Barhocker, sie stand nun da in ihren High Heels und ihrer schwarzen Wäsche, die sie beim letzten Mal auch anhatte. Jesse setzte sich auf einen der Barhocker und beobachtete Eva. Was für eine Frau! Eva wirkte so sexy. So locker, so frei und unbeschwert. Er betrachtete ihr wippendes Haar und ihren runden, knackigen Po. Er hatte solche Lust, mit ihr, Lena und Lars zu verschwinden, um Spaß zu haben. Sein Blick wanderte weiter zu seiner inzwischen auch an der Stange tanzenden Lena, die er über alles liebte. Lars setzte sich neben Jesse auf einen freien Barhocker. »Sehr hübsch, unsere Ladies.« Und bei dem Anblick, der sich ihnen sodann auftat, wurden ihre Schwänze hart:

Aus dem Tagebuch der Ani R.:

Die Musik ließ mich die Welt vergessen. Ich sah Lena, wie sie in ihrem sexy Negligé an der Stange tanzte. Die Eva in mir übernahm die Oberhand und ohne zu zögern ging ich zu Lena, berührte sie, legte ihre Brust frei und knabberte an ihren Nippeln, wanderte weiter an ihrem Körper herunter, schob ihren Slip beiseite, saugte an ihren Schamlippen. Ich berührte ihren Po. Ihre kreisenden Hüften tanzten und meine Zunge kreiste so ganz einfach um ihren mittlerweile angeschwollenen Kitzler. Ich schob meine rechte Hand zwischen ihre Beine, merkte, wie feucht sie bereits war, schob ihre äußeren Schamlippen beiseite, tastete mich weiter voran und schob zwei Finger in sie hinein. Meine Zunge verweilte weiter kreisend an ihrem Kitzler. Lena stöhnte auf, trotz der lauten Musik konnte ich es genau hören, wie sie hart ausatmete. Irgendwer ergriff meine linke freie Hand. Ich sah hoch und Lars stand neben mir. „Wir sind geil, wir gehen vögeln."

***

Runde 1:

Die Grenzen waren im Vorfeld im Chat abgesteckt worden. Für Jesse war alles bis auf Partnertausch mit Geschlechtsverkehr ok. »Du darfst jeden Zentimeter meines Körpers berühren, wenn du das möchtest. Auch blasen ist völlig in Ordnung und ich als Mann finde es auch total schön, wenn beide Frauen gleichzeitig an mir spielen oder blasen und sich dabei küssen. Das ist schon sehr erregend«, schrieb er. »Und bei Lena gilt weiter: Sie möchte sich nur mit Frauen austoben.« Eva empfand dies als schade – Lars sollte sich doch genauso austoben dürfen. Sie war heiß darauf, weiter mit Lena zu spielen. Trotzdem war sie genauso heiß darauf, Lars zuzusehen, wie er eine Dame fickt.

Der Vorhang ging zu und alle zogen sich Hals über Kopf aus. Eva knabberte an der Brustwarze von Jesse. Die Warze war gepierct und Jesse zuckte zusammen, als Eva etwas mehr zubiss. Sie berührte dabei mit ihrer anderen Hand Lars, während Lena ihrem Mann einen Blowjob verpasste. Eva sah, wie Jesses Schwanz in Lenas Mund verschwand. Sie warf Lena einen fragenden Blick zu und nach einem zustimmenden Nicken von ihr fing auch Eva an, Jesse einen zu blasen, während Lena sich seinen Eiern annahm. Jesse gefiel dieser Anblick.

Eva wurde immer feuchter. Lars hatte sich inzwischen neben sie gelegt und so blies sie sowohl an Jesse als auch an Lars herum. Lars zog Evas Arsch zu sich hoch, sodass sie mit gespreizten Beinen über seinem Kopf war und begann, sie zu lecken. Seine Frau schmeckte süß, er leckte genüsslich während sie ihm einen blies. Und wenn Eva im Wechsel bei Jesse blies, packte sie den Schwanz von Lars mit ihrer Hand.

Beide Männer lagen nebeneinander und genossen die Verwöhnung. Eva hörte Jesse zu Lars sagen: »Wir haben alles richtig gemacht, oder was meinst du?« Lars stimmte ihm zu. »Ja, das haben wir.« Sie kamen fast gleichzeitig und leise. Nur der fließende Saft aus ihren Schwänzen verriet, dass sie gekommen waren.

Nach dieser ersten Runde lagen alle entspannt nebeneinander auf dem Rücken. Eva lächelte gedankenverloren, sie fühlte sich hervorragend. Jesse durchbrach das Schweigen. »Wir sollten kurz etwas trinken gehen«, sagte er. Und so zogen sich alle an und gingen gemeinsam in die Lounge im Außenbereich.

Dreißig Minuten später, Runde 2:
»Die Damen müssen auch kommen«, stellte Lars fest, als er den Vorhang zuzog. »Stimmt, ihr wurdet ein wenig vernachlässigt«, setzte Jesse hinzu und legte seine großen Hände auf Lenas Brüste nieder.

Eva drückte Lena auf die Fläche, fing an, sie zu lecken und zu saugen. Aus dem Augenwinkel sah sie, wie Lars sich über Lena beugte. Er küsste sie. Eva sah genau zu, sah, wie die Zunge ihres Mannes mit Lenas Zunge spielte, wie seine Zunge in ihrem Mund versank. Eva störte es nicht, es machte sie richtig an. Sie empfand überhaupt keine Eifersucht, im Gegenteil, es entflammte noch mehr ihren Wunsch, Lars dabei zu beobachten, wie er eine andere Frau fickte. Aber Lena war dazu die Falsche.

Lena stöhnte leise vor sich hin. Jesse ließ von ihren prallen Brüsten ab, rutschte zu Eva herunter und biss ihr in den Oberschenkel. Eva durchströmte ein intensiver Schmerz. Gern hätte sie nach mehr geschrien, aber sie war zu sehr damit beschäftigt, Lena ausgiebig zu lecken. Jesse flüsterte ihr ins Ohr: »Damit du ein Andenken an diesen Abend hast. Eines, welches man lange sieht.«

Dann glitt seine Hand an Lenas Oberschenkel hoch. Sie drückte ihr Becken hoch und er steckte einen seiner Finger in ihren Arsch. Eva war nur wenige Zentimeter mit ihrem Gesicht von diesem Anblick entfernt. Es machte sie total scharf. Sie ließ von Lenas Kitzler mit ihrem Mund ab, massierte ihn aber weiter mit ihrer Hand. Jesse stieß in Lenas Arsch mit seinen kräftigen Fingern. »Bei ihr kann man richtig Gas geben, die braucht das.« Eva massierte Lena fester, Lena schrie immer lauter, biss sich in der Schulter von Lars fest – und kam in einer Lautstärke, die Eva absolut antörnte. Und genau in diesem Moment packte Jesse mit seiner freien Hand zu – und würgte Lena.

Eva starrte wie gebannt. Die keuchenden Laute, die aus dem Rachen von Lena kamen, hallten in ihren Ohren. Lenas Augen rollten nach hinten. Sie atmete noch einmal ganz schwerfällig ein, dann ließ Jesse ihren Hals wieder los. Lena kam wieder zu sich, ein leichtes Lächeln zeichnete sich auf ihren Lippen ab. Jesse sah den Blick von Eva und lachte laut los. »Ihr seid immer so sanft zueinander. Härter geht immer«, meinte er. Eva stupste ihn in die Seite. Sie hatte Blut geleckt. »Ach, du darfst auch gern härter mit mir sein«, entgegnete sie. »Und wenn mir etwas zu hart wird, sage ich das schon.« »Gut. Ich beiß dich jetzt noch einmal«, warnte Jesse Eva vor. Und bevor sie dazu etwas sagen konnte, biss er sie auch schon, dieses Mal in den anderen Oberschenkel. Dann begann er ein sehr hartes Spiel mit ihrem Kitzler. »Stopp«, rief sie nach einiger Zeit. Es tat schon richtig weh. Jesse hörte auf und nickte ihr zu. »Lass mich spritzen«, flehte sie. Sie musste an ihre Squirt-Erfahrung mit Lars denken. Und genau dieses Gefühl brauchte sie gerade wieder.

Die Spielwiese war – und so sollte es immer sein – mit Handtüchern ausgelegt. Jesse ließ Lars den Vortritt. Dieser steckte die Finger in Eva und ließ sie spritzen. Eva merkte, wie ihr das Wasser rausfloss, aber sie kam dabei nicht. Sie lief lediglich aus und machte dabei ein halbes Handtuch nass. Sie suchte die Blicke von Lars. Er verstand sie sofort und kam zu ihr herüber, um sie zu ficken. Sie genoss die Nähe zu Lars, schielte dabei nach links und sah genüsslich zu, wie auch Jesse und Lena vögelten. Jesse würgte sie dabei erneut – ihr schien das einen gewissen Kick zu geben, denn als sie wieder Luft bekam schrie sie in einer solchen Lautstärke, die Eva so noch nicht gehört hatte. Im Kopf von Eva flammte etwas auf, sie wollte mehr sehen, mehr erleben, mehr zulassen, mehr geben. Ihr Kopf war so sehr mit Denken beschäftigt, dass sie einfach nicht kam. Jesse drehte Lena bestimmend auf ihren Bauch, zog ihren Arsch zu sich hoch und begann, sie von hinten zu ficken. Eva sah gebannt dabei zu. Sie flüsterte Lars ins Ohr: »Ich möchte das sehen. Ich möchte unter den beiden liegen dürfen.« Lars nickte und schob Eva weit unter Lenas Oberkörper. Und Eva sah – und saugte in sich auf, was ihre Augen sehen durften. Der Schwanz von Jesse war über ihr, sie konnte genau betrachten, wie er immer und immer wieder hart in Lena stieß. Lenas Pussy zuckte dabei, ihr Kitzler bewegte sich leicht im Rhythmus der Stöße und Eva konnte nicht anders, sie hob ihren Kopf an und fuhr mit der Breite ihrer Zunge über Lenas Kitzler. Lena stöhnte überrascht auf, Eva leckte weiter. Der Saft, der von Jesses Stößen förmlich aus Lena rausgedrückt wurde, lief über Evas Zunge und als sie den ersten Tropfen davon schmeckte, entfuhr ihr ein gieriges Stöhnen. Lars fickte sie derweil weiter, von seinen Stößen bekam Eva wenig mit, denn ihre Sinne Sehen und Schmecken waren geschärft und ließen das Fühlen in diesem Moment verblassen. Rein, raus… Der Hodensack von Jesse wippte im Takt mit, klatschte ab und zu an Lenas Pussy und verfehlte somit nur knapp das Gesicht von Eva. Sie fuhr sanft mit ihren Fingerkuppen über die weiche Haut des Hodensacks. Sie war sich nicht sicher, ob Jesse ihre Berührungen merkte, da sie so hauchzart waren. Trotzdem hörte Eva nicht damit auf, denn es gab ihr in ihrem Kopf einen Kick. Und von jetzt auf gleich endete das Schauspiel. Jesse kam ein zweites Mal, Lars ebenfalls. Lena auch, vermutete Eva. Lediglich sie kam körperlich nicht zum Höhepunkt. Aber das war nicht schlimm, denn das eben erlebte Sehen und Schmecken gab ihr etwas, das für sie nicht greifbar war. War es Befriedigung? War es Gier? Sie konnte ihr Gefühl nicht einordnen. Es gab ihr auf jeden Fall Zufriedenheit. Es fickte ihr den Kopf. Anders konnte sie es nicht beschreiben, es war wie ein Feuerwerk in ihrem Gehirn. Eines, das langsam anfing, die ersten Knaller explodierten und am Ende knallte ein Böller nach dem anderen und dabei glitzerte es am Himmel, weil abertausende Raketen gleichzeitig aufgingen. Leider blieb es nur bei diesem einen Kopforgasmus.

Alle griffen nach ihrer Kleidung, zogen sich an, gingen nach draußen und unterhielten sich wieder miteinander und mit anderen, die draußen saßen. Es war eine laue Sommernacht, aber wenn der Wind blies, wurde es etwas frisch. Eva nahm sich eine Decke und legte sie sich über die Schulter und genoss es. Sie fühlte sich frei, sie spürte den Wind in ihren rot-braunen Haaren und lauschte den lockeren Gesprächen, die um sie herum geführt wurden. Ihr Blick wanderte von Gast zu Gast – und blieb an einem Herrn hängen. Ihr erster Gedanke: Ein Solo-Herr, der Damen sucht. Seine braunen Augen waren das Erste, was ihr an ihm auffiel. Schüchtern blickte die Ani in ihr nach unten – es gefiel ihr sehr, was sie da sah. Sie ärgerte sich ein wenig, dass sie nicht allein im Club war, aber aus der Konstellation, in der sie mit Lars verabredet war, konnte sie nicht ausbrechen. Sie konnte nicht anders und ihr Blick ging wieder hoch. Sie musterte den Mann von oben bis unten, seine Bauchmuskulatur zeichnete sich unter seinem eng anliegenden schwarzen T-Shirt ab. Seine Hände waren groß, seine dunklen Augen blitzten geheimnisvoll und ein wenig gefährlich. Sie war wie gebannt, dieses gute Aussehen gepaart mit diesem boshaften Ausdruck – sie war hin und weg. Was haben solche Männer nur an sich, dass Frauen einfach nicht anders können, als sie anziehend zu finden? Und sie wusste nicht einmal, ob er wirklich so ein Typ, ein Macho, war, denn sie hatten bisher kein einziges Wort miteinander geredet.

Der Macho beugte sich Eva entgegen, sah ihr dabei tief in ihre Augen, sagte aber kein Wort. Er nahm sich ungefragt das Feuerzeug von Jesse, welches auf dem Tisch lag und zündete sich damit seine Zigarette an. Dann lehnte er sich in seinem Stuhl zurück und grinste genüsslich, während der Zigarettenrauch langsam aus seinem Mund schwebte. Lena klopfte Eva auf die Schulter. »Hast du deinen Vibrator mit?« Eva löste ihren Blick von dem Macho und nickte Lena zu. »Dann auf zur nächsten Runde«, sagte sie, nahm Eva an die Hand, gab den Herren ein Signal und so gingen sie zu viert geradewegs wieder auf die Matte. Der Macho sah Eva nach und dachte: »Bald, mein Luder, bald...«

Aus dem Tagebuch der Ani R.:

Dritte Runde... und plötzlich lag ich in Handschellen auf der Matte, eine Peitsche lag links und rechts saß Lena mit meinem Vibrator neben mir. Erst küsste sie mich, dann begann sie, mich zu lecken. Dabei nahm sie den Vibrator mit zur Hilfe, führte ihn in mich ein und in dem Moment explodierte mein Körper. Mein Becken fuhr hoch und genau in diesem Moment spürte ich einen stechenden Schmerz auf meiner linken Arschbacke. Jesse hatte sich die Peitsche gegriffen und schlug einige Male zu, während Lena weiter den Vibrator in mir kreisen ließ. Jesse griff mir dann in die Haare und zog meinen Kopf nach hinten, um seinen Schwanz in meinem Mund zu versenken.

Lars saß etwas abseits von allem. Ich kam – dieses Mal war es nicht nur ein Kopforgasmus. Lars lächelte mich an und zuckte mit den Schultern. Ich hörte Jesse keuchen: „Das ist grad meine, Lars, du kannst gern Lena berühren." Lars aber blieb zurückhaltend, was schade war. Ich wurde das Gefühl nicht los, dass er sich einfach nicht so recht traute, Lena anzufassen. Und ich traue mich in solchen Momenten nicht, einfach Eva zu sein, denn ich möchte ja auch nicht, dass Lars komplett in den Hintergrund rückt und sich so gar

keiner mehr um ihn kümmert. Ist etwas schwierig, wird
aber hoffentlich werden...
  Jesse saß im Schneidersitz, ich setzte mich auf ihn
drauf. Sein Schwanz war meiner Pussy sehr nah.
„Keine Sorge, der soll da nicht rein", raunte er. Warum
nicht?? Also wenn, dann nur mit Kondom, sicher, aber
ich wäre bereit. „Nein, Lena möchte das nicht..." Wir
knutschten also heftig weiter, während Lars sich nun
doch durchgerungen hatte und Lena leckte. Und aus
heiterem Himmel rief Jesse: „Ich brauch jetzt eine
Pussy zum Ficken." Ich stieg also brav von ihm runter,
Lena ließ von Lars ab und setzte sich auf Jesse. Sie
kam dieses Mal nicht zum Höhepunkt. Sie sagte, sie
wäre noch gar nicht bereit für Sex gewesen. Ich ver-
stand es nicht. Aber gut, ich schnappte mir dann Lars
und wir hatten ebenfalls neben den beiden Sex mitei-
nander.
  Jesse kam in Lena. Lena stand danach auf und ging
duschen. Ich blieb mit den Männern auf der Matte lie-
gen. Das war schon nett, so zwischen den beiden zu
liegen. Aber ich machte nichts, aus Respekt vor gewis-
sen Grenzen. Wobei mich das Gefühl nicht loslässt,
dass Jesse mehr gewollt hätte. Ich mag die beiden
wirklich gerne. Aber ich sollte nicht mein Herz an etwas
verlieren, was keine Zukunft haben kann, denn diese
Konstellation wird es nur auf Zeit geben.
  Wir standen dann auf, gingen auch duschen und
verließen im Anschluss geschlossen den Club um 3 Uhr
nachts. Es war das letzte Mal, dass wir uns in dieser
Vierer-Konstellation getroffen hatten.
***

Ani und Lars schliefen lange aus. Ani träumte wild, das
merkte sie am nächsten Morgen, denn sie war trotz ausreichend Schlaf sehr gerädert. »Kaffee?« Lars setzte sich neben
Ani, er hatte eine Tasse Kaffee in der Hand und reichte sie

ihr. »Gern, danke«, sagte sie. Lars begann zu sprechen: »Ani, ich habe gestern festgestellt, dass ich mich in der Konstellation mit Jesse und Lena wie ein fünftes Rad am Wagen fühle. Ich mochte kaum Eigeninitiative ergreifen, denn ich respektiere deren Grenzen genauso wie du es tust. Und ich weiß, dass auch dir das auf Dauer nicht reichen wird, denn du brauchst den Partnertausch. Du wünscht es dir, dass sehe ich dir doch an deiner süßen Nasenspitze an. Du wärst gern von Jesse gevögelt worden, da bin ich ganz sicher. Am liebsten wäre ich während der dritten Runde einfach aufgestanden und gegangen. Es sollten, wenn man schon zu viert etwas startet, alle dabei so beteiligt werden, dass es jedem gefällt. Jesse und Lena spielten von Anfang an mit offenen Karten. Mir war bewusst, dass sie eine Frau suchen und der Partner natürlich dabei sein darf. Der Partner wird geduldet, nur darf er nicht so richtig mitmachen. Wie gerne hätte ich es gehabt, wenn ihr beiden Damen auch mir zur Verfügung gestanden hättet. Jesse nimmt sich dieses Recht raus. Ich bleibe auf der Strecke, weil ich eben nur wenig mit Lena machen darf. Mal nüchtern betrachtet: Die suchen eine Dame für einen Dreier. Und ich hatte einfach gehofft, dass die beiden im Spiel von ihren Prinzipien abweichen.« Dann schwieg er und starrte in seine Kaffeetasse. Es sah beinahe so aus, als ob er darin Antworten suchte.

Seine Worte brachten Ani sehr zum Nachdenken. »Lars, ich gebe dir recht. Natürlich wäre ich gern von Jesse gevögelt worden. Und ich möchte gern Herren alleine haben. Der Typ, der uns gestern gegenübersaß, hat mir so gut gefallen. Ich möchte frei sein und ich weiß, dass ich das sein darf. Ich möchte gerne einmal allein in einen Club gehen, mich austoben, auch ohne dich…« Die letzten Worte verließen ganz leise ihren Mund. Betroffen sah sie zu Boden.

»Lars, was willst du? Du lässt mich ziehen, dass weiß ich, aber ich möchte nichts tun, was dir wehtun könnte.«

Lars lächelte, denn er war froh, dass Ani auch ohne ihn in einen Club gehen wollte. Er wollte wirklich, dass sie sich austobte. Und er wusste, wie wichtig es für Ani war, alleine Dates zu starten. Ja, er hatte Angst um sie. Aber die Angst war nicht so groß, dass dies ein Hindernis gewesen wäre. Er wollte sogar, dass Ani sich anderweitig austobte. Der gestrige Clubbesuch hing ihm nach und das, was er gerade wollte, war die Ruhe. Er wollte allein für sich sein und wenn Ani es brauchte, wollte er ihr ihre Fantasien ermöglichen. Sein Blick wanderte zum Tagebuch, welches auf dem Nachttisch lag. »Ich finde, du solltest deine Wünsche aufschreiben und umsetzen. Nimm keine Rücksicht auf mich, wenn mir etwas nicht gefällt, werde ich es dir sagen.« Ani nickte, auch sie lächelte. »Danke, Kiwi«, flüsterte sie. Und er hauchte zurück: »Wenn nicht jetzt, wann dann.«

Aus dem Tagebuch der Ani R.:

Manchmal ist die Erinnerung das Einzige, was bleibt. Den Biss, den Jesse mir zugefügt hatte, sah man drei Wochen lang.

***

10. Die Wunschlisten

Ani schrieb und schrieb. Sie hatte eine ganze Reihe von Ideen, die sie gern umsetzen wollte. Einige ihrer Wünsche schrieb sie am Ende ihres Tagebuches auf, andere würden sich sicherlich im Laufe der Zeit ergeben. Danach machte sie sich daran, ihr Single-Profil zu überarbeiten. In dem Zug sah sie sich einige Herren an, die ihr gefielen und schrieb sie an. Ihr Postfach quoll vor Nachrichten bereits über, aber sie blieb wählerisch. Sie wollte austesten, ja, aber nicht um jeden Preis mit jedem Mann.

Lars las sich derweil Anis Wunschliste durch und nickte innerlich alle Punkte ab. Auch er hatte Wünsche, die sie erfüllen sollte, damit er sie lesen durfte und welche, die er sich erfüllen wollte. So kam es, dass auch Lars seine eigene Wunschliste erstellte.

Der Stift kreiste in seiner Hand. Er war sich selten so bewusst, was er eigentlich wollte und ihm fiel auf, dass er nicht viel wollte. Er war mit Ani glücklich, in allem, auch sexuell. Aber er wusste, dass sie es mit ihm nicht war und er ihr nicht das geben konnte, was sie für sich brauchte. Gerade in der Zeit, wenn er auf Dienstreise gehen musste. Er hatte es gestern erfahren, sein Chef hatte ihn in sein Büro gerufen, um ihm diese Nachricht mitzuteilen. Lars kümmerte sich in der Firma, die Motorräder herstellte, um die Bauteilentwicklung im Bereich Fahrwerk. Ihm oblag auch die Verantwortung für die Produktentstehungsprozesse bis hin zur Serienreife des Motorrades. Das Werk im Ausland sollte er nun für mindestens sechs Monate vor Ort betreuen. Ani kannte diesen Prozess. Das letzte Mal war Lars vor drei Jahren für einige Monate im Ausland. Und das, was er wollte, war, dass Ani in dieser Zeit fickt und schreibt.

Mit einem Achselzucken legte er seine Wunschliste beiseite. Ab jetzt geht es nur noch um Ani. Besser gesagt, um Eva.

11. Alleingang

Eine stressige Arbeitswoche lag hinter Ani. Sie hatte den Wunsch, ihren Kopf einfach auszuschalten. Daher beschloss sie, den Freitagabend alleine in einen Club zu fahren. Lars, der am Wochenende mit Freunden unterwegs sein würde, war damit einverstanden. Aber bevor sowohl er als auch Ani loszogen, wollte er ihr ein Geschenk überreichen. Er ging mit einer kleinen, unscheinbaren schwarzen Schachtel auf Ani zu, die sich gerade im Schlafzimmer aufhielt. Sie blickte auf die Schachtel, die Lars in seiner rechten Hand hielt. Lars legte die Schachtel in Anis Hände. »Lass es krachen, Ani. Ich wünsche dir ganz viel Spaß.« Ani öffnete die Schachtel, in der ein schönes, breiteres Armband lag. »Das ist wunderschön«, flüsterte sie. »Danke, Lars.« »Es ist nicht nur wunderschön, es hat auch eine Funktion. Es geht mir um deine Sicherheit, Ani. Am Armband ist ein Notfallknöpfchen angebracht. Wenn du Hilfe benötigst, weil du aus einer gefährlichen Situation alleine nicht herauskommst, dann drückst du zweimal auf den Knopf und ich werde informiert und kann auch aus der Ferne helfen. Neben der Notfallfunktion ist ein GPS-Sender im Armband enthalten. Daher wirkt das Armband auch nicht zart, sondern klobig.« »Es ist wunderschön, wie es ist«, sagte Ani.

»Ich werde es immer dann umlegen, wenn ich auf Eva-Tour bin.«

»Das ist gut. Und nun zu mir: Ich muss bald wieder ins Ausland reisen. Ich freue mich darauf, ich möchte mich dort neben der Arbeit genauso amüsieren wie du dich.« Ani schmunzelte. »Na das passt ja. Aber Kiwi, ich werde dich trotzdem sehr vermissen.« Sie gab ihm einen Kuss auf die Nasenspitze und huschte dann unter die Dusche. Rasieren brauchte sie sich schon seit Jahren nicht mehr. Achseln, Beine und Intimbereich waren dank regelmäßigem Sugaring durchgehend glatt. Der Clubbesuch konnte kommen.

Eva freute sich sehr darauf. Sie machte sich schick, zog ein neu gekauftes eng anliegendes Kleid an, darunter trug sie einen String, verzichtete auf einen BH und schlüpfte, nachdem sie sich ihre halterlosen Strümpfe angezogen hatte, in ihre High Heels. Das Armband legte sie als Letztes an. Über ihr Outfit zog sie sich einen langen leichten Mantel an. Es war ein warmer Abend, fast zu warm für den Mantel, aber sie wollte nicht, dass man außerhalb des Clubs sah, was sie trug. Geschweige denn sollte irgendwer sehen, was sie vorhatte.

Eva kam um 20 Uhr am Club an. Sie ließ sich fahren, denn sie wollte gerne ein wenig Alkohol trinken. Ihr Herz raste, sie war aufgeregt. Wie Ani, in dem Punkt waren sich die beiden doch sehr ähnlich.

Im Club legte sie ihren Mantel ab und ging Richtung Bar. Es war noch nicht viel los. Sie setzte sich auf einen der freien Barhocker und bestellte sich bei der Bardame einen Dry Martini. Eine Hand umfasste ihre Hüfte und in ihr Ohr strömten die Worte: »Heute suche ich nicht nach Feuer, ich suche lediglich ein wenig Gesellschaft.« Die Hand löste sich von Evas Hüfte und auf dem Barhocker neben ihr nahm der Macho Platz. »Ich trinke das Gleiche wie die Dame hier.« Seine Stimme klang bedrohlich, obwohl er bei den Worten lächelte. Seine gegelten Haare waren nach hinten frisiert. Die Bardame stand mit dem Rücken zu ihm, sie zuckte unter den Worten des Machos leicht zusammen, griff ein zweites Glas, befüllte es mit Eis und goss den Gin darauf. Ohne aufzublicken stellte sie beide Gläser vor Eva und dem Macho ab, drehte sich wieder weg und schrieb die Getränke auf einen Zettel. Gezahlt wurde beim Verlassen des Clubs. »Für mich bitte mit zwei Oliven«, rief Eva der Dame hinterher. Sie guckte nicht hoch, griff nach dem Glas mit Oliven, stellte sie wortlos vor Eva und drehte sich wieder um. Eva zuckte mit den Schultern, stach mit ihrem Zahnstocher, auf dem genau eine Olive steckte, in das Olivenglas und spießte sich eine zweite darauf.

»Hmmmm, zwei Oliven also, ja? Da scheint jemand nicht genug kriegen zu können.« Diese Stimme… sie starrte ihm auf die schmalen Lippen. Der Typ wirkte so männlich, gefährlich, dennoch unheimlich anziehend. Eva hatte das Bedürfnis, ihn zu berühren, sie sehnte sich danach, seine Hand erneut zu spüren. Und als hätte er es gehört streifte seine Hand ganz beiläufig ihre. Ein Schauer durchzog Evas gesamten Körper. »Halt dich fern«, rief eine innere Stimme, die Eva gekonnt ignorierte. »Ich hätte nicht übel Lust, dich in das abschließbare Zimmer zu zerren, um dich dort nach allen Regeln der Kunst zu ficken.« Eva wurde heiß, ihre Spalte zuckte, sie schrie: »Los, lass dich von ihm ficken!« Statt dem nachzugehen griff sie ihren Dry Martini, trank ihn in einem Zug aus und rief der Bardame zu: »Ich brauche noch so einen, bitte.«

Sein Name war Ben. Wie durch einen Nebel nahm Eva seine Worte wahr. Der Alkohol in ihr lockerte sie ein wenig auf. Sie betrachtete seine funkelnden Manschettenknöpfe und die silberne Rolex. Ob die Uhr gefälscht oder echt war konnte Eva nicht sagen. Seine Art war speziell... sie konnte es nicht in Worte fassen. Ben war sehr von sich selbst überzeugt, aber kam dabei nicht eingebildet rüber. Er war ein Mann, der mitten im Leben stand, wusste ganz genau, was er wollte und was er nicht wollte und nahm keine Rücksicht auf die Gefühle anderer Menschen. Man konnte ihn entweder mögen oder hassen. Etwas dazwischen gab es nicht. Eva mochte ihn.

Ben hingegen sah Eva mit anderen Augen. Ein Weib, welches ihm Türen öffnen konnte. Er wollte ficken, er musste ihr Vertrauen gewinnen, er musste sie davon überzeugen, dass er der Richtige für sie ist, damit er das bekam, was er wollte – nämlich Sex mit so vielen Frauen wie möglich. Und sowas geht nur, wenn man eine attraktive Dame, einen Lockvogel bei sich hatte. Er dachte zurück... Es waren ihm schon so viele Weiber durch die Lappen gegangen, nur weil er als Solo-Mann unterwegs war. Er brauchte ein vorzeigbares Weibchen, damit er es anderen Weibern im Beisein des vorzeigbaren Weibchens besorgen konnte. Sein Schwanz war schön groß, er wusste, dass die Frauen seinen Schwanz in sich liebten. Dass sie schrien, bis sie kamen. Eva war neu in dieser Szene, ein dummes Schaf, ein dummes Weib, welches mit geschickt gewählten Worten leicht davon zu überzeugen wäre, das zu tun, was er wollte. Er musste ihre Vorlieben, ihre Wünsche wissen, damit sie mit ihm zieht, in der Hoffnung, er würde ihr diese Wünsche erfüllen. Was er natürlich nicht tun würde, so viel war klar, denn eins sei gesagt: ER IST DER MANN, ER HAT DAS

SAGEN! Eine Frau war für ihn wenig wert. Gerade gut genug, damit er etwas zu essen hatte, wenn er nach Hause kommt. Eine Frau gehört in Ketten gelegt, sie sollte ihm hörig sein und er würde in einer Beziehung keine Widerworte zulassen. Er als Geschäftsführer hatte immer das Sagen. Er war es gewohnt, dass Menschen das taten, was er befahl. Er kannte das gar nicht anders, aber diese ganzen Sachen verschwieg er Eva. Eines war klar: Er hatte ihr Interesse geweckt. So wie sie auf dem Barhocker hin und her rutschte konnte sie nur heiß auf ihn sein. Auch er war heiß, er wollte sie gerade einfach nur ficken, dennoch beschloss er, dass es besser wäre, sie noch einen Tag hinzuhalten. »Pass auf, ich wollte heute hier im Club lediglich etwas Gesellschaft. Ich muss morgen früh raus, ich werde daher nach diesem Drink den Club wieder verlassen. Aber morgen Abend würde ich dich gern wiedersehen. Und dann werde ich dich ficken, nur, dass das klar ist.« Er lachte und zog einen Notizblock und einen Stift hervor. Er begann zu schreiben, riss die beschriebene Seite aus dem Notizblock heraus und reichte sie Eva. »Das ist die Adresse des Clubs, in dem wir uns morgen treffen. Der Club ist geschmackvoller als dieser. Ich werde dort auf dem Parkplatz auf dich warten. Meine Handynummer steht auch dabei. 20 Uhr, sei pünktlich.« Eva nahm die Notiz an sich. Sie stutzte und war erstaunt, empfand es aber als sehr höflich, als Ben sich verabschiedete und ihr lediglich einen süßen Kuss auf ihre Lippen gab. Er schien nur auserwählte Frauen haben zu wollen, sie schien etwas Besonderes in seinen Augen zu sein. Und dieses Verhalten begeisterte sie. Nichtsdestotrotz hatte sie nicht vor, den heutigen Abend ohne Sex zu verbringen.

Eva blieb weiterhin auf ihrem Barhocker sitzen. Von dort aus hatte sie einen guten Überblick über die Leute, die kamen und gingen sowie über die gesamte Tanzfläche. An der Poledance-Stange tanzten zwei Frauen, sie waren umringt von fünf Männern. Eva sah aus dem Augenwinkel weitere Gäste den Club betreten. Und da erblickte Eva sie zum ersten Mal. Die Dame war groß, trug ein tolles langes Kleid, welches ihre Figur perfekt in Szene setzte. Ihre Hüften wippten beim Gehen weiblich auf und ab, sie zog die Blicke der Männer, die sich auf der Tanzfläche aufhielten, auf sich. Ihre Brüste waren groß, Eva schätzte eine BH-Größe von mindestens 85E. Aber die Dame trug keinen BH, denn es zeichneten sich unter dem glänzenden Kleid lediglich ihre aufgestellten Nippel ab. So eine schöne Frau, die ihre Kurven an der richtigen Stelle vorzeigen kann. Wer weibliche Rundungen schätzt, war bei ihr absolut richtig.

Eva konnte kaum den Blick von ihr wenden. Die Dame stand mit dem Rücken zu ihr, sodass Eva ihren freien Rücken sehen konnte, denn das Kleid war rückenfrei und erst der Po war wieder verdeckt. Ihr Rücken war verziert mit Blumenranken, das Tattoo war weich und weiblich gestochen und passte perfekt zu ihrem weiblichen Körper. Sie trug kurzes, blondes Haar und an ihren Ohren baumelten große, silberfarbene Creolen. Die Dame unterhielt sich mit einer weiteren Dame. Es schien ein amüsantes Gespräch zu sein, denn sie warf oft ihren Kopf in den Nacken und Eva hörte ihr Lachen. Dieses Lachen kam Eva unheimlich bekannt vor. Spätestens jetzt hatte die Dame Evas komplette Aufmerksamkeit. Eva nahm ihr Glas, stand auf, ging zu ihr rüber und tippte ihr auf die Schulter. Die Dame drehte sich um, blickte Eva einen kurzen Augenblick fragend mit ihren großen hellblauen Augen an, fing dann an zu strahlen und meinte:»Mit dir hätte ich hier niemals gerechnet!«

12. Katharina

Die beiden umarmten sich herzlich. Katharina, die seit je her auf den Spitznamen Kathie hörte, gab Eva einen Kuss auf die Wange.»Es ist so schön, dich nach all den Jahren wiederzusehen.« Die beiden gingen zusammen nach draußen und suchten sich ein ruhiges Plätzchen, um sich unterhalten zu können.

Kathies Großeltern hatten früher in der Straße gewohnt, in der Ani aufgewachsen war. Wenn Kathie dort zu Besuch war, spielten die beiden oft zusammen und hatten immer eine Menge Spaß. In der Jugendzeit verloren sie sich aus den Augen, was daran lag, dass die Großeltern von Kathie und somit irgendwie auch Kathie wegzogen. Und mit Sicherheit lag es auch mit an Ani. Bereits als Jugendliche war sie oft launisch und ließ ihren vermeintlichen Frust verbal an anderen aus.

Einige Jahre später liefen sich Kathie und Ani ab und zu zufällig über den Weg. Man könnte meinen, Kathie wäre eine entfernte Bekannte, aber da war mehr. Sie hatten sich zwar in den letzten Jahren wenig gesehen, aber wenn sie sich trafen, lag immer eine freundschaftliche Vertrautheit in der Luft. Genau wie jetzt.

Eva begann zu erzählen, wie es dazu kam, dass sie nun in Anis Leben Einzug genommen hat. Sie erzählte von Jesse und Lena, die ersten Erfahrungen mit Lars zusammen. Sie erzählte von Ben und wie er sie heute nach einem Drink hatte einfach sitzen lassen. Sie erzählte von ihrem unendlich großen Verlangen nach Sex, dass es Zeiten gab, an denen sie mehrfach täglich gevögelt werden wollte und dass sie sich in diesen Zeiten fühlte wie sich Männer fühlen müssten, die mit einer Dauererektion umherliefen. Und dass Lars es gerade in diesen Zeiten nicht schaffte, sie zufrieden zu stellen, was bei den beiden sowieso schon schwierig war. Eva ließ es raus, sie konnte es sich endlich von der Seele reden und das tat gut.

Kathie klebte an Evas Lippen und unterbrach sie kein einziges Mal. Sie konnte Eva nur zu gut verstehen, dass sie den Schritt gewagt hatte, mit ihrem Mann zu reden. Als Eva mit ihrer Geschichte am Ende angelangt war, sprudelten die Worte aus Kathie:»Eva, weißt du, meine erste Ehe zerbrach daran, dass mein Mann für eine offene Ehe nicht bereit war. Ich hinterging ihn dann heimlich, einmal, mit einer Frau. Er bekam das durch einen Zufall mit und trennte sich von mir. Das war keine schöne Zeit. Ich habe viel geweint, ich hatte gehofft, dass er es versteht, warum ich so bin wie ich bin.« Kathie rührte betroffen mit dem Strohhalm in ihrem Cocktailglas herum.»Schlussendlich war es besser so. Auch wenn ich ihn sehr geliebt habe, aber ich hätte mich an seiner Seite nie ausleben können. Mein jetziger Mann ist da anders.« Bei diesen Worten leuchteten ihre Augen. Sie nahm einen Schluck von ihrem Cocktail.»Ihn lernte ich vor fünf Jahren in einem Club wie diesem kennen. Anfangs trafen wir uns nur, um Sex miteinander zu haben. Aber im Laufe der Zeit entwickelten sich Gefühle, nach und nach kristallisierten sich viele Gemeinsamkeiten heraus. So wurden wir ein Paar. Wir führten von Anfang an eine offene

Beziehung, die später dann eine offene Ehe wurde, nachdem wir geheiratet hatten. Sexuelle Freiheit ist das, was ich wollte und nun habe.« Sie klatschte freudig in die Hände. Eva mochte die Art von Kathie sehr. Sie war aufgeschlossen und nicht auf den Mund gefallen. Eine gutherzige Dame, die ihren Weg gefunden hatte.»Was möchtest du finden? Sexuell gesehen...« Kathie zwinkerte Eva zu.»Ach Kathie, ich möchte alles und nichts. Ich möchte so viel ausprobieren, mich austoben und ausleben. Ich habe eine Wunschliste. Ich würde nicht sagen, dass ich diese abarbeite, aber daran kann ich mich orientieren. Und wer weiß, was sich darüber hinaus noch so ergibt.«»Steht auf dieser Liste auch, dass du bi bist?« Eva lachte.»Nein, Kathie, dort steht, dass ich mal eine Frau für mich alleine haben möchte.«

Aus dem Tagebuch der Ani R.:

Der Tag, an dem ich mit meiner Freundin Sex hatte, war heute. Kathie nahm wortlos meine Hand und ging mit mir in ein Zimmer im Club, welches man abschließen konnte. Darin standen wir voreinander und sahen uns an. Kathie strich mir über den Arm, zog mich dann zu sich und küsste mich. Sie küsste mich ganz sanft, zurückhaltend und weiblich. Ich strich über ihr Gesicht, über ihre Arme, berührte leicht ihre bereits aufstellenden Nippel, die so hart waren, dass man damit Glas hätte schneiden können. Meine linke Hand streichelte ihren Rücken. Dann fielen recht schnell die Klamotten zu Boden. „Du bist so zart", hauchte Kathie, berührte mich ebenso wie ich sie berührte. Es fühlte sich an wie ein magischer Moment, denn ein Frauenkörper ist magisch, anders als ein Männerkörper. Frauen sind wesentlich sanfter, pressen nicht gleich ihren eh nicht vorhandenen Schwanz an die Hüfte der Dame und zeigen, wie schön prall sie denn sind. Frauen werden feucht, langsam, gemächlich, saugen jede Berührung auf wie ein Schwamm das Wasser. Und ja, wenn Frauen dann richtig heiß sind, wollen sie normalerweise hart gefickt werden. Um ihre Pussy auszufüllen, um Befriedigung zu kriegen. Aber ohne Schwanz geht man nicht in harten Sex über, sondern verweilt bei den sanften Berührungen des Sex.

Wir legten uns auf das Bett, welches in dem Zimmer stand. „Ich will dich spüren, ganz nah, leg dich einfach auf mich." Kathie legte sich auf den Rücken und ich legte mich einfach auf sie. Die Wärme ihrer Brüste machte sich über meine Brüste breit, ihr Becken kreiste leicht, ich ging in die Bewegung ein, strich ihr durch ihr Haar, berührte ihre geröteten Wangen. Dann küsste ich sie, erst ihren Mund, dann ihren Hals, hinab über ihre gut riechenden und schmeckenden Brüste, weiter zum Bauchnabel. Ich musste ihre Beine gar nicht auseinanderdrücken, sie lag bereits breitbeinig vor mir und verschaffte mir so Einblick und Anblick ihrer feucht glänzenden Pussy. Meine Finger umkreisten ihren Kitzler. Ich befeuchtete mit meiner Zunge sanft und gierig meine Lippen, mein Kopf senkte sich und ich versank in der Feuchtigkeit ihrer Pussy. Sie schmeckte süßlich, ein klein wenig nach Süßstoff fand ich. Ich leckte sie sanft, härter, wieder sanft, saugte und versuchte herauszufinden, was sie mochte. Ihr Atem ging mal schneller, mal langsamer, aus den Augenwinkeln sah ich, dass ihre Finger sich in der Matratze vergruben, ihre Brust sich aufbäumte und sie voller Hingabe genoss. Ich leckte sie sicherlich zwanzig Minuten, es machte solchen Spaß, ihre Lust zu sehen und zu spüren. Sie stöhnte auf: „Gott, wie lange hältst du denn beim Lecken durch?" Ich sagte kein Wort und dachte nur: „Offenbar lange, meine Süße..." Ihre Beine zitterten immer mehr, ihr Atem stockte, lustvolle Laute

drangen aus ihrer Kehle. Sie musste gar nicht schreien,
dass sie kommt, ich hätte es auch so gemerkt.
Danach drückte sie mich weg, drehte mich auf den
Rücken und meinte: „Danke, jetzt habe ich etwas gut
zu machen." Und so küsste sie meinen Körper, der vol-
ler Erregung dalag. Sie leckte mich, sie machte das gut,
es gefiel mir. Aber ich war weit vom Orgasmus weg.
„Ich will erleben, wie du kommst", hauchte sie und fing
an, an meinem Kitzler zu saugen. „Mach den Kopf
aus", hörte ich noch und da stieg die Hitze auch schon
in mir hoch. Der Orgasmus baute sich auf, ich biss mir
auf die rechte Unterlippe, so wie ich es immer tue. Und
dann kam ich – und schrie meinen Orgasmus ähnlich
laut wie Lena heraus. Hier störte es keinen, wenn man
laut war. Hier waren alle laut, waren so, wie sie sein
wollten, kamen so, wie sie kommen wollten. Mein Herz
raste wie wild, ich atmete tief durch und öffnete die
Augen. Kathie saß neben mir, sie lächelte, nahm mich
in den Arm und meinte: „Es war ein sehr schöner An-
blick, zu sehen, wie du kommst."
Wir lagen noch einige Zeit nebeneinander, Körper an
Körper und fühlten unsere gegenseitige Wärme. Bis
heute hat diese Erfahrung unsere Freundschaft nicht
zerstört. Sie hat sie sogar noch vertieft. Ob ich nochmal
mit ihr schlafen möchte? Ja. Ich werde sie bei Gelegen-
heit mal fragen...
Und jetzt weiß ich es: Ich bin wahrlich bi.
***

»Wir müssen unbedingt in Kontakt bleiben. Ich gebe dir
meine Handynummer, wir sollten noch mehr gemeinsam
starten und damit meine ich nicht, dass wir wieder lieb zueinander sein sollten.« Kathie lachte. »Ich meine das generell.« Eva freute sich, speicherte Kathies Handynummer direkt ab, als die beiden in der Umkleidekabine des Clubs

standen und sie ihr Handy aus dem Spind zog. »Und morgen triffst du Ben wieder?«, fragte Kathie neugierig. »Ja, das werde ich.« Und bei dem Gedanken an diesen herrlich heißen Macho errötete sie sogar leicht.

Eva nahm sich ein Taxi. Zu gern hätte sie Lars angerufen, um ihm zu erzählen, was passiert war. Aber entweder war er noch mit seinen Freunden on Tour oder aber schlief bereits im Hotel. Der Taxifahrer hielt vor ihrem Haus, sie drückte ihm das geschuldete Geld in die Hand und stieg aus. Sie war sehr müde, putzte sich noch schnell die Zähne, zog sich aus, legte sich ins Bett und schlief ein, bevor ihr Kopf das Kissen berührte.

Am nächsten Tag würde sie Ben erneut treffen – um mit ihm zu vögeln.

13. Ben

Pünktlich um 20 Uhr fuhr Eva auf den Parkplatz des Clubs, den Ben auf die Notiz geschrieben hatte. Übers Internet fand sie heraus, dass der Club über einen großen Saunabereich verfügte. Somit musste Eva sich keine Gedanken um ihr Outfit machen. Sie packte lediglich ein Handtuch in ihre Tasche, warf vor der Abfahrt noch einen kurzen Blick in den Spiegel im Flur und erkannte, dass sie in dem gewählten fliederfarbenen Sommerkleid sehr hübsch aussah. Der Kontrast zu ihrem inzwischen braun gewordenen Hautton gefiel ihr gut und sie hoffte, dass auch Ben gefiel, was er sehen würde.

Eva parkte auf dem Hinterhof des Saunaclubs. Ben wartete bereits auf sie, er lehnte lässig mit einer Zigarette in der rechten Hand an seinem Wagen. Er beobachtete Eva, wie sie aus dem Auto stieg, ihre Sonnenbrille in die Haare steckte und sich suchend umsah. »Mein Luder«, murmelte er, während er sich durch seine gegelten Haare fuhr. Dann nahm er den letzten Zug aus seiner Feierabendzigarette, schnippte sie vor seine Füße und trat sie aus. »Dir werde ich es so richtig besorgen.« Sein Schwanz wurde allein bei dem Gedanken daran hart. Er wurde immer hart, wenn er sich ausmalte, was er mit einer Frau alles anstellen durfte. Er wollte sie vorführen, wollte den Männern, die in dem Club sein würden, zeigen, wie man richtig fickt. Er stand darauf, wenn andere vor Neid erblassten, wenn er vor ihnen eine Frau zum Schreien brachte.

Eva ging auf Ben zu. Sie umarmten sich, er gab ihr einen Kuss und ihr Herz flammte kurzzeitig auf. Dann gingen sie ohne groß zu reden in den Club. Im Umkleidebereich zogen sie sich aus und standen am Ende erst nackt da, um sich dann mit einem Handtuch ein wenig Sichtschutz zu verschaffen. Es gab keine Umkleiden einzeln für Herren und Damen, sondern lediglich eine gemeinsame Sammelumkleide.

Es war einiges los, viele Männer liefen an ihnen vorbei und ihre Blicke blieben an Eva haften, die neben einer Handvoll weiterer Damen im Club mit Abstand die hübscheste Frau war. Beim Umsehen im Club wanderte schon eine Schar Herren Eva und Ben hinterher. Sie war stolz, so begehrt zu werden. Ben zog sie an sich. »Woran denkst du?« Ist das nicht eine Frage, die normalerweise die Frau dem Mann stellt? Sie zog die Augenbraue hoch. »Die Frage ist eher, was du möchtest, was ich denke.« Das dumme Schaf schien gar nicht so dumm zu sein, dachte Ben. »Erzähle mir eine Fantasie von dir.« Eva verzog das Gesicht. Was könnte Ben ihr geben, was sie wollte? Ihr lag es auf der Zunge. Ob er wohl zu 100% heterosexuell war? Ihrer Einschätzung nach war es so, jedoch brachte sie genau dieser Aspekt dazu, Folgendes zu sagen: »Lass dich vor meinen Augen von einem anderen Mann ficken. Ich würde das zu gerne einmal beobachten.« Niemals würde er das tun! Nie! Daher antwortete er gewählt, aber unbestimmt: »Such dir einen der Herren hier aus. Derjenige, der sich bereit erklärt, mich zu ficken, darf dich danach benutzen.« Eva sah sich um. Nicht einer der Herren kam für sie auch nur annähernd dafür in Betracht, sie haben zu dürfen. Sie war heiß, sie wollte gevögelt werden, aber eben nicht um jeden Preis. Daher winkte sie ab. »Nein, danke. Heißt das denn, dass du zumindest etwas bi bist?« Ben lachte innerlich, er stand auf Titten und Pussys. Aber das brauchte Eva nicht wissen. Daher nickte er, vielleicht hatte er damit schon ein Ass im Ärmel. »Dein Mann war doch damals mit im Club, ich habe euch beobachtet. Ganz ehrlich: Er ist nicht einmal ansatzweise deine Liga. Du liegst optisch weit über ihm.« Ben lachte in sich hinein. Komplimente zu verteilen war immer gut, dachte er. Eva jedoch fand diese Bemerkung seltsam. »Macht es deinen Mann an, zu wissen, dass du gleich von mir gefickt werden wirst?« Gute Frage, darüber hatte Eva noch nie nachgedacht. »Erzähl schon, wird er davon so richtig geil?« Eva wusste nicht warum, aber ihr ging diese Frage etwas zu weit. Sie zuckte mit den Schultern. Ben ließ nicht locker. »Wie groß ist sein Schwanz? Ich glaube, du bist nur deshalb unterwegs, weil sein Schwanz dir zu klein ist.

Oder er dich nicht gut fickt.« Langsam wurde Eva sauer. Selbst wenn es so wäre – das ging Ben nichts an und sie hatte gerade keine Lust darauf, zu unsinnigen Fragen Rede und Antwort zu stehen. Daher winkte sie ab und lenkte das Gespräch in eine andere Richtung. Sie fragte sich, warum Ben überhaupt reden wollte, sie waren in einem Club, da gab es durchaus sinnvollere Sachen anzustellen als zu reden. »Lass uns noch eine Runde drehen«, meinte sie. Sie sahen sich die Räumlichkeiten etwas an. Der Club war, abgesehen von dem Saunazugang, ähnlich aufgebaut wie der Club, den Eva bereits kannte. Ob er nun geschmackvoller war als der Club, in dem sie Ben kennengelernt hatte, sei dahingestellt. Sie fand diesen Club nicht geschmackvoller. Es gab lediglich mehr abschließbare Zimmer sowie in einem Zusatzraum eine Art Pornokino und einen großen Käfig, in dem gerade eine Frau gefickt wurde. Die Schar Herren wanderten weiter hinterher. »Die wollen dich alle ficken«, meinte Ben. »Schön, aber ich will von dir gefickt werden«, zischte Eva. Ben packte sie am Arm, schleppte sie in eine Nische und küsste sie wild. Evas Pussy war schlagartig nass und ihr Denken setzte aus. Hatte er sie gerade gepackt? Am Arm gezerrt? Egal! Ihr Körper bebte, er schrie danach, gefickt zu werden, schrie nach einem Orgasmus. Sie war bereit von Ben in welcher Art und Weise auch immer verführt zu werden. Er küsste sie fordernd, immer weiter und fasste sie an. Nichts Besonderes, mag man denken. Aber Ben löste mit seiner groben Art in ihr so viel Begierde aus. Eva genoss Bens Berührungen mit geschlossenen Augen. Er drehte sie um, packte ihren Arsch, zog diesen an sich und rieb seinen harten Schwanz an ihren Pobacken. Seine Hände kneteten ihre Brüste, Eva drückte Ben ihr Becken entgegen. Das Handtuch rutsche ihren Körper hoch.

Als Eva ihre Augen öffnete, sah sie, dass die Herren, die den beiden von Anfang an hinterhergegangen waren, im Halbkreis um sie herumstanden. Jeder Mann hatte seinen Schwanz in der Hand. Jeder dieser Schwänze war hart. Man mochte meinen, dass Eva gierig danach gewesen wäre. Ihr Körper jedoch schrie nur nach den Berührungen von Ben, sie wollte nicht, dass sie heute noch irgendwer anders anfasste.

Ben gefiel das, alle diese Herren wollten sein Weibchen vögeln. Er genoss die Blicke voller Neid, weil niemand außer ihm Eva berühren durfte. Er hätte einfach nur in die Hände klatschen und »Packt sie euch« rufen müssen. Lediglich ein »Nein« von Eva hätte sie davon abgehalten, sie zu vögeln, einer nach dem Nächsten. Er würde gleich sein Handtuch ablegen, um seinen harten, großen Schwanz vorzeigen zu können. Er fand seinen Schwanz äußerst vorzeigbar. Aber dazu kam es nicht, denn Eva flüsterte: »Stopp. Ich möchte mit dir allein in ein abschließbares Zimmer.«

Ein wenig beleidigt, da Ben seiner Fantasie beraubt wurde, nahm er die Hand von Eva und führte sie in das abschließbare Zimmer. Dort hatte sie Gelegenheit, einmal kräftig durchzuatmen. Sie war verunsichert. Die Herren klopften an die Zimmertür. »Mach gern auf«, meinte Ben. Eva schüttelte den Kopf. Sie wollte mit Ben allein sein, ihn ganz für sich haben, ihn überall fühlen, ihn riechen, schmecken. Ihr Begehren stieg und stieg. Er hingegen musste sich arg zusammenreißen. Hatte er sich diesen Clubbesuch doch einfach anders vorgestellt. »Leck mich doch am Arsch«, brummte er leise vor sich hin. Er hatte nicht damit gerechnet, dass Eva ihn gehört hatte.

Sie stellte sich neben ihn, er lag auf dem schmalen Bett, welches den Charakter einer Pritsche aufwies und sah sie an. Eva ließ ihr Handtuch fallen und spürte die Blicke von Ben auf ihrem Körper. Er musterte ihre wohlgeformten Brüste, die schmale Taille, ihre blanke Pussy. Eva stand leicht breitbeinig da, sodass er sehen konnte, dass sich ihre kleinen Schamlippen hinter den großen Schamlippen versteckten. Der Vergleich zu einem frisch aufgebackenen Brötchen kam ihm in den Sinn. Sein Schwanz wurde von ihrem Anblick steinhart. Eva lächelte, sie genoss es, dass ihr Anblick allein Bens Schwanz dazu brachte, zu wachsen. Sie stieg zu ihm auf das Bett, setzte sich breitbeinig auf ihn, jedoch ohne, dass sein Schwanz in sie glitt. Ihre Lippen berührten leicht seine und sie hauchte: »Dreh dich auf den Bauch.«

Sein Rücken war verziert mit einem großen Tattoo. Eva empfand den Zähne zeigenden Löwenkopf reizend und ansprechend. Sie zeichnete die Mähne des Löwen mit ihren Zeigefingern nach. Ben zuckte unter ihren Berührungen. Ihre Streicheleinheiten endeten an seinen Arschbacken, die sie langsam auseinanderzog. Und noch bevor Ben etwas dazu sagen konnte, vergrub Eva ihre Zunge in der Arschspalte. Ihre Zunge umkreiste seine Rosette und stupste hin und wieder so zu, als würde sie die Zunge in ihm versenken wollen, was sie aber nicht tat. Mit der rechten Hand deutete sie Ben an, er solle seinen Arsch etwas hochheben, damit sie seinen Schwanz packen konnte. Er stöhnte, er war geil, er genoss es mehr, als es ihm eigentlich lieb war. Er würde nie einen Mann an seinen Arsch lassen, aber eine Frau, die ihm den Arsch leckt, war ihm allzeit willkommen.

Es dauerte nicht lange und Ben griff neben sich, er hatte sich ein Kondom parat gelegt und zog es sich über, während Eva weiter mit ihrem Mund seinen Arsch liebkoste. Als das Kondom saß, drehte er sich um, zog Eva zu sich hoch und zischte rau:»Rauf mit dir.« Und dann fickte er sie... Er fickte sie, während sie ihn ritt, er fickte sie im Doggy-Style, er fickte sie im Stehen, während er sie an die Wand drückte und ihr aus dem Gesicht ablas, wie sehr sie seinen Schwanz genoss. Ja, sein Schwanz war der Beste, er war so geformt, dass er bei nahezu jeder Frau den G-Punkt traf und gut stimulieren konnte. Eva stöhnte laut, sie biss sich auf die Unterlippe, ihre Fingernägel krallten sich in Bens Rücken. Sie genoss diesen langen Fick und das Feuerwerk ihres Orgasmus sehr. Ben fickte weiter, hielt dann kurz inne und stöhnte:»Mein Saft kommt.« Dann spritzte er ab.

Nach dem Akt meinte er recht kühl:»Wir sollten nun wieder los. Ich muss morgen früh aufstehen.« Somit gingen sie zurück in die Umkleide, zogen sich an und als Eva im Auto saß schrieb sie Lars, dass es ihr gut ging. Ben bekam zum Abschied gerade mal ein:»Bis dann« raus.

Aus dem Tagebuch der Ani R.:

Der Wunsch, dass ein Mann Ben vor meinen Augen fickt, erfüllte sich nie. Nach dem Treffen im Saunaclub trafen wir uns nur noch einmal. Wir schrieben viel, er antwortete immer nur kurz und knapp und ohne viel Leidenschaft in seinen Worten. Ein weiteres Treffen mit mir allein lehnte er ab, das müsse ich mir erst einmal verdienen. Mir wurde immer mehr klar, dass ich nur als Mittel zum Zweck diente. Er versprach mir, dass wir uns dann wieder allein treffen, wenn ich es schaffe, Frauen oder Paare zu finden, die sich mit uns treffen. Nachdem wir dann einmal ein Paar gemeinsam getroffen hatten, änderte sich jedoch nichts. Viele leere Versprechungen machte er. Er schlug vor, dass wir gemeinsam den Schwanz eines Mannes blasen könnten. Ich suchte also einen bi-Mann, ich fand einen bi-Mann, den Ben dann plötzlich doch nicht mehr wollte. Er wollte nun eher bi-Paare. Ich fand bi-Paare, zu gemeinsamen Treffen kam es jedoch nie. Dann wollte er wieder MMF (Mann-Mann-Frau), FFM (Frau-Frau-Mann), dann wieder etwas anderes, ich kam nicht mehr mit, nach was man nun überhaupt noch sucht, wonach ich suchen sollte. Mir war es wichtig, mit ihm gemeinsam etwas zu erleben, mich auszuleben, gern auch mit anderen, aber schlussendlich blieb es bei den zwei realen Treffen. Wenigstens konnte ich beobachten, wie Bens Schwanz von einem anderen Kerl geblasen wurde, während ich mit der Dame mein Vergnügen hatte.

Mir wurde es mit Ben zu kompliziert. Ich wollte einfach nur ficken gehen, gefickt werden, Spaß haben. Und so endete es mit Ben schneller, als ich anfangs gedacht hätte. Er wollte mich nicht mehr allein sehen, wollte nicht halb heimlich kurz ficken, lehnte alles ab, was ich vorschlug, fand es zu stressig, in einen Club fahren zu müssen. Eigentlich war ihm alles zu stressig. Und so wurde es mir zu stressig. Er wurde mir zu stressig. Und so beendete ich diese Affäre, die nicht einmal eine Affäre war. Ich habe von Ben danach nie wieder etwas gehört.

***

Ben klopfte sich unterdessen auf die Schulter. Denn während Eva verzweifelt suchte, hatte er bereits fünf andere Damen gefickt.

14. Abschied von Kiwi

»Na, alles gepackt?« Dieses Mal stand Ani neben Lars, der gerade dabei war, seinen Koffer zu packen. »Ja, das habe ich. Einiges wird mir auch nachgeschickt.« Er griff sich in die Brustinnentasche seines Sakkos und zog das Flugticket heraus. Eigentlich war es viel zu warm für ein Sakko, aber Lars wollte vermeiden, dass es im Koffer zerknittert. Er hatte direkt im Anschluss an den Flug ein kurzes persönliches Meeting und entschied daher, das Sakko im Flieger über den Schoß zu legen. Unter dem Sakko trug er ein weißes Hemd. »Lass uns los, mein Flieger wartet nicht auf mich.«

Vor dem Check-in-Schalter am Flughafen hatte sich bereits eine lange Schlange gebildet. Lars und Ani stellten sich an und warteten. »Ich möchte nicht, dass wir gleich groß in Tränen ausbrechen. Wir telefonieren regelmäßig, ja? Ich möchte eher, dass du die Zeit ohne mich genießt. Genauso wie ich sie ohne dich genießen werde.« Lars sprach von Sex, er wollte Sex genießen. Er wollte sich Punkt 1 seiner Wunschliste erfüllen, so oft es ging. Er zog seine Aufzeichnungen hervor.

1. Ich möchte mit Frauen vögeln

2. Ich möchte, dass Ani mit Männern vögelt

3. Ich möchte, dass Ani mit Frauen vögelt

4. Ich möchte nicht belogen werden

5. Ich muss Ani sagen, dass ich ein halbes Jahr ins Ausland muss

Diese Liste drückte er Ani in die Hand. Sie warf einen Blick darauf und musste herzlich lachen. »Wenn es sonst nichts weiter ist, das kriegen wir beide doch hin! Ich freue mich, dass wir uns einig sind. Danke, für dein Vertrauen, deine Ehrlichkeit, dein Sein.« Lars küsste seine Ani auf die Stirn und war glücklich, so eine tolle Frau zu haben.

Der Abschied verlief schnell und ohne Tränen.

TEIL 2
Jagd

Erklärung

Als Jäger wird eine Person bezeichnet, die auf die Jagd geht, die Wild aufsucht, ihm nachstellt, es fängt, erlegt und sich aneignet. Erlegt hat Eva nie und doch sind die Männer Evas Wild. Es grenzt schon fast an Nymphomanie, so unersättlich ist Eva. Und im Laufe der Zeit wurde aus ihr eine Orgasmusjägerin, nachdem ihr ein Herr an einem Abend ganze 24 Orgasmen schenkte.

Die Sexualität ist die stärkste Kraft im Menschen. Mit einer nicht in der Gesellschaft angesehenen sexuellen Begierde zu leben, ist eine Qual. Eine Nymphe, die es schafft, mit dem ständigen Verlangen nach Sex durchs Leben zu kommen, ohne dies jemals auszuleben, verdient eine Auszeichnung.

1. Oliver

»Ich muss gleich los«, sagte Eva zu Kathie. Die beiden waren zum Frühstück verabredet. Anschließend hatte sie ein Date mit Oliver. »Was reizt dich an ihm?«, fragte Kathie. »Ich bin mir nicht sicher. Es klingt alles so soft. Abgemacht ist: Vor dem ersten Wort, welches wir sprechen, werden wir uns einfach so küssen.« Kathie verdrehte die Augen. »Küssen…« In Kathies Stimme lag ein großer Hauch von Ironie. Aber Eva gefiel der Gedanke. Sie wollte, dass der Kuss es ausmacht. Danach würde sie ihrem Gefühl erst Glauben schenken, denn sie war der Meinung, dass Oliver ein ganz anständiger und netter Fickpartner sein könnte. Jemand, der nicht zu soft, aber auch nicht zu hart war. »Ja, küssen. Ich hoffe aber sehr, dass es nicht nur dabei bleibt. Mensch Kathie, du weißt genau, dass ich schon ewig mit dem Oliver schreibe. Ich bin heiß auf den, der findet immer die richtigen Worte beim Schreiben. Aber er muss Vorsicht walten lassen, seine Frau weiß nicht, dass er sich mit mir trifft. Die führen keine offene Ehe.«

Etwas, was Eva störte. Je öfter sie mit Männern schrieb, um sich zum Sex zu verabreden, desto öfter stellte sie fest, dass in den meisten Fällen deren Frauen nichts davon wussten. Ani hätte solchen Männern direkt den Laufpass erteilt. Eva nicht. Es war nicht ihre Aufgabe, den Moralapostel zu spielen. Ob vergeben oder single – ein Schwanz hing bei beiden Männerexemplaren dran. Und wenn der Mann dabei auch noch nett war, hatte Eva bereits der Jagdinstinkt gepackt.

Sie verabschiedete sich von Kathie, stieg in ihr Auto und fuhr los. Sie traf sich mit Oliver in einem Café ganz in der Nähe. Und auch wenn Eva grundsätzlich sehr gelassen war, ging ihr vor einem Treffen regelmäßig der Puls hoch. Das störte sie, aber das war dann doch die Ani in ihr.

Eva kam pünktlich um kurz vor halb elf am vereinbarten Treffpunkt an. Das Café lag direkt an einem Fluss. Wenn sich beide sympathisch waren, könnten sie nach einem Kaffee noch eine Runde spazieren gehen. Eva dachte an den Chatverlauf... an das, was Oliver ihr geschrieben hatte, was er machen könnte, wenn es einen Spaziergang gäbe. Ihr wurde ganz heiß dabei.

Als der Wagen von Oliver auf den Parkplatz fuhr, schlug Eva das Herz bis zum Hals. Die Fahrertür seines Wagens öffnete sich... in Echtzeit mit Sicherheit innerhalb von zwei Sekunden. Für Eva aber wie in Zeitlupe innerhalb von zwei Minuten. Oliver stieg aus... Oliver guckte sich um... Oliver lief los. Eva starrte ihn wie gebannt an. Musterte ihn immer und immer wieder von oben bis unten. Oliver war ein unheimlich hübscher und attraktiver Mann mit markantem Gesicht, blonden Haaren und dunklen Augen. Sie brauchte einen Moment, bis ihr Innerstes sie anstupste und sie aufforderte:»Steig aus!« Einmal tief durchgeatmet... und sie stieg aus, schloss das Auto ab und drehte sich um. Oliver sah sie an und kam geradlinig auf sie zu. Er trug T-Shirt und Jeans. Eva lächelte, breitete ganz leicht die Arme aus, um Oliver eine Umarmung anzubieten. Er lächelte zurück, umfasste ihre Taille... ihr Körper bebte, seine Hände, sein Geruch, seine Ausstrahlung, all das wirkte sehr anziehend auf sie. Und blitzartig spürte sie seine Lippen auf ihren. Es war, als würde sie in Zuckerwatte versinken, so weiche Lippen hatte er. Erst küsste er sie mit Vorsicht, im Verlauf immer fordernder und heftiger. Ihre Hände umfassten seinen Nacken, seine Hände umfassten sie, ihren Po, ihren Rücken, gefühlt waren seine Hände überall. Beide verschmolzen in einem innigen Zungenkuss, der sich butterweich und unheimlich gut anfühlte. Wie lange sie sich küssten? Lange. Es schien, als wollte auch er sich so gar nicht mehr von ihr lösen. Es fühlte sich für Eva sehr harmonisch und stimmig an. Chemie und Sympathie stimmten. Der Kuss endete irgendwann – leider. Eva guckte Oliver an und meinte: »Jetzt Kaffee?« Er nickte und lachte. Eva schloss sich dem an und ging vor in das Café. Ihre Gespräche verliefen sehr tiefgründig. Sie unterhielten sich nicht über sexuelle Dinge, ganz im Gegenteil. Es lagen interessante Themen auf dem Tisch, die offensichtlich dringender Erörterung bedurften. Im Gesprächsverlauf musterte Eva Oliver weiter. Und das Schöne war: Er sie auch. Seine Blicke wanderten genauso an ihr herauf und herunter wie ihre Blicke an ihm. Beide verschlangen sich förmlich mit den Augen. Auf den ersten Kaffee folgte ein zweiter Kaffee. Eva wollte mehr... sie wollte Olivers Schwanz spüren. »Lass uns noch eine Runde spazieren gehen, es ist so heiß hier drinnen«, sagte Oliver.

So gingen sie los, am Fluss entlang, redeten, lachten. »Woher stammen die Narben an deinem rechten Arm?« Dünne, wie von einem scharfen Skalpell gezogene Linien zeichneten sich auf seinem Unterarm ab. Auch darüber lachte er. »Jugendsünde«, sagte er und zuckte mit den Schultern. Sie gingen weiter, Eva fühlte sich frei und unheimlich gut. Dann bogen sie in einen kleinen Schotterweg ab. Links von ihnen lag ein See, rechts standen hohe Bäume, man hörte und sah teilweise die Autos an der Hauptstraße. Eine Spaziergängerin mit Hund passierte die beiden. Danach sah man keinen Menschen mehr. Sie waren allein...

Genau in diesem Moment mitten auf dem Gehweg fielen beide übereinander her. Oliver küsste sie fordernd, leidenschaftlich, erregt. Er küsste unglaublich gut, seine Lippen waren weich wie Sahne und seine geschmeidig wie flüssige Seide wirkende Zunge spielte mit ihrer Zunge. Eva ließ sich fallen. Neben den heißen Küssen packte Oliver ihren Po, Eva drückte sich hart an ihn, merkte seinen harten Schwanz an ihrem Bein. Ihre Pussy lief förmlich aus, ihr Unterleib schien sich selbständig zu machen. Die Lust und das Verlangen nach Olivers Körper übermannte sie. Und genau in diesem richtigen Moment schob er geschwind und mit Können seine Hand in ihre Hose und fing an, ihre Pussy zu massieren. »Du bist so geil feucht«, raunte er. Eva bebte vor Verlangen. Sie löste sich von ihm, zog ihn wortkarg zu einer der beiden hinter ihnen stehenden Bänke. Er setzte sich hin – sie setzte sich direkt auf ihn, in Reiterstellung. So verharrten sie einige Zeit mit Berührungen, Küssen und erregtem Stöhnen. Oliver stand auf, zog Eva mit hoch, setzte sie auf die Bank, küsste sie einfach weiter, fuhr wieder erregt mit seiner Hand in ihre Hose und begann, sie erst sanft und dann immer verlangender zu fingern. Eva sprang nach kurzer Zeit auf, krallte sich an seinen Schultern fest und ließ es einfach geschehen. Oliver traf haargenau ihren G-Punkt. Er machte weiter – und Eva kam im Stehen zum Orgasmus. Der Höhepunkt ließ sie zittern, aber nicht davon abhalten, vor Oliver auf die Knie zu gehen. Sie öffnete flink seine Hose, nahm seinen prallen Schwanz in die Hand, um ihn direkt in ihrem Mund zu versenken. Er stöhnte auf und es dauerte auch bei ihm nicht lange, bis er rief: »Ich komme gleich, ich will auf dein Gesicht spritzen!« Und Eva ließ ihn in ihr Gesicht spritzen.

Sie zückte ein Taschentuch aus ihrer Handtasche und wischte sich ihr Gesicht sauber. Dann zogen sich beide schweigend und grinsend an und gingen zusammen zurück zum Auto. »Sehen wir uns wieder?«, fragte Eva. »Ja, unbedingt«, hauchte er, küsste sie ein letztes Mal, ging zu seinem Auto und fuhr davon.

Ein nächstes Treffen sollte folgen.

2. Gerrit

Hoteldate gefällig? Für dieses Erlebnis stand Gerrit zur Verfügung. Er schrieb Eva an und dann kam es unkompliziert und schnell zu einem Treffen. Die Chemie – gerade nach einem Telefonat, welches die beiden vorher bereits geführt hatten – stimmte. Gerrit stand auf Strapsstrümpfe, schöne Wäsche und gemeinsames Duschen. Abgemacht war: Erst einen Quickie, dann duschen, danach eine zweite längere Runde. Eva sollte auch noch Handschellen einpacken. Sie hatte keine Ahnung von BDSM, Fesseln und was alles dazu gehört. Sie fand dieses Thema spannend, sie hatte dazu Bücher gelesen und Filme gesehen, aber sie selbst wurde noch nie dominiert. Es reizte sie sehr diese Spielart einmal zu erleben und so setzte sie diese damals als Punkt 6 auf ihre Wunschliste.

Aus dem Tagebuch der Ani R.:

„Bei einem Treffen ist es mein Ziel, herauszufinden, ob ich mit meinem Gegenüber gern Sex haben möchte." An den Satz, den Gerrit sagte, erinnerte ich mich genau.

Das war eindeutig abgesteckt. Ohne viel Glitzer und Glamour, es ging hier schlicht und ergreifend um Sex. Ich fuhr mit gepackter Utensilientasche in sexy Unterwäsche – darüber trug ich ein Kleid – auf den Parkplatz des Hotels. Gerrit – gekleidet im Anzug, er sah sehr nach Geschäftsmann aus – kam mir auf dem Parkplatz direkt entgegen. Ich checkte ihn von oben bis unten ab – schlank, geradezu zierlich für einen Mann. Ich wusste aus den Gesprächen, die wir vorab geführt hatten, dass er sportlich ist und von einem Foto, wie er unter dem Anzug – zumindest vom Oberkörper her – aussieht. Dieses Bild wanderte, als ich ihm da auf dem Parkplatz so gegenüberstand, ebenfalls durch meinen Kopf. Ich scannte ihn weiter und kam direkt zum Entschluss: Passt. Ihm schien es ähnlich zu gehen.

Wir begrüßten uns mit einer zurückhaltenden Umarmung und ich folgte ihm zu seinem Auto, aus dem er noch seinen Koffer holen wollte. Beim Öffnen des Kofferraums meinte er: „Ohne es jetzt sehr eilig haben zu wollen, aber von meiner Seite aus passt es." Ich nickte, ich sah es genauso. Außerdem war ich geil.

Wir gingen im Small-Talk-Modus Richtung Hoteleingang und checkten ein. Das Zimmer, welches wir beziehen konnten, war grausam und sehr klein. Aber das, was wir brauchten, war vorhanden: Ein Bett, eine Dusche und eine Toilette.

Gerrit holte aus seinem Koffer eine Flasche Wasser, goss in zwei bereitgestellte Gläser Wasser ein und wir unterhielten uns ein wenig. Es ging um nichts Tiefgründiges. Nach kurzer Zeit nahm Gerrit beide Gläser und stellte sie auf einen abseitsstehenden Schreibtisch. „Komm her." Ich stand auf und stellte mich vor ihn. „Du bist so schön", sagte er. Ja, ich höre das gern. Ja, das macht mich an. Ich werde gerne begehrt. Gerrit zog mir langsam mein Kleid aus. Immer wieder schmeichelte er mir, meinte, was für eine tolle Frau ich wäre. Ich genoss jedes seiner Worte. Ob sie stimmten oder nicht, war in dem Moment nicht wichtig. Es war trotzdem wie Balsam für meine Seele. Dann warf er mich aufs Bett... Und plötzlich lag ich dort nackt, nur die Strümpfe behielt ich an. Ich beugte mich über Gerrit, wollte über seinen Oberkörper hin zu seinem harten Schwanz wandern. „Nein, das heben wir uns für die nächste Runde auf", sagte er. Ich zog trotzdem seine Boxershorts runter... und fiel fast nach hinten um. Rückblick auf das geführte Telefonat: „Wie groß ist dein Schwanz?" Gerrit: „Habe ich noch nie gemessen." „Nur so in etwa", bohrte ich weiter. „Hm, also etwas mehr als Standard." Das klang gut. Ich fragte mich in dem Moment nicht, was denn Standard wäre. Laut Internet haben deutsche Männer etwas kleinere Schwänze als in anderen Ländern, zwischen 11 und 14 cm in erigiertem Zustand. Somit malte ich mir „etwas mehr als Standard" in etwa mit 16-17 cm in meiner Fantasie aus...

Und hier stand im wahrsten Sinne des Wortes die Realität vor mir. Solch einen großen und auch dicken Schwanz hatte ich noch nie gesehen!

Meine Spalte war durch das angenehme Vorspiel inzwischen schon ziemlich feucht. Gerrit zog sich ein Kondom über und ich stieg über ihn. Langsam, ganz vorsichtig und gemächlich, Stück für Stück ohne zu hart zuzustoßen, drang er in mich ein. Ich merkte, wie ich immer weiter wurde, ich merkte, wie eng das Ganze sich anfühlte. Als Gerrit vollkommen in mir war, musste ich kurz ausharren, so intensiv war dieses Gefühl des komplett ausgefüllt seins. Und dann fing ich langsam an, ihn zu reiten. Es wurde langsam schneller, ich stöhnte, schrie, bebte. Er murmelte Worte, ich hörte nur Fetzen daraus. Wie geil ich wäre, wie geil er wäre, wie geil das ist. Dann hörte er auf, drückte mich auf den Rücken, stieg über mich und drang erneut in mich ein. Er hielt meine Hände mit einer Hand fest, ich sollte ihn entweder nicht anfassen oder aber einfach keine Chance haben, sie zu bewegen oder aber zu nutzen. Mein Gesicht drückte er mit der anderen Hand auf die Seite, ich war beinahe wehrlos, aber genoss das alles sehr. Dann – ganz unverhofft – ließ er von mir ab, riss sich das Kondom runter und kam schwallartig auf mir. Ohne Vorwarnung spritzte er so weit, dass ein kleiner Teil seines Saftes sogar in meinen Haaren und über meinem Kopf landete. Dann sackte er erschöpft neben mich.

Die Uhr sagte mir, dass dieser Quickie ca. 45 Minuten gedauert hatte. Ein Quickie in meinem Alltag sah da wesentlich kürzer aus. So in etwa maximal zwei Minuten oder so? Im Internet stand zur Dauer des Durchschnittsquickies: Drei Minuten. Ich lag also mit meiner Einschätzung gar nicht so verkehrt. Dieses war definitiv kein Quickie. Aber wenn es für Gerrit ein Quickie war, was war dann erst das volle Programm?

„Ich geh duschen, kommst du mit?" Er riss mich aus meinen Gedanken. Ich nickte.

Nach dem Duschen: „Ich habe etwas mitgebracht." Gerrit öffnete seinen Koffer und warf eine Tüte neben mir auf das Bett. Auf den ersten Blick sah es aus wie eine schwarze mehrschwänzige Peitsche. Ich grinste verstohlen. „Auspeitschen?", fragte ich unschlüssig. „Nein, das sind Kabelbinder." Ich sah ihn entgeistert an. „Ähm, naja...", erwiderte ich, weil in mir Angst hochstieg. Festbinden? Mit Kabelbinder? Bedeutete für mich, keine Fluchtmöglichkeit zu haben, völlig ausgeliefert zu sein, einem Fremden so zu vertrauen, dass er mir nichts Schlimmes antut, sobald ich festgemacht bin. Mir wurde übel. „Ich habe Handschellen mit, da kann ich mich wenigstens los machen, wenn ich mich unwohl fühle." Meine Stimme zitterte leicht. Er merkte das und reagierte sofort. „Guck mal... ich mache dich hier fest." Er zeigte auf eine Stelle am Bett. „Ich gebe dir diesen Seitenschneider in die Hand. Wenn dir das zu viel wird oder du Angst bekommst, kannst du dich *damit losschneiden."* Ich zögerte, stimmte aber nach kurzem Nachdenken zu. *„Zieh die Kabelbinder nicht zu fest, dann kann ich mich zur Not auch ohne Kneifzange befreien."* Er nickte zufrieden, drückte meinen Oberkörper nach vorn und machte mich mit einer geschickten Handbewegung an dem Bett fest. Dann fickte er mich von hinten. Es gefiel mir sehr. Das Gefühl des halbwegs ausgeliefert seins, seine harten Stöße in meine Pussy. Ich hörte ihn stöhnen, flüstern, ächzen. Und nach kurzer Zeit holte er aus und schlug mir auf den Hintern. Ich stöhnte laut auf – vor Lust, Verlangen, mit der inneren Bitte nach mehr. Wir verharrten in dieser Position gute 20 Minuten. Dann machte er mich los, lenkte mich mit meinen zitternden Beinen aufs Bett und fickte mich dort weiter. Er lag auf mir, ich sah ihn an, bebte erregt, lachte dann und rief: „Komm, lass uns das ganze Bett vollsauen." „Du gefällst mir wirklich", meinte er.

Gerrit drehte mich nach einer ganzen Weile um, nahm mich auf dem Bett erneut von hinten, zog dann ruckartig seinen Schwanz aus mir raus, riss das Kondom wieder runter und spritzte mir meinen Rücken voll. Danach – und das ließ mich etwas stutzen – cremte er meinen Rücken mit seinem Sperma ein, er verteilte die Ladung gleichmäßig auf mir. Ich war sowohl unheimlich angewidert als auch erregt. Diese Mischung kannte ich nicht. Und ich ging auch in dem Hotel nicht noch einmal duschen... ich hatte das Gefühl, dass ich dieses Erlebnis mit Stolz tragen sollte.

Und so angewidert ich auch war, als ich während der Rückfahrt an meinen mit Sperma eingecremten Rücken dachte... ich duschte mir die Reste dieses Erlebnisses erst ab, als ich wieder zu Hause angekommen war.

Das, was ich aus diesem Treffen mitnehme, ist Erfahrung. Einen Orgasmus hatte ich nicht.

***

3. Männer

Eva traf sich mit vielen Männern. Sie jagte ihnen hinterher. Sie wollte sie haben und ficken. Sie suchte den Kick. Aber die Dates liefen häufig recht gleich ab, sie langweilte sich sogar inzwischen, denn neben dem Kick wollte sie Orgasmen! Viele Orgasmen, einen Mann, der es so draufhat, sie zu befriedigen, dass es ihr an dem, was sie sehr liebt, nämlich lautstark zu kommen, nicht fehlt.

Sie hatte Mark, den sie nie getroffen hatte, der sie aber dazu brachte, über eine Grenze hinauszugehen. Sie schrieben gern heiße Texte hin und her, machten sich damit an. Mit ihm per Videochat am anderen Ende saß sie im Auto, welches auf einem öffentlichen Parkplatz stand und an dem direkt eine Hauptstraße langlief. Dort zog sie im Auto ihr Shirt hoch, zog ihren BH beiseite, damit man ihre blanken Brüste sah. Jeder hätte sie sehen können. Sie spielte an ihren Nippeln, bis diese steil nach oben standen, nur, damit Mark sich am anderen Ende der Leitung darauf einen wichsen konnte. Es klang wundervoll, ihn dabei stöhnen zu hören. Eva machte das so richtig heiß, sie hielt die Kamera ihres Telefons nach unten, damit Mark sehen konnte, dass sie mit der Hand in ihre Hose ging und sich selbst anfasste. Eva war feucht und ihr Kitzler war vergrößert. Sie seufzte, Mark schien das sehr zu gefallen, denn er kam bei diesem Anblick. Sie hätte nie gedacht, dass solch ein Chat und dann auch noch ein Video-Telefonat sie so heiß machen könnte.

Sich selber so reizen zu lassen um zu gucken, wie lange man erregt durch die Gegend laufen kann, das war eine ganz neue Erfahrung. Seitdem reizte Eva sich oft bis kurz vorm Kommen und lief dann den Rest des Tages erregt herum. Keiner weiß, was mit einem los ist, nur man selber weiß, dass jede Berührung um ein Vielfaches mehr als sonst gespürt und vom Körper verarbeitet wird, als im unerregten Zustand. Und am Ende des Tages brachte sie es zu Ende – um großartige Orgasmen aus ihrem Körper herauszukitzeln.

Sie hatte Bobby, der sie führen wollte, es aber nicht konnte, denn er war ein Idiot. Sie ließ sich von ihm im Auto vögeln, es gab keine große Anlaufzeit. Er fickte sie auf der quietschenden Rückbank, beschwerte sich darüber, dass er ein Kondom nutzen sollte, weil sein Schwanz darin schlapp machte und wichste auf ihre Brüste, als sie ihm klar machte, dass sie ohne Kondom sicher nicht mit ihm ficken würde. Ja, sie wurde benutzt, aber für sie fühlte es sich nicht so an. Es fühlte sich wie eine Erfahrung an. Eine sehr schlechte Erfahrung.

Sie hatte Jakob, der ihr live zu jung und schmächtig vorkam, als sie es anhand seines Profils eingeschätzt hätte. Und der nicht einmal ohne Kondom einen harten Schwanz bekam. Eva konnte tun, was sie wollte, es regte sich nichts. »Das ist mir noch nie passiert. Ich war auch schon mal im Club, da ging das auch«, meinte Jakob. Diese Aussage brachte Eva aber nicht zu ihrem heißersehnten Orgasmus! »Mach den Kopf mal aus«, schlug sie Jakob vor. »Was ist, wenn uns hier jemand sieht?«, fragte er und sah sich um. Die beiden hatten sich in einem kleinen Wäldchen getroffen. »Hier ist keiner, Jakob. Wir sind hier ganz allein.« Eva gab weiter ihr Bestes und blies und wichste an Jakobs Schwanz herum, aber sein bestes Stück regte sich kein Stück.

Nach einigem Gutzureden und Angetörne passierte es endlich: Der Schwanz von Jakob wurde hart. Eva zog ein Kondom darüber, setzte sich in Reiterstellung auf ihn und bewegte sich langsam auf und ab. »Ohhhhh...« und Jakob kam. Ein Schnellspritzer also. »Sorry«, sagte Jakob desinteressiert. Eva verbuchte diese Erfahrung unter: »Hätte nicht sein müssen.« Sie bezeichnete es einfach als Recherche.

Sie hatte Lutz, den sie in einem Hotel traf, ganz spontan, nachdem ihr zwei Herren an dem Tag abgesagt hatten. Es war ein Date, welches auf Grundlage der völligen Verzweiflung aufgebaut war, da ihre Hormone sie voll im Griff hatten. Der Zyklus einer Frau ist einzigartig. Einige merken ihn nie, andere ein wenig und wiederum andere – eine Frau wie Eva – merken ihn ganz stark. Die Hormone spielen verrückt, sie ist durchgehend heiß. Sie könnte immer und überall gevögelt werden. Es grenzt schon fast an Nymphomanie, so unersättlich ist Eva. Ihr Kopfkino spielt dann verrückt, was bedeutet, dass sie, egal was sie sieht oder macht, immer nur daran denkt, wieder einen Fick zu haben.

Lutz war nett, keine Frage, die beiden verstanden sich gut, allerdings lief auch dieses Treffen recht standardmäßig ab. Küssen, versuchte orale Befriedigung seinerseits bei Eva ohne Erfolg, denn er hörte immer wieder auf zu lecken. Fingern konnte er einigermaßen, er traf ihren G-Punkt, aber Eva bekam keinen Orgasmus. Denn auch beim Fingern hörte er zwischendurch immer wieder auf. Eva hatte zwar Gänsehaut dabei, aber halt keinen Orgasmus. Lutz hingegen war ganz empfindlich am ganzen Körper. Er zuckte, egal wo Eva ihn berührte. Dann stand Lutz auf, holte ein Kondom und es ging los: Erst Missionar, dann hat er Eva hochgezogen, dann saß sie irgendwann auf ihm drauf, dann kurz von hinten. Alles in allem war es schön, aber ohne Orgasmus fehlte Eva einfach etwas.

Lutz hingegen war immer kurz vorm Kommen, hat es zurückgehalten, in dem er jedes Mal rief:»Oh Gott, oh nein, stopp.« Am Ende – ungefähr nach einer Stunde Vögelei – konnte Lutz es nicht mehr zurückhalten. Er kam, nicht überheblich laut oder mit Quieken, er kam ganz zart und sein Körper bebte im Anschluss. Aber direkt danach meinte er, dass er losmüsse, weil er am nächsten Morgen früh aufstehen müsse. Eva dachte nur:»Na toll, einmal gevögelt und jetzt geht's heim.«

Als Eva auf dem Rückweg war, fragte sie sich:»Warum komme ich auch immer auf solche Ideen? Treffen ohne Orgasmusgarantie… mit Typen, die ich nicht mal eine Stunde kenne. Aber ich brauche diesen Kick. Ich bin heiß…« Leichte Verzweiflung machte sich in ihr breit.

Sie hatte Arnold, nur deshalb, weil sie jedem Rock hinterherrannte – besser gesagt, jedem Schwanz. Sie war heiß und suchte verzweifelt nach Befriedigung. Das Schreiben mit Unbekannten machte sie an, sie zu locken, zu bezirzen, mit Worten auf sie geil zu machen. Ohne Rücksicht auf deren Gefühle. Zu was machte sie das? Zu einer Drecksau? Zu einem empathielosen Menschen? Sie wusste es nicht, sie wusste nur, dass es ihr im Nachhinein nur dann leidtäte, wenn ihr Ruf zu Schaden käme. Wenn das ausgeschlossen war, dann tat es ihr nicht leid.

So antwortete Eva tatsächlich auf eine Mail, obwohl ihr von vornherein schon klar war, dass das nix wird. Arnold war zu alt und optisch nicht ganz ihr Typ. Trotzdem ließ sie sich darauf ein. Arnold meinte, dass seine letzte Affäre, in der er nicht ihr Typ war, ein Jahr bei ihm blieb, weil er sie immer und immer wieder kommen ließ. Da wurde die Orgasmusjägerin in Eva geweckt. »Ja, ich bringe jede Frau zum Squirten, ficke lange und hart, küsse toll, liebe es, wenn es richtig nass zur Sache geht.« Solche Aussagen gepaart mit einer sehr angenehmen Männerstimme ließen Eva sein Gesicht vergessen. Wenn sie einfach ihre Augen verbinden würde, dann würde sie ihn ja nicht sehen. Ob sie ihn wohl riechen konnte? Ihr Jagdinstinkt war an und sie stimmte einem spontanen Treffen am Abend zu. Arnold wohnte nicht weit entfernt und wenn sie Bock auf viele Orgasmen hätte, dann müsste sie nie weit dafür fahren.

Aber das Treffen lief enttäuschend ab. Als Eva Arnold dann vor sich stehen sah, regte sich nichts in ihr. Sie sah ihn an... nichts. Keine Regung, kein Zucken im Unterleib, keine aufsteigende Geilheit – nichts! Nach kurzem Smalltalk kam Arnold näher, nahm ihre Hände. »Du fühlst dich toll an, das fühlt sich alles richtig an.« In Eva regte sich weiter so gar nichts. Er küsste sie. Er war kein guter Küsser. Es löste nichts aus. Er umarmte sie, sagte ihr, wie toll sie wäre. Nichts. Kein Kribbeln, Krabbeln, nichts. Sie roch an ihm... er roch nicht sehr gut. Seine Arme waren stark, sie strich leicht darüber. Er fühlte sich gut an – aber löste weiter nichts aus. Eva war total verwirrt und verbissen darauf, etwas zu fühlen. Sexuell zu fühlen. Um sie herum wurde es kalt, sie wurde kalt.

Sie ging noch einen Schritt weiter und ließ es zu, dass seine Hand in ihrer Hose verschwand. Er steckte auch prompt einen Finger in ihre wohlgemerkt völlig trockene Pussy. Merkte er das nicht? Das musste er doch merken und von sich aus nachhelfen. Er meinte doch, er wäre dominant und kümmerte sich ums Wohl der Frau. »Und was genau sucht er da in mir?«, fragte Eva sich. Sie war doch kein Kaugummiautomat, in dem man in allen Ecken stochert, um ans gewünschte Ziel zu kommen. Sie rückte von ihm ab und schob seine Hand beiseite. Sie war gereizt, sie war wütend auf sich selber. Einmal, weil sie einfach nichts fühlte und weil Arnold halt überhaupt nicht wusste, was er da tat. Letzter Versuch... nur noch ein Versuch. Sie übernahm die Führung. Sie stand darauf, zu blasen. Das machte Eva an, wenn der Mann dabei stöhnte, zuckte, das war es! So roch sie an seinem Bauch entlang – der erstaunlich gut roch im Gegensatz zum Rest dieses Mannes. Sie zog seine Shorts etwas runter und tat es einfach – rein mit dem Ding in den Mund. Was sie Sekunden später auch schon bereute. Er schmeckte furchtbar. Sie ließ direkt wieder von ihm ab. Währenddessen stöhnte er auf, selbst sein Stöhnen löste nichts in Eva aus. Sie spülte ihren Mund mit Wasser nach und sah auf die Uhr. Ganz alte Masche...»Oh, schon so spät, ich muss jetzt los, morgen muss ich früh raus.« Er nickte.»Komm gut nach Hause.«

Am nächsten Tag schrieb er sie an.»Ich habe Lust auf dich. Ich möchte dich kommen hören und sehen.« Eva widerten seine Worte an. Sie antwortete:»Tut mir leid, es reicht nicht für mehr.« Er:»Ok. Falls sich das ändert und du trotzdem einen Orgasmus brauchst, weißt du ja, wo du bekommst, was du brauchst.« Darauf antwortete sie nicht mehr. Er jedoch ließ sie nicht in Ruhe:»Wann sehen wir uns denn wieder?« Eva:»Für ein weiteres Treffen bin ich raus. Ich kann mir sexuell nichts weiter mit dir vorstellen. Du bist nett, aber du bist nicht mein Typ.« Er:»Ok, aber warum hast du dann meinen Schwanz in den Mund genommen? Das macht man doch nicht, wenn man sexuell keine Lust verspürt oder der Gegenüber nicht sein Typ ist.« Eva:»Weil mir in dem Moment einfach nicht klar war, was ich will.« Er:»Das ist so, als hätte ich dich ansatzweise zum Orgasmus gebracht und dann plötzlich aufgehört, während du schon ausläufst.« Eva:»Jetzt hetz doch nicht so gegen mich! Ich bin dir gegenüber nur ehrlich. Ich kann mir nichts weiter mit dir vorstellen. Und ja, genau das ist mir schon passiert! Aber die Typen hatten nicht die Eier in der Hose, mir zu sagen, dass sie sich nicht mehr vorstellen können und haben sich halt einfach gar nicht mehr geäußert.« Er:»Du hast dich bei mir sehr wohl gefühlt und als du hier gewesen bist, hattest du Lust auf mich. Ich hätte dich gleich intensiv ficken sollen, dann wäre es jetzt anders.« Der Herr litt offensichtlich an entsetzlicher Selbstüberschätzung! Eva:»Ich habe keine Lust, mich weiter zu rechtfertigen. Mach es gut, Arnold.« Eva beendete das Gespräch.

Sie hatte Rico, deshalb, weil sie auf gut durchtrainierte Männer stand. Sie schrieb ihn an, er zeigte Interesse und lud Eva zu sich nach Hause ein. Ein Treffen, welches neutral stattfinden könnte, schlug er ihr auch vor. Aber sie wollte Sex, kein Treffen vorab. Die beiden unterhielten sich, gingen ins Schlafzimmer, er leckte Eva nur kurz, obwohl er das angeblich gern lang machte, er vögelte sie anschließend recht schnell in der Missionarsstellung und als sie ihn im Anschluss kurz ritt, würgte sie ihn leicht, weil sie so wütend war, dass er sie nicht zum Kommen brachte und sie innerlich nach Befriedigung schrie! Er kam dann und es ging für Eva schnell wieder nach Hause, weil er noch einen Termin hatte. Rico fand das Date genauso schlecht wie Eva – aber er sprach es nicht aus. Er meldete sich nicht noch einmal bei ihr.

Sie hatte Mario, sogar am gleichen Tag wie Rico. Sie suchte dringend sexuelle Befriedigung. Sie kannte Mario bereits, beim ersten Date verhielt er sich aber schon seltsam. Sie hoffte einfach, dass es dieses Mal anders liefe. Sie traf sich mit ihm im Auto. Wieder eine schnelle Nummer auf der Rücksitzbank. Eine schlechte Nummer. Aus der sie lernte, dass man, wenn es beim ersten Mal schon seltsam war, nicht nochmal ein zweites Date wagen sollte. Aber Eva hielt ihre ständige Geilheit kaum aus und ihre Pussy tat ihr nach Mario doch ziemlich weh. Und trotzdem hätte sie gern noch einen dritten Mann an diesem Tag vernascht. Was sie aber nicht tat, sondern sich abends lieber mit Kathie traf, der sie all diese Geschichten erzählte. Sie schrieb sie nicht auf, es wären keine anregenden Geschichten für Lars gewesen. Kathie sah sie betroffen an.»Du hättest also noch mehr solcher Stories auf Lager?« Eva nickte.»Ja. Ich habe Lust, das weißt du nur zu gut, Kathie. Dir geht es doch genauso. Aber ich habe Pech mit den Männern.« Sie sah bedrückt nach unten.»Lass den Kopf nicht hängen, du wirst noch einen Mann finden, der dich so fickt und will, wie du es brauchst.« Eva hoffte es sehr.

Es waren nicht nur die ganzen einschläfernden Erfahrungen, die sie ärgerten. Im Laufe der Zeit schrieb sie mit vielen Männern, sie wollte sie jagen, sie wollte von ihnen gevögelt werden. Einmalige Sachen, keine Dauergeschichten. Sie hatte aufgehört zu zählen, wie viele Männer ihr kurz vor dem geplanten Treffen absagten oder aber erst gar nicht am vereinbarten Treffpunkt auftauchten. Kathie nickte betroffen.»Das sind Tastenwichser. Die lieben einfach nur das Gefühl, dass sie eine Frau haben könnten, sind aber zu feige, es dann in die Tat umzusetzen.«»Mag sein«, sagte Eva. Und dann fing sie herzlich an zu lachen.»Ich möchte dir noch eine Geschichte erzählen. Ein Herr, mit dem ich mich wahrhaftig zweimal getroffen habe. Ein Herr, der mir vorab versicherte, er würde mich bis zum Schreien lecken. Ich verrate nur so viel: Er hat es nicht geschafft. Ich nenne ihn nicht beim Namen. Ich nenne ihn: Mr. Penis.«

4. Lobhudelei an Mr. Penis

»Mr. Penis war ein Gentleman, jedenfalls spielte er die Rolle des Gentlemans anfangs sehr überzeugend. Pseudo-Gentleman, das trifft es eher. Die Frau sollte verwöhnt werden und voll auf ihre Kosten kommen. Sie sollte keine weiten Anfahrtswege haben, der Herr hatte in ihre Richtung zu fahren. Beim Sex ging es darum, dass die Frau einen Orgasmus nach dem nächsten hatte, er würde Frauen bis zum Schreien lecken, er lecke lange und ausdauernd. Und man müsste ihr immer sagen, wie schön sie sei. »Eva, du bist wirklich schön«, sagte er ganze einmal. Alle weiteren Komplimente wollte er für sich haben. Aber dazu später mehr.

Wir trafen uns in einem Café. Eigentlich war geplant, dass wir uns bei ihm zu Hause treffen. Ich wollte doch einfach nur gefickt werden. Aber er machte da ein Problem draus, obwohl es kein Problem war. Er war der Meinung, in seiner Wohnung sei es nicht ordentlich genug. Ich schlug ihm vor, er könne doch aufräumen, aber er war der Meinung, dass er das nicht schaffe, da er so viel Arbeit um die Ohren hätte. Ich schlug ihm vor, dass wir uns ja auch in einem Hotel treffen könnten. Da gäbe es Kaffee und ein Bett.

Aber das schien ihm zu teuer. Ich schlug dann ein Café in meiner Nähe vor, damit ich nicht zu weit fahren musste. Zu ihm nach Hause wäre ich gefahren, da wäre ich ja auf meine Kosten gekommen, zumindest laut seiner anfänglichen Aussage. Aber das von mir vorgeschlagene Café lehnte er ab und somit fuhr ich ihm mehr entgegen als er mir. Da hätte mir schon klar sein müssen, dass das nichts werden kann. Beim Gespräch ging es weitestgehend um ihn. Ich fand das ganz angenehm, so musste ich nicht viel erzählen. Meine Pussy hatte sich sowieso überlegt, mein Gehirn zu steuern und so war klares Denken für mich nicht mehr möglich. Ich wollte ihn, wollte seinen Körper benutzen. Offensiv stand ich also auf, ging um den Tisch herum und küsste ihn. Er wirkte überrascht, schloss sich dem Kreisen meiner Zunge in seinem Mund aber an. Er küsste gut!»Lass uns doch zu dir.« Ganz ehrlich, Kathie? Ich flehte ihn fast an. Meine Pussy flehte ihn an. Seine Worte:»Heute ist mir nicht danach. Aber ein anderes Mal gerne.«

Kathie zog ihre Augenbraue hoch.»Hast du dich ein weiteres Mal mit ihm getroffen?« Eva nickte.»Aber dieser Abend war dahin. Da musste ich es mir – wie so oft – selber machen.« Sie verdrehte die Augen.

»Einige Tage später traf ich Mr. Penis erneut. Seine Wohnung hatte er inzwischen aufgeräumt und so fuhr ich direkt zu ihm. Kaum angekommen landeten wir ohne große Umwege im Bett. Sein Schwanz war schon recht groß, gerade, schmeckte lecker. Aber er wollte fortwährend hören und merken, wie toll ich seinen Schwanz fände. Je öfter er mich auf dieses Loben drängte, umso mehr verging mir die Lust. Ich legte meinen Zeigefinger auf meine Lippen – pssst. Half aber nicht. Ich legte meinen Zeigefinger auf seine

Lippen – psssst. Half auch nicht. »Habe ich nicht einen tollen Schwanz? Hattest du so einen schönen geilen Schwanz schon mal? Der fickt dich richtig durch, der macht dich fertig! Er ist nämlich so schön groß. Macht dich das an? Sieh ihn dir an, sieh, wie sehr er auf dich wartet.« Ja, Kathie, er redete über seinen Schwanz in dritter Person. Ich finde es nicht schlimm, wenn jemand stolz auf seinen Schwanz ist. Ganz im Gegenteil. Und wenn ich einen Schwanz inklusive seines Besitzers daran heiß finde, bin ich die Letzte, die dazu nichts sagt. Dann gebe ich gierig Rückmeldung. Aber Lobhudelei und gespielt tun, als würde es mir zusagen, da bin ich dann raus. Ja, der Schwanz war toll. Nur der Besitzer sollte endlich mal die Klappe halten! Dirty Talk geht anders, da bin ich mir sicher.« Kathie schnappte nach Luft. Sie konnte nicht mehr, sie musste lauthals loslachen und die Tränen liefen ihr die Wangen herunter. »Es geht noch weiter. Als ich ihn endlich ruhiggestellt hatte, indem ich seinen Schwanz ritt und sehnsüchtig auf meinen Orgasmus hinarbeitete, wechselte er plötzlich die Stellung. Ich war kurz vorm Kommen, schrie sogar noch »Ich komm gleich« und er hörte einfach auf, schubste mich von sich runter, kniete sich zwischen meine Beine und leckte wild drauflos. Er kreiste um meinen Kitzler, er saugte daran, es fühlte sich gut an, aber irgendetwas fehlte mir. Und er leckte zu kurz. Er stoppte, kam zu mir hoch, küsste mich und drang gleichzeitig wieder in mich ein. Ja, der Schwanz war im Kondom, guck nicht so! Jedenfalls kam er dann in mir. Das gesamte Spiel dauerte um die zwei Stunden. Und es war mir zu wenig. Und das Schlimmste an der Sache: Wieder kein Orgasmus.« Eva sah betroffen auf ihre Füße. Sie brauchte Männer mit Ausdauer, die die ganze Nacht können. Einen MMF wollte sie noch versuchen, das stand groß auf ihrer Wunschliste.

»Die nächsten Tage kamen häufig Nachrichten von Mr. Penis. Immer bezogen darauf, welch tolles Geschlecht er hatte. Welch schöner Schwanz das doch wäre. Mir ging es auf die Nerven. Mr. Penis, ja, ich mag Schwänze. Ja, ich mag deinen Schwanz. Aber ich werde dir das nicht immer sagen, es geht um so viel mehr als nur um einen Schwanz! Er gab mir recht, wich kurz aus, wann wir uns denn das nächste Mal treffen... um dann direkt wieder auf das Schwanzthema zu sprechen zu kommen.«

Der Schwanz allein ist doch nicht alles. Eva durchfuhr eine tiefe Traurigkeit, als sie feststellte, dass sie mehr wollte als nur einen Typen, der sie ohne oberflächliches Gefühl fickt. Sympathie war bei Mr. Penis da, aber ein Gespräch, welches über seinen Schwanz hinausging, wurde immer seltener. Alles weitere erfuhr Kathie

aus dem Tagebuch der Ani R.:

Auszüge aus dem Chatverlauf mit Mr. Penis:
Er: „Ja, ich habe Lust auf ein Treffen. Aber nicht so aufs Lecken. Aber ich habe seit Tagen eine pralle Hose."
Ich: „Nicht lecken?"
Er: „Nein, das reizt mich gerade nicht wirklich."
Ich: „Ich liebe das Lecken! Und ohne ist es für mich weniger reizvoll."
Er: „Mein Penis soll heute aktiv sein. Daher bin ich nicht aufs Lecken fixiert."
Ich: „Schade, dann muss ich leider passen."
Er: „Mann, komm doch trotzdem her. Er ist so schön prall und will in dich!"

Meine Reaktion? Ich beendete den Chat, indem ich ihn einfach schloss. Zwei Tage später bohrte Mr. Penis noch einmal nach. Und da ich einfach nur vögeln wollte, ging ich darauf auch noch ein.

Er: „Ich komme zu dir gefahren und wir fahren weiter in ein Hotel. Du darfst mir während der Fahrt einen blasen. Das wollte ich schon immer mal ausprobieren."

(Ich gebe zu, ich auch. Das klang im Ansatz somit schon reizvoll.) „Und danach möchte er dich schön ausfüllen. Erinnerst du dich, wie ich deine kleine Pussy ausgefüllt habe?"

Er holte mich gegen 20 Uhr ab. Geblasen habe ich – wie abgesprochen – während der Fahrt im Auto. Er war erstaunt, dass sein Schwanz dabei schon so schön prall geworden ist. Im Hotel legten wir dann zwei Runden ein. Blasen, Sex in Reiterstellung, Missionar (dabei kam er dann auch in mir und war auch darüber sehr erstaunt. Ich bin halt sehr eng...) und ich glaube auch von hinten und seitlich. Standard halt. Und er leckte mich ein wenig! Um mir hinterher im nächsten Chat zu erzählen, dass ich ihm wohl doch nicht so schmecke. Ansonsten: Kein Orgasmus trotz sooooo großem prallen Schwanz (sieh meine Augen rollen bei der Aussage).

Ich war um 23.30 Uhr zurück zu Hause und war echt froh darüber. Eigentlich ist Mr. Penis schon ok. Er küsst gut, er hat einen toll gebauten und trainierten Körper... aber wenn ich weiter über ihn nachdenke, sollte ich ihn genau jetzt abservieren. Das Anfängliche „Ich lecke so gerne so lang" schlug ja in kürzester Zeit um in „Danach ist mir..." (aus verschiedensten Gründen und Ausreden) „...doch nicht mehr." Sein Schwanz fickt gut, aber ich komme dabei nicht. Mr. Penis ist fixiert auf seinen Schwanz und vergisst dabei, dass auch noch er als Person daran hängt. Mr. Penis erzählte mir, dass er vor mir eine Dame hatte, wo alles stimmte. Er konnte sich überhaupt nicht erklären, warum sie sich

dann plötzlich nicht mehr meldete. Ganz ehrlich: Ich kann sie verstehen. Vermutlich hatte Mr. Penis sich bei ihr genauso verhalten wie bei mir. Darauf stehen die meisten Frauen halt nicht. Männer mit völliger Selbstüberschätzung sind nicht das, was Frauen wollen!
Vorerst letzter Chat mit Mr. Penis:
    Er: „Ich würde mich gerne verwöhnen lassen."
(Klingt netter und besser verpackt als: Blasen, bitte.)
    Ich: „Was habe ich davon?"
    Er: „Na mich."
    Ich: „Hätte ich dich auch in mir? Sonst habe ich nämlich herzlich wenig davon, zumindest was Sex angeht."
    Er: „Ich komme beim Blasen nicht. Du darfst dich danach auf ihn setzen. Aber Vorsicht! Du wirst gut gefüllt sein... und keine Sorge, ich ficke dich auch. Ist dir das zu wenig?"

Ich reagierte erst Stunden später darauf:
    Ich: „Vieles ergibt sich im Spiel. Wenn ich schon rausfahre, möchte ich auch eigenen Spaß. Was du schreibst klingt nach: „Ich bestelle mir eine Hure, die es mir besorgt." Ob das auch so gemeint war, lasse ich mal dahingestellt."
Einen Tag später:
    Ich: „Keine Reaktion mehr?"
    Er: „Nein, mir geht es nicht gut. Lass uns erstmal Abstand halten."
    Klare Abfuhr. Soll er sich ruhig eine andere suchen – ist mir recht.
                                    ***

Kathie gab Eva das Tagebuch zurück. »Eva, was hast du am Freitagnachmittag vor? Lass uns mal gemeinsam nach einem Herrn suchen, vielleicht haben wir im Doppelpack mehr Glück.«

5. Schwimmbadbesuch

Eva sah in ihren Kalender. Ein Treffen mit Kathie am Freitag klang so gut, sie konnte Abwechslung in Verbindung mit einem Herrn gut gebrauchen. Und es war möglich, dass sie den Nachmittag frei kriegte. »Du hast ja noch gar kein Date reingestellt!« Kathie rümpfte gespielt die Nase. »Mach ich gleich, vielleicht findet sich ja jemand zum Quatschen oder sogar mehr. Wir sollten Sex nicht direkt einplanen. Mal abwarten, was auf das Dategesuch passiert.«

So war der Plan: schwimmen, chillen, quatschen. Lockere Atmosphäre, geplant ohne Sex aber mit einem Hauch von Erotik. Gott, das klang wie Musik in Evas Ohren. Kathie verfasste ein Dategesuch und erwähnte, dass sie mit einer Freundin nette Gesellschaft, aber eben nicht hauptsächlich Sex suchte. »So erhöht es die Chancen für Sex«, meinte sie selbstsicher. Eva nahm das so hin.

Es meldeten sich einige Herren, am Ende blieb einer übrig, nämlich Klaus-Ralf-Rolf. Warum er so hieß? Weil weder Eva noch Kathie genau sagen konnten, wie er wirklich hieß. Klaus war sein Profilname. Mit Ralf stellte er sich vor. Und Rolf stand in seinem Ausweis, dazu später mehr.

Das Schreiben mit Ralf verlief ganz gut. Sehr vielversprechend. Die Grenzen waren klar, kein Sex. Und wenn Sex doch eine Option werden würde, dann im Hotel, nicht im Schwimmbad und Ralf sagte zu, dass er die Hotelkosten übernähme. Das wäre also geklärt. Aber er fing schnell an, seltsam zu werden. Nämlich dann, als es um seinen Schwanz ging. Er sendete unaufgefordert Schwanzbilder und wollte immer wieder hören, wie toll sein Schwanz aussähe, wie groß der doch sei und dass er seinen Schwanz gerne präsentierte. Auch im schlaffen Zustand wäre er, also der Schwanz halt, sehr vorzeigetauglich.»Kathie, der fängt genauso an wie Mr. Penis«, lachte Eva.»Das beeindruckt mich null. Will er nun Applaus, à la: *Super, du hast einen Schwanz! Bist halt ein Mann. Hättest du keinen Schwanz, wärst du eine Frau geworden!? Bitte nicht noch so einer!*« Kathie aber war begeistert, ihre Augen leuchteten und sie klatschte in die Hände. Ralf schrieb weiter mit Kathie.»Zeig meinen Schwanz ruhig deiner Freundin, ich will wissen, wie sie reagiert.« Eva sah sich die Bilder des Schwanzes an und meinte nüchtern:»Das ist ja mal ein Prachtexemplar.« Kathie:»Eva, du musst eindeutig Frust abbauen. Benutze Ralf dazu. Wenn wir Frauen reihenweise an der Nase herumgeführt werden, warum sollten wir das bei einem Mann nicht einfach auch mal tun? Warte, ich schreibe dem das, was du gerade gesagt hast.« Und bevor Eva ein Veto einlegen konnte, war die Nachricht bereits an Ralf abgeschickt.»Ja, das ist er, prachtvoll, ein Prachtexemplar«, schrieb Ralf enthusiastisch zurück.»Ich bin nervös, so ein Date hatte ich noch nie. Wie läuft denn so ein Date ab?« Kathie antwortete:»Hinsetzen, reden, Kaffee trinken, schwimmen, chillen, sowas halt. Erstmal checken wir uns ab.« Und das meinte Kathie bis dahin auch so. Bis zu dem Zeitpunkt, an dem beide Damen merkten, wie viel Spaß es machen konnte, einen Mann so richtig zu foppen…

Kathie und Eva kamen gegen 14 Uhr am Schwimmbad an. Sie suchten sich Liegen zum Chillen, lümmelten herum, lachten und scherzten. Das Wetter war gut, sowohl der Außen- als auch der Innenbereich des Bades waren geöffnet. Rechts neben dem kleinen Kiosk gab es noch drei Saunen, in denen nicht viel los war, denn es war schön warm und somit hielt sich der überwiegende Teil der Badegäste im Außenbereich auf.

Gegen 14:30 Uhr packten Kathie und Eva ihre mitgebrachten Snacks aus, beide waren hungrig. Eva biss herzhaft in ihr Sandwich und blickte dabei hinter sich. Ralf müsste bald eintreffen, dachte sie just in dem Moment, als er auftauchte. Der Mann mit der engen, schwarzen Badehose und einem grünen Handtuch auf der Schulter, das müsste er sein. Er sah in die Richtung der beiden Freundinnen, ging arschwedelnd auf beide zu, blieb aber nicht stehen, sondern ging an ihnen vorbei, grüßte im Vorbeigehen kurz, indem er ihnen zunickte, ging dann einfach weiter und verschwand hinter einer Hecke. Ein Fragezeichen machte sich über Evas Kopf breit. »Das war er doch«, meinte sie zu Kathie. »Er hat uns zugenickt, er müsste uns doch erkannt haben?« Kathie nickte. Er hatte gegrüßt, ja. Was war das für ein seltsames Verhalten? War er so verunsichert? Oder einfach nur dumm?

Ralf fühlte sich großartig. Die beiden Frauen, die er gerade kurz abgecheckt hatte, fielen genau in sein Beuteschema und sahen perfekt aus. Er freute sich, er würde beide schon davon überzeugen, dass er sie ficken dürfte. Sein Schwanz schwoll bei der Vorstellung an und er versteckte seine Erektion nicht. Er war stolz, dass sein bestes Stück so schön anschwoll. Er würde sie nun nochmal von weitem beobachten. Er wollte sich damit so richtig in Fahrt bringen. Seiner Meinung nach machte er sich somit schmackhaft, er warf ihnen den Haken zu und beide sollten diesen umkreisen und am Köder lutschen.

Unterdessen aßen Kathie und Eva ihren Snack auf und fläzten sich wieder auf ihre Liegen. Inzwischen waren fünfzehn Minuten vergangen und Ralf ließ immer noch auf sich warten.»Eva, ich glaube der ist seltsam. So verhält man sich doch nicht, ich finde das unhöflich.«

Ralf empfand sein Verhalten alles andere als unhöflich. Er hatte sich den Damen präsentiert und sie sollten jetzt ihrer gierigen Fantasie freien Lauf lassen, bevor er zu ihnen ginge. Er wartete absichtlich zwanzig Minuten, bis er sich wieder blicken ließ. Und er würde sich auch nicht direkt neben die beiden setzen, auch wenn da eine freie Liege stand. Daher steuerte Ralf zielsicher eine zehn Meter von den Damen entfernt stehende Bank an und platzierte sich dort mit hervorgehobener Brust.

»Kathie, guck mal, der sitzt nun da vorne auf der Bank.« Ralf grinste, zwinkerte Eva zu und machte eine Komm-her-Bewegung mit seinem Kopf.»Ich geh da mal hin«, sagte Eva, stand auf und steuerte direkt auf Ralf zu. Bei ihm angekommen meinte sie:»Hi, du bist Ralf?«»Pssssttt…« Fast panisch blickte er sich um.»Ähm… ok. Hi, du bist Ralf?« Eva flüsterte nun diese Worte.»Wir sitzen da vorn, setz dich gern zu uns.«»Und dann? Wollt ihr schön schwimmen oder mit mir in die Sauna?« Eva war etwas überfragt.»Ja, später bestimmt, aber komm doch erst einmal mit zu uns.«»Ich komm gleich hinterher«, flüsterte er. Eva ging schulterzuckend zurück.»Kathie, der ist komisch, kommt aber gleich her.«

Ralf sah sich leicht panisch um. Ob ihn hier jemand erkennen würde? Er kannte niemanden in dem Schwimmbad, so viel war bis jetzt klar. Kein bekanntes Gesicht. Er atmete erleichtert auf, stand auf und setzte sich nun wie ein König neben Eva auf die freie Liege.

Ein Gespräch, also ein SINNVOLLES Gespräch, war mit Ralf kaum möglich.»Was arbeitest du denn?« fragte Eva, nachdem die»Wie-geht's-dir-und-schönes-Wetter-heute«-

Floskeln Ralf nicht wirklich zum Reden bewegten. Er schwieg und grinste. »Alles guuuut«, meinte er. Hä? Das beantwortete keine Frage, sondern warf nur weitere Fragen auf. War das sein Job? »Nun sag schon«, bohrte Eva nach. »Alles zu seiner Zeit«, lautete Ralfs Antwort. Dann schwieg er wieder. In seinen Gedanken waren Kathie und Eva bereits nackt, eine saß auf seinem harten Schwanz und die andere leckte er gerade. Sahen die beiden denn nicht, wie geil er war? Sahen sie nicht seinen prachtvollen Schwanz? Er überlegte, mit welcher Antwort er die beiden ruhigstellen konnte. Oder wie er die beiden überhaupt ruhigstellen konnte. Anstelle einer Antwort schlug er vor: »Lasst uns doch mal ein wenig in der Sauna chillen gehen.« Dagegen hatten die Freundinnen nichts einzuwenden und so gingen sie auch weiteren zwanghaft aufgedrückten Gesprächen aus dem Weg. Ralf stand auf und hoffte, dass die beiden seinen harten Schwanz bemerkten. Er wollte, dass sie durch diesen Anblick heiß auf ihn werden. »Im Chat war er gesprächiger«, stellte Kathie trocken fest.

Ralf ging vor. Er wollte wissen, ob er die Sauna mit den Frauen für sich allein hätte. Und so war es auch. Er setzte sich auf die Holzbank in der Sauna und wartete auf die beiden. Kathie und Eva betraten die Sauna, nachdem sie ihre Badeanzüge ausgezogen hatten. »Setzt euch zu mir«, meinte er und klopfte mit beiden Händen links und rechts neben sich. Die beiden breiteten ihre Handtücher auf der Holzbank aus und setzten sich. »Und Mädels, falls jemand hereinkommt, müssen wir aufpassen was wir hier reden. Es sollte nicht über… ihr wisst schon gesprochen werden.« Seine Wangen wurden rot, ob nun von der Wärme, die in der Sauna herrschte oder aber vor Scham darüber, das Thema Sex anzusprechen, wussten die Freundinnen nicht.

»Wisst ihr, ich bin bekannt…« Diese Worte sprach er hinter vorgehaltener Hand und wieder mit leicht panischem Blick aus. Eva dachte direkt an die Sesamstraße, in der häufiger der Satz »Wollt ihr ein A kaufen?« fiel. Ralf verhielt sich nämlich wie Schlemihl. »Ralf, man kann auch über ganz normale Themen reden. Und Reden war draußen gerade nicht deine Stärke.« Eva war leicht gereizt. Er sei bekannt… soso, weder Eva noch Kathie kannten ihn.

Ralf schwieg, stand auf, grinste, legte schwungvoll sein Handtuch ab und präsentierte den Freundinnen seinen Schwanz. Es glich einer Vorführung. Aber auch hier würde Eva kein Lob dafür aussprechen. Ja, der Schwanz wies darauf hin, dass er ein Mann war. Hurra. Sie gluckste innerlich – er merkte nicht, wie lächerlich er sich mit dieser Aktion machte. Dann setzte Ralf sich wieder hin.

Die Freundinnen versuchten erneut ihr Glück mit einem normalen Gespräch, welches weiterhin nicht möglich war. Ralf guckte nur an sich runter, begutachtete seinen Schwanz, während sich Eva und Kathie fragend ansahen. Dann flüsterte Kathie Eva ins Ohr: »Lass uns spielen, den machen wir fertig!«

Aus dem Tagebuch der Ani R.:

Zack! Kaum saß Ralf wieder zwischen uns, spürte ich kurz seine Hand auf meinem Rücken. Dann nahm er Kathies Hand und legte sie auf seinen Oberschenkel. Meine Hand folgte. „Nur, wenn es euch recht ist." Wieder fragende Blicke zwischen Kathie und mir. Aber wir ließen es zu. Wir wollten spielen. „Oh, ihr macht mich so an", raunte Ralf. Inzwischen spielte er an seinem Schwanz herum. Das machte er im Verlauf eigentlich ständig. „Ihr dürft auch mal anfassen – gefällt er

euch?" Ich musste mir ein Lachen tatsächlich verkneifen, indem ich mir auf meine Zunge biss. „Oh jaaaa",
flüsterte ich. „Aber das hatten wir doch schon."
„Mannomann, ich fick euch beide, oh ja, ich besorg es
euch beiden." Ach... „Ich leg mich jetzt mal da drüben
hin, ihr könnt gern gucken!" So legte er sich rechts von
uns auf die Bank und positionierte seinen Schwanz.
Aus dem Augenwinkel sah ich, dass er wollte, dass wir
gucken. Er fasste sich auch schon wieder selbst an.
„Euch gefällt er, oder? Ich weiß, er gefällt euch!" Mir
stiegen Tränen in die Augen – weil ich kurz vor einem
Lachanfall stand. Ich dachte an Kathies Worte: „Den
machen wir fertig" und mich überkam die Lust, genau
dies zu tun. So ein Typ, der völlig selbstüberschätzt
durch die Gegend lief, gehört einfach gefoppt. Lasset
die Spiele beginnen...
Ich sah Kathie an. „Na, du magst doch auch seinen
Schwanz, oder?" Sie stieg ein. „Ja, total, oh ist der
geil." Ralf wurde animiert, weiter an seinem Pracht-
stück herumzuspielen. „Ich glaub, ich geh mal rüber
und guck mir den Schwanz ganz genau an." So stand
ich auf und ging zu Ralf rüber. „Ja, Kathie, der ist echt
groß." Wir redeten so, als handele es sich um ein
Schmuckstück, welches zum Verkauf stand. Mit Ralf
direkt sprachen wir nicht, nur über ihn. Mit ihm reden
hatte ja auch keinen Sinn. Und es machte ihn total an,
dass wir so über ihn redeten.
Dann roch ich erstmal an seinem Körper. „Ja, riecht
gut", stellte ich fest. „Darf ich mal probieren?" Ich
nickte seinem Schwanz zu. „Weiß ja nicht, wie der so
schmeckt." Außenstehende hätten meinen können,
dass man gerade Wein oder Käse probieren möchte...
Ralf aber wurde ganz euphorisch, jedoch auch weiter
paranoid. Er guckte sich wieder angsterfüllt um. „Hier
ist keiner, Ralf. Ich pass auf", warf Kathie ein. Ich
nahm also seinen Schwanz in die Hand, begutachtete
ihn genau auf naher Distanz und nahm ihn ohne

weitere Worte in den Mund. Ralf wurde richtig wild. Ich hörte dann auf, aus Angst, dass er gleich kommt. Eigentlich verlief das die ganze Zeit so. Er spielte an sich herum, spielte an uns herum. War immer kurz vorm Kommen, raunte ständig „Zwei Freundinnen, oh ist das geil." Kathie flüsterte mir zu: „Der schafft uns beide nie. Der ist ja jetzt schon fast fertig." Ich wollte es ausreizen und wichste ihn längere Zeit. „Nein, hör auf, ich komm gleich", zischte er. „Na und? Mach doch", hauchte ich sanft. Er sprang auf. „Nein, nein, ich fick euch beide, ich mach euch fertig." „Ralf... du darfst SIE ficken, ich möchte zusehen." Ich zeigte dabei auf Kathie. Meine Stimme klang fest und bestimmend. „Zeig mir deinen Po, beug dich vor", bat er mich. „Aber sicher doch." Ich beugte mich vor. „Geiler Arsch...", sagte er zu mir und „oooooh, du bist ja richtig feucht", sagte er zu Kathie. „Darf ich auch mal anfassen, Süße?" Diese Frage stellte ich Kathie und sie nickte. Ich küsste sanft ihre Nippel und verschwand mit meiner rechten Hand zwischen ihren Beinen. Da wurde Ralf noch heißer. „Ihr freut euch doch auf mich, oder? Ja, wie ich euch ficke..." „SIE!" Ich zeigte wieder auf Kathie. „Sie will gefickt werden." Ich wollte eigentlich auch gefickt werden, aber mir machte dieses Spiel grad richtig Spaß. Dann ließ ich von Kathie ab.

„Na kommt, wir sollten uns abduschen und dann noch was essen bzw. trinken gehen." Ralf stimmte zu und wir begaben uns zuerst zu den Duschen, neben denen auch ein Tauchbecken stand. Kathie und ich duschten uns ab und setzten uns dann auf eine Bank. Ralf motivierte das – er gockelte (Brust raus, Arsch vor, Schwanz vorgestreckt) langsam und (vermutlich seiner Meinung nach) sexy zum Tauchbecken, warf uns ein Lächeln zu, richtete seinen Schwanz (ich habe keine Ahnung, was er richtete, aber er richtete) und verschwand im Tauchbecken. Wir amüsierten uns köstlich darüber. Nach seiner Tauchaktion setzte Ralf sich zu uns. Wir ignorierten ihn weitestgehend, diskutierten darüber, ob und wer sich nun im Hotel ficken lassen möchte und er hörte einfach nur zu und sagte kein Wort. „So, nun aber erstmal essen", sagte Kathie.

Im kleinen Kiosk des Bades bestellte ich mir einen Kaffee, Kathie Nudeln und Ralf ein alkoholfreies Weizen. Jetzt sollten mal die Eckpunkte geklärt werden. Ich setzte mir in Gedanken eine Brille auf, holte die Unterlagen hervor und fing an, Fakten zu klären. Ich kam mir tatsächlich vor wie eine Anwältin, die einen vorbereiteten Vertrag vorlas. Genau in so einem monotonen Ton sprach ich zu ihm „So, Ralf. Mir ist es wichtig, dass der Mann gut küssen kann. Kannst du gut küssen?" Ich sah ihn über den Rand meiner imaginären Brille skeptisch an. „Ja, ich denke schon", meinte er. „Das muss ich vorher prüfen, wir suchen uns gleich mal ein Plätzchen, wo wir ungestört testen können. Kathie, möchtest du ihn auch testen?" Da war er wieder – der Wein oder Käse. „Ja, erst du, dann ich", meinte sie stumpf. „Ok, dann machen wir das gleich so." Nun war Kathie an der Reihe. „Leckst du gern und ausgiebig?" „Pssssst, nicht so laut, wenn uns jemand hört", flüsterte Ralf. Ich schob meinen Bademantel ein Stück beiseite und flüsterte: „Pssssst, willst du ein A kaufen?" Er sah mich verständnislos an. Er verstand den Witz nicht. Kathie sagte schroff: „Nun hör doch mal auf, hier ist so eine laute Hintergrundkulisse, da hört uns niemand." „Aber man könnte mich kennen...", meinte er. „Mensch Ralf, nun sag uns doch wenigstens mal, wo du arbeitest und warum du da so bekannt bist", schlug ich vor. Er antwortete nicht, sondern stellte (leise) eine Gegenfrage. „Macht ihr sowas öfters?" „Nein, das mit dir hier in unserer Konstellation wäre das erste Mal." Dies schien ihn zu freuen.

Wir kamen zurück auf unseren imaginären Vertrag. „Leckst du gern?" Ralf: „Ja, das mache ich gern und lange." „Was ist bei dir lange?" „So zehn Minuten."

„Ok, würde mir nicht reichen", sagte ich. „Ich würde gern geleckt werden", sagte Kathie. „Wie lange hältst du beim Vögeln durch?" Ein „Apffffffff" kam aus seinem Mund. „Keine Ahnung, kommt immer drauf an, aber ich schaff euch beide." Er grinste. „Du sollst SIE schaffen, ich möchte zusehen", warf ich zum gefühlt hundertsten Mal ein. Kathie: „Steht er im Kondom?" Sie zeigte auf seinen Schwanz. „Nicht so laut, Mädels." Seine Augen blickten nach links und rechts. Meine Augen rollten. „Ja, ihr habt doch gesehen, wie schön er hier immer stand." „Ja, aber ist das auch so im Kondom?" „Bisher keine Probleme gehabt", meinte er. Ich zweifelte langsam daran, ob es wirklich gut war, unseren Schwimmbadnachmittag zu unterbrechen, um mit Ralf in ein Hotel zu fahren. „Komm Ralf, wir gehen mal eben knutschen." Ich ging vor, Ralf kam nach einer Minute nach. Ich stand in einer sichtgeschützten Ecke, sah ihn fordernd an, als er auf mich zuging, zog ihn an mich ran und er küsste mich. Er küsste erstaunlich gut und meine Pussy reagierte auch sofort auf diesen Kuss – ich wurde feucht. „Fass mich an", flüsterte ich ihm zu und seine Hand verschwand bereitwillig zwischen meinen Beinen, wo meine nasse Spalte wartete. Ich schob ihn weg und sagte matt: „Kathie kommt gleich zu dir." So ließ ich ihn stehen. Kathie kam just in diesem Moment herein und sah mich fragend an. Ich signalisierte mit „Daumen hoch", dass er gut küssen konnte und ging zurück an meinen Platz.

Es schien also alles geklärt. Wir waren uns einig, ein Hotelzimmer zu nehmen. „Wir treffen uns am Ausgang", sagte ich zu ihm, bevor Kathie und ich in der Umkleidekabine verschwanden.

„Der schafft uns nie", meinte Kathie. „Ich befürchte das auch", meinte ich. „Wollen wir den Schwimmbadtag hier echt abbrechen, Kathie?" „Egal, den Spaß gönnen wir uns jetzt. Auch wenn es eine Pleite wird."

Am Ausgang ging das Drama weiter. Es musste ja ein Hotelzimmer her und Ralf war entsetzt, wie viel ein Zimmer so kostet. *Er schlug doch glatt vor, dass wir uns an den Kosten beteiligen könnten.* Ich wurde richtig sauer. „Ralf, du hattest geschrieben, dass du die Hotelzimmerkosten übernimmst, wenn es dazu kommen sollte", sagte ich stinkig. „Ja schon, aber das Zimmer kostet 60 € pro Nacht!" Skandal! „Ralf, das sind tatsächlich die normalen Hotelzimmerpreise", klärte ich ihn auf, obwohl ich keine Ahnung hatte, ob dem wirklich so war. „Du bist auch so ein kleines Luder, das weiß, wie es läuft", meinte er. Das steigerte meine Laune nun nicht wirklich. „Ralf, wenn ich in ein Hotel EINGELADEN werde, dann geh ich davon aus, dass ich nichts zahlen muss. Ich hätte kein Problem damit, etwas dazuzugeben, aber ganz ehrlich: Wie oft besteht die Möglichkeit, zwei Frauen gleichzeitig haben zu können? Ich denke, es ist besser, wenn du dir eine Hure suchst. Aber das wird definitiv teurer!" Mein Puls ging vor Wut in die Höhe. Er knickte ein und sagte: „Nein, nein, schon gut. Lasst uns ein Hotel suchen fahren."

Im Hotel: Das elende Spiel ging weiter. Kathie und Ralf gingen zusammen ins Hotel und buchten ein Zimmer. Ich wartete im Auto auf Kathies Nachricht, dass ich nun hinterherkommen könnte. Ralf wollte nicht, dass er an der Rezeption mit zwei Damen gesehen wird, das würde zu viel Aufsehen erregen. Es war nichts los an der Rezeption. „Zahlen Sie mit Karte?", fragte die freundliche Mitarbeiterin. „Ja, muss ich ja", sagte Ralf. Und als er seine Karte zückte, konnte Kathie einen Blick darauf werfen. Dort stand der Name: Rolf Zimmermann. Und so entstand der Name Klaus-Ralf-Rolf. Aber ein Name bleibt ein Name, der ändert an dem Mann dahinter nichts.

Nachdem mir Kathie die Zimmernummer mitgeteilt hatte, ging ich hinterher. Ich stieg in den Fahrstuhl, fuhr hoch und ging zielstrebig auf das Zimmer zu. Ich klopfte und eine bereits fast nackte Kathie öffnete mir die Zimmertür. „Ihr seid ja schnell", stellte ich fest. Ralf war bereits vollständig nackt. Ich zog mich also auch aus und ging zu den beiden. Kathie lag im Doppelbett auf dem Rücken, Ralf kniete über ihr, sein Schwanz ruhte in ihrem Mund und seine rechte Hand bewegte sich zwischen ihren Beinen. In dem Zimmer befand sich noch eine kleine Couch, die perfekte Sicht zum Geschehen bot. Ich setzte mich hin und sah zu. Aus meiner Tasche zog ich meinen eingepackten Vibrator und freute mich darauf, beim Zusehen mit mir selber Spaß haben zu dürfen. Aber so weit kam es nicht. Es ging sehr schnell. Ralf zog sich ein Gummi über, der Schwanz sackte zusammen. Er tat das, was er am besten konnte, nämlich sich am Schwanz herumzuspielen, bis er wieder stand. Und dann wieder zusammensackte... er stand einfach nicht im Kondom! Als er nach einem an-sich-selber-Rumgefummle wieder stand, packte Ralf Kathie von hinten, stieß zu, warf mir beim Stoßen einen Blick über seine Schulter zu, zwinkerte mir zu und ich dachte „Hurra, es geht", beobachtete ganz genau... und dann kam er. Nach geschätzten 90 Sekunden. Kathie blickte hilflos und leicht schulterzuckend zu mir. Das konnte doch wohl nicht wahr sein! Ralf setzte sich – immer noch von sich selbst gockelnd überzeugt – gespielt erschöpft auf den im Zimmer stehenden Schreibtischstuhl, zog sich da das Kondom ab und warf es in den Mülleimer. Mein Blick wanderte fragend zu ihm, dann mitleidig zu Kathie. Ich warf ihr meinen Vibrator zu, den ich aufgrund der schnellen Nummer noch nicht bei mir angesetzt hatte. „Hier, damit du auch kommst." Das hätte ein Schlag ins Gesicht für Ralf sein müssen, das war mir klar, aber er grinste immer noch selbstsicher vor sich hin. Dann stand er auf, ging zu Kathie und versuchte, sie mit seinen Fingern zum Kommen zu bringen. Ohne Küssen, ohne Lecken, ohne mal irgendwie auf sie einzugehen. Nach drei

Minuten gab er auf. „Das ist anstrengend", stellte er fest. „Naja, vielleicht leckst du mich mal?", schlug Kathie vor. „Ich bin doch keine Maschine!", entgegnete Ralf entsetzt. Mir reichte es. Ich schob Ralf beiseite und sagte bissig: „Dann mach ich das halt." Ich wollte ihm zeigen, dass eine zarte Frau mehr Durchhaltevermögen hatte als ein optisch stattlicher Mann. Und so geschah es. Ich nahm erst meine Finger und tauchte sie in Kathies nasse Pussy. Sie war sehr feucht. Ich nahm den Vibrator und führte ihn in sie ein. Erst bewegte ich ihn langsam in ihr, dann immer schneller. Mit meiner Zunge umkreiste ich dabei ihren Kitzler. Mein Trizeps schnellte bei jeder Bewegung vor und zurück, ja, es war anstrengend, aber das sollte niemanden davon abhalten, eine Frau zum Kommen zu bringen. Am liebsten hätte ich theatralisch Ralf zugezwinkert, ließ es aber bleiben. Kathie kam... und Ralf auch, und zwar zu mir, ein Kondom über den Schwanz gezogen und ohne Vorwarnung von hinten in meine Pussy. Er versuchte, mich hart zu ficken. Kathies spätere Aussage dazu: „Hätte ich dir Nagellack hingestellt, hättest du dir die Nägel lackiert, so gelangweilt sahst du aus."

Ich stieß Ralf dann nach kurzer Zeit weg. „Ralf, fick SIE. Sie braucht das wirklich." Er wechselte das Kondom, ich setzte mich zurück auf die Couch. Nächster Guckversuch. Doch sein Schwanz sackte wieder im Kondom in sich zusammen. Er riss das Kondom runter, nahm seinen Schwanz in die Hand (was auch sonst), fasste mit der anderen Hand an Kathies Arsch und rief: „Ich spritz dir den Arsch voll." „Ja, mach doch", meinte Kathie gelangweilt. Sie hatte offensichtlich auch die Hoffnung auf einen guten Fick aufgegeben. 30 Sekunden später... und er kam.

„Geh dich duschen, Süße, wasch dir das Zeug vom Rücken runter." Ralf saß wieder auf dem Schreibtischstuhl und lächelte zufrieden. Ich platzte innerlich. „Na, Fantasie und Realität sind wohl doch zwei Paar

Schuhe, wa?", sagte ich mit scharfem Unterton in der Stimme. „Aber ihr habt doch gesehen, wie toll der in der Sauna stand", grinste er. Er kapierte es einfach nicht. Er litt unter völliger Selbstüberschätzung und hielt sich nicht an Absprachen. „Ja, in der Sauna – und hier nicht mehr. Ich kenne Männer, die schaffen es echt, Frauen mehrere Stunden zu ficken. Ohne zu kommen, ohne große Töne vorweg." „Das sind Maschinen, die nehmen sicherlich Testosteron zu sich." „Ganz sicher nicht. Aber gut, ist egal. Ist nun so gelaufen." Ich hätte ihm so gerne ins Gesicht geschlagen, um ihn aufzuwecken. „Naja, nun kann ich wohl kein Geld fürs Zimmer mehr von euch verlangen", stellte er fest. „Richtig, so ist es", gab ich bissig zurück. Kathie und ich zogen uns an, Ralf verließ vor uns das Zimmer. Wir verabschiedeten uns mit einer schnellen Umarmung von ihm. „Nach Hause?" „Ja. Bloß weg hier." Spiel beendet. Ich würde sagen, wir haben gewonnen.

Auf der Rückfahrt brachen wir in Gelächter und Gebrüll aus. Selten habe ich so viel gelacht. So doll, dass wir anhalten mussten, weil uns die Bäuche vom Lachen so wehtaten. Ob mit uns wirklich alles in Ordnung war? War es – zum Spaß haben braucht man einfach mal schlechten Sex.

Aber bitte: Das soll kein Dauerzustand werden!

***

6. Der Workshop

Lars war inzwischen zwei Monate im Ausland. Ani und er telefonierten regelmäßig miteinander. Manchmal schickte sie ihm eine E-Mail, aber die Geschichten der überwiegend unbefriedigenden Erlebnisse seiner Frau stimmten ihn traurig. Er selber hatte mehr Glück, er hatte vor Ort drei Damen, mit denen er sich regelmäßig traf. Ani freute sich für ihn, wollte aber keine näheren Details über die Dates wissen. »Kiwi, was mache ich denn nur falsch?«»Ich kann es dir nicht sagen, mein Schatz. Vielleicht solltest du doch nochmal in einen Club gehen oder auf eine der Partys, die angeboten werden. Ich sende dir nachher einen Link mit Veranstaltungen, die dich interessieren könnten.« Er lächelte verschmitzt. Einfache Standard-Sex-Geschichten kann jeder, seine Frau konnte mehr. Das wusste er.

Ani öffnete ihr Postfach. Lars hatte ihr eine E-Mail geschickt. »Geh da bitte heute hin, ich habe dich bereits angemeldet. Die Erfahrung mit Gerrit war ja nicht wirklich überragend. Dein Lars«, stand in der E-Mail und darunter befand sich ein Link. Sie klickte darauf und es öffnete sich eine Homepage, in der ganz oben der Kurs »Grundkenntnisse des BDSM, Spanking-Workshop« aufgelistet war. Lars hatte schon recht, Gerrit hatte sie in der Hinsicht nicht viel weitergebracht. Sie hatte immer noch nicht wirklich Ahnung von BDSM und sie war wissbegierig, wobei ihr schon klar war, dass sie nach einem Kurs nicht die Expertin in dem Gebiet sein würde. Aber sie wäre klüger als jetzt und freute sich, dass Lars sie angemeldet hatte.

Am Nachmittag machte Ani sich fertig. Da der Kurs in einem Seminarraum in einem Hotel stattfand, ging sie davon aus, dass es keinen Dress-Code gab und schlüpfte in ihre Lieblingsjeans, zog ein Longsleeve über und ihre Sneakers an. Ihre Haare band sie zu einem Pferdeschwanz. Sie stieg in ihr Auto und fuhr zu der Adresse, die auf der Homepage angegeben war. Auf dem Weg wurde sie nervös, was daran lag, dass sie überhaupt keine Ahnung hatte, was sie dort erwartete. »Bitte links abbiegen. In 400 Metern haben Sie das Ziel erreicht. Ihr Ziel liegt rechts.« Die freundliche Navigationsstimme ließ ihr Herz kurz schneller schlagen. Ani bog nach links in eine Sackgasse ab und nach 400 Metern erreichte sie den Parkplatz des Hotels. Sie parkte ihr Auto in der letzten freien Parklücke, schnappte sich ihre Tasche und stieg aus. Das Hotel war ruhig gelegen. Ani ging durch die sich selbst öffnende Eingangstür. Im Eingangsbereich war nicht viel los. Direkt über der Rezeption hingen Hinweisschilder und sie folgte dem Pfeil in Richtung »Tagungsräume«. Lediglich eine Tagungsraumtür stand offen, hier müsste sie richtig sein. Sie ging hinein, legte Ani ab und ließ Eva zu, die genauso wissbegierig war wie Ani. Neben Eva waren noch neun weitere Teilnehmer da, die bereits alle ihre Plätze eingenommen hatten. Eva setzte sich auf den letzten freien Platz.

Der Kursleiter betrat kurze Zeit später den Raum und an seiner Seite eine Dame, die sehr hübsch zurecht gemacht war. Sie trug ein enges Korsett, einen weißen Slip, hohe Schuhe und ein schwarzes Lederhalsband mit einem Ring dran, der in Höhe ihrer Kehle wippte. Ani hatte von solchen Halsbändern gelesen. Sie werden häufig von Subs getragen und sie symbolisieren oft die Bereitschaft zur Unterwerfung. Der Ring am Halsband erlaubt die Befestigung an einer Leine.

»Guten Abend, mein Name ist Luke. Ich freue mich, dass ihr da seid und mit mir ein wenig in die Welt des BDSM eintauchen wollt.« Er klang ernsthaft erfreut. »BDSM ist so viel mehr als nur Schlagen oder geschlagen werden. Es ist eher eine erotische Kunst, in der die Zeichnung nicht auf Papier, sondern auf einem wunderschönen Körper erfolgt.« Liebevoll sah er die Dame neben sich an. »Das ist meine Sub

Zoe.« Er gab ihr einen Kuss auf die Stirn. »Sie ist mir seit fünf Jahren treu und ergeben. Nun aber zu euch. Wir machen mal eine kleine Vorstellungsrunde. Mich würde interessieren, warum ihr hier seid. Wie erfahren ihr im Bereich des BDSM seid. Wir fangen mal rechts von mir an.«

Nr. 1, männlich: »Ich bin sexuell sadistisch. Es macht mich geil, Schmerzen zuzufügen. Eine Sub habe ich nicht, möchte mir aber eine suchen. Und an ihr möchte ich nichts falsch machen, sie nicht falsch bespielen.«

Nr. 2, männlich: »Ich kann mich da anschließen. Ich habe keine Ahnung von nichts. Deswegen bin ich hier, um zu lernen und zu verstehen.«

Luke warf ein: »Gut so, denn je weniger man weiß, desto mehr kann ich euch heute Abend beibringen.«

Nr. 3, männlich: »Ich möchte mal reinschnuppern, mal reinhören in die Thematik, worum es dabei geht und ob das etwas für mich wäre.«

Nr. 4, männlich: »Ich gucke mir das hier heute einfach mit an. Meine Frau ist professionelle Domina. Wir sind ein Paar, aber ich bin nicht ihr Sub. Mit Schmerzen kenne ich mich in anderen Varianten aus.« Dabei zeigte er lachend auf seine vollständig tätowierten Arme.

Nr. 5, männlich: »Ich war viele Jahre lang schlagend dominant und sadistisch. Dann habe ich meine Leidenschaft unterbrechen müssen. Aber seit Kurzem bin ich wieder dabei und es war direkt wieder so, als ob ich nie unterbrochen hätte. Was mir fehlt sind die Grundkenntnisse. Ich möchte die Stimmung wieder aufsaugen, wie man dazu eigentlich gekommen ist, so zu sein. Und wie die Reaktionen sind und wie man es gut rüberbringt.«

Nr. 6, weiblich:»Ich bin eine Sub, ganz neu in der Szene und mach gerade die ersten spannenden Erfahrungen.«

Nr. 7, männlich:»Ich beschäftige mich regelmäßig seit einem Jahr mit dem Thema BDSM, bin aber eher noch unerfahren. Ich bin ebenfalls dominant und leicht sadistisch.«

Nr. 8, weiblich:»Ich kenne Schmerzen an mir und würde gerne einfach die andere Seite kennenlernen.«

Nr. 9, Eva:»Ich bin unerfahren, habe aber gemerkt, dass mir das Spiel der Unterwerfung gefällt. Wobei ich keine vollständige Unterwerfung wollen würde. Aber ein Mann, der weiß, was er will und was ich brauche, der macht, was er will und was ich brauche…« Eva stockte. Sie wurde geil. »Jedenfalls bin ich gespannt.«

Nr. 10, männlich:»Ich bin seit drei Jahren dominant. Ich liebe das Spiel mit Macht ebenso wie das normale Spiel. Bei mir ist immer beides möglich. Und vielleicht lerne ich hier noch etwas Neues kennen.« Bei diesen Worten schielte er nach links. Diese Frau wollte er unbedingt im Bett haben.

Luke:»Gut, gut. Heute geht es in erster Linie um Schlaginstrumente und wie man sie am Körper der Sub anwendet, ohne ihre Gesundheit zu gefährden. Gerade die Pflege der Sub ist unheimlich wichtig. Es ist sehr schwer, eine gute und passende Sub zu finden und wenn die dann kaputt geht, hat keine der beiden Seiten etwas davon. Also muss man sie genauso gut pflegen wie die Schlaginstrumente.« Bei den Worten streichelte er Zoe übers Gesicht.

»Es gibt Dinge, die man neben Schlaginstrumenten immer mit sich führen sollte. So ein Spiel ist für den Körper nämlich unglaublich anstrengend. Da passiert hormonell ganz viel. Es entsteht irgendwann Schmerzunempfindlichkeit, das hat mit Adrenalin und den Hormonen zu tun und da kann der Kreislauf ganz schnell absinken. Daher ist dies hier mein erster Tipp.« Luke zeigte ein kleines Fläschchen in die Runde. »Ein Mittel zur Kreislaufstabilisierung. Fragt in der Apotheke nach, welche Variation da für euch infrage kommt. Die gibt es als Tropfen, als Globuli und mit Sicherheit noch in anderen Formen. Zucker hilft auch immer gut, wenn der Kreislauf absinkt. Wenn ihr kein Kreislaufstabilisierungsmittel mithabt, gebt der Sub einfach einen Schluck Cola.«

Luke erzählte weiter. Die zu bespielende Sub sollte im Vorfeld immer gefragt werden, ob sie Blutverdünner in den letzten zwei Tagen eingenommen hätte. Falls ja, kann und darf man trotzdem mit der Sub spielen, aber mit der entsprechenden Vorsicht. Es kommt darauf an, wie hoch dosiert das Medikament eingenommen wurde. Wenn eine Sub z.B. zwei Wochen Blutverdünner eingenommen hat, sollte man nicht schlagen. Es können Gefäße aufplatzen, der Körper kann die Blutung nicht so schnell stillen wie sonst und es kann zu richtig fiesen Blutungen kommen.

Nach einem Spiel, einer Session, in der geschlagen wurde, sollte man Desinfektionsmittel dabeihaben. Nach dem Spielen sollte man den Körper der Sub damit einsprühen, damit offene Stellen sich nicht entzünden. Auch die Schlaginstrumente kann man damit absprühen und somit reinigen. Wenn man mit Seilen oder Kabelbinder spielt gehört ein Messer in die Tasche jedes Doms. Der Dom ist für das Mitbringen und vor allem für die Sauberkeit des mitgebrachten Spielzeugs zuständig. Und ein Messer ist dann notwendig, wenn schnell ein Seil gekappt werden muss, wenn es zur Gefahr für die Sub wird. Eva dachte wieder an

Gerrit – der ihr den Seitenschneider in die Hände gegeben hatte.

Nr. 6: »Ich hatte nach einer Session am Oberschenkel einen sehr blauen Fleck. Ich war dann in der Apotheke und habe eine Salbe gekauft, die das Blut verdünnt.« Luke nickte und lachte. »Genau, die kaufe ich meiner Sub immer. Seht ihr, in einer Apotheke seid ihr dann gut aufgehoben. Zoe, stell dich gut sichtbar hin. Ich werde an dir zeigen, wo man hinschlagen darf.« Zoe positionierte sich, streckte ihre Arme seitlich von sich und stand leicht breitbeinig vor uns. Luke griff nach einem Rohrstock, um wie ein Lehrer auf die Stellen zeigen zu können, wo geschlagen werden darf.

»Grundsätzlich gilt: Man darf auf alles schlagen, wo Speck ist. Weiter ist erlaubt, auf Brüste, Arme, Unterarme und Oberschenkel zu schlagen. Hände werden bitte nur geschlagen, wenn man weiß, was man tut, da liegt der Knochen dicht unter der Haut und somit kommt es schnell zu Verletzungen. Beim Bauch kommt es ein bisschen drauf an. Je mehr Bauchmuskulatur vorhanden ist, desto ungefährlicher ist es, darauf zu schlagen. Auf einen Speckbauch sollte man entgegen dem Grundsatz eher nicht schlagen. Auf das Sternum…« Luke zeigte auf den Bereich zwischen Zoes Brüsten »… wird nicht geschlagen, ebenso wenig wie auf den Harnleiter.« Luke zeigte auf den Bereich von Zoes Bauchnabel bis zum Schambein. »Weiteres Tabu sind die Leisten, Knie, Schienbeine und oben auf den Fuß. Schläge unter den Fuß nennt man Bastonade, die sind möglich, halten aber nur die wenigsten Subs aus. Man darf da nicht in den Hohlfuß schlagen. In dem Bereich entstehen sehr schnell Schwellungen, das ist dann kein Schmerz mehr, den ihr der Sub am nächsten Tag auf den Weg zur Arbeit antun wollt. Die Schwellung bleibt mehrere Tage.« Mit einer Handbewegung zeigte er Zoe, dass sie sich umdrehen sollte.»Kommen wir nun zur Rückansicht. Geschlagen werden darf auf den Hintern, die Oberschenkel, Waden, Schultern und Arme. Nicht geschlagen wird auf die Nieren, die Wirbelsäule, die Kniekehlen und auch nicht auf den Ischiasnerv. Außer eure Sub steht auf diesen Schmerz am Ischiasnerv. Da verhält es sich wie bei den Schlägen unter den Fuß. Wenn sie es will, schlagt sie. Wenn nicht, lasst es bleiben. Spielt sie nicht kaputt. Um rauszufinden, wie viel eine Sub verträgt, könnte man sie so positionieren, dass sie mit ihrem Gesicht in Richtung eines Spiegels guckt. Dann sieht man schnell was geht und was nicht.

Schlagt gerade als Anfänger eine Sub von hinten auch nicht von oben nach unten, sondern von links nach rechts. Wenn man von oben nach unten schlägt, könnte es passieren, dass ihr versehentlich auf die Ohren oder Ohrläppchen schlagt.«

Die Kursteilnehmer lauschten gebannt Lukes Worten. Man hätte eine Nadel im Raum fallen hören können. Eva klebte buchstäblich an Lukes Lippen.

»So, das hätten wir. Danke, Zoe, setz dich gern einen Moment hin, bevor wir das Schlagen an deinem Leib üben.« Er küsste sie, sie setzte sich, sie sagte kein Wort dabei.

»Beim Schlagen wird in drei Kategorien oder drei Spieler unterschieden:

Safe-Sane-Consensual-Spieler, kurz S.S.C.: Dieses Spiel ist sicherheitsbewusst, bei klarem Kopf mit Einwilligung der Sub. Es ist sicher, vernünftig und einvernehmlich. Ein Safeword darf benutzt werden. Wenn man sich aller Risiken und Konsequenzen des Spiels bewusst ist und bereit ist, diese in vollem Bewusstsein in Kauf zu nehmen, gilt die Aktivität als RACK.

Risk-aware consensual kink, kurz RACK-Spieler: Sinngemäß bedeutet es: Bewusst einvernehmliches Risiko. Mit Kink bezeichnet man in der SM-Sub-Kultur etwas, was außergewöhnlich ist.

Edge-Player: Ein Edge-Player nimmt nicht mehr viel Rücksicht. Er spielt im schlimmsten Fall bis hin zum Tod. Das ist Geschmackssache. Ich bin ein Edge-Player, ich habe dabei aber niemanden getötet oder habe vor, jemanden zu töten. Ich achte in dem Spiel schon drauf, was ich tue.«

Luke zuckte mit den Schultern und zwinkerte Nr. 1 zu. »Auch wenn es dich geil macht, Schmerzen zuzufügen, füge sie mit Bedacht zu.«

Im weiteren Verlauf des Kurses ging Luke auf verschiedenste Schlaginstrumente ein. Er hatte sie auf einem Tisch ausgebreitet und erzählte zu jedem Schlaginstrument etwas. Von Rosshaarpeitsche über Paddel, Flogger bis hin zum Rohrstock war alles dabei. Die Hand ist das Instrument, welches man immer mit sich führt. Einen Gürtel hat man ebenfalls häufig bei sich. »Aber auch eine Feder kann es in sich haben, wenn man mit ihr über geschlagene und offene Stellen streicht. Das ist, als wenn einer mit dem Messer darüber schneidet.« Er zeigte weiter die Dressurgerte, Springgerte, bestimmte Hölzer, Latex- und Gummiwerkzeuge, Schlagwurst und am Ende eine Bullwhip. »Die Bullwhip gehört zur Königsklasse. Um damit zu schlagen, müsst ihr vorher unbedingt üben. Und das bitte nicht an eurer Sub. Apropos: Zoe, komm zu mir, es darf nun an dir einiges getestet werden.« Zoe stand auf, positionierte sich ähnlich wie zuvor und lächelte Luke an.

»Wer möchte anfangen?« Die Teilnehmer sahen sich an, einige zuckten mit den Schultern, andere sahen zu Boden. »Wenn keiner was sagt, dann suche ich jemanden aus.« Luke ließ seinen Blick wandern, blieb kurz an Eva hängen, sah dann weiter und meinte zu dem Herrn neben ihr:»Wie wäre es mit dir?« Der Herr neben Eva stand auf. Erst jetzt bemerkte sie, welch attraktiver Mann rechts neben ihr gesessen hatte. Sie war so vertieft in das, was Luke erzählte, dass sie Zeit und Raum und Geilheit vergessen hatte. Der Herr sah einfach umwerfend aus und nicht nur ihr Herz, auch ihre Pussy machte einen Satz.

»Wie heißt du?«, fragte Luke. »Ich bin Leonhard, kurz Leon.«»Willkommen, Leon. Du meintest, dass du schon drei Jahre dominant lebst?« Leon nickte.»Dann weißt du ja sicher, wie man mit Hand und Gürtel schlägt. Ich gebe dir mal die Rosshaarpeitsche.« Er wandte sich den Teilnehmern des Kurses zu und meinte:

»Diese Peitsche ist das einzige Instrument, mit der man nur eine Person bespielt. Man kann die Peitsche nicht reinigen, da sie ein Naturprodukt ist. In den Haaren sind Hohlräume, die man nicht mehr ganz sauber bekommt. Die Peitsche macht ganz kleine oberflächliche Verletzungen. Sie kommt eventuell mit Blut in Kontakt.« Luke wandte sich nun wieder Leon zu.»Mit der Rosshaarpeitsche darf überall hingeschlagen werden. Auch auf Knochen oder Stellen, die sonst viel empfindlicher sind. Das Rosshaar hat kein großes Gewicht, man geht da nur auf die oberflächliche Haut, von daher ist das Verletzungsrisiko relativ gering. Der Clou bei der Rosshaarpeitsche ist, nicht mit der kompletten Fläche zu schlagen, sondern nur mit den Spitzen. Je weniger man beim Schlagen von der Peitsche hört, desto mehr trifft man mit den Spitzen, desto mehr tut das der Sub weh. Denn mal los.« Leon nahm die Peitsche an sich, drehte sie ein wenig in seiner Hand hin und her. Dann fuhr er langsam mit den Spitzen über Zoes Brüste, deren Nippel sich unter der Berührung sofort aufstellten. Und dann schlug er zu. Erst auf die Brüste, dann auf ihren Bauch, auf ihren Venushügel, weiter zu den Beinen und Füßen. Genauso wieder zurück. Leon schlug mit einer Hingabe und einer Gelassenheit zugleich. Dann gab er die Peitsche an Luke zurück, nahm das Gesicht von Zoe in seine Hände, küsste sie auf die Stirn und sagte:»Danke.« Sie sah lächelnd zu Boden.»Auch das ist ganz wichtig. Dankt eurer Sub dafür, dass sie für euch den Schmerz ertragen hat. Auch wenn das gerade nur eine kleine Streicheleinheit für Zoe gewesen ist.« Luke zwinkerte Zoe zu, während Leon sich zurück auf seinen Platz setzte. Eva sog Leons Duft ein und schloss dabei die Augen. Er sah nicht nur umwerfend aus, sondern roch auch umwerfend.

Unterdessen stellte sich Luke neben Zoe, legte seine linke Hand auf ihre rechte Wange, holte mit der rechten Hand aus und schlug ihr auf die linke Wange.»Bei einer Ohrfeige muss immer der Kopf stabilisiert werden. Gerade, wenn man aus dem Off eine Ohrfeige gibt, schlägt man der Sub den Kopf weg. Daraus kann ein Schleudertrauma entstehen. Das geht ganz schnell. Daher gilt: Immer stabilisieren! Die Ohrfeige ist eine unheimliche Erniedrigung für die Sub. Viele langjährige Doms trauen sich das nicht. Das ist nämlich nicht ohne und eine Übungssache. Und setzt Ringe ab, außer ihr wollt ihr Abdrücke auf der Wange zufügen. Und falls euch das Stabilisieren des Kopfes, gerade wenn um euch Zuschauer stehen, zu uncool ist, dann zieht eurer Sub einfach in den Haaren und stabilisiert so ihren Kopf, das sieht cooler aus.«

Luke ging wieder zu den Schlagwerkzeugen und griff nach einem Paddel. »Die Paddel gibt es in vielen Variationen. Ein Pfannenwender macht tolle Muster auf die Haut. Es gilt: Sobald Luft durch ein Werkzeug kommen kann, verändert sich der Widerstand und man schlägt mit viel mehr Geschwindigkeit auf die Sub. Mit einem Paddel bei Frauen auf die Genitalien schlagen ist kein Problem. Dabei ist bei den Frauen ein bisschen darauf zu achten, wie weit die innenliegenden Schamlippen nach außen gucken. Bitte schlagt aber nicht auf den Kitzler. Ein Schwanz kann da mehr ab. Beim Mann aber nie auf die Hoden schlagen, wenn sie nicht festgehalten werden. Das kann zur Hodendrehung führen und die ist lebensgefährlich.« Das Paddel durfte Nr. 7 an Zoe austesten. »In der Regel gilt bei allen Schlagwerkzeugen: Je mehr sie klatschen, desto weniger tut es der Sub weh. Das Klatschgeräusch fickt lediglich euren Kopf. Und wenn sich eure Sub im geilen Zustand befindet, tut ihr das Schlagen nicht so doll weh, als wenn ihr Kopf klar wäre. Also übt es an euch. Und je länger die Instrumente sind, desto schwieriger ist es, damit zu zielen. Und desto länger sollte damit geübt werden. Am besten sollte man auch neu gekaufte Werkzeuge an sich selbst ausprobieren, sprich sich selbst schlagen oder jemand Vertrauten schlagen lassen. Einfach um zu fühlen, ob das ein scharfer Schmerz oder ein spitzer Schmerz ist. Und lernt eure Sub auch erstmal mit euren Schlagwerkzeugen kennen. Viele Werkzeuge kann man auch einfach selber basteln. Im Handel sind sie teuer und häufig taugen die dann auch nicht ganz viel. Und man zahlt den Perversenzuschlag. Für eine Gerte sollte man also einfach in einen Reitbedarfsladen gehen. Oder man kauft Werkzeuge – wenn man sie nicht selber macht – am besten in Clubs oder auf Messen. Dort kann man alles in die Hand nehmen und testen. Und mit solch einem Wissen geht man ganz anders durch Baumärkte, Haushaltswarengeschäfte und Spielwarenläden. Überall finden sich geeignete Schlaginstrumente. Und noch was: Je schwerer das Gerät ist, desto mehr lasst das Gerät für euch arbeiten. Also holt nicht weit aus, um irgendwo draufzuschlagen. Das macht ihr zwanzig Minuten und dann seid ihr fertig. Versucht, das Gewicht des Gerätes für euch arbeiten zu lassen.« Er legte das Paddel zurück, zückte ein weiteres Paddel und hielt es in die Luft. »Dieses Paddel ist aus Gummi. Alles, was aus Gummi oder auch Latex gefertigt ist, tut der Sub richtig weh. Es sind die schlimmsten oder bösesten Schmerzen, die ihr jemandem antun könnt. Gummi kann ganz heftige Blutergüsse zufügen. Nur Nadelungen oder Cuttings wären da noch schlimmer. Aber auf dieses Thema gehe ich heute nicht ein. Da könnt ihr euch gern zum nächsten Kurs anmelden.« Er legte das Paddel zurück und zeigte auf die Schlagwurst, einem Kunststoffgeflecht. Es sah aus wie eine lange Kordel. »Mit der Schlagwurst kann man wunderschöne Abdrücke machen. Sie macht punktförmige Blutergüsse.« Bei diesen Worten leuchteten seine Augen. »Es sieht so hübsch aus, wenn Zoe diese Ergüsse für mich trägt.« Er ging wieder zu Zoe, küsste ihre Stirn und flüsterte ihr etwas ins Ohr, was sie erröten ließ. Eva spürte, wie vertraut und nah sich Luke und Zoe waren. Sie schienen sich zu lieben, in welcher Hinsicht auch immer. Eva empfand dies als wunderschön. Wobei sie sich genauso ausmalte, wie schön wohl ein Handabdruck auf ihrem Arsch aussehen würde.

Luke sah auf die Uhr. »Unsere Kurszeit ist gleich um. Hat jemand noch eine bestimmte Frage?« Keiner regte sich. Aber Eva hatte eine Frage, eine kurze Frage. »Luke, ich möchte Zoe etwas fragen.« Zoe horchte auf. »Was löst das Schlagen in dir aus?« Zoe überlegte nicht lange und antwortete: »Mich macht es geil und ich stehe auf den Schmerz. Was es bei dir auslöst, musst du selbst herausfinden. Es gibt auch Frauen, die nichts dabei fühlen.« Eva bedankte sich bei Zoe. Luke meldete sich wieder zu Wort. »Ich gebe euch noch ein wenig mehr mit auf den Weg. Eine Session, sprich die Zeit, in der ihr spielt oder bespielt werdet, darf gerne mal zwei bis vier Stunden dauern. Das ist körperlich für beide anstrengend. An die Doms im Raum: Dehnt euch zwischendurch und bereitet die Muskulatur auf die Session vor. Das Schlagen geht auf eure Schultern, Sehnen und so weiter. Wenn jemand Interesse daran hat, dass ich durch eine Session begleitend zur Seite stehe, dann sprecht mich gern an. Ich gebe Einzelkurse dazu, zeige genau, wie man eine Session auf- und wieder abbaut und gehe noch näher darauf ein, was während des Schlagens hormonell im Körper der Sub passiert. Alle Informationen zu den Schlagwerkzeugen und einer »kleinen Apotheke« habe ich übersichtlich auf einem Infozettel aufgeführt. Die Zettel liegen am Ausgang, nehmt euch bitte einen mit. Man kann sich die ganzen Informationen nicht merken. Ich danke für eure Aufmerksamkeit.«

Die Kursteilnehmer klatschten Beifall. Eva konnte durch das T-Shirt von Leon sehen, wie sich beim Klatschen die Muskeln seiner Oberarme anspannten. Er lächelte, sah zu Eva, die ebenfalls lächelte.

7. Leonhard... kurz Leon

»Wollen wir noch was trinken gehen?«, fragte Leon Eva beim Verlassen des Seminarraumes. Sie nickte. »Gern.« Leon hatte eine sehr angenehme Stimme. Die beiden gingen in das hoteleigene Restaurant und bestellten sich Wein und Wasser. Eva musterte Leon. Er schien durchtrainiert zu sein, seine grünen, großen Augen strahlten sie an. Er trug braunes, kurzes Haar, seine Hände waren gepflegt. Der ganze Mann war umwerfend gepflegt. »Wo kommst du her?«, fragte Eva. »Ich wohne weiter weg. Ich bin geschäftlich in der Stadt und habe ein Zimmer hier im Hotel. Heute bin ich angereist und habe zufällig gesehen, dass der BDSM-Workshop stattfindet. Und da ich heute Abend nichts Besseres vorhatte, habe ich mich spontan dazu angemeldet.« Er lachte. »Hat dir der Kurs gefallen?« Eva nickte. »Ich habe wenig Erfahrung in diesem Bereich. Aber alles, was ich bisher darüber gehört und gesehen habe, macht mich schon neugierig.« »Dann lass uns mal den Smalltalk beiseiteschieben. Wir können gern freiheraus reden. Du magst Sex?« Eva: »Jeder mag Sex.« Leon: »Die meisten, ja. Ich finde, du bist eine hübsche Lady. Bist du Swingerin?« Eva: »Ich war einige Male im Club, sowohl alleine als auch mit meinem Mann. Wir führen eine offene Ehe. Es war schon schön im Club, aber sensationelle Erfahrungen habe ich da nicht gemacht.« Leon: »Sehr schade, aber geht mir genauso. Ich führe auch eine offene Ehe. Ich bin öfter mal auf der Suche nach Spaß und gerade bei solchen Workshops lernt man Frauen besser kennen, als wenn man mit ihnen tagelang hin- und herschreibt und am Ende ein geplantes Date abgesagt wird. Die Frauen, die man bei solchen Veranstaltungen kennenlernt, können Dates nicht einfach absagen, sie könnten lediglich nein sagen. Genauso wie ich die Möglichkeit habe, nein zu sagen. Ich bin sehr wählerisch und bevorzuge echte Treffen vor ewigem Hin- und Hergeschreibsel. Ich würde nicht mit jeder Frau ficken, dafür bin ich mir zu schade.« Die Aussage gefiel Eva und sie stimmte ihr zu: »Woher weiß ich, dass ich dir trauen kann, wenn ich denn beabsichtigen würde, dir auf dein Zimmer zu folgen?« Leon: »Schätzt du mich so böse ein? Ich bin wirklich ein ganz lieber Kerl. Soso, du möchtest also mit auf mein Zimmer kommen?« Eva: »Leon, ich brauche nicht viel Anlaufzeit. Wenn es passt und mein Gefühl gut ist, dann stehen die Chancen gut, dass ich dir den Abend versüße. Aber Frau muss Vorsicht walten lassen.« Dabei sah sie auf ihr Armband, welches sie von Lars geschenkt bekommen hatte. »Ja, da hast du recht. Ein bisschen Vorsicht hat noch keiner Lady geschadet. Was magst du im Bett?« Eva: »Ich mag so vieles. Besonders mag ich es, wenn der Mann dominant ist.« Leon: »So mal als Basis: Lecken, Blasen, Squirten, da stehe ich total drauf.« Eva: »Ich auch.« Leon: »Ich lecke so gerne.« Diesen Satz hatte Eva schon öfters gehört, blieb daher skeptisch aber antwortete: »Das ist gut, dass du das gern machst. Wie lange hältst du beim Sex durch? Mehr als fünf Minuten?« Leon: »Ich bin sehr sehr ausdauernd und komme sehr schwer. Du wirst fertig sein, wenn wir fertig sind. Wirklich!« Die Skepsis von Eva machte sich weiter breit. Leon: »Guck doch nicht so skeptisch. Schlechte Erfahrungen gemacht?« Eva: »Darüber möchte ich nicht reden.« Sie lachte. Leon: »Also ja. Du möchtest BDSM antesten? Ich bin sehr erfahren als Dom. Ich könnte dich da gern etwas ranführen. Aber langsam.« Eva: »Gern. Hauchzart, ohne fies zu werden. Ich bin eine sensible Lady.« Leon: »Keine Sorge, ich passe auf dich auf.

Hast du einen Fetisch?« Eva:»Ich weiß, dass ich auf Haut und Geruch stehe. Dein Duft flog mir vorhin in die Nase und das gefiel mir sehr. Aber ob das nun ein Fetisch ist, weiß ich nicht.« Leon:»Ich liebe auch Gerüche!« Eva stutzte. Redete er ihr nach dem Mund?»Und ja, das kann man als Fetisch bezeichnen«, meinte er.»Sexuelle Neigungen sind schwer zu erklären. Ich habe auch noch einen Fußfetisch.« Eva:»Damit kann ich nicht viel anfangen, aber ich habe auch nichts dagegen, wenn meine Füße begehrt werden würden. Beschreib mal mit deinen Worten wie du küsst, wenn du küsst.« Leon:»Ich würde sagen leidenschaftlich, am Anfang langsam, erstmal so schauen, was der andere alles mag. Eva, du hast tolle Lippen.« Eva biss sich auf ihre Unterlippe. Wein und Wasser waren inzwischen ausgetrunken und sie rutschte ungeduldig von einer Arschbacke auf die andere. Eva:»Wie dünn sind die Wände im Hotelzimmer?« Leon:»Keine Ahnung. Bist du sehr laut?« Eva:»Ich bin lauter, ja. Aber ich kann auch leise, dann beiße ich einfach in ein Kissen oder in meinen Arm. Ich möchte ja kein Aufsehen erregen.« Eva rechnete nicht damit, dass sie überhaupt in den Genuss eines einzigen Orgasmus käme. Aber sie sollte eines Besseren belehrt werden.

In Leons Kopf drehte sich alles. Diese Eva war klug, hübsch und unheimlich attraktiv. Er ahnte, dass sie nur wenig gute Erfahrungen mit Männern gemacht hatte. Er ahnte, dass sie nicht glaubte, er könne ihr auch nur einmal einen Höhepunkt schenken. Sie irrte sich. Ihr skeptischer Blick machte sie noch hübscher, als sie es eh schon war. Er wollte es ihr zeigen, es brannte in ihm, sie merken zu lassen, dass die Frau, die er verwöhnt, an erster Stelle stand, dass seine Lust und Erregung zweitrangig waren und die Frau im Vordergrund stand. Er wollte sie lecken, sie riechen, sie küssen. Er war der Typ Mann, der sehr gerne sieht, wenn die Frau Lust verspürt. Er würde sie zum Spritzen bringen. Er berichtete ihr, dass er einmal eine Sub hatte, die ihre Orgasmusgrenze wissen wollte. Sie brach nach mehrfachem Squirten irgendwann in Tränen aus, weil sie ihre Grenze erreicht hatte. Aber das schüchterte Eva nicht ein, sie als Orgasmusjägerin würde darauf sogar bestehen. Er wollte eine Stunde zwischen ihren Schenkeln liegen und seine Zunge kreisen lassen, sodass sie ausläuft. Es brannte in ihm, sie in den siebten Himmel zu lecken! Noch keine Frau hatte solch langes Lecken bei ihm ausgehalten. Wobei er sich in letzter Zeit eher weniger mit Frauen getroffen hatte. Es musste für ihn passen. Wenn es nicht passt, macht es keinen Sinn und keinen Spaß. Er nahm schon lange nicht mehr alles, was nicht bei drei auf den Bäumen war. Er suchte sich seine Spielpartnerinnen bewusst aus.

Leon winkte den Kellner herbei, zahlte die Rechnung, stand auf, nahm Eva an seine Hand und führte sie in sein Hotelzimmer, in dem Eva alles um sich herum vergessen durfte…

Aus dem Tagebuch der Ani R.:
Die Tür fiel ins Schloss. Ganz langsam näherten sich unsere Gesichter einander und es endete mit einem Kuss. Erst hauchzart… dann fordernder… ich ließ meine Arme um Leon gleiten, genoss jede einzelne Berührung seinerseits, seine Lippen waren weich, samtig und er küsste mich in den siebten Himmel. Unsere Zungen kreisen verspielt umeinander, immer noch zurückhaltend, wir kannten uns ja eigentlich gar nicht. Ich vergaß alles um mich herum, hörte keine Geräusche,

verfiel ganz dem Rausch des Kusses, blendete alles aus.

Ich gab mich hin und drückte ihn kurze Zeit später fordernd auf das Bett. Ich über ihn, er unter mir. Er zog mir mein schwarzes Shirt aus, dann meinen BH. Alles in gemächlichem Tempo. Ich zog ihn hoch und streifte ihm sein T-Shirt ab. Er streifte mir die Hose ab. Dann zog er seine Hose aus. Alles fiel wild durcheinander zu Boden. Er stand in Boxershorts vor mir. Dieser Körper... ich konnte mich überhaupt nicht satt daran sehen.

Er küsste meine Beine, kam wieder hoch zu mir, liebkoste meine Brüste, Arme, Bauch... und landete schlussendlich an meiner Pussy, die er eine Stunde lang genüsslich leckte. Erst an der Klitoris, dann am Scheideneingang und auch am Hintern. Ich war klitschnass. Und ich kam beim Lecken zwei Mal, wobei ich mir bei beiden Malen ein Kissen schnappte und meinen Orgasmus hinein brüllte.

Danach lagen wir kurz einfach nur so da. Ich fing langsam an, Leons Duft in mich aufzusaugen. Von Hals zu Oberkörper, Bauchnabel, zurück über die andere Seite des Bauches, zur Brust und zu seinen Achselhöhlen. Er roch verdammt gut! Ich schnupperte immer weiter... wieder runter, wieder hoch, wieder runter. Dort angekommen hielt ich inne und sah mir seinen – wie er ihn nannte – „Fickmuskel" aus der Nähe an.

Diesen Bereich fand ich extrem heiß, männlich und schön. Ich verweilte eine kleine Zeit an der Stelle, dabei zog ich Leon die Boxershorts aus, fuhr mit meiner Nase weiter an seiner Leiste entlang, ließ die Zunge dabei mitwandern und landete an seinen Hoden. Auch dort roch alles unheimlich gut, nach Haut, nach lecker, nach frisch. Ich leckte seine Hoden, wanderte wieder hoch, meine rechte Hand umfasste bereits seinen Schwanz. Und dann fing ich genussvoll an, ihn zu lecken, blasen, schmecken. Er stöhnte leicht auf, was mich sehr erregte, somit machte ich einfach weiter. *Seine Lust stieg hörbar. Und ohne weiter darüber nachzudenken, fuhr ich mit der Zunge wieder runter, weiter und weiter. Ich spreizte seine Beine, sah mir einen ganz kurzen Augenblick seinen Arsch an... und tat es einfach. Ich leckte ihn genüsslich am Arsch. Er schmeckte wunderbar, genauso wie der Rest von ihm! Mein Mund wanderte wieder hoch und ich blies genüsslich weiter. Dabei massierte ich seinen Damm. Er genoss es, zumindest hörte es sich danach an. Dann zog er mich plötzlich zu sich hoch und küsste mich erneut. Es war alles wunderbar erregend und doch harmonisch.*

„Bevor wir starten... meine Blase ist randvoll. Ich muss echt pinkeln." Leon sah mich mit festem Blick an. Leon: „Gibst du mir Natursekt?" Ich: „Möchtest du das?" Für mich war das Neuland. Aber nicht nur die Eva in mir, auch der Wein sorgte dafür, dass ich den Gedanken daran nicht abstoßend fand. Leon: „Es reizt mich, es mit dir zu versuchen. Ich habe bisher noch nicht die richtige Frau für solche Spiele gefunden, bei der ich gesagt hätte, ja, mit der könnte ich das vielleicht mal versuchen. Bitte, Eva, tu es."

Er führte mich in die Dusche. Dort küssten wir uns noch eine Weile, bevor er sich setzte und zu mir hochsah. Ich stand breitbeinig über ihm und schielte zu ihm runter, sein Schwanz war hart, sein Körper wunderschön, er wartete ganz in Ruhe ab. Ich schloss die Augen... und ich ließ einfach laufen. Sein Körper streckte sich dem Strahl entgegen, er genoss sichtlich, was da gerade passierte. Und es machte mir Spaß! Leon war ein Fremder, jemand, den ich vielleicht nie wiedersehen werde. Vielleicht machte dieser Umstand es leichter? Ich sah wieder runter zu ihm. Von diesem bloßen Anblick wurde mir heiß und kalt. Doch jede volle Blase ist irgendwann einmal leer. Ich nahm den Duschkopf und duschte Leon ab. Erst seinen Schwanz, dann seinen Arsch. Ich umarmte ihn von hinten, berührte seinen immer noch harten Schwanz. Er drehte sich um, sah mich herausfordernd an, drückte mich gegen die Wandfliesen, grinste, fuhr mit seiner rechten Hand geschwind zwischen meine Beine, spreizte sie und drang mit zwei Fingern in mich ein. Ich war überrascht – und im nächsten Moment schon gekommen. Er brachte mich in nicht einmal fünfzehn Sekunden zum Squirten, wusste ganz genau, wie das geht. Und er hörte nicht auf. Nachdem er mich zum Kommen gebracht hatte, hielt ich mich an ihm fest. Ich bohrte mein Gesicht in seine Schulter. Ich zitterte am ganzen Körper. Und schon passierte es wieder – er drang erneut mit den Fingern in mich ein und brachte mich wieder zum Spritzen. Danach war mir schwindelig. Nachdem ich mich wieder gefangen hatte, trockneten wir uns ab.

Im Bett zurück fielen wir übereinander her. Ich setzte mich auf ihn und fing an, ihn zu reiten. Dabei fuhr ich mit geschlossenen Augen immer wieder mit meinen Händen seinen Oberkörper, Bauch, Beine und auch Oberarme tastend ab. Er war so schön durchtrainiert, ich genoss jede Muskelpartie, die ich zu fassen kriegte. Er war kein übermäßiger Muskelprotz, das würde mich eher abtörnen. Aber man konnte die Muskeln definiert sehen und so gab ich mich beim Anblick und Fühlen seiner Muskelpartien völlig hin. Am Ende landeten meine Hände an seinen Oberschenkeln und ruhten dort. Mein Oberkörper neigte sich leicht nach hinten und ich stöhnte vor Lust auf...

Nach dem Reiten hielten wir kurz inne. „Hätte ich jetzt Handschellen dabei..." Leon grinste und legte seinen Zeigefinger auf meine Lippen. „Handschellen sind was für Anfänger. Wenn ich sage ‚Arme hoch', gehen die Arme hoch und bleiben oben." „Oh, ok..." „Na los, Arme hoch", forderte er mich auf. Und ich gehorchte. Dann krabbelte er wieder zwischen meine Beine, leckte mich nochmal mindestens eine halbe Stunde und ich kam erneut dabei. Ich kam somit das fünfte

Mal an diesem Abend. „Mensch, nun bin ich schon fünf Mal mit dir durchs Ziel gegangen", grinste er. Meine Arme verweilten immer noch oben. „Leon, darf ich die Arme wieder runternehmen?" „Oh, na klar", lachte er. Anschließend vögelte er mich Missionar, er war unheimlich ausdauernd. Mal langsam, dann ganz schnell, dann wieder langsam. Er positionierte meine Beine, wie es ihm gerade gefiel. Mal breit und hoch, mal angewinkelt und die Füße auf seine Brust oder Schultern abgelegt. Ich ließ es einfach geschehen, gab mich ihm komplett hin. Und immer, wenn ich kam, schrie ich in das Kopfkissen.

Irgendwann legte er eine Pause ein und krabbelte zu mir hoch. Ich legte meinen Kopf auf seine Brust und schloss meine Augen.

„Willst du nochmal kommen, ja oder nein?" Diese Frage kam überraschend. Ich musste unwiderruflich an meinen durch die Leckerei in Mitleidenschaft gezogenen Kitzler denken und antwortete nicht. „Ja oder nein?" Seine Stimme wurde härter im Klang. „Ich weiß nicht..." Was sollte ich sagen? Fass meinen Kitzler bloß nicht an? Aber er wollte gar nicht an meinen Kitzler... „Ja oder..." „Ja", unterbrach ich ihn. Er grinste, nahm Zeige- und Mittelfinger in den Mund, rutschte damit dann wieder schnell zwischen meine Beine, drang in mich ein... zack – gekommen. „Wie machst du das?" „Na so!" Und schon wieder gekommen... „Kommt da immer noch was raus?", fragte ich ihn. Blöde Frage, auf dem Bettlaken unter meinem Arsch war es ganz nass. „Ja, da kommt immer noch was raus", meinte er.

Am Ende fickte er mich hart im Doggy-Style. Dabei bekam ich einige Klapse auf den Hintern. Das gefiel mir unheimlich gut. Er in mir und dabei sowohl die Lust als auch den leichten Schmerz zu fühlen war fantastisch! Und dann kam er. Nicht schnell, ganz genüsslich, zwar schnell in der Bewegung aber leidenschaftlich laut im Ohr.

Danach sackten wir zusammen. „So, und das war die erste Runde", meinte er. Ich lachte. Er guckte ernst. „Oh…. ok, alles klar."
Leon ging ans Fenster und rauchte eine Zigarette. Ich konnte vom Bett aus einen hervorragenden Blick auf seinen Po werfen. Perfekt geformte Backen, durchtrainierter Rücken und am schönsten fand ich seine Lendengrübchen, also die beiden Kuhlen links und rechts oberhalb der Backen.
Ich konnte nicht anders, ich musste ihn einfach berühren. So stand ich auf, umfasste seinen Po, strich über die Lendengrübchen, weiter hoch zu seinen Armen, seinem Nacken. Er drehte sich um, wir küssten uns und ich ging zurück zum Bett.
Nachdem er aufgeraucht hatte, legte er sich zu mir. „Ach Leon, ich wäre gerne mal ein Mann, dann würde ich mir den ganzen Tag lang einen runterholen." „Ach Eva, ich wäre gerne mal eine Frau… dann wäre ich eine Schlampe." Wir lachten. „Ehrlich, das sagt man so unter Männern… genauso wie Maggi-Geschmack." Ich guckte ihn fragend an. „Na den Geschmack einer Frau. Es gibt Frauen, die schmecken gut, Frauen, die sehr lecker sind – so wie du – und Frauen, die nach Maggi schmecken. Das geht gar nicht und da geh ich dann auch nicht ran." Ich konnte nicht mehr, ich musste so lachen.
Es begann die zweite Runde. Ich fühlte mich begehrt und das ist etwas, was ich unheimlich gerne habe und brauche. Er spreizte meine Beine, sah an mir herunter, spuckte geräuschlos und wie beiläufig auf meine Klitoris (ob das seltsam aussah? Ob das irgendwie ekelig war? Nein! Ich genoss den Anblick, wie seine Spucke zielsicher auf meiner Klitoris landete…) und drang dann wieder gemächlich in mich ein. Ich stöhne, es fühlte sich so gut an. Und so begann das Spiel von vorn… Er vögelte mich in der Missionarsstellung. Mal mit Beinen hoch, mal runter, irgendwann liegend von

hinten, dann im Doggy-Style. *Er hob mich hoch, drückte mich gegen die Wand, drang wieder in mich ein und vögelte mich im Stehen. Nicht lang... denn wir merkten doch schnell, dass diese Stellung recht unpraktisch war.* Leon drehte uns, ich umklammerte ihn weiter mit meinen Beinen. „Starkes Mädchen." *Mit diesen Worten warf er mich bäuchlings aufs Bett.* „Oberkörper runter", *hörte ich.* „Arsch bleibt oben." *Ich sagte nichts, ich tat es einfach. Ohne groß nachzudenken, ohne Widerworte zu geben. Ich spürte seinen Schwanz an meiner Pussy und an meinem Arsch. Da zuckte ich zusammen.* „Nein, nicht anal..." „Schschschsch... mach ich nicht. Hab keine Angst." *Er drang dann vaginal in mich ein und stieß erst wieder sanft, dann härter und härter zu. Es war eine unheimlich gute Mischung aus zart und hart. Langsam und schnell. Mir gefiel diese Mischung wahnsinnig gut. Ich gab mich wieder komplett hin und vergaß die Welt um mich. Erst ein Schlag riss mich ins Hier und Jetzt zurück... der süße Schmerz durchfuhr mich. So leicht geschlagen werden kannte ich bereits. Ich stöhnte auf... und er schlug weiter. Mit der Zeit wurden die Schläge härter. Er schlug die rechte Backe, die linke Backe, abwechselnd, traf die Stellen so, dass es nicht furchtbar schmerzhaft, sondern süß schmerzlich war. Er wusste einfach genau, was er da tat. Durch meinen Körper zogen Blitze, ich bekam immer wieder eine Gänsehaut, zuckte bei jedem Schlag zusammen und wartete sehnsüchtig nach dem Schlag auf das wohlig warme Gefühl, welches überall war. Ich konnte kaum genug davon bekommen, stöhnte immer wieder auf und flüsterte bittend und bebend:* „Mach weiter, hör nicht auf." *Keine Ahnung, ob er mich hörte, ich sprach im absoluten Flüsterton. Und wieder zwiebelte es an meinem Arsch. Meine Fingernägel krallten sich in die Matratze, mein Atem ging schnell, langsam, schnell, jeweils im Wechsel. Ich konnte an nichts mehr denken, ich war im Kopf so frei, musste mich um nichts kümmern, ich fühlte mich aufgehoben, geborgen, obwohl Leon wieder mit der Hand zuschlug. Ich fühlte mich begehrt!*

„Mach die Haare auf", raunte er. Ich zog mein Zopfgummi raus und er griff mir in die Haare, packte sie und zog meinen Kopf nach hinten. Ich stöhnte auf, immer und immer wieder. „Du bist so geil."

Und so ging es immer weiter. „Dein Arsch ist schon schön rot", hauchte er. Ich wollte mehr, ich wollte, dass man blaue Flecken sieht. Er erfüllte mir auch diesen Wunsch und schlug so lange, bis mein Hintern voller kleiner Blutergüsse war. Und er biss mich zwischendurch immer wieder in den Nacken. Sowohl rechts als auch links, nicht immer nur an einer Stelle, sondern an mehreren Stellen. Ich wurde ganz wild dabei!

Meinen Hintern ließ er nun in Ruhe, dafür kratzte er erst sanft und im Verlauf immer stärker werdend über meinen Rücken. Mein Körper reagierte sofort darauf und ich genoss jeden einzelnen Kratzer. Dann flüsterte er mir ins Ohr: „Leg dich wieder auf den Rücken. Ich möchte dich nochmal zum Spritzen bringen." Ich legte mich auf den Rücken, Leon rutschte zu mir hoch und bevor ich auch nur einen Satz dazu sagen konnte, kam ich bereits einige Male. Nach dem achten Mal hielt ich seinem Blick stand und meinte entschlossen: „Dieses Mal komme ich nicht. Ich rede einfach weiter und du kriegst mich nicht nochmal dazu. Siehst du?" ...seine Hand bewegte sich bereits in mir... „Du schaffst es niii...... VERDAMMT." Und so drehten sich meine Augen wieder nach hinten, ich konnte gar nicht anders. Mein Kopf ging ebenfalls nach hinten und ich kam wieder. „So, das war dann wohl Nr. 9", sagte er keck. Ich kam weitere vier Male... insgesamt ließ er mich 13x spritzen. Danach war ich fertig, mein Körper zitterte wie verrückt. Ich kuschelte mich in Leons Arm und er fing mich auf. Als ich mich wieder gefangen hatte, wollte ich ihn ein wenig oral verwöhnen. Ich glitt also vorsichtig über seinen Oberkörper Richtung Leiste. Küsste hier, biss da, roch hier, roch da, bis ich letztendlich seinen Schwanz im Mund hatte. „Guck mich dabei an", forderte er. Ich sah hoch. „Sehr schön, braves Mädchen. Und nun setz dich auf mein Gesicht." Ich stieg über ihn. Sanft leckte er meine Schamlippen, wanderte mit seiner Zunge langsam zum vaginalen Eingang und verweilte dort. Dann drückte er mich weiter hoch – er wollte an meinen Arsch. Ich ließ es einfach zu – ohne Vorbehalte, ohne lange darüber nachzudenken. Was konnte schon Schlimmes passieren? „Setz dich richtig auf mich", befahl er im sanften Ton. Und ich tat es einfach. Ich ließ meinen Arsch auf seinen Mund fallen. Meine einzige Sorge in dem Moment war, dass er keine Luft mehr bekam, da auch seine Nase inzwischen in meinen Schamlippen hing. Also hob ich ab und an das Becken hoch. Er packte meine Oberschenkel, lustvoll räkelte er sich unter mir. Das brachte mich so in Fahrt... Ich stützte mich mit meinen Armen auf dem Bett ab. So konnte ich beobachten, wie er sich in dieser Position einen wichste, seinen Schwanz mit seiner Hand hart werden ließ. Rauf, runter, langsam... rauf, runter. Dann rutschte er unter mir nach hinten weg und lachte. Ich sah ihn fragend an. „Normalerweise lasse ich es nicht zu, dass sich eine Frau auf mein Gesicht setzt. Das ist eine devote Stellung und für mich als Dominanter eigentlich nicht gut vorstellbar. Aber es war gut." Ich fasste das mal als Kompliment auf.

Er stieß mich auf den Rücken, spreizte meine Beine und sah sich meine Pussy genau an. Er öffnete sie, legte die inneren Schamlippen nach links und nach rechts. Ich zuckte innerlich mit den Schultern – was soll's, wenn er es mag, soll er gucken. „Du hast eine schöne gleichmäßige Pussy. Viele Frauen haben eine Schamlippe länger oder kürzer. Bei dir ist das symmetrisch, das ist wirklich schön." Ich genoss sein Kompliment, das gab mir viel und es war für mich ganz wunderbar, so etwas zu hören.

Er griff nach meinen Beinen, zog sie hoch, drang wieder in mich ein, nahm meine Füße in die Hände, leckte dabei meine Zehen – und dann kam er. Sein Schwanz wurde in mir beim Kommen wieder richtig hart und ich schrie vor Lust auf.

„Du kommst wirklich laut", meinte er. Ich nickte. „Kann ich nicht ändern." Er nickte. „Frauen fragen immer, ob es mir wirklich gefallen hat, wenn ich nur zweimal gekommen bin." „Nervt dich das?" „Ja." „Dann werde ich nicht danach fragen, sondern ich weiß einfach, dass es dir gefallen hat", meinte ich.

Leon schenkte mir an diesem Abend 24 Orgasmen. Ich kann bis heute nicht glauben, dass dies wirklich passiert ist. Ich hatte noch nie ansatzweise so viele Orgasmen an einem Abend. Und genau dieser Mann, einer, der ausdauernd war, der so viel erfüllte, was ich gesucht hatte, wohnte über 700 km von mir entfernt.

Wir zogen uns an. „Guck mal, das ist übrigens mein Lieblingsgürtel." Er hielt seinen braunen Gürtel hoch. „Schlag mal auf meine Hand", meinte ich. Er tat es – einmal, zweimal, dreimal. Immer härter. Es tat nicht weh, zwiebelte nur. „Und warum hast du das vorhin nicht gemacht?", fragte ich ihn. „Nein, so weit bist du noch nicht. Aber Eva, eins kann ich dir vergewissern: Du bist BDSM! Wie du abgegangen bist, auch gerade beim Rückenkratzen, das zeigt es eindeutig. Ich habe dir mit den Schlägen ca. 70% von dem gegeben, was ich geben kann. Die 100% holen wir nach."

Und so ging ein wunderbarer Abend zu Ende. „Ich bringe dich noch raus." Ich packte meine Sachen zusammen und ging mit leicht bedrücktem Gefühl zum Auto. „Mach's gut, Eva." Er küsste mich sanft, ich stieg ins Auto und fuhr davon.

Nachtrag:
Wir holten die 100% nicht nach. Der Kontakt brach nach dem Treffen ab. Warum? Ich weiß es nicht...

***

Unter dem Tagebucheintrag klebte eine Notiz, ein Zettel, den sie beim Verlassen des Zimmers gesehen, aufgehoben und sich eingesteckt hatte. Auf ihm stand eine Handynummer, eine Zimmernummer und ein unleserlicher Text.

8. Mehr

Der Sommer war zu Ende. Es wurde kälter, die ersten Blätter verfärbten sich von grün zu bunt und der Regen nahm Überhand. »Bei mir ist es noch schön sonnig und warm«, schwärmte Lars, mit dem Ani weiterhin regelmäßig telefonierte. Sie sprachen über alltägliche Dinge genauso wie über ihre sexuellen Erfahrungen. Dazu hatte Lars mehr zu berichten als Ani. Sie hatte sich nach dem Treffen mit Leon noch einmal mit Oliver getroffen. »Oliver ist ein netter Mann. Er bringt mich zum Spritzen. Aber auf Dauer reicht mir das nicht, Lars.« »Das dachte ich mir schon. Aber höre nicht auf, zu suchen. Hat sich Mr. Penis nochmal gemeldet?« Ani lachte. »Ja, das hat er. Ich lese es dir vor. Anfangs wusste ich nicht, ob ich das witzig oder traurig finden soll. Und dann habe ich Tränen gelacht.«

Aus dem Tagebuch der Ani R.:

Auszüge aus dem Chatverlauf mit Mr. Penis:
Er: „Hallo hübsche Frau.“
Ich: „Hallo.“
Er: „Ich bin gerade zu Hause, allein und liege nackt auf der Couch.“
Ich: „Warum nackt?“
Er: „Einfach so. So kann ich besser an mir herumspielen. Aber das Aufstehen danach ist so eine Sache…“
Ich: „Weil dir dann schwindelig wird?“
Er: „Nein, aber er ist ganz schöner Ballast und ich muss aufpassen, nirgends gegen zu stoßen.“
Ich: „Reiß nix um.“ Und dabei lachte ich bereits Tränen.
Er: „Er ist halt doch schon ein ordentliches Stück.“

Kann der damit mal aufhören?

Er: „Wo ordnest du ihn in deiner persönlichen Liste ein?“
Ich: „Welche persönliche Liste?“
Er: „Na du wirst ja schon einige Schwänze gesehen haben.“
Ich: „Länge ist nicht alles.“
Er: „Danke, das heißt?“
Ich: „Lass gut sein.“

***

Schweigen am anderen Ende. »Lars?« »Ich bin sprachlos. Und ich weiß auch nicht, ob ich das nun traurig oder witzig finde. Was war mit Oliver?«

Aus dem Tagebuch der Ani R.:

Oliver und ich trafen uns an einem kleinen Wäldchen. Wir blieben im Auto, denn es war draußen zu frisch. Recht schnell drückte er mich zurück in den Beifahrersitz, zog mir meine Leggins und Slip runter (ich trug darüber ein Kleid), leckte mich ganz kurz... um danach mit den Fingern in mich einzudringen. Mir wurde heiß und kalt, mein Körper bebte, mein Becken hob sich und mein Unterleib drückte sich seiner Hand entgegen. Mein Herz schlug schneller – und dann schrie ich laut. Ich kam in weniger als 20 Sekunden zum Orgasmus. Meine Leggins spritzte ich nass. Er drang erneut mit seinen Fingern in mich ein. Ich krallte mich an seinem Nacken fest, bebte erneut auf und schrie am Ende in seine Weste. Zweiter Orgasmus. Er zeigte nach hinten und ich kletterte geschwind auf die Rücksitzbank. Er stieg aus, um hinten wieder einzusteigen und fiel direkt über mich her. Er drückte meine Beine hoch, sodass er mir direkt zwischen die Beine gucken konnte. Dann fing er an zu lecken. Oh wie sehr ich das genoss! Unter mir lag ein Handtuch. Das war gut durchdacht, denn als er mit dem Lecken fertig war ließ er seiner geschickten Hand wieder freien Lauf. Ich kam erneut mit lautem Geschrei zum Höhepunkt. Er hatte sich derweil bereits ein Kondom übergezogen, legte meine Beine auf seine Schultern und drang so in mich ein. Ich konnte mich in dieser Stellung kaum wehren – wollte ich auch nicht, es war einfach zu geil. Und dann fickte er mich. Dabei küsste er mich leidenschaftlich. Er wusste genau, was er wollte, drückte mich hart in den Sitz, nahm sich alles, was ihm gefiel. Das machte mich an, diese Dominanz tat gut. Und dann kam er. Er zog das Kondom ab, fuhr mit seiner Hand wieder zwischen meine Beine und machte es mir nochmal. Dieses Spritzen... es ist so toll! Ich spritzte auch bei diesem letzten Mal erneut ab.

***

»Ani, Oliver wird dir auf Dauer wirklich nicht reichen.« Es tat ihm leid. Er merkte, dass Ani zwar versuchte, sich auszutoben, aber ihre Fantasien und Wünsche blieben eher auf der Strecke und das würde sie auf Dauer unglücklich machen. Und Ani wusste dies. Sie merkte, dass sie mehr brauchte. Was dieses »mehr« war, sollte sich noch herausstellen.

9. Der Herr ohne Namen

Eine Woche später:

Ani traf sich regelmäßig einmal im Monat zum Frühstück mit Arbeitskolleginnen, unter anderem war auch ihre Freundin Greta dabei. Normalerweise beteiligte Ani sich immer rege an den Gesprächen der Frühstücksrunde, aber dieses Mal saß sie einfach still da und lauschte dem Austausch der Backrezepte, nahm zur Kenntnis, wer sich gerade von wem getrennt hatte und warum, nickte, als alle aufgebracht waren, dass der Mann die Frau ja betrogen habe und zuckte mit den Schultern, als dieses Thema noch weiter auseinandergepflückt wurde. All diese Gespräche hatte sie vor einiger Zeit in ihrem Leben noch gebraucht. Sie bekam dadurch den Kopf frei. Aber etwas war nun anders und sie dachte an die Geschichte, die ihr am Abend zuvor widerfahren war…

Aus dem Tagebuch der Ani R.:

Ich war auf einer privaten Swingerparty. Sie fand in einer Villa statt, welche direkt an ein Waldstück angrenzte. Das Grundstück, auf dem die Villa stand, war sehr groß. Alles hier schien groß. Die weißen Säulen vor dem zweiflügeligen Hauseingang, die Eingangshalle, die Kronleuchter an den Decken, die edlen Möbel und die Bäder. An den Wänden hingen prächtige Gemälde, jedes einzelne eingefasst in verschnörkelte Rahmen. Egal, wo man hinsah, hier herrschte der pure Luxus. Caterer kümmerten sich um das Essen und lasen den Gästen jeden Getränkewunsch von den Augen ab. Den Gastgeber dieser Party kannte ich nicht. Kathie wurde zu dieser Party eingeladen und ich war ihre Begleitung.

Ich lief gerade Richtung Buffet, da fiel mein Blick auf eine sexy gekleidete Lady. Sie war groß, schlank, hatte pralle Brüste und einen makellosen Körper, der sich unter ihrem hautengen schwarzen Kleid abzeichnete. Sie lächelte mich liebevoll an, als sie auf mich zuging. „Schön, dich hier anzutreffen", meinte sie. Sie kannte mich offensichtlich, ich sah sie fragend an. „Ich bin die Frau von dem tätowierten Mann aus dem Workshop." „Die Domina?" Sie nickte. „Und wie hast du mich jetzt erkannt?", fragte ich. „Habe ich nicht. Mein Mann steht da hinten und hat mir gerade erzählt, dass er dich kennt. Du gefällst mir. Darf ich dich mit auf eine Reise nehmen?" „Was für eine..." Weiter kam ich nicht. Sie legte ihre schick manikürten Finger auf meinen Mund. „Komm mit", sagte sie in strengem Ton, lächelte dabei aber freundlich. „Du darfst zusehen, wie ich einen Menschen deiner Wahl dominiere." Zwischen meinen Schenkeln zuckte es. Das Gefühl der sich langsam aufbauenden Geilheit und die Wärme, die sich breit machte, fühlte sich so schön an. Es pulsierte zwischen meinen Beinen, meine Lust war groß.

Ich folgte ihr wortlos, nachdem ich Kathie ein Zeichen gegeben hatte, dass ich nach oben gehe. Die Lady schritt galant die imposante Treppe hinauf und eilte einen langen Flur entlang, geradewegs auf eine Tür zu. Sie öffnete die Tür und dahinter verbarg sich ein schön eingerichtetes Schlafzimmer. Das Himmelbett war groß, über den Bettdecken lag sorgfältig eine rote Tagesdecke. Sie strich mit ihren hübschen Händen langsam über den Stoff der Decke. „Perfekt", murmelte sie. Ihr Blick wanderte im Raum umher. „Setz dich auf den Stuhl", befahl sie, während sie in Richtung Erker zeigte, in dem ein Medaillonstuhl stand. Ich gehorchte und setzte mich.

Dieses Zimmer gefüllt mit ihr und ihrer Lust raubte mir den Atem. Erst jetzt bemerkte ich die fünf Leute, die sich gegenüber dem Erker aufgestellt hatten. Allesamt mit dem Rücken zu mir gedreht. „Einen von ihnen will ich dominieren. Such dir einen aus", hauchte sie in mein Ohr. Sie schien sich auf Samtpfoten zu mir angeschlichen zu haben. Ich entschied mich nach genauer Betrachtung für die in der Mitte stehende Person. „Alle anderen raus!", donnerte sie. Wortlos gingen die vier hinaus, lediglich eine, die von mir auserwählte Person, blieb stehen. Es war ein Herr. Von hinten war dies nicht zu erkennen, denn er trug langes, dunkles Haar und seine Kurven wirkten sowohl männlich als auch weiblich. Langsam drehte er sich um, den Kopf gesenkt. „Du darfst reden", zischte sie. „Ja, Herrin. Danke. Wie darf ich euch dienen?" Seine Stimme klang fest und männlich angenehm. „Geh zum Bett", befahl sie und richtete dann ihren Blick zu mir. „Und du, zieh dich aus. Lass nur die Strümpfe an." Ich sah an mir hinab. Ich trug neben den Strümpfen lediglich einen mit Spitze besetzten BH und einen kleinen unscheinbaren Slip. Beides legte ich ab.

Er ging mit gesenktem Kopf zu ihr. Als er vor ihr stand, starrte sie auf seinen bereits harten, erigierten

Schwanz. Sie griff danach. „Sehr schön, damit kann ich arbeiten", donnerte sie. „Du wirst brav tun, was ich dir sage. Du wirst keinen Namen von mir erhalten, denn du bist für mich nur eine Nummer." Sie lachte hämisch. „Und du wirst gern meine Nummer sein, hörst du? Und nun begib dich auf das Bett!" Er schaute ihr nicht in die Augen, sein Blick war starr nach unten gerichtet. Er nickte lediglich leicht, ging Richtung Bett und kauerte sich darauf. Sie öffnete eine Schublade, in der etliches Spielzeug und ein Gleitgel lag. Er kniete unterwürfig und ich konnte mühelos seinen Arsch betrachten. Dieser war schön, knackig, verlockend. Seine Oberschenkel schienen durchtrainiert zu sein. Sie stand nun vor ihm und streckte ihm ihre Brüste entgegen. „Meine Nippel sollen stehen – sorg dafür." Dann nahm sie seinen Kopf und drückte ihn gegen ihre Brüste. Gierig leckte er an ihnen, saugte die Nippel ein, spielte so gut es ging mit seiner Zunge rund um ihren Warzenhof. Es erregte beide, ich konnte beobachten, wie sie mit geschlossenen Augen genoss. Dann hob sie seinen Kopf an und küsste ihn eindringlich. Er ließ es geschehen, er hatte ja auch keine Wahl. Dann zog sie seinen Kopf an seinen langen Haaren nach hinten, baute sich vor ihm auf und drückte den Kopf dann zwischen ihre Beine. Er leckte lechzend drauflos, schien dabei beinahe zu vergessen, dass zum Leben auch das Atmen gehört. Sie genoss es minutenlang... ihr Körper wand sich unter den Lustschüben, die durch ihren Leib liefen. Dann zog sie sich zurück, griff in die Schublade und holte ein Gleitgel heraus. Sie hielt es auffordernd in seine Richtung, er verstand... Sie begann, seine Oberschenkel zu massieren, wanderte massierend weiter zu seinem Po. Angekommen an seinem Arschloch kreiste sie mit sanften Bewegungen, aber zunehmend mit mehr und mehr Druck... „Meine Finger werden dich jetzt verwöhnen. Genieß es und freu dich auf mehr..." Langsam drang sie dann mit ihrer linken

Hand in ihn ein... erst ein Finger, dann zwei Finger. Seine Augen waren geschlossen, sein Atem ging schneller, seine Beine zuckten vor Erregung. Nach einiger Zeit flüsterte sie: „Du hast einen erstklassigen Hintern. Er gefällt mir." „Danke, Herrin", brachte er zwischen den zusammengebissenen Zähnen hervor. Sie machte weiter, er genoss es sichtlich. Und während sie seinen Arsch weiter dehnte, tastete sie mit ihrer rechten Hand ihre prallen Brüste entlang, fuhr dann ihren Bauch herunter und ihr Weg endete an ihrer Klitoris. Sie rieb sich genüsslich ihren Kitzler, zwischendurch verschwand ihr Zeigefinger in ihrer Pussy. Nachdem ihr Finger wieder zum Vorschein kam, leckte sie ihn genüsslich ab. Dann verschwand der Finger wieder in ihr, sie stimulierte sich ein wenig schneller. Diesmal leckte sie sich den Finger nicht selber ab, sondern steckte ihn direkt in seinen Mund. „Schmeck mich, ich weiß genau, dass du das willst", meinte sie. Er konnte nicht antworten, er war zu sehr damit beschäftigt, ihren Finger immer und immer wieder abzulecken. Einige Male tauchte sie den Finger in sich, um ihn anschließend ihm zum Ablecken hinzuhalten. Zeitgleich hatten vier Finger ihrer linken Hand Einzug in seinen Arsch gefunden.

„Du bist jetzt weit genug. Ich werde dich jetzt ficken." Behutsam glitten ihre Finger aus seinem Arsch. Sie griff wieder in die Schublade und holte einen Strap-On hervor, den sie sich umschnallte. Den Schwanz des Strap-Ons rieb sie mit Gleitgel ein und drang anschließend langsam in seinen Arsch ein. Ein leises Stöhnen erfüllte den Raum. Ich griff mir zwischen meine Beine, öffnete langsam meine Spalte. Dieses Spiel sollte einfach angesehen und genossen werden. „Fass deinen Schwanz an, während ich dich ficke", befahl sie ihm. Er gehorchte sofort und nahm seinen harten Schwanz in die rechte Hand. Ihr umgelegter Schwanz glitt rein und raus. Erst gemächlich, dann immer schneller. Ihr

scharfer Blick richtete sich auf mich. „Komm her, du darfst zusehen", meinte sie. Ich stand auf und kroch unter ihn. Ich sah zu, wie sie ihn fickte und tastete dabei zwischen meine Spalte. Meine Pussy war nass – so nass, dass es schon an meinen Beinen herunterlief. Sie bemerkte meine Feuchtigkeit. „Die Kleine hier macht ja das ganze Bett nass. Erregt dich das?" „Ja, Herrin, es erregt mich sehr." „Gut so. Leck ihre Schenkel ab und erzähl mir, wie sie schmeckt." Ich merkte seine Zunge an meinen Unterschenkeln. Sie wurde zornig und schlug mit der flachen Hand auf seinen Arsch. „Nicht da, leck ihr den Saft ab!" Er stoppte in seiner Bewegung sofort, glitt geschickt höher und leckte alle Feuchtigkeit, die mir die Beine heruntergelaufen war, ab. Sein Kontakt endete kurz vor meiner Spalte. „Lutsch sie aus", befahl sie. Und er tat es. Ich merkte heftig, wie er versuchte, mir meine Feuchtigkeit auszusaugen. Was dazu führte, dass mein Körper noch mehr Nässe produzierte. Voller Gier lutschte ich an ihren Fingern, die sie nun mir hinhielt, ich hatte das Gefühl, gleich explodieren zu müssen.

„Ich komme gleich", rutschte es plötzlich aus ihm heraus. „Nein, noch nicht!", befahl sie. Sie zog mich zu sich hoch. „Nimm dir die Peitsche, er wird es mögen... so ist es doch, oder?", fragte sie in seine Richtung. „Ja, Herrin. Ich werde gern gezüchtigt." Seine Worte klangen ehrlich. Ich griff nach der Peitsche, meine Hände zitterten. „Tu es einfach. Es wird dir das Gefühl von Freiheit geben, dir den Kopf frei machen. Ihm wird es nichts ausmachen, er macht das freiwillig." „Stimmt das?", fragte ich ihn. Er nickte, sein ehrliches JA bestätigte es mir. Und so schlug ich mit der Peitsche zu. Immer und immer wieder. Er stöhnte vor Lust, ich schrie vor Erleichterung. Ich schlug auf seinen Arsch und auf seine Oberschenkel. Nach einiger Zeit ertönte ein „Stopp" im Raum. Ich hielt inne. „Setz dich bitte wieder zurück auf den Stuhl und genieße den Anblick von uns weiter. Er *wird mich gleich ficken dürfen", meinte sie. Er drehte sich auf den Rücken. Ich sah ihn lächeln. Sein Schwanz war weiter hart, steif, bereit. Sie legte ihm eine Augenmaske an, zog ihm ein Kondom über den Schwanz und setzte sich abrupt auf ihn. Sein Becken hob sich, er stöhnte laut, sie stöhnte laut. Einige Zeit später roch es im Zimmer nach Sex, nach Schweiß, nach Körperflüssigkeiten. „Hier, für dich", rief sie und warf mir einen Vibrator zu. Höchste Zeit, denn meine Pussy schrie nach Befriedigung. Ich stellte die Vibration auf höchste Stufe und ließ den Vibrator an meinem Kitzler kreisen. Es dauerte nicht sehr lange... Ich kam, ich schrie dabei und hörte auch sie schreien... Ihr Stöhnen schrillte dumpf in meinem Kopf, der durch meinen heftigen Orgasmus wie in Watte gebettet lag. Meine Ohren sausten. Ich öffnete meine Augen, sah, wie sie ihn zu mir herzerrte. Sie riss ihm das Kondom ab. „Wichs auf ihre Strümpfe!" Und mit einem tiefen Stöhnen spritzte er auf meine Beine ab.*

***

»Ani, was sagst du denn dazu?« So wurde Ani aus ihren Gedanken gerissen. Alle Augen der Runde waren auf sie gerichtet. Ohne nachzudenken sagte sie: »Ähm... ja, sehe ich genauso.« Diese Antwort schien gut gewählt gewesen zu sein, denn die Diskussion in der Runde ging hektisch weiter. Ani sah neben sich. An der Stuhllehne hing ihre Handtasche. Sie griff danach, öffnete sie und schmunzelte. Die Strümpfe von gestern lagen noch darin. Sie wirkten wie eine Trophäe, die nur darauf wartete, ins Regal gestellt zu werden. In sich hineingrinsend strich sie über den Spitzenbund. Die liebe Hausfrau zu Hause und das dreckige Luder abseits des normalen Lebens. Ihr gefiel diese Kombination und sie sah sie als Bereicherung ihres Seins an. Und wenn Ani Eva ist, ist Eva nicht auch Ani?

Sie schloss ihre Tasche wieder, hing sie zurück an die Stuhllehne, lauschte wieder den Gesprächen der Runde und brachte sich nach kurzer Zeit mit ein. »Greta, magst du mir bitte bei Gelegenheit das Rezept für deinen leckeren Käsekuchen geben?«

TEIL 3
Zufriedenheit

Erklärung

Keiner hat das Recht, Mitmenschen zu be- oder verurteilen. Hinter jedem Menschen steckt eine Geschichte, warum er so ist, wie er ist. Und jeder sehnt sich danach, auf seine eigene Art und Weise zufrieden zu sein. Den Weg zur inneren Zufriedenheit kann man beeinflussen und finden. Am Ende steht dann das Lächeln im Gesicht des Zufriedenen.

Mit Ehrlichkeit und Vertrauen fängt nicht nur Ehrlichkeit, sondern auch Zufriedenheit an. Es ist eine Sache, sein Leben mit jemandem zu teilen. Eine andere ist es, jemanden zu finden, mit dem man sexuell so gut harmoniert, dass man in ein anderes Leben abtauchen darf. Um auch dort Zufriedenheit zu finden.

1. Jan

»Was ist das mit euch Frauen? Immer, wenn alles gut zu sein scheint, kommt ihr mit irgendwelchen Problemen daher, die keine Probleme sind. Ich dachte tatsächlich, dass mit Sonja alles geklärt ist, dass die Eckpunkte der Affäre klar geregelt sind. Und dann? Ja, dann wollte sie mehr. Mehr Alltag, mehr mich, eine echte Beziehung. Das ist genau das, was ich nie wollte. Was ich auch jetzt nicht will, etwas, was ich bei ihr nicht zulassen wollte und nicht zulassen werde. Systematische Manipulation verbunden mit einem Lügengeflecht – rückblickend wird mir da so einiges klar. Und so ließ ich sie ziehen. Es war eine geile Affäre, die ich gern bis an mein Lebensende geführt hätte. Ich glaube kaum, dass ich so eine versaute Frau je wieder finden werde.«

Jan war sauer auf sich selbst. Er stiefelte in seinem Hotelzimmer auf und ab, weil er hoffte, so seine Gedanken ordnen zu können. Die Affäre mit Sonja endete vor fünf Monaten. Und trotzdem konnte er sich noch wunderbar über diese Frau aufregen. Ablenkung, das ist das, was er heute Abend gebrauchen könnte. Er schaute auf die Uhr. Es war 22:30 Uhr. Er schaute auf sein Handy, keine Frau hatte sich auf sein Dategesuch gemeldet. Es war schwer, sehr schwer, überhaupt eine Reaktion auf solche Gesuche zu erhalten. Selbst wenn er die Zügel in die Hand nahm und Frauen anschrieb, die Antwortreaktionsquote lag bei weniger als 2%. Inzwischen hatte er seine Suchkriterien stark heruntergeschraubt. Sie musste optisch nicht perfekt sein. Sie sollte ein gewisses Saulevel haben. Und selbst wenn das nicht so vorhanden war, wie er es sich wünschte, reichte es ihm inzwischen auch, dass sie einfach fickbar war. Er hegte viele

Wünsche und Fantasien, die er ausleben wollte. Er suchte schon lange nicht mehr nach dem Megakick oder dem ganz Besonderen. Er wollte fremde Haut, er wollte sich ausleben, egal ob zu zweit, zu dritt, zu viert... da war der Fantasie keine Grenze gesetzt.

Ab und zu ließ er es sich nicht nehmen, eine Hure zu bestellen. Aber das war nicht dasselbe. Frauen, die mit Prostitution ihren Lebensunterhalt verdienen, arbeiten häufig einfach nur ab. Da blitzt keine Leidenschaft in ihren Augen, sie sind abgestumpft, weil es halt ihr Job ist. Und die wenigsten besitzen so gutes schauspielerisches Talent, um ihn in eine Welt zu führen, in der er seinen Job und Alltag vergessen konnte. Dieses gespielte »Oh ja, fick mich« oder »Du besorgst es mir gut« klang in seinen Ohren eher wie »Ich mache Ihnen die Rechnung fertig«, wenn er seine Bestellung im Restaurant bezahlen wollte. Daher traf er lieber Frauen, die ebenso gern Sex hatten wie er. Die freiwillig und ohne Bezahlung gern fickten. Apropos Getränk! Er beschloss, sich für einen Absacker noch an die Hotelbar zu setzen.

Er bestellte sich einen Drink. Eine Dame, welche an dem Tisch am Fenster saß, fiel ihm auf. »Bring der Dame da hinten bitte einen Drink. Ihr Glas ist fast leer. Was auch immer sie da trinkt, sie soll ein neues Glas davon haben«, meinte er zum Barkeeper, dessen Namensschild verriet, das er Maik hieß. Jan nahm sich eine Serviette, schrieb darauf seine Handy- und Zimmernummer und reichte Maik die Serviette. »Kein Problem, Chef. Könnte heiß werden.« Maik grinste und bereitete den Drink vor. »Wenn sie fragt, ich gehe raus, um eine zu rauchen.«

Jan zog an seiner Zigarette, während er in die Nacht starrte. Er hatte oft versucht, das Rauchen einzustellen, aber es gelang ihm nicht. Sein Körper schrie regelmäßig nach Nikotin und bei dem Stresslevel, welches er fuhr, tat ihm die Kippe gut. Es wäre ihm eine Freude gewesen, mit der Dame auf sein Zimmer zu verschwinden. Ein Blick zu ihrem Tisch verriet, dass sie dort nicht mehr saß. Wo war sie hin? Er sah sich um, hoffte, dass sie ihm nach draußen gefolgt war, aber er sah sie nicht. Sein Handy blieb stumm, kein Anruf. Er ging zurück an die Bar. »Hast du ihr den Drink gebracht?« »Ja, das habe ich, sie wollte zu dir nach draußen kommen.« »Aber sie war nicht draußen.« »Sie ist auf die Terrasse gegangen, ganz sicher.« Maik zeigte nach links. »Aber ich bin vorne eine rauchen gewesen«, sagte Jan und zeigte in die andere Richtung. »Oh. Na das nenn ich mal ein Missverständnis«, lachte Maik. Jan war alles andere als zum Lachen zumute. Schnellen Schrittes ging er auf die Terrasse, aber von der Dame keine Spur. Sie war nicht da. Maik stellte sich neben ihn. »Tut mir leid, Kumpel.« »Ja, mir auch.« Zurück an der Bar zahlte Jan beide Drinks und ging zurück Richtung Zimmer. Als er den Hotelflur langsam herunterging, entging ihm nicht, dass es in Zimmer 123 zur Sache ging. Er hörte sie stöhnen, er hörte sie schreien. Was für eine Lautstärke! Sie klang wie eine Sirene. Schlagartig wurde seine Hose enger. Er überlegte nicht sehr lange, rannte nun in sein Zimmer, griff nach einem Zettel, schrieb hastig neben seiner Handy- und Zimmernummer »Wenn ihr noch einen Mitspieler sucht, meldet euch« darauf, rannte zurück zu Zimmer Nr. 123 und schob, nachdem auf sein Klopfen keiner reagierte, den Zettel unter der Tür hindurch. Dann ging er zurück in sein Zimmer. Da sich niemand meldete, startete er einen Porno auf seinem Handy und holte sich einen runter – wie so oft. Was soll's…

Jan wechselte seine Hotels öfters als seine Unterwäsche, so kam es ihm vor. Er war selbständig tätig, verkaufte für ihn produzierte Waren übers Internet, konnte daher von überall aus arbeiten, hielt es aber nie lange an einem Ort aus. So konnte er sich neben fest stattfindenden Terminen immer da aufhalten, wo ihn seine Nase gerade hinführte.

Jan war ein unkomplizierter Typ mit Manieren. Er konnte sein Niveau je nach Situation an- und ausschalten. Er war groß, schlank, hatte kräftige Oberarme und starke Hände. Er verstellte sich nie oder gaukelte irgendjemandem etwas vor. Er fickte unheimlich gerne und sah nichts Verwerfliches darin, bereits nach dem ersten Treffen im Bett zu landen. Eine Strichliste dabei voll zu kriegen lag ihm fern, er sah Sex einfach als die schönste Sache der Welt an. Die Natur hat es sehr gut mit ihm gemeint. Seine Schwanzgröße lag über dem Durchschnitt, aber er lockte nie mit seiner Größe. Vielen Frauen war dies nicht wichtig und ihm war es nicht wichtig, ob die Dame nun seinen Schwanz lobte oder nicht. Er war ein facettenreicher Liebhaber, ein langes Vorspiel war genau sein Ding und er liebte den weiblichen Orgasmus. Vor allem, wenn er richtig nass kam. Er trug sein Herz auf der Zunge, mochte Hemmungslosigkeit, mochte es, sich fallen zu lassen genauso wie die Frau dazu zu bringen, sich fallen lassen zu können.

Trotzdem kassierte er häufig Körbe. Ihm war bewusst, dass es mitunter daran lag, dass Frauen oder auch Paare schlechte Erfahrungen mit Männern gemacht hatten, die online Dates suchten. An seinem Aussehen lag es jedenfalls nicht. Sein leicht krauses mittelblondes Haar trug er am Hinterkopf kurz, damit es dort nicht kraus fiel und am Oberkopf trug er es länger. Er hatte bereits leichte Geheimratsecken, versteckte diese aber nicht, weil er dazu stand.

Ein Dreitagebart zierte sein Gesicht, seine Lippen waren voll und wenn er lächelte, kamen strahlend weiße und gerade Zähne zum Vorschein. Seine mandelförmigen blauen Augen rundeten das Gesamtbild ab. Er war hübsch und das wusste er.

So zogen die Wochen ins Land. Es wurde Herbst, die an den Bäumen hängenden eingefärbten Blätter fielen nun nach und nach zu Boden. Und dann wurde es Winter, der erste Schnee fiel und Jan sehnte sich nach körperlicher Wärme. Er hatte einige Treffen gehabt, er fand seine sexuelle Befriedigung. Aber keine der Frauen war vergleichbar mit Sonja. Er wollte sie aber nicht zurück und trauerte ihr daher nicht nach.

Ani war launisch. Sie liebte den Dezember und den Vorweihnachtszauber. Es war das erste Mal, dass sie diese Zeit ohne Lars erleben musste. Ein Abbruch der Geschäftsreise kam nicht infrage, dessen war Ani sich im Vorfeld nur nicht bewusst gewesen. Aus diesem Frust heraus suchte sie mal wieder Sex. Jedoch schien jeder Schwanzträger in genau dieser vorweihnachtlichen Zeit keine Zeit zu haben. Und so arbeitete Ani viel. Sehr viel. Sowohl in der Woche als auch am Wochenende. Das lenkte sie ab. Und die Geilheit hatte sie vorübergehend mit Selbstbefriedigung im Griff. »Na, immer noch launisch?« Sie hatte Lars am Telefon. Ani verdrehte die Augen. Warum musste Lars jetzt mit diesem Thema anfangen? Sie wusste, dass der verbale Frustabbau gegenüber Lars nicht richtig war, hatte aber keine Lust, darüber zu reden. Sie war eben nicht so perfekt, wie er sie manchmal sah. »Geht so«, antwortete sie darauf kurz und knapp. »Erzähl du mir lieber, wie es bei dir gerade läuft.« Lars erzählte viel und Ani hörte zu. Sie sagte wenig beim

Telefonieren, ließ ihn einfach reden und sich dadurch berieseln. »Ani, ich wünsche dir trotzdem schöne Weihnachten. Nächstes Jahr wird es wieder anders laufen.«

Weihnachten verbrachte Ani bei Kathie. Ein Clubbesuch war ursprünglich angedacht gewesen, aber beide waren erkältet – was Ani noch launischer machte – und wollten daher nicht losziehen. So kochten und aßen sie zusammen, sahen sich stundenlang alte Streifen im Fernsehen an und schliefen dabei abgeschlagen und mit laufender Nase ein. Silvester verbrachte Ani allein, sie hatte ihre Periode und entsprechend keine Lust, sich in einen Swingerclub zu begeben. So suchte sie in verschiedenen Gruppen, die auf der Plattform hinterlegt waren. Unter anderem gab es eine Gruppe, die sich »Hoteldates« nannte. Dort stieß sie auf das Profil eines Herrn, bei dessen Anblick ihr bereits ein Lächeln übers Gesicht huschte.

Das neue Jahr stand kurz bevor. Jan feierte ausgelassen in das neue Jahr, er trank, tanzte, sang, flirtete und fiel am Ende allein und erledigt in sein Bett. Mit schmerzendem Kopf wachte er am nächsten Tag auf. Es war bereits früher Nachmittag, ein grelles Licht schien durch die Vorhänge. Jan zog sich sein Kissen über den Kopf und atmete tief hinein. Sein Atem roch streng. Mühsam stand er auf, schleppte sich ins Bad und stützte sich auf dem Waschbecken ab. Ihm war schwindelig. Aus der Kulturtasche, die rechts neben ihm hing, nahm er sich den Blister mit Schmerztabletten, füllte Wasser in den Zahnputzbecher und warf sich die Tabletten ein. Das Wasser lief weiter, er beugte sich herunter zum Wasserhahn und ließ es sich übers Gesicht laufen.

Nachdem er sein Gesicht abgetrocknet hatte sah er in den Spiegel. Er sah noch zerknittert aus und seine Augen sahen ihn müde aus dem Spiegel an. Seine teils schon grau durchzogenen Haare rückte er zurecht, den Bart ließ er stehen. Die anschließende Dusche war ein guter Entschluss. Danach fühlte er sich wesentlich besser. Er zog sich Boxershorts, Jeans und Pulli an. Nach Essen war ihm nicht zumute. Er setzte sich in einen Ohrensessel und schaute dort auf sein Handy. »Eine neue Nachricht«, zeigte es an. Mit einem Klick war er im Chatverlauf und die Nachricht auf sein Dategesuch öffnete sich. »Frohes neues Jahr, Unbekannter. Bist du öfters in der Gegend?«

Er war hin und weg. Die Bilder, die er von der Dame sehen konnte, waren atemberaubend schön. Ihr Gesicht war immer leicht verdeckt, er konnte es nur erahnen. Aber sein Schwanz sprang genauso wie er auf ihren Körper direkt an. Eigentlich hätte es ihn geschäftlich erst in zwei Monaten in ihre Richtung verschlagen. »Ich bin Orgasmusjägerin«, schrieb sie ihm. »Von mir hörst du kein ‚hör auf‘. Von mir hörst du eher ‚mach weiter‘.« Diese Nachricht veranlasste Jan, seinen Termin vorzuziehen und war froh, dass dies klappte. Er wollte sie antesten! Unbedingt! Er wollte jagen und im besten Fall am Ende schießen. Und wenn sie dabei selber auch noch jagte, dann machte es die Sache perfekt.

Aus dem Tagebuch der Ani R.:

Es fing alles mit einem Hoteldate-Gesuch seinerseits an. Wir flirteten kurz und schnell stand ein Treffen fest.

„Ich bin in fünf Tagen in deiner Nähe. Habe allerdings nicht ganz so viel Zeit, ca. 2 Stunden. Ein zeitlich abgesteckter Rahmen kann fürs erste Date entweder sehr reizvoll oder sehr abtörnend sein... wie ist denn deine Meinung dazu?“

Meine Meinung war: Bin dabei. Er sah gut aus und meine Pussy schrie nach Erlösung.
Wir tauschten etliche Sprachnachrichten aus, er wurde mir immer sympathischer. Es wurde im Verlauf immer klarer, dass wir so ziemlich dieselben Dinge mochten und ausprobieren wollten. Er lud mich in ein Hotel ein. Es lag nicht sehr weit weg, sodass ich zustimmte.

***

Sie war nicht nur atemberaubend schön, sie war genauso voll mit Wünschen wie er. Die Damen, mit denen er sich bis jetzt getroffen hatte, hätten sich beim ersten Date nie auf solch ein von ihm vorgeschlagenes Spiel eingelassen. Er fragte Ani, was sie sich denn wünsche, welche Fantasie sie gern ausleben würde. Sie gab ihm einige Stichpunkte und so kamen beide überein, wie ihr erstes Aufeinandertreffen aussehen sollte. Und es begann, wie es vorher abgemacht war:

Jan verriet Ani seine Zimmernummer. Bevor er sich in die Sitzecke der 2. Etage im Hotel zurückzog, um darauf zu warten, dass sie es sich auf seinem Bett bequem machte, duschte er, rasierte sich, legte einen Spritzer Parfum auf, putzte sich die Zähne, kürzte seine Fingernägel und zog sich Shirt und Hose an. Die Boxershorts ließ er weg, sobald er zurück ins Zimmer käme, würde er sich ohnehin wieder ausziehen, bevor er zu ihr aufs Bett kommt. Er betrachtete sich noch kurz im Spiegel, nickte sich zu und verließ das Zimmer. Die Tür ließ er offen stehen.

Ani kam derweil im Parkhaus des Hotels an. Die Fahrt hatte länger gedauert als gedacht, es schneite und die Straßen waren stellenweise glatt. Sie stieg aus ihrem Auto, ging Richtung Fahrstuhl und von dort konnte sie direkt in die

2. Etage des Hotels hinauffahren. Ihr Herz pochte wie verrückt, sie war nervös. Aber die Lust in ihr übernahm die Oberhand, ihr Verstand und die Gefahr, die solch ein Treffen mit sich trug, rückten in den Hintergrund. Die Fahrstuhltür öffnete sich und sie sah, dass es rechts zur Zimmernummer 234 ging. Von Weitem erkannte sie, dass die Tür nur angelehnt war. Sie huschte ins Zimmer und schloss die Tür. Jan würde mit seiner Schlüsselkarte die Tür öffnen können.

Ihr Herz schlug ihr nun bis zum Hals, als sie ihre Kleidung ablegte, um dann ihr kurzes schwarzes Kleid im Wet-Look anzuziehen. Darunter trug sie nichts, jede Unterwäsche würde sich sonst auf dem eng anliegenden Kleid abzeichnen. Sie richtete noch einmal ihr Haar, platzierte sich in ihrem sexy Outfit auf dem Bett und legte eine Augenbinde an. Sie kannte Jan nur von Fotos und wollte ihn erst sehen, nachdem er ihr ihren ersten Orgasmus schenkte. Allein die Vorstellung, dass er um sie schleicht, sie anguckt, riecht, küsst, berührt, ohne, dass sie ihn sehen konnte, machte sie im Vorfeld schon total verrückt. Und dann wartete sie. Ihre Sinne waren geschärft, ihre Ohren lauschten und ihre Nase nahm den Geruch der Bettwäsche wahr. Gleich würde die Tür aufgehen…

Jan sah zur Uhr. Es war so weit. Er stand auf und ging zu seinem Hotelzimmer zurück. Die Tür war geschlossen, Ani war also tatsächlich gekommen. Er steckte die Karte in den Schlitz, es piepte einmal kurz und er öffnete die Tür. Und da saß sie. Sie sah anmutig aus, wundervoll, sexy. Ihr Atem schien ruhig zu gehen, ihre Lippen waren geschlossen und ihre Hände lagen ruhig auf ihren Oberschenkeln. Sie kniete auf dem Bett, das hauteng Kleid sah umwerfend an ihr aus. Er sagte kein Wort, er atmete leise und ließ vorerst nur den Anblick dieser bildschönen Frau auf sich wirken. Dann ging er ins Bad, um sich noch einmal die Hände zu waschen und seine Kleidung abzulegen. Mit einem Handtuch bewaffnet ging er zurück zu Ani.

Aus dem Tagebuch der Ani R.:

Beim Piepen der Tür stellten sich meine Nackenhaare auf. Ich hörte Jan hereintapsen, dann schloss er die Tür. Ich versuchte ganz ruhig auf dem Bett zu sitzen, meine Hände waren nass, ansonsten atmete ich ruhig ein und aus, während mir mein Herz fast aus der Brust sprang. Er ging einen Schritt auf mich zu und stoppte dann. Eine weitere Tür ging auf, es schien die Badezimmertür zu sein, denn ich hörte auf einmal Wasser aus dem Wasserhahn laufen. Ich saugte jedes Geräusch von ihm auf. Mein Puls raste und nun fing mein Körper vor Aufregung an zu zittern. Das Wasser wurde abgestellt... und ich hörte ihn zurücktapsen, genau auf mich zu. Ich nahm nun seinen Geruch wahr und spürte, je näher er kam, seine Wärme. Es wurde warm an meinem Hals, ich hörte, wie er an mir roch und dann spürte ich seine Lippen an meinem Hals. Dann küsste er sanft meine linke Hand, meinen Arm und wieder meinen Hals. Nach einiger Zeit kroch er hinter mich, ich berührte ihn nun ebenfalls und stellte fest, dass er nackt war. Ich spürte Brusthaar, ein kleines Bäuchlein, feste Oberarme und ich sog genüsslich seinen herrlichen Duft ein. Er roch so gut. Sanft küsste er meinen Nacken, dabei zog er mir das Kleid aus und arbeitete sich dann nach vorn zu meinen Brüsten, liebkoste diese. Ich bebte vor Erregung. Seine Zunge umkreiste meine beiden Nippel, bevor er mich aufs Bett drückte – und anfing, mich sanft zu lecken. Ich stöhnte auf, er stöhnte auf. Dann zog er ein Handtuch vor meine Pussy

– um mich das erste Mal mit seinen Fingern zum Spritzen zu bringen. Es gelang ihm, ich kam lautstark zum Höhepunkt. Dann krabbelte er wieder an mir hoch und nahm mir die Augenbinde ab. Ich blinzelte einen Moment, bis ich vorsichtig in sein Gesicht blickte. „Oh Gott, zum Glück siehst du so aus, wie auf den Fotos", entfuhr es mir.

***

Jan hatte das Gesicht von Ani im Vorfeld nicht gesehen. Er kannte nur Bilder von ihr, die ihren Körper zeigten. Jetzt sah er ihr Gesicht und ihm wurde klar, dass er sie schon einmal gesehen hatte. Er lächelte sie verschmitzt an und meinte:»Das sehe ich genauso. Du scheinst nach dem Workshop keinen Mitspieler gesucht zu haben, ihr habt euch jedenfalls nicht gemeldet.« Ani sah ihn an und erkannte in dem Moment auch ihn.»Der Workshop... und der Zettel... das war deine Nummer auf dem Papier«, stellte sie fest. Er nickte.»Dein Orgasmus hat dich gerade verraten. Du klingst wie eine Sirene! Ein durchaus einzigartiger und imposanter Ton, der da aus dir kommt.« Nun lachten beide. Und dann fielen sie übereinander her.

Ihr Spiel ging leidenschaftlich weiter. Seine Küsse waren fordernd, feucht, erregend. Nur einen Moment später hatte Ani seinen mit Lusttropfen benetzten Schwanz im Mund. Er schmeckte herrlich. Sein Tropfen glich eher einem Lustwasserfall, seine ganze Eichel glänzte, so feucht war er! Er stöhnte auf, als Ani den Tropfen in sich hineinsaugte. Es dauerte nicht sehr lange und er zog sich ein Kondom über. Sie lag auf dem Rücken und als er sich auf sie legte, bekam sie von seiner warmen Nähe eine Gänsehaut. Ihr war kalt, obwohl ihr sehr heiß war. Sein Blick bohrte sich tief in ihre

Augen – und mit einem gekonnten Stoß drang er in ihre feuchte Pussy ein. Sie stöhnte auf.

Er fickte sie in allen möglichen Stellungen. Jan fickte gut. Er fickte sogar hervorragend. Und dann begann er, ihren Kopf zu ficken. Wilde Wörter verließen seinen Mund und drangen mit Wucht in Anis Gehörgang. Die Wörter klangen obszön, aber Ani fand, dass sie aus seinem Mund und mit dieser Leidenschaft in seiner Stimme wunderbar ins Geschehen passten. Sie ließ sich wie im Rausch immer weiter fallen. »Ani, du bist so geil, mein Schwanz füllt deine Fotze ganz aus, oh ja, das tut er.« Überstürzt brach er dabei ab, ließ seine Finger zwischen ihre Beine gleiten. »Ich will, dass du mich vollspritzt. Ich will dir dein Wasser rauspumpen«, flüsterte er in ihr Ohr und in dem Moment kam sie laut – sehr laut. Sie spritzte ab und unter ihr tat sich eine Lache auf. Jan war hin und weg. Er stand darauf, wenn eine Frau richtig wild ist. Er stand darauf, wenn alles feucht wurde, egal durch welche Feuchtigkeit. Es machte ihn an, in seinem Kopf explodierte es, wenn die Frau feucht explodierte. Und er merkte schnell, dass das, was er tat, Ani gefiel. Ihr Körper verkrampfte sich, ihre Pussy zog sich vor jedem Orgasmus zusammen und er brachte sie einige Male zum Spritzen. Sein Schwanz war immer noch hart und er hatte das Bedürfnis, mit Ani stundenlang zu spielen. Er wollte wissen, wie weit man mit ihr beim ersten Date gehen konnte und hatte keine Scheu, mit ihr zu experimentieren. Er versuchte, während sie wieder einmal abspritzte, seinen Schwanz tief in ihren Mund zu stoßen. Sie würgte, der Speichel floss ihr die Mundwinkel hinunter. Ganz bekam sie seinen Schwanz nicht in den Mund, aber allein dieser Anblick machte ihn nur noch schärfer. Sie saugte hemmungslos an seinem Schwanz, drückte Jan dann aber weg und seinen Kopf aufs Kissen. Dann stürzte sie sich auf ihn. Sie rutschte an ihm herunter, leckte über seinen Schwanz, roch dann weiter an seiner Leiste entlang, herunter zu seinen Hoden, weiter zum Damm…

Dort stoppte sie. Ihre Gedanken fuhren Karussell, die bloße Betrachtung des Arsches von Jan machte sie noch wilder. Sie überlegte nicht lange, sie wollte nicht denken, sie wollte wild sein und es auch bei Jan ausprobieren. Also tat sie es einfach… und leckte drauflos. Sie umkreiste mit ihrer spitzen Zunge seine Rosette – er keuchte, streckte ihr den Po weiter entgegen.»Oh ja, leck mein Arschloch, Ani, spiel mit mir, mach mit mir, was du willst.« Das spornte Ani an, sie raunte:»Dreh dich um« und er gehorchte. Er kniete sich vor sie hin, streckte ihr sein verlockendes Loch entgegen und Ani leckte ihn weiter. Dann zog sie ihren Kopf zurück, ihre linke Hand verschwand derweil zwischen seinen Beinen, packte seinen Schwanz, während sie mit dem rechten Zeigefinger vorsichtig in seinen Arsch glitt.»Oje, ohne Vorbereitung«, keuchte er.»Tu ich dir weh?« Sie schrak zurück.»Nein, nein, mach weiter. Und pack meinen Schwanz fester an, weiter vorn und dann… jaaahaaa«, stöhnte er. Es machte ihn unheimlich scharf und sie machte es scharf, dass es ihn so scharf machte.»Du fickst mit deinem Finger mein Arschloch«, keuchte er.»Du bist der Wahnsinn!«

Nach einiger Zeit brach Ani ab. Jan drehte sich zu ihr, küsste sie voller Leidenschaft und hauchte ihr ein»Danke« ins Ohr. Dann drehte er sie abrupt um, schlug ihr mit Wucht auf die rechte Arschbacke. Einzig entfuhr ihr:»Fester.« Das hatte noch nie eine Frau zu ihm gesagt. Er war der Meinung, dass der Schlag recht hart war, denn sein Handabdruck zeichnete sich auf ihrem Hintern ab. Er ließ es sich aber nicht zweimal sagen und schlug härter. Sie keuchte, der Saft lief ihr dabei aus ihrer Pussy. Er griff nach dem nächsten Kondom, zog es rasch über seinen Schwanz und fickte sie dann im Doggy-Style, dann in Reiterstellung, dann in Löffelchenstellung. Er drehte und wendete sie so, wie er sie gerade haben wollte und sie ließ es bereitwillig zu. Und er wollte auch jetzt noch weitergehen. Während er sie in der Löffelchenstellung fickte, merkte Ani plötzlich, dass neben Jans Schwanz zusätzlich zwei Finger in sie glitten. Jan versuchte, Ani vollständig auszufüllen. Sie hätte nie gedacht, dass das passt! Sie wollte es weiter wild treiben, sie wollte, dass das ganze Bett vollgesaut wird. Sie schrie, er stöhnte, sie krallte sich am Bettlaken fest, er krallte sich in ihre Haare. Zwischendurch massierte er immer ihren Kitzler, sie schrie vor Lust und bebte weiter vor Erregung. Ihr Körper zuckte immer und immer wieder, sie bekam einen Orgasmus nach dem anderen. Dann setzte sie sich auf ihn, rutschte feucht und nass auf seinem Schwanz auf und ab und ließ seinen Schwanz wieder in ihre Pussy gleiten. Dabei begann Jan, sanft ihren Po zu massieren. Ani reagierte mit Gänsehaut, sah ihn an und nickte ihm zu. »Versuche es.« Aber er wollte es genau hören. »Was soll ich versuchen, sag es mir!« Sein Blick hielt fest stand. »Du weißt schon…«, stotterte sie. Sie wusste nicht, warum, sie wusste nicht, woher er es wusste, aber aus ihm kamen die Worte: »Sei Eva!«

»Eva, bist du da?« Eva freute sich, dass sie gebeten wurde, in den Vordergrund zu treten. Sie rieb sich die Hände, grinste frech und meinte dieses Mal nicht: »Bin ich, mach Platz für mich«, sondern Folgendes: »Ani, wir sind jetzt eins. Du brauchst meinen Namen nun nicht mehr. Sei Herz, Verstand und Lust in einem. Sei unschlagbar. Sei einfach Ani!« In diesem Moment wurde Ani klar, dass sie und die Eva in ihr ab jetzt für immer verbunden waren. Verbunden und unschlagbar geil hauchte Ani Jan ins Ohr:»Ich will, dass du mir deinen Finger in den Arsch schiebst.« In Jans Kopf knallte ein Feuerwerk. Sie fickte seinen Kopf! Und so steckte er seinen Finger in ihren Mund, sie leckte seinen Finger nass und dann glitt er langsam mit dem nassen Finger in ihren Arsch. Drei Finger seiner anderen Hand schob er zeitgleich in ihren Mund.»Das wolltest du, oder? Das macht dich geil. Ich fülle alle deine Löcher, du Sau.«

Aus dem Tagebuch der Ani R.:

„Ich fülle alle deine Löcher, du Sau…" Wenn ich das jetzt so schreibe, klingt das total abschreckend. In dem Moment war es seltsam, aber es machte mich noch wilder.

Wir vögelten wie verrückt weiter. Irgendwann waren wir ein Knäuel, meine Knie lagen angewinkelt auf seinen Schultern, er in Missionar über mir. So feucht habe ich vorher noch nie gevögelt. Irgendwann nach dem Squirten leckte er sich die Finger ab, um mir zu zeigen, dass ich ihm schmecke. Dann steckte er seine Finger danach auch in meinen Mund und ich lutschte genüsslich allen Saft ab. Als er mir richtig fest auf den Arsch schlug, fühlten sich danach meine Arschbacken taub an.

Am Ende der ganzen Session nahm er seinen Schwanz in seine Hand und wichste sich. Ich krabbelte unter ihn, öffnete den Mund, schaute an ihm hoch und zeigte ihm so, dass er mir sehr gern und voll ins Gesicht spritzen dürfte. Was er auch tat. Und dann probierte ich seinen Saft. Es schmeckte nach nichts, neutral, klebrig. Und es machte mich scharf. Und zwar so sehr, dass ich ihn im Anschluss bat, mich nochmal zu fingern, während ich dann meinen Vibrator auflegte, um erneut zu kommen. „Du kannst echt oft kommen", grinste er. Er küsste mich dann wieder leidenschaftlich, fingerte mich und ich kam erneut lautstark. Er steht total auf meine Versautheit. Er steht auf die Eva in mir, die ich nun nicht mehr brauche. Ich bin einfach Ani! Ich glaube, ich kann eine Menge mit ihm anstellen und erleben. Seine ganze Art macht mich willenlos. Ich bin sexuell gesehen Wachs in seinen Händen.

***

Nach zwei Stunden verabschiedete sich Ani. Jan ging duschen, das Wasser prasselte auf seinen durchgeschwitzten Körper. Als er fertig war schlüpfte er in seinen Bademantel und setzte sich auf sein Bett. Die Decke roch nach Ani, er mochte ihren Duft, er mochte ihren Geschmack, Herrgott, er war überwältigt von dieser Frau! Sie schien so bescheiden, viele Frauen wirken bescheiden und sind es dann auch im Bett. Sie mögen das einfache Liebesspiel, ohne viel Trara und die meisten seiner Liebschaften schreckte es ab, wenn er mehr in die Vollen ging. Ani schien offen für Neues zu sein, es schien, als könne er sie aus ihrem Kokon locken. Er kannte den Namen Eva, da er, als er den Zettel im Hotel nach dem Workshop unter der Tür durchsteckte, den männlichen Part deutlich diesen Namen sagen hörte. Ani und Eva sind ein und dieselbe Person, Ani muss erkennen, dass SIE Eva sein kann, wann immer sie will. Sie muss sich nicht hinter diesem Namen verstecken. Er wusste nicht, dass Ani das bereits längst erkannt hatte.

Sein Handy ruhte in seiner Hand. Er fasste sich ein Herz und schrieb ihr entgegen seiner Absichten, sich nie wieder darauf einzulassen: »Ich habe Lust auf mehr. Ich würde dich gern regelmäßig treffen. Lust auf eine Affäre?«

2. Jackpot???

Ani kam zu Hause an. Unter der Dusche spielte ihr Kopfkino verrückt. Dieser Jan… der könnte ein Jackpot sein! Mit ihm könnte sie sich austoben. Was war das, was dort in ihrem Kopf passierte? Er hatte einen Punkt in ihrem Kopf getroffen, der sie beben ließ. Durch die Worte, die er benutzte, durch die Art, wie er sie ansah. Ihr taten sich so viele Szenarien auf, die sie sich vorstellen könnte, mit ihm zu erleben. Mit ihm und mit Leuten, die sich zu ihnen gesellen könnten. Sie musste Lars davon erzählen! Sie brannte darauf, ihm zu berichten, dass sie offenbar endlich jemanden gefunden hatte, mit dem sie sich in vielen Richtungen austoben konnte. Hingerissen drehte sie den Duschhahn zu, trocknete sich flink ab, hüllte sich in ihr Handtuch ein und ging ins Wohnzimmer, um sich ihr Handy zu schnappen. Bevor sie Lars anrief, rief sie die Nachricht von Jan auf, die eingetroffen war. Und ihr blieb vor Freude der Mund offen stehen. Eine Affäre? Er wollte eine Affäre, eine Sexbeziehung? Nachdrücklich nickte sie ihrem Handy zu. Aber bevor sie Jan antwortete, rief sie Lars an.

»Hallo Schatz, ich freue mich, von dir zu hören!« »Kiwi, ich freue mich auch, deine Stimme zu hören. Wie geht es dir?« Lars erzählte von seinem Tag, er berichtete von schwierigen Verhandlungen, in denen er heute steckte und von dem guten Essen, welches er zu sich genommen hatte. Er wusste nicht, wie er es ihr sagen sollte. Er war ähnlich nervös, wie sie es damals gewesen sein musste. Ani merkte, dass Lars zögerte. »Was ist los, Kiwi?« »Ich habe hier eine Frau kennengelernt. Ich möchte mich mit ihr regelmäßig zum Sex treffen. Wir sind da auf einer Wellenlänge…« Er stockte. »Kiwi, erzähl weiter. Es ist in Ordnung.« »Naja, viel mehr gibt es da nicht. Sie weiß von uns, unserer offenen Beziehung und sie möchte sich nicht zwischen uns schieben.« »Ich freue mich« für dich, wirklich!« »Ich freue mich auch immer für dich, auch wenn deine Erfahrungen gerade mehr schlecht als recht waren. Du weißt ja auch, dass ich eigentlich nur meine Ruhe will. Aber mit dieser Frau hier ist es anders, ich möchte sie erkunden.« Ani freute sich ehrlich für Lars. Aber er schien darauf zu warten, dass sie etwas dazu sagte. Etwas, dass ihm sicher das Gefühl gab, dass es ihr nichts ausmachte, was er tat. Und genauso war es auch. Sie rief sich seine Worte in ihr Gedächtnis und sagte: »Kiwi… alles, was mir zusteht steht auch dir zu. Natürlich lasse ich dich sexuell ausnahmslos frei.« War ihm das nicht bereits klar gewesen? Sie hörte sein Seufzen, er klang erleichtert. »Ich musste es nur noch einmal von dir hören. Und nun erzähl, war nicht gerade deine Frühstücksrunde?« Ani erzählte Lars von den letzten Tagen. Bewusst ließ sie vorerst Jan aus. Nach einer halben Stunde Telefonat, in dem sie sich wie immer gut unterhielten und die Neuigkeiten austauschten, schnitt sie das Thema an. Lars sollte auf keinen Fall denken, dass sie die anderen Themen nicht interessierten und sie nur auf das eine Thema aus war. Und so berichtete sie von Jan, von dem, was passiert war, wie gut er war und dass sie ihn gern wiedersehen möchte. Auch, dass Jan ihr geschrieben hatte, er wolle gern etwas Dauerhaftes mit ihr beginnen. Lars fiel ein Stein vom Herzen. »Mach das, mach alles, was dir guttut, mein Schatz. Ich stehe voll hinter dir. Und was gibt es heute bei dir zu essen?« Das macht eine Ehe aus. Dem anderen gönnen, was er braucht. Sei es ein Hobby, seien es Freunde, sei es ein gemeinsames Abendessen. Im Fall von Ani und Lars: Sei es Sex. »Schlaf gut, Ani. Ich liebe dich.« »Ich liebe dich auch.« Und so beendeten sie ihr Telefonat.

Ani öffnete den Chatverlauf mit Jan. Guten Gewissens könnte sie ihm nun antworten. Auch wenn mit Lars abgemacht war, dass sie sich austoben darf, so war das Thema einer Daueraffäre noch keines gewesen. »Jan, ich habe große Lust auf eine Affäre mit dir.« Jan las die Nachricht und jubelte innerlich. »Sehr gut. Dann würde ich dich gern nächste Woche erneut einladen. Die Hoteladresse sende ich dir zu, wenn es dir recht ist.« Ani war dies mehr als recht. Die beiden chatteten eine ganze Weile. »Du hast mir den Kopf gefickt, Ani«, schrieb Jan. »Du mir auch. Ich frage mich, wie ich das beschreiben soll, was da in meinem Kopf passiert ist.« »Das sind Kopforgasmen. So nenne ich das zumindest. Ich habe das, wenn eine Frau kommt. Das ist wie ein Feuerwerk im Kopf.« »Genauso war es bei mir auch. Klasse. Darf ich mehr Kopforgasmen haben, bitte?« »Nicht nur die, Ani, nicht nur die…«

3. Der Anruf

Die nächsten Tage vergingen wie im Flug. Ani ging ihrer Arbeit nach, kümmerte sich um den Haushalt, kaufte ein und lebte somit in ihrem herkömmlichen Alltag. Ein kleiner Smalltalk hier, ein bisschen Smalltalk da. Alles schien so gewöhnlich und gesellschaftsfähig. Oder wie Ani es bezeichnete: Oberflächlich. Aber so ist es: Menschen sind im Alltag gern oberflächlich, das macht ihn einfacher. Auch Ani ging es so. War es doch wesentlich angenehmer, jemandem einen guten Tag zu wünschen als zu hinterfragen, warum der oberflächlich scheinbar gute Tag für den Gegrüßten ein schlechter Tag war. Weil er vielleicht Sorgen hatte, weil er vielleicht gerade eine Scheidung durchlebte oder einen geliebten Menschen verloren hatte. Aber der Gegrüßte lässt es nicht raus, wünscht ebenfalls einen guten Tag und weint, sobald er im Auto sitzt. Genau dieses Verhalten ist menschlich und gesellschaftlich anerkannt. Ähnlich verhält es sich mit Tabuthemen. In Anis Fall eine offene Ehe, das Ausleben ihrer innigsten Bedürfnisse und der Wunsch nach gutem Sex, der in ihrer Ehe einfach fehlte. Sie war glücklich mit Lars, selbst wenn er in der Ferne war. Sie verband etwas, sie sind durch gute und schlechte Zeiten gegangen und ihr schien es eine Seltenheit zu sein, dass eine Ehe perfekt ist. In der alles im Einklang ist. Sie war der Meinung, dass eine nahezu perfekte Ehe wesentlich mehr wert ist, als eine perfekte Ehe. Noch schlimmer: Eine scheinbar perfekte Ehe. Nach außen scheint alles gut und voll mit Sonnenschein und Liebe. Und hinterrücks betrügt der Mann die Frau, weil er seiner Lust Befriedigung verschaffen will, die ihm seine Frau – aus welchen Gründen auch immer – nicht geben kann. Sexuelle Fantasien, die er ausleben möchte, aber

Angst hat, darüber mit seiner Frau zu sprechen, weil daraus im schlimmsten Fall eine Trennung folgen könnte, die der Mann nicht anstrebt, da er ansonsten glücklich mit seiner Frau ist. Viele Männer springen auf optische Reize an. Es genügt ein kurzer Rock, ein schöner hoher Schuh, der lange Beine noch länger wirken lässt oder ein Shirt, unter dem sich der BH der Frau abzeichnet.

Ani war der Meinung, dass ihre nahezu perfekte Ehe einfach perfekt war. Lars und sie waren sich treu, obwohl sie sich untreu waren. Sie liebten sich, obwohl sie auch andere körperlich liebten. Sie waren ehrlich und jeder lebte sein Leben und am Ende fanden beide immer wieder zusammen. Was könnte nahezu perfekter sein? Ihre Freude war überall! Ob zusammen oder getrennt, weil Lars Ani alles gönnte und umgekehrt Ani auch Lars. Diese Erkenntnis machte Ani glücklich. Und genau in diesem Moment surrte ihr Handy.

»Hallo, mein Name ist Anne Merik. Ich weiß gar nicht genau, wo ich anfangen soll. Es geht um meine Tante Lisa.« Ani überlegte. Sie kannte weder Anne Merik noch eine Tante Lisa. »Meine Tante hat eine Liste geschrieben, auf der Ihr Name mit Telefonnummer vermerkt ist. Dahinter steht eine Notiz: Blume, die Wasser braucht, um zu erblühen.« Ani fiel es wie Schuppen von den Augen. Tante Lisa war die alte Dame aus dem Flieger, der sie damals ihre Visitenkarte zugesteckt hatte! »Frau Merik, ich freue mich, von Ihnen zu hören! Wie geht es Ihrer Tante?« Anne schwieg. Ani hörte lediglich ein schweres Atmen am anderen Ende der Leitung. »Frau Merik?« Wieder lauschte Ani in die Stille… und dann hörte sie, wie Anne Merik weinte. »Lassen Sie uns zum Du wechseln«, schluchzte Anne. »Das macht es nicht besser, aber einfacher und persönlicher.«

Und dann fing Anne an zu erzählen, ohne auf eine Antwort von Ani zu warten. »Meine Tante Lisa war eine besondere Frau.« Ani nahm das Wort »war« wahr und schluckte schwer. »Sie hielt so viel aus. Sie durfte nie diejenige sein, die sie hätte sein wollen. Sie fühlte sich in Ketten gelegt, gefangen in einem Käfig, den ihr niemand öffnete. Ich kann nicht in alle Details gehen, aber es war so, dass sie sich immer ein anderes Leben gewünscht hatte, als das, das sie lebte. Aber sie war nicht stark genug, etwas zu ändern und lebte so, wie es von ihr verlangt wurde. Sie lebte so, wie ihr Mann, mein Onkel, es wollte. Sie tat alles, damit es ihm gut ging und vergaß sich selber dabei. Aus Routine, vermute ich.« Kurzes Schweigen. »Es war auch nicht alles schlecht, es war alles einfach nur anders, als sie es sich gewünscht hatte. Im Laufe der Jahre war ihr Verhalten Gewohnheit und sie hatte nicht die Kraft, das Verhalten zu ändern. Mein Onkel starb vor drei Jahren und Tante Lisa wollte nun in ihrem hohen Alter Dinge tun und Sachen erleben, die sie nicht hätte tun dürfen, als mein Onkel noch lebte. Aber es dauerte nicht lange. Ihre Kräfte ließen immer mehr nach, ihre Sehkraft ließ nach. Sie wollte immer gern einmal selber Auto fahren. Nicht einmal das konnten wir ihr nach dem Tod meines Onkels ermöglichen. Er hatte ihr das Autofahren nämlich nie erlaubt.« Wieder Schweigen. »Ich möchte auch gar nicht so weit ausholen. Meine Tante hatte es sich dann zur letzten Lebensaufgabe gemacht, Menschen zu belehren, damit sie nicht wie sie am Ende nach Wasser rufen. So nannte sie es immer. Und ich denke, sie hatte dir auch einen ähnlichen Rat gegeben. Glaube mir, dieser Rat kam tief aus ihrem Herzen. Dieser Rat schrie ihr aus der Seele.« Inzwischen weinte Ani. Sie weinte, weil sie der alten Dame unendlich dankbar war, dass sie ihren Rat für sich umgesetzt hatte. Und sie weinte, weil ein offensichtlich toller und starker Mensch nun seine letzte Reise angetreten hatte. »Meiner Tante war es wichtig, dass ich alle Menschen persönlich informiere, wenn sie gestorben ist. Um über ihren Tod hinaus einen Rat zu erteilen, der aus ihrer Seele schreit.« Ani nickte, fing sich und antwortete: »Danke, Anne. Ich danke dir wirklich von ganzem Herzen.« Sie sprach ihr Beileid aus und das Gespräch wurde einige Zeit später beendet. Freude, Zufriedenheit, Wasser… all das wollte Ani erreichen. Und sie war sich sicher: Die Affäre mit Jan würde ihr dabei helfen.

4. Skurril

»Erzähl mir eine Geschichte… eine verrückte Geschichte, bitte.« Jan überlegte nicht lange und begann zu erzählen:

»Ein Pärchen hatte mich einst zu sich eingeladen. Die Frau war dominant, der Mann devot. Er würde ihr vor unserem Treffen dabei helfen, sich für mich schick zu machen. Ich erzählte, auf was ich stehe. Obwohl ich nicht auf Dessous, Latex oder Leder Wert lege meinte sie, dass sie sich für ein Latexoutfit entschieden hätte, sie wäre da sehr geil drauf. Jedenfalls fuhr ich an dem Abend zu den beiden. Er öffnete mir nackt die Tür, nachdem ich geklingelt hatte. Mit gesenktem Kopf stand er vor mir, sagte kein Wort, zeigte nur mit seinem Zeigefinger in die Richtung, in die ich gehen sollte. Es stand in dem langen Flur nur eine Tür offen. In diesem

Zimmer lag sie. Wunderschön zurechtgemacht, rote Lippen, sie räkelte sich auf dem Bett. Mein Schwanz wurde hart und sie winkte mich zu sich. Ich zog mich aus und legte mich neben sie aufs Bett. „Hermann, komm ins Zimmer", schrie sie plötzlich. Hermann... ich musste mir ein Lachen verkneifen. Und Hermann kam ins Zimmer. „Auf deine Decke", sagte sie. „Guck zu und winsele wie ein Hund, während Jan mich fickt." Ich war erstaunt, dass sie schon feucht war. Ich schätze, dass sie ihre Pussy vorher mit Gleitgel bereits feucht gerieben hatte. Schnell zog ich das Kondom über meinen Schwanz, während sie mich schon gierig an sich heranzog. Und dann fickte ich sie hart. Ihren Mann hörte ich winseln. Ich bin nicht sicher, aber ich meine, dass ich auch ein Weinen hörte. Sie schielte immer wieder zu Hermann hinüber. „Stopp, Jan", schrie sie dann. „Der Schwanz von Hermann gehört eingesperrt." Sie griff unters Kopfkissen, wo griffbereit ein Peniskäfig lag. Ist wie ein Keuschheitsgürtel – aber eben für den Mann. Sie warf den Käfig Hermann zu, so wie man einem am Pranger stehenden Schuldigen eine Tomate zuwerfen würde, um sein Gesicht damit zu treffen und ihn damit zu demütigen. Hermann duckte sich, der Käfig klatschte mit einem lauten Knall links neben seinem Gesicht an die Wand und fiel dann klirrend auf die Fliesen. Aber er gehorchte und legte sich den Käfig an. „Fick mich weiter, Jan."

Ich mag es nicht sehr, eine devote Position einzunehmen. Ich bin eher dominant und wenn die Frau dann auch noch dominant ist, dann passt das nicht. Zumindest nicht in dieser Situation, in der ich damals war. Bei dir würde ich es genießen auch mal eine devote Position einzunehmen.«

Jan zwinkerte Ani zu, gab ihr einen Handkuss und erzählte weiter.

»Ich fickte sie also weiter. Wenn man schon mal da war, wollte ich mir einen Fick nicht entgehen lassen, so skurril ich das ganze Drumherum auch fand. Sie hielt mittendrin inne, sah mich an und meinte: „So, und nun beschimpfe Hermann. Beschimpfe ihn so richtig, während ich mich über ihn stelle und ihm zeige, wie feucht meine Grotte ist und er gerade nichts davon haben darf." Sie stand dann wirklich auf und ging zu Hermann hinüber, der geduckt dasaß. Mein Schwanz sackte in sich zusammen. Ich wollte sie ficken, ja. Aber ich wollte weder jemanden beschimpfen, noch zusehen, wie sie ihn anpinkelt. Sah nämlich so aus, als wenn sie dieses vorhatte, denn sie stellte sich breitbeinig über ihn und leerte schnell eine Flasche Wasser. Dann drehte sie ihren Kopf wieder zu mir. „Na los, fang an, oder wozu bist du hier?" Ihr Ton gefiel mir gar nicht mehr. Und so sehr ich auch gern zum Schuss gekommen wäre – ich stand auf, schnappte mir meine Sachen und ging wortlos aus dem Zimmer. Sie rannte mir hinterher, schrie, beschimpfte nun mich mit Worten wie „Schlappschwanz" oder „Scheiß Arsch." Ich ließ mich nicht beirren, zeigte ihr noch den Vogel und ging raus. Nackt. War mir egal, ich wollte da nur raus. Leben und leben lassen, aber in dem Fall vögeln ohne mich.«

Ani lachte. »So lustig fand ich das in dem Moment nicht. Ich hatte Sorge, dass sie auf mich schießt, während ich zu meinem Auto ging. Und nun bist du dran. Irgendwas Skurriles auf Lager?« »Ja.«

»Ich hatte ein Date mit einem Pärchen. Ist gar nicht so lange her. Ich sollte in normalen Klamotten zu den beiden kommen, was ich auch tat. Als wir schweigend im Wohnzimmer saßen und man nur eine Uhr leise ticken

hörte, kam ich auf die sonderbare Idee, mich mal um-
ziehen zu gehen, um die Stimmung anzuheizen. Sie
nickte eifrig, er machte große Augen und sah dann
weg. Ich ging einfach nach oben und kam umgezogen
wieder runter. Ich war wunderschön zurecht gemacht,
trug lediglich noch einen Catsuit, der zwischen meinen
Beinen offen war. Mir wurde mal gesagt, dass meine
schönen Schamlippen darin grandios zur Geltung kä-
men. Er blickte erschrocken in meine Richtung und
rannte los. Ich verstand nicht so recht, was er nun vor-
hatte und ging einfach weiter elegant die Treppe her-
unter und blieb auf der untersten Stufe stehen. „Wo ist
er hin?", fragte ich sie. Keine Antwort. Ich blickte nach
links und nach rechts, aber kein Er in Sicht. „Das ist
viel zu kalt...", quiekte es aus dem Nichts rechts in
mein Ohr. Und bevor ich mich versah, landete eine di-
cke Wolldecke auf mir.«

Nun lachte Jan.»Und dann?«»Nichts weiter. Er dirigierte
mich zur Couch, faselte etwas davon, dass er mir mal lieber
einen Tee macht, damit ich nicht krank werde. Als ich dann
vorsichtig das Thema Sex auf den Tisch brachte sahen mich
beide mit großen Augen an. Er meinte dann nur:»Nein, ich
kann das doch nicht.« Was nicht schlimm ist. Wie du schon
sagtest, Leben und leben lassen. Aber zu Smalltalk hatte ich
keine Lust. Ich ging dann wieder nach oben, zog mich um,
verabschiedete mich und verließ ungevögelt deren Haus.«
»Ungevögelt, das Wort sollte es bei uns nie geben«, sagte
Jan. Und ihr Spiel begann.

Aus dem Tagebuch der Ani R.:

Ich kannte Jan kaum und trotzdem war er mir so vertraut! Mein Körper bebte, ich hatte solch großes Verlangen nach seiner Nähe! Er hauchte mir in den Nacken und meine Sensoren waren direkt auf ON geschaltet. Erst küsste er mich und dann biss er mir in den Nacken. Erst sanft, dann heftiger. „So doll durfte ich noch nie beißen", entfuhr es ihm in lustvollem Ton. Das machte mich noch schärfer. „Ich bin Wachs in deinen Händen", hauchte ich. Nach weiteren Bissen kam ich zum Orgasmus, der ausgelöst wurde durch sein Beißen. Jan packte dann meine Haare und zog meinen Kopf bestimmend nach hinten. Ich stöhnte, wurde klitschnass und fing an, mich an seinem Oberschenkel derart doll zu reiben, dass auch dieser innerhalb kürzester Zeit klitschnass war. „Ja, reib dich an mir, ist das geil." Ich stöhnte vor Lust, unsere Hände verkeilten sich ineinander und mein Körper fing immer mehr an zu beben. Ich weiß nicht mehr, wann genau es geschah, aber er fuhr mit seinen Fingern durch mein Gesicht. Ich biss gierig danach, ich wollte sie in meinem Mund spüren. Ich hatte also erst einen und dann zwei seiner Finger in meinem Mund. Und dann begann das Spiel: Jan testete und versuchte, meinen Würgereflex zu trainieren. Er drückte mit den Fingern meine Zunge runter. Ich würgte, hielt es aber gut aus. „So ist es gut, ich geh ein Stück weiter, das wird", oder so ähnlich hauchte er mir dabei ins Ohr. Doch irgendwann war der Punkt erreicht, an dem ich es eben nicht mehr aushielt. Und bevor ich das Bett vollkotzte, beschloss er, lieber aufzuhören.

Jan zog mich rum, unsere Gesichter lagen nur einige Millimeter voneinander entfernt. Er täuschte immer wieder vor, dass er mich küssen will. Kurz vor meinen Lippen zog er seine wieder weg. Ich spürte seinen warmen Atem an meinen Lippen, ich streckte ihm meine Lippen vor Begierde entgegen und er zog kurz vor einer

Berührung immer wieder zurück. Ich konnte nicht anders... ich schnellte nach einiger Zeit vor und küsste ihn einfach. Darauf schlug er mir leicht ins Gesicht. Und das machte mich genauso geil wie das Beißen. Danach küsste er mich endlich lange und innig. Ich rieb meine Pussy dabei weiter an seinem Oberschenkel, zog ihn näher an mich. Sein Schwanz war klitschnass, wie ich. Ich spürte den nassen Fleck, der sich auch schon auf dem Bettlaken befand. Kurzerhand wischte ich den Fleck auf und lutschte dann meine Finger ab. Das machte ich einige Male... und dann kam ich – zwischen Lust und Lustschmerz gefangen ließ ich mich fallen, solch einen Orgasmus hatte ich noch nie erlebt. Es fühlte sich wahnsinnig gut an. Danach war ich kurzzeitig außer Atem. Hatte Jan mich dabei auch gewürgt? Ich meine, mich dunkel daran erinnern zu können...

Ich krabbelte nach einer Pause auf Jan. Sein Körper reagierte sofort, er zuckte, er bebte. Sein Hals roch nach Duschgel, sein Mund nach wilden Küssen, seine Brust nach Mann, seine Achseln nach... keine Ahnung, Mann? Jedenfalls so gut, dass es zwischen meinen Beinen so stark pulsierte, dass ich kaum aufhören konnte, seinen Duft in mich einzusaugen. Mit geschlossenen Augen genoss ich jeden einzelnen Geruch von ihm. Sein Bauch roch nach ihm. Was das heißt? Er riecht einfach fantastisch gut, mein Geruchssinn... wenn man einen Orgasmus damit kriegen kann, so hatte ich einen. Ich fuhr weiter runter, roch an seinen Leisten, ich roch ganz leicht seine Lusttropfen, die so unendlich lecker schmeckten, dass ich auch davon nicht genug kriegen konnte. Und so nahm ich mir, was ich wollte und leckte seinen Schwanz genüsslich ab. Dabei saugte ich, blies ich, spuckte ich, würgte ich. Ich wollte seinen Schwanz so tief in meinem Mund als möglich spüren. Jan stöhnte, bebte, ich nahm jeden einzelnen Atemzug von ihm wahr und spürte jedes

Zucken, welches durch seinen Körper fuhr. Nach einiger Zeit krabbelte ich wieder an ihm hoch, küsste ihn. Ich setzte mich auf ihn und fuhr mit meiner rechten Hand immer zwischen Feuchtgebiet 1 und Feuchtgebiet 2 hin und her. Gemeint sind meine klitschnasse Pussy und sein klitschnasser Schwanz. Ich rieb beide Elemente aneinander und genoss das sich dadurch aufbauende Geräusch. Es klang so, als würde man durch Schlick gehen. Ähnlich wie beim Wattwandern. Ich konnte gar nicht mehr aufhören, weil es so gut klang. Nach Sex, nach Drecksau. „Hör genau hin", flüsterte ich ihm zu. „Klingt das nicht geil?" „Jaaaaa...", raunte er erregt. Es war so weit – schnell ein Kondom drübergezogen und mit einem geschickten „Schwups" drang Jan in mich ein. Beim Reiten wurde ich immer forscher, wilder, heißer. Jan ergriff die Chance – und auf einmal hatte ich einen vorher angefeuchteten Finger im Po. Ich genoss es sehr, das zu spüren.

Ich beugte mich nach einiger Zeit nach hinten, Jan leckte seinen Finger an, der nicht in meinem Arsch gesteckt hatte und kreiste damit dann an meinem Kitzler. Meine Beine fingen an zu beben, mein Körper schloss sich meinen Beinen an und ich beugte mich weiter und weiter nach hinten. „Ja, komm für mich", hörte ich Jan durch einen auf meinen Ohren liegenden Nebel sagen. Diese Worte.... sie rundeten das ganze Paket so gut ab, dass ich mich komplett fallen ließ und einfach kam. Hätte mir das einer vor einem Jahr gesagt, dass ich tatsächlich in der Lage bin, so zu kommen, ich hätte ihn ausgelacht.

Ich sackte zusammen. Mein Körper zitterte weiterhin. So lag ich da, zitternd, bebend, auf Jan. Ich genoss seine Wärme, die von seinem Körper ausging. Dann drückte er mich hoch und fing an, an mir herunterzuwandern. Er küsste meinen Hals, meine Brüste, meinen Bauch, meine Oberschenkel und am Ende verharrte er zwischen meinen Beinen. Ich saß auf ihm und er zog meine Pussy immer wieder zu sich runter. Er leckte und saugte im Wechsel, mir wurde heiß und kalt im Wechsel. Mein Körper fing wieder an zu beben – und dann kam unverhofft ein Geräusch aus mir. Es war ein Pussypups... „Das kommt nur, weil du so viel Luft in mich reinpumpst. Tschuldigung", lachte ich. „Mir egal, ich steh auf diese Pussypupse", stöhnte er zurück. Er drehte mich um, packte hart meinen Arsch, leckte in dieser Position sowohl meine Pussy als auch meinen Arsch. Ich wusste so langsam aber sicher nicht mehr, wo mein Verstand war. Er war wie ausgeschaltet. In einem Stöhnen voll Ekstase stieß Jan zu und fickte mich richtig schön im Doggy-Style durch. Ich streckte ihm meinen Arsch entgegen, ich wollte ihn tiefer und tiefer in mir spüren, auch wenn es am Anschlag sehr wehtat. Er drehte mich wieder auf den Rücken. Er kreiste mit seiner Hand um meinen Kitzler und glitt dann mit einigen Fingern in mich hinein. Ich hob mein Becken, ich wollte mehr. „Bleib genauso liegen, nicht bewegen", befahl er, bevor er im Bad verschwand. Er kam mit einem Handtuch sowie einem Glas voll... voll irgendwas zurück. Ich sah ihn fragend an. „Riech mal." Es roch nach Kokos. „Das ist Kokosfett. Kann man für alles Mögliche verwenden. Auch zum Braten von Fleisch geeignet. Es bleibt bei bis zu 27 Grad hart und wird dann flüssig, wenn es über 27 Grad kommt." Er verrieb den harten weißen Klumpen in seinen Händen und es wurde flüssig. Er begann, meinen Schamhügel zu massieren. Er wanderte dann langsam weiter zwischen meine Beine und ließ mich in Windeseile spritzen. Danach leckte er meine Pussy ab und küsste mich im Anschluss. Meine Feuchtigkeit gepaart mit dem Kokosöl schmeckte süßlich. Wieder zog er mich an sich ran, stieß seinen Schwanz in mich hinein und fickte weiter. Meine Beine wanderten Etage um Etage an ihm hoch. Er stieß noch einige Male zu und zog seinen Schwanz dann abrupt raus und riss das Kondom *herunter. Ich war erst irritiert und dann ging mir ein Licht auf. Er kam… er kam gleich! Ich schnellte vor, lutschte seinen Schwanz, während er mit seiner Hand seinen Schwanz bearbeitete. Ich legte mich halb unter ihn und hoffte, ihm so zu erkennen zu geben, dass er in meinen Mund spritzen darf. Sein Schwanz fickte meinen Mund – und mit einem „Mir kommt die Sahne hoch" kam er. Sein Saft landete zur Hälfte in meinem Mund. Reflexartig spuckte ich es aus, es lief mir am Kinn und an der Wange herunter.*

***

Völlig k.o. lagen Ani und Jan im Bett. »Wir sollten duschen gehen.« Beide gingen ins Bad, stellten sich gemeinsam unter die Dusche und ließen das Wasser auf sich prasseln. Nach der wohltuenden Dusche sah Ani sich im Spiegel an und betrachtete die Bisswunden an ihrer Schulter. Sie sahen wunderschön aus!

»Gute Nacht«, sagte Jan, während er in Löffelchenstellung seine Arme um Ani schlang. »Schlaf gut. Morgen früh wecke ich dich mit einem Blowjob.« Jan hörte ihre Worte nicht mehr, er war bereits fest eingeschlafen.

Am nächsten Morgen waren die Bisse, die Jan Ani verpasst hatte, kaum noch zu sehen. »Guck mal, gute Wundheilung«, rief sie in seine Richtung. Er kam auf sie zu. »Warte…«, sagte er und biss ihr in die linke Schulter. Insgesamt fünfmal. Unter jedem Biss sackte Ani zusammen, es tat so weh, es war so geil, eine Mischung aus beidem. »Fertig«, stellte er dann fest und betrachtete sein Werk, wie ein Maler sein Bild betrachten würde. Ani sah sich im Spiegel an – ja, es sah unfassbar schön aus, wie dieses Werk ihre Schulter zierte. »Danke«, hauchte sie.

Aus dem Tagebuch der Ani R.:

Ich fiel in einen unruhigen Schlaf. Als ich aufwachte, war es noch stockduster und Jan schnarchte seelenruhig neben mir. Wir verharrten nach wie vor in der Löffelchenstellung. Ich spürte das Zucken seines Schwanzes an meinem Oberschenkel – und war sofort wieder feucht. Ich zog die Bettdecke beiseite und stürzte mich gierig auf seinen Schwanz. Er keuchte, war er doch gerade erst aufgewacht. „Ja, nimm dir, was du brauchst. Oh bist du geil", hörte ich. Ich hatte nichts anderes vor. Ich griff nach dem Kondom, zog es ihm über, setzte mich auf seinen Schwanz und ritt ihn. Er stöhnte, raunte dabei: „Ja komm, fick mich." Und das tat ich. Es sollte eine schnelle Nummer werden, ich musste in Kürze zur Arbeit. Ich benutzte ihn in dem Moment für meine Bedürfnisse und kam einige Male. Jan warf mich auf den Rücken, zog mich wieder hart bestimmend an sich und fickte mich kniend. Ich kam erneut und schrie in die Decke. Er zog sich dann wieder aus mir zurück und wichste sich. Ich – immer noch unter ihm liegend – machte es mir ebenfalls, meine Finger verschwanden in meiner Pussy und ich guckte genau zu, wie Jan sich einen runterholte. Dann spritzte er ab, seine Ladung landete oberhalb meiner Brüste, auf meinem Bauch und in meinem Haar. Kurze Nummer – ausreichend für den Tag. Wir gingen Zähne putzen und duschen. Vorm Spiegel betrachtete ich meine neuen Bissmale, ich fand auch diese wunderschön. Dann zog ich mich an und als ich mich vorbeugte, um meine Handtasche zu schnappen, riss Jan mir den Rock hoch und schlug mir mit seinem Gürtel auf den Arsch. „Aua", rief ich Empörung heuchelnd aus, drehte meinen Kopf zu ihm und sagte: „Mehr." Und so schlug er nochmal zu. Diesmal fester. Ich nickte und lächelte süffisant. So schlug er mich noch einige Male, ich genoss jeden Schlag und krallte mich an einem Tischchen fest. Dann klatschte es einmal ganz doll, ein Schlag, der wenig wehtat. „Jan, je mehr es klatscht, desto weniger tut es weh. Im Workshop nicht aufgepasst?" Er lachte und so wurde ich dann noch einmal schön fest geschlagen, ohne dass es ein Klatschgeräusch gab.

Wir verabschiedeten uns. „Ich freu mich aufs nächste Mal", sagte er. Ich mich auch! Und wie. Denn dort werden wir eine Dame ins Hotel einladen. Die möchte ich dann gern lecken, während Jan sie vögelt oder mich dann vögelt oder wie auch immer.

Es wäre mir auf jeden Fall eine Freude, mit Jan zusammen eine Frau zu vögeln. Hauptsache dreckig – denn brav kann ja jeder.

***

5. Damenwahl

Es vergingen zwei Wochen. Zwei Wochen, in denen Ani und Jan viel Kontakt hatten, sich immer mehr kennenlernten, merkten, dass sie viele gemeinsame sexuelle Fantasien hatten. Sie waren sich einig, dass jede Fantasie, ob sie nun gemeinsam bestand oder aber ein Wunsch des anderen war, wahr werden sollte. Der gemeinsam geplante Dreier mit einer Frau schien recht bescheiden, nicht jedoch, was Jan auf seiner Wunschliste dazu hatte. Aber vorerst war es die Aufgabe aller Aufgaben, eine Dame zu finden, die Lust hatte, sich von den beiden verwöhnen zu lassen. »Soll ich über mein Einzelprofil suchen? Oder du über deins? Mit Verlinkung zum jeweils anderen Profil? Irgendwie kompliziert so, oder?« Ani grübelte. Ein Paarprofil für sie und Jan wäre wesentlich einfacher. Als wenn Jan ihre Gedanken lesen könnte, schrieb er ihr:»Lass und doch zusammen ein Profil anlegen.«

Nachdem ihr gemeinsames Profil stand, schalteten sie die Dateanzeige»Paar sucht Frau«. Die Reaktionen darauf waren umfangreich, jedoch sehr herrenlastig. Auch Paare schrieben die beiden an, aber keiner der Männer wollte seine Frau alleine losschicken.»Abwarten, vielleicht findet sich noch eine Dame, die Lust hat. Ich schreibe parallel zum Dategesuch ein paar Damen an«, schlug Ani vor.

Die Suche gestaltete sich trotzdem sehr schwierig. Entweder es kam gar keine Antwort auf eine Mail oder aber man stellte im Verlauf des Schreibens fest, dass es doch nicht passte. Einen Tag vor dem geplanten Treffen meldete sich Meike. Sie war 32 Jahre alt, schlank, sehr höflich und nett und äußerst unkompliziert.»Ich teste gern aus. Grundsätzlich bin ich auf der Suche nach einer Frau, aber ich gestehe: Auch Jan gefällt mir gut. Ab wann dürfte ich bei euch sein?«

Aus dem Tagebuch der Ani R.:

Ich konnte in der Nacht vor dem Treffen kaum schlafen. Ich war etwas aufgeregt aber unheimlich scharf darauf, zu erfahren, wie es mit Meike sein würde. Auch Jan hatte schon ein extremes Kopfkino im Hinblick auf heute Abend, wenn er zwei Frauen im Bett haben würde. Ich stand auf, ging frühstücken und der Tag verflog recht schnell. Die in mir ständig aufsteigende Geilheit machte es schwer, mich auf meine Arbeit zu konzentrieren. Ich war nicht traurig, dass ich um 15 Uhr meinen Feierabend antreten durfte. Das Date sollte um 16 Uhr starten. Ich fuhr ins Hotel, Jan hatte mir eine Zimmerkarte hinterlegen lassen, er war noch in einem Meeting. Alles lief nach Plan. Meike schrieb mir, dass sie pünktlich am Hotel ankommen würde. Ich ging duschen, machte mich schick und wartete in der Eingangshalle auf Meike.

Sie kam rein, wir nahmen uns in den Arm, gingen einen Kaffee trinken und unterhielten uns eine Weile. Als wir unseren Kaffee ausgetrunken hatten nahm ich ihre Hand und sagte: „Ich würde dir nun gern mal unser Zimmer zeigen." Ich glaube, ich wirkte nicht sehr gelassen bei diesen Worten. Meike war vom Gesicht her nicht ganz mein Typ. Aber wenn sie nun schon mal da war...

Wir gingen ins Zimmer und ich machte etwas Musik an. Meike setzte sich auf einen Sessel, ich setzte mich ihr gegenüber. Wir sahen uns an. „Wollen wir duschen gehen?", fragte sie. Ich nickte, stand auf und meinte: „Aber vorher würde ich dich doch gern mal küssen." So standen wir da, küssend, berührend. Ich schloss meine Augen und genoss. Die Hüllen fielen – ganz langsam, filigran – und am Ende standen wir nackt da. Ich drehte sie um, küsste sie an ihrem Rücken entlang, berührte sanft ihre Brüste, strich über ihre Arme, sog ihren Duft ein. Meine Augen blieben weitestgehend geschlossen. Sie roch sehr natürlich, sehr neutral, mir gefiel ihr Geruch. Ihre Lippen waren sanft, ihre Küsse sehr zart. Ihre Berührungen lösten Erregung in mir aus – ja, ich wurde feucht. Sie zog mir das Zopfgummi raus, legte meine Haare über meine linke Schulter und zog leicht an meinem Haar.

Wir gingen unter die Dusche und ölten uns gegenseitig ein, während das warme Wasser über unsere Körper floss. Sie kniete sich vor mich und begann, mich zu lecken. Ich schaute mir das von oben herab an – sah schon geil aus, so eine Frau, die vor mir kniet und mich leckt. Geil wäre es jetzt auch gewesen, wenn uns Jan genau in diesem Moment erwischt hätte – in der Hoffnung, er stellt sich stumm daneben und wichst sie voll.

Nachdem Meike wieder zu mir hoch kam rieben wir flüchtig unsere Körper aneinander. Danach fing ich an, auf Entdeckungstour zu gehen. Ich küsste ihren Oberkörper, runter zu ihrem Bauchnabel, weiter runter zu ihrer Pussy. Ich kniete mich hin, betrachtete ihre Schambehaarung, die mich nicht störte. Das helle Dreieck zierte ihren Venushügel. Das sah sehr weiblich aus. Ihre äußeren Schamlippen waren größer als meine. Das gleiche galt für ihren Kitzler, der deutlich besser zu finden war als mein kleiner Knopf. Ich fühlte ihre Erregung, sowohl mit meiner Zunge als auch mit meinen Fingern. Sie war feucht und ihre Schamlippen gut durchblutet. Sie stöhnte sanft, als meine Zunge ihren Kitzler umspielte. Ich verharrte einige Zeit in dieser Position. Dann kniete sie sich zu mir, vorsichtig, denn die Duschwanne war durch das Öl furchtbar rutschig, wir küssten uns wieder, ihre Finger glitten in meine Pussy und bewegten sich leicht in mir. So leicht, dass ich kaum etwas davon merkte, aber ich ließ mein Kopfkino laufen. Und plötzlich schlug sie mir auf den Po und ein Stöhnen der Erregung strömte mir aus der Kehle. Sie schlug einige Male zu und forderte mich auf, sie ebenfalls zu schlagen. Ich stand auf und half ihr ebenfalls hoch. Dann packte ich sie, drehte sie um und schlug ebenfalls zu. Ich nahm ihr tiefes Raunen wahr. Ich hätte nun gern Jan als ausführendes Werkzeug gehabt. „Schlag sie", hätte ich ihm zugehaucht und er hätte es getan und mich hätte es geil gemacht. Ein Spielzeug welches ein weiteres Spielzeug schlägt... „Wollen wir aufs Bett gehen?" Meike riss mich aus meinen Gedanken. Ich nickte, wir trockneten uns ab und gingen zum Bett. Dort lagen wir eng umschlungen und uns küssend, als die Zimmertür aufging.

Ich spürte Jans Blicke auf meinem Rücken, ich ahnte, dass sein Schwanz hart war und er bald erregt zu uns stößt. Und sie stößt... und mich stößt... dann wieder sie...

In meinem Kopf ging es ganz wild zur Sache. Ich hörte die Dusche. „Er duscht jetzt", sagte ich. Sie ganz stumpf: „Hoffentlich rutscht er nicht aus!" Wir fingen an zu lachen, wir kriegten uns gar nicht mehr ein. „Der arme Kerl", gackerte ich, mir liefen schon fast die Tränen runter. Die Dusche ging aus und ich fing mich wieder. „Darf ich dir die Augen verbinden?" Ich fragte dies mit dem nötigen Ernst. Meike nickte. „Keine Sorge, wir werden lieb zu dir sein."

Jan kam zu uns aufs Bett. Ich sah ihn nicht an, ich wollte nur spüren. Sie unter mir, ihn an mir. Er küsste mich, strich gleichzeitig über meine und ihre Beine. Immer abwechselnd. Dann positionierte er sich links von Meike und ich rechts. Wir küssten ihren Körper, ihre Brüste, ihr Gesicht. Und dann küsste Jan sie... ich sah genau zu. Beide Zungen spielten miteinander, sie verschmolzen. Ich konnte meinen Blick von dem Ganzen überhaupt nicht mehr abwenden. Sanft streichelte ich Meike, kam dann den beiden Gesichtern näher und küsste mit. So ein Zungenkuss zu dritt hat schon Stil. Und die Erkenntnis, dass Frauen Männer anders küssen als Frauen Frauen. Meike war sehr stürmisch im Küssen mit Jan, bei mir war sie eher sanft. Memo an mich: Sei mehr Mann beim Küssen. Fordernder, heißer. Generell wäre ich gern für einen Tag ein Mann... etwas, was trotz Wunschliste nicht in Erfüllung gehen kann. Jans Schwanz war somit meine Pussyverlängerung. Sein Kopf befand sich mittlerweile zwischen Meikes Schenkeln. Er leckte sie – und ich starrte. Er nickte mich zu sich und ich begab mich neben ihn. Er zog ihre Schamlippen auseinander und präsentierte mir so ihren großen Kitzler. Ohne zu zögern umkreiste ich ihren Kitzler, saugte daran, so lange, bis sie anfing zu zucken. Sie wurde immer feuchter. Wir fingen dann an, sie gemeinsam zu lecken. Unsere Zungen spielten mit ihrem Kitzler und gleichzeitig auch noch aneinander. Es war so heiß... mir wurde so heiß. Ich strich über seinen Rücken, er kniete sich hin. Sein Schwanz war ganz nass. Ich begann, seinen Arsch zu lecken und seinen Schwanz mit meiner rechten Hand zu wichsen. Dann ließ ich von seinem Arsch ab und leckte seinen Schwanz ab – ich nahm mir seine Feuchtigkeit, weil ich so unendlich auf diese stand. Sie schmeckte ja nach nichts – aber die Konsistenz macht es aus. In meinem Mund ist es wie eine Explosion.

Jan setzte sich neben Meike an ihren Kopf, ich machte es ihm nach. Er schob zwei Finger in sie rein und ich tat es ihm nach. So fingerten wir sie zu zweit – ein Punkt, der auf unserer Liste stand. Sie spritzte mehrfach ab, in alle Richtungen, es landete auf dem Bett und auf ihrem Bauch. Es sah so geil aus, ich saugte jeden Moment auf und speicherte ihn in meinem Kopf ab.

Kurze Zeit später lag Meike auf dem Bauch. Jan zog sich ein Kondom über. Ich deutete ihm an, dass ich mal eben ins Bad verschwinde. In dem Moment war er schon dabei, sie von hinten zu ficken.

Im Bad angekommen atmete ich einmal durch. Nur deshalb verschwand ich kurz. Ich hörte sie stöhnen und wusste genau, warum. Sein Schwanz bearbeitete sie gerade. Ich hörte genau hin und es klang so wunderbar. Dann ging ich zurück ins Geschehen.

Jan fickte sie hart. Ich setzte mich daneben und begann, ihren Kitzler dabei zu massieren. Ihr Stöhnen drang tief in mich hinein. Und dann kam sie…

Jan ließ von Meike ab. Ich fing an, ihm einen zu blasen. Sie machte mit (wann hatte sie sich die Augenbinde nur abgenommen?), packte seinen Schwanz, wir bliesen und leckten gemeinsam. Dann küsste sie ihn während ich blies und ich küsste ihn auch, während sie ihn blies… Er genoss es, seine Atmung verriet es. Danach stellte er sich hinter mich – mein Po war bereits in seine Richtung gestreckt – und fing an, mich mit neu übergezogenem Kondom von hinten zu ficken. Er stieß unglaublich hart und tief zu. Dann raunte er Meike etwas ins Ohr. Daraufhin spürte ich ihren Mund an meinem Nacken – sie biss mich. „Ja, beiß sie", hörte ich Jan sagen. Ich wimmerte: „Fester...", aber leider biss sie nur ganz hauchzart zu. Ich blickte mich hilfesuchend zu Jan um. Und dann schlug er zu. „Fester!" Er schlug erneut zu. Und ich wurde noch geiler davon. Das Nächste, an das ich mich erinnern kann, war, dass Meike mit gespreizten Beinen vor mir lag, während Jan mich weiter von hinten fickte. Aus dem Augenwinkel sah ich etwas Schwarzes... da lag ein Plug.

***

Ani drehte sich zu Jan um und sah ihn fragend an.»Setz ihr den Plug«, flüsterte er.»Das kann ich nicht«, flüsterte sie zurück.»Doch, das kannst du. Mach.« Diese Aussage ließ keine Widerworte zu. Sie griff nach dem Kokosöl, schmierte den Plug damit ein, strich Meike mit dem Plug über den Kitzler, runter zu ihrem Loch, weiter zum nächsten Loch.»Ist es ok?«, fragte Ani. Meike nickte. Der Plug war in einem rasanten Tempo in ihrem Arsch.»Er sitzt schon?« Jan guckte an Ani vorbei.»Ja...«, meinte Ani.»Du hast ihr den Plug gesetzt«, schrie er vor Erregung. Er zog seinen Schwanz aus Ani raus, legte sich mit seinem Kopf zwischen Meikes Beine, Ani stand auf, holte den nächstgrößeren Plug hervor, rieb ihn ebenfalls mit Öl ein und gab ihn Jan in die Hand. Ganz vorsichtig zog Jan den von Ani gesetzten Plug wieder heraus. Sie sah ihm nun dabei zu, wie er dann den nächstgrößeren Plug in Meikes Arsch schob. Ani achtete auf Meikes Gesicht, welches kaum Regung zeigte. Es tat Meike überhaupt nicht weh! Als dieser Plug saß, zog Jan sich erneut ein Kondom über und begann, Meike mit Plug im Arsch Missionar zu ficken. Ihr Kopf lag am seitlichen Bettende, Ani stellte sich über sie, sodass Meike die Pussy von Ani beim Vögeln sehen konnte. Was sie damit machte, blieb ihr überlassen. Sie entschied sich, Ani anzufassen und Ani küsste dabei Jan. Dieser ließ nach kurzer Zeit von Meike ab. »Leg dich mal neben sie.« Ani drapierte sich neben Meike, spreizte die Beine und Jan saß vor den beiden Damen und massierte zeitgleich die Kitzler. Er hatte Freude daran, er war so froh, dass Ani all diese Dinge einfach so mitmachte und er sah es in ihren Augen: Auch sie hatte Freude daran. Er sah genussvoll zu, wie die beiden Frauen sich küssten. »Ist das sexy…«, raunte er. Er beugte sich über beide, küsste erst die eine, dann die andere. »Fick mich anal, Jan«, sagte Meike plötzlich. Die Augen von Jan leuchteten. Er ließ sich das nicht zweimal sagen, zog das nächste Kondom über, drehte Meike um, zog den Plug wieder raus und drang behutsam in ihren Arsch ein. Genau in dem Moment klopfte es an der Hotelzimmertür… »Überraschung, Ani. Mach gern auf.«

Vor der Tür stand eine weitere Dame, ihr kurzes braunes Haar lag glatt und ihre grünen Augen glänzten. »Hi, ich bin Ira.« Ani nickte zur Begrüßung während sie im Hintergrund Jan stöhnen hörte und aus dem Augenwinkel sah, wie er seinen Schwanz unentwegt in Meikes Arsch rammte.

Ira trat währenddessen ein, schloss die Tür, zog Ani an sich, fuhr mit ihrer Hand zwischen Anis Beine und brachte sie im Flur im Stehen zum Spritzen. »Ist meine Art, guten Tag zu sagen«, lachte Ira. Sie fackelte nicht lange, zog sich aus, ging zu Jan und Meike rüber und küsste beide zur Begrüßung. Ani stand noch im Flur, überrannt von dem, was gerade passiert war aber neugierig und geil auf das, was gleich noch passieren würde. »Los, Ani, lass uns spielen.« Mit einem breiten Grinsen griff Ira in ihre Tasche und zog einen Strap-On hervor, den sie Ani zuwarf. »Bind ihn um, ich möchte von dir gevögelt werden.«

Da stand Ani nun, hielt den Strap-On in ihrer Hand und zögerte. Sie umfasste den unechten Schwanz, der an dem Umschnallgeschirr hing. Das Material fühlte sich weich an. »Nicht denken, handeln«, schoss es ihr in den Kopf. Ein wenig unbedarft schnallte sie sich das Geschirr um die Taille. Ira streckte ihr bereits ihr Hinterteil entgegen und während Jan weiter Meike in den Arsch vögelte, leckte Meike Iras Pussy in dieser Stellung.

Ani zog ein Kondom über den Schwanz, aus hygienischen Gründen. Dann griff sie zum Öl, machte damit ihren Schwanz feucht und kniete sich hinter Ira. Meike machte ihr Platz. Iras Pussy glänzte, sie war so feucht. Ani glitt mit ihren Fingern die nasse Spalte auf und ab, während ihre andere Hand weiter den an ihr hängenden Schwanz umklammerte. »Fick sie.« Jans Mund war nah an Anis Ohr. »Ich helfe dir dabei«, sagte er noch, während der unechte Schwanz bereits in Ira steckte. Ani tat es einfach, sie bewegte sich hin und her, es machte sie scharf, dass Ira sich ihr so präsentierte und es zuließ, dass sie sie ficken durfte. Jan sah zu, wie gebannt starrte er auf Anis Bewegungen, wie ihre Hüfte dabei wippte, wie ihr Haar sich dabei bewegte. Er ließ von Meike ab, er hatte das Bedürfnis, Ani nun ganz nah zu sein. Schnell wechselte er das Kondom und rückte hinter Ani. Noch bevor ihre Körper sich berührten spürte Ani seine Wärme und bekam eine Gänsehaut. Dann umfasste er ihren Hals mit der linken und ihre Brust mit der rechten Hand. Sein Oberkörper berührte nun vollends ihren Rücken. Er schwitzte ein wenig, sodass sie gefühlt aneinanderklebten. »Wir ficken sie zusammen«, sagte er heiser. Ani schluckte hart und ihr schwirrte der Kopf. Diese

Wärme, die er ausströmte und sie traf. Diese Erregung, die er mit seiner Stimme in ihr hervorrief. Jan umfasste nun mit der linken Hand ihre Taille, mit seiner rechten Hand umklammerte er seinen Schwanz. Dann drang er – etwas umständlich der Position geschuldet – in sie ein. Seine Bewegungen gingen auf ihr Becken über. Taktgleich fickte der echte Schwanz Anis Pussy während der unechte Schwanz Iras Pussy fickte. Meike hatte sich in der Zwischenzeit unter Ira gelegt und leckte sie, während sie mit ihrer rechten Hand Anis Kitzler massierte. Ira wiederum leckte Meike. Es glich einem Durcheinander, obwohl jede einzelne Person geordnet das tat, was gerade zu tun war. Und dann griff Ani erneut nach dem Öl.

Aus dem Tagebuch der Ani R.:

Ich rieb meine Hand damit ein und steckte Ira vorsichtig einen Zeigefinger in den Arsch. „Noch einen", hörte ich Ira flehen. Und somit glitt langsam noch mein Mittelfinger in ihren Arsch. Ich hauchte Jan zu: „Jetzt sind es zwei Finger." Er keuchte, er stieß noch härter zu und ich stieß somit auch härter bei Ira zu. Sie zuckte unter meinen Bewegungen.

***

Das Spiel mit drei Damen gefiel Jan. Für ihn stach Ani hervor, sie machte das Spiel spielenswert. Sie war so zart, eigentlich eher devot und trotzdem so dominant dabei. Wie sie Ira fickte, wie sie es genoss, er konnte es nur erahnen. Ihr Körper sprach eine eigene Sprache, er war sich sicher, dass Ani es gefiel, was da gerade passierte. Und er sollte recht behalten. Ani fickte mit Leidenschaft, aber nach einiger Zeit ließ sie von Ira ab, drehte sich zu Jan um, bewegte nur ihre Lippen, die die Worte »FICK SIE« formten. Kondomwechsel, Damenwechsel und Jan war an der Reihe, Ira zu vögeln. Ani stellte sich daneben, zog Meike zu sich heran und flüsterte ihr zu: »Lass uns ihren Rücken vollspritzen.« Ani positionierte sich direkt vor Jans Gesicht. Er wusste nicht, wie ihm geschah, als er diesen prachtvollen Arsch plötzlich vor seiner Nase hatte. Ani drehte sich kurz zu ihm um, zwinkerte ihm keck zu, während Meike sich vor ihr positionierte. Beide Damen steckten die Finger in die jeweils andere Pussy. »Ihr wollt sie anspritzen!« Jan keuchte. »Ja, macht das, oh fuck, ich mach mit.« Er zog seinen Schwanz aus Ira, riss das Kondom ab und zu dritt spritzten sie den Rücken von Ira voll, die dabei lustvoll aufstöhnte. Sie mochte es, wenn man sie benutzte. Es machte sie an, wenn sie einfach nur daliegen konnte. Es war für sie einfach geil.

Sie duschten alle nacheinander. Ein knapper Smalltalk wurde hie und da gehalten. Aber grundsätzlich waren alle müde. Die Damen bedankten sich für den schönen Abend und gingen. »Ich konnte deine Blicke nicht immer richtig deuten, Ani. War alles ok für dich?« Ani ließ den Abend Revue passieren und nickte. Sie fühlte sich gut. Sie wollte mehr… sie wollte noch mehr Drecksau sein. »Wie fandest du die beiden?« Jan erzählte, dass er alles geil fand und sich alles gut und richtig angefühlt hatte. »Nur Meike konnte nicht gut wichsen. Sie packt nicht richtig zu, das war mir zu sanft. Aber ich fand es geil, wie ihr zu zweit meinen Schwanz geblasen habt. Ich weiß nicht, wie du das machst, du bläst so gut. Du ziehst irgendwie die Vorhaut mit…« Tat Ani das? Sie wusste es nicht, sie machte einfach. Das Lob des guten Blasens tat ihr gut. Es machte zumindest das Gefühl des Versagens beim Anal-Verkehr besser. Sie hatte es anal mit Lars einmal versucht. Es tat weh, irre weh und deshalb hatte sie es wieder von ihrer Liste gestrichen. »Nun sag es schon, Ani. Runterschlucken bringt in diesem Fall nichts.« Sie streckte Jan ihre Zunge entgegen. »Du stehst auf Analsex, oder?« Jan nickte. Er stand auf Ärsche, bei dem Gedanken daran wurde er heiß. Wenn er wichste – was er oft tat – sah er sich dabei am liebsten Analsexfilme an. »Ja. Und mit der richtigen Übung könntest du es auch.« Er ahnte, dass Ani eine schlechte Erfahrung damit gemacht haben musste. »Wir können das bei Gelegenheit mal versuchen. Ganz langsam, mit viel Zeit und Ruhe. Es ist kein Muss, Ani. Aber ich kann dir versichern, dass es dir gefallen würde.« Ani blieb skeptisch. »Hunger?« Ihr Magen knurrte, sie hatte großen Hunger.

Sie bestellten eine Pizza und aßen sie, während sie nackt auf dem Bett saßen. »Bleibst du heute Nacht bei mir?«, fragte Jan kauend. »Ja, ich werde bleiben. Ich bin viel zu geschafft, um mich nun noch hinters Steuer zu setzen.« »Gut, ich hatte gehofft, dass du ja sagst.« »Weil?« »Weil ich noch nicht fertig mit dir bin.« Er warf die leeren Pizzakartons zu Boden und krabbelte zu der inzwischen wieder unter der Decke liegenden Ani. »Ich mach das Licht aus«, sagte er und knipste es aus. »Ist wie beim Augen verbinden«, dachte Ani. Sie musste andere Sinne einsetzen, der Sinn des Sehens war weg. Sie spürte seine Erregung und die Müdigkeit war wie weggeblasen. Er zog sie auf sich rauf in die 69er-Position und begann vorsichtig, sie zu lecken. Als seine Zunge platt auf ihrem Kitzler lag und er nicht aufhörte, sie anzuheizen, stieg es in ihr auf. Sie wusste nicht, wie lange er sie leckte. Aber sie kam plötzlich, griff sich schnell die Decke und schrie hinein. Er ließ sich davon nicht beirren, er machte einfach weiter. Sie keuchte auf ihm, zuckte immer wieder. Und erneut lag seine Zunge platt auf ihrem Kitzler – und sie kam erneut. In Jan lief ein Kopfkino, Ani machte ihn so scharf.

Es ging weiter… er wollte sie ärgern, als er sie in den rechten inneren Oberschenkel biss. Am gesamten Körper stellten sich ihre Haare auf. Er biss fester, es war eine Mischung aus Kitzeln seines Bartes und Schmerz durch seine Bisse. Ani hielt das kaum aus, sie hatte ihren Körper nicht mehr unter Kontrolle und rief laut »Stopp«. Er hörte auf. Sie hielt kurz inne, atmete durch und meinte: »Ok… puh… jetzt mach weiter. Aber ein wenig sanfter.« Und so machte er einfach weiter. Er biss, es kitzelte, es tat weh, es war wunderbar! Eine ausgefallene Mischung aus Verlangen, Schmerz und einem so heißen Typen, dem Ani die Eier leckte und der sie mit solchen Dingen, die sie vorher noch nie in dieser Form erlebt hatte, in den absoluten sexuellen Wahnsinn trieb! Er biss lange, er biss sanft und fest. Dann schlang er beide Arme um ihre Hüften, drückte sie so weiter an sich. Diese Geste und das Gefühl der vollkommenen sexuellen Verbundenheit ließ sie kommen. Und sie kam immer und immer wieder. Jan ließ einmal los und die Arme sinken, sie wurden ihm schwer. »Mach weiter, pack die Arme da wieder hin«, forderte Ani ihn entrüstet und erregt auf, bevor sie ein weiteres Mal zum Höhepunkt kam.

Jan drappierte sie dann auf die Seite, sie blies wieder seinen Schwanz und fing an, sich mit der rechten Hand zwei Finger in ihre Pussy zu schieben. »Ja, komm schon, spritz mir ins Gesicht.«

Mein Gott, mein Kopf wurde mit diesen Worten so gefickt, es gab darin kein logisches Denken mehr, lediglich die absolute Geilheit stand im Vordergrund. Und so tat ich es und spritzte Jan meine aufgestaute Squirt-Ladung voll ins Gesicht. Kurze Zeit später fickte ich ihn. Mein Körper fühlte sich sofort zu seinem hingezogen, wir waren zwei und trotzdem eins. Ich setzte mich auf ihn, ritt ihn, hörte ihn immer wieder stöhnen „Fick mich, los, fick meinen Schwanz." Ich wurde heiß, heißer, es war so geil! Ich sackte nach hinten, stellte meine Beine links und rechts neben ihm auf und fickte ihn. So lange, bis ich einen Krampf im Bein bekam. Daraufhin fickte er mich weiter, so lange, bis der Krampf vorbei war. Und dann begann so langsam das Verknoten der Körper. Ich hob meine Beine und stützte meine Füße am Kopfende ab. Die Beine hatten nun einen Winkel von 45 Grad. In der Position konnte ich wieder wunderbar die Führung übernehmen und fickte wieder ihn. Er setzte sich dabei auf, zog meinen Oberkörper zu sich hoch. So lagen meine Kniekehlen auf seinen Schultern, er setzte sich in den Schneidersitz, sodass mein Po in den Sitz, also zwischen seine Beine, fiel. Ich umklammerte seinen Hals, er umklammerte meinen Rücken. Wären wir so zur Seite gekippt, dann wären wir da wie zwei Käfer auf dem Rücken gelandet und nicht mehr hochgekommen. Irgendwie entknoteten wir uns wieder, Jan hielt meine Fersen fest in der Luft, ich lag auf dem Rücken, er kniete vor mir und schob mir wieder seinen Schwanz rein. Ich machte mich ganz eng. Ich spannte so doll ich konnte meinen Beckenbodenmuskel an. „Oh Gott, als würde ich dein Arschloch ficken", ächzte er. „Komm sag mir, wie geil du es findest, dass ich gerade dein Arschloch ficke!" Ich verstand das Spiel und spielte es mit. „Oh Jan, dein Schwanz ist so unglaublich tief in meinem Arsch, das fühlt sich so geil an, los, fick meinen Arsch, fick ihn richtig durch, das tut so gut, mach's mir, los, mach's mir mit deinem dicken Schwanz in meinem Arsch." Dabei fing ich wieder an, meine Finger an meinem Kitzler kreisen zu lassen. „Oh ja, ich fick den Arsch, deinen Arsch, oh ist der eng…" Meine Pussy lief auf Höchstleistung. Eigentlich tat sie mir schon weh, aber ich wollte ihm die Illusion nicht nehmen, er war so vollkommen weggetreten, dass ich es einfach weiter mitspielte. Irgendwann zog er seinen Schwanz raus, wichste sich, ich hielt ihm meinen Arsch (diesmal wirklich) hin und raunte: „Los, spritz meinen Arsch voll, mach ihn richtig nass!" Er raunte, er stöhnte, er war vollkommen in Ekstase, rief noch laut was aus und kam im hohen Bogen. Sein Saft landete zwischen meinen Arschbacken. Dann sackte er auf mir zusammen.

Ich muss schon sagen: Wir passten sexuell wie Arsch auf Eimer. Und Jan hielt sehr lange durch. Er kam gegen 17:30 Uhr ins Zimmer und kurz darauf ins Spiel dazu. Seinen ersten Orgasmus erlebte er etwa fünf Stunden später. In der Zeit fickte er drei Frauen und nach den drei Frauen noch eine, nämlich mich, sehr hart hinterher. Und kam dann ein zweites Mal. Er war der absolute Wahnsinn! Wie lange habe ich nach so jemandem gesucht!?! Gefühlt lange, sehr lange.

***

Ani verschwand ins Bad, ihre Pussy brannte unglaublich und sie cremte sie ein.»Na, schmerzt es sehr?« Jan war ihr ins Bad gefolgt. Sie biss die Zähne zusammen.»Geht so«, sagte sie knapp.»Das Schlimme daran ist, dass ich morgen früh wieder geil sein werde…«

Am nächsten Morgen wachte Ani vor dem Weckerklingeln auf. Ihre Beine taten ihr weh, sie merkte den Sex vom Vorabend. Jan schlief seelenruhig neben ihr. Sie leckte ihre

Finger an und glitt damit zwischen ihre Beine. Sie war heiß und ihre Pussy brannte weniger, als sie es erwartet hätte. Dann klingelte der Wecker. Jan rückte direkt an sie heran, presste seinen Schwanz an ihren Hintern. Ihr Körper zuckte vor Lust. Wie auch immer Jan das machte, sie sprang sofort auf ihn an. Sein Kopf vergrub sich zwischen ihrem Hals und Nacken, er packte ihre linke Brust und legte sich auf den Rücken. Ani verpasste ihm einen Blowjob, den er niemals vergessen sollte. Sie vermutete, dass sie es schaffte, denn sein Raunen und seine Worte »Du bläst so scheißegeil« ließen das vermuten. Ani heizte es sehr auf, dass ihm das so gefiel. Und dann fickten sie wieder. Sie legte sich auf den Rücken, spreizte die Beine und er stieß zu. Erst da merkte sie, wie sehr ihre Pussy doch noch schmerzte. Allerdings verblasste der Schmerz recht schnell, die Geilheit überwog. Er fickte sie wie ein Dampfhammer ficken würde, wenn denn ein Dampfhammer ficken könnte. Sie war schon ziemlich weggetreten und dann das… Jan fummelte an seinem Handy rum. Erst dachte Ani, er wollte etwas Licht ins Dunkel bringen. Dann hörte sie eine Frau im Handy stöhnen… Ani sah ihm ins Gesicht. Seine Augen waren starr aufs Handy gerichtet während er im Wahnsinnstempo immer wieder zustieß. Sein Blick war männlich hart, verbissen sexy, voller Erregung, bedacht darauf zu kommen. Sie sah die Adern an seiner Stirn, die so hervortraten, als würde er gerade massenweise Gewichte heben. Dieser Blick, der gesamte Umstand, machte sie noch wilder. Der Gedanke daran, dass er grad seinen Kopf durch einen Porno ficken lässt, fickte wiederum ihr so sehr den Kopf, dass sie völlig wegtrat. Kurz vorm Kommen zog er seinen Schwanz aus ihr heraus, wichste sich und rief irgendwann »Oh ja, mir kommt die Wichse hoch.« Er spritzte ihr auf den Bauch.

Dann sackte er auf ihr zusammen. »Guten Morgen«, hauchte Ani in sein Ohr. »Morgen.« Er gähnte. »So kannst du mich öfter wecken.« »Das nächste Mal gern wieder.«

Beide mussten zur Arbeit. Hektisch räumten sie die offensichtlichen Überreste des Vorabends auf. Ani zählte die Kondome und Kondomverpackungen nicht, die sie aufsammelte. Es waren einige. »Jan, ein Kondom müsste noch im Bett…« Sie stoppte mitten im Satz, weil er sie mit großen Augen ansah. »Was ist?« »Scheiße!« Er sah sie mit großen Augen an. Sie stand mit rasendem Herzen da und meinte nur: »Keine Sorge, ich kann nicht schwanger werden.«

Er hatte sie gevögelt, er hatte sie so unfassbar gut gevögelt – und dabei das Kondom vergessen. Ihr Gehirn lief auf Hochtouren und es fielen ihr einige Krankheiten ein, die dabei hätten übertragen werden können und eine davon machte ihr besonders große Angst: HIV.

Erst, als Ani auf der Arbeit ihre Mittagspause antrat, kam sie dazu, im Netz nachzulesen. Auf folgende Zeilen stieß sie bei ihrer Suche:

»Das HI-Virus wird durch Kontakt mit den Körperflüssigkeiten (Blut, Sperma, Vaginalsekret, Muttermilch sowie Gehirnwasser) übertragen. Potenzielle Eintrittspforten sind frische, noch blutende Wunden und Schleimhäute (Bindehaut, Vaginal- und Analschleimhaut) bzw. nicht ausreichend verhornte, leicht verletzliche Stellen der Außenhaut (Eichel, Innenseite der Penisvorhaut, Anus). Der häufigste Infektionsweg ist Anal- oder Vaginalverkehr ohne Verwendung von Kondomen. Oralverkehr gilt als weit weniger infektiös, da die gesunde Mundschleimhaut sehr viel widerstandsfähiger ist als andere Schleimhäute. Eine Ansteckung ist bei Oralverkehr nur dann möglich, wenn Sperma oder

Menstruationsblut auf die Mundschleimhaut gelangt. Bei der Aufnahme von Scheidenflüssigkeit ohne Blut reicht die Virenmenge für eine Ansteckung nicht aus. Auch die orale Aufnahme des Lusttropfens des Mannes stellt bei intakter Mundschleimhaut kein Risiko dar.« Ihr wurde heiß und kalt, dieses Mal nicht vor Erregung. Sie bekam Panik. Ist das Sperma von Jan nicht auch schon in ihrem Mund gelandet? Wenn auch nur wenig? Ihr kam ein bekannter Werbespruch in den Kopf geschossen. *»Bei Risiken… fragen Sie Ihren Arzt…«*

Es tutete. Ani sah auf die Uhr, es war 12:30 Uhr und sie hoffte, dass um diese Zeit noch jemand bei ihrem Gynäkologen ans Telefon gehen würde. Es tutete weiter. Ani tippte mit vier Fingern auf ihrem Schreibtisch auf und ab. »Praxis Dr. Helbert, Sie sprechen mit Frau Gaus, was kann ich für Sie tun?«»Ani van Roden, guten Tag Frau Gaus.« Ani erzählte Frau Gaus nicht in allen Einzelheiten, warum sie der Meinung war, dass ein HIV-Test bei ihr notwendig war. »Frau van Roden, wann war denn die Risikosituation? Sprich wann hatten Sie ungeschützt Sex?«»Heute Morgen.«»Folgendes, Frau van Roden: Wenn Sie ausschließen möchten, dass Sie sich mit dem HI-Virus infiziert haben, können Sie sich frühestens sechs Wochen nach der letzten Risikosituation mit einem Labortest bei uns testen lassen. Denn erst sechs Wochen nach einer möglichen Infektion kann zuverlässig ausgeschlossen werden, dass man sich mit dem HI-Virus infiziert hat. Wenn es so sein sollte, dass Ihr…« …Frau Gaus sog die Luft gespielt ein… »…Spielpartner sich immer mit Kondom geschützt hat, heißt das nicht, dass nicht über einen anderen Weg eine Infektion durch ihn besteht.«»Danke für die Info, Frau Gaus. Ich werde in sechs Wochen in Ihre Praxis kommen.«

Jetzt weinte Ani. Sie rief Jan an, der ihr versicherte, dass er sich immer geschützt hätte. »Ich lass mich regelmäßig testen. Das ist das Sicherheitsgefühl. Bin da auch sehr vorsichtig geworden. In jungen Jahren war das anders, da hatte man einen Ständer, der Kopf ging aus und der Sex ging los. Aber das hat sich, je älter ich wurde, gelegt. Mein letzter Test liegt in etwa drei Monate zurück und der fiel negativ aus. Du musst dir keine Sorgen machen, Süße. Ich verspreche dir, mich direkt wieder auf HIV testen zu lassen. Und in sechs Wochen dann nochmal. Doppelt hält besser. In unserem Fall sogar dreifach, wenn du ebenfalls in sechs Wochen den Test machen lässt.« Das beruhigte Ani wenig, aber sie dankte ihm dafür. Dann rief sie Lars an, der zum Glück an sein Telefon ging. Mit Kloß im Hals erzählte sie ihm, was passiert war. Als sie alles rausgelassen hatte, meinte er: »Ani, ich glaube nicht, dass da was passiert ist. Lass dich in sechs Wochen testen und gut ist es. Er sollte es auch so machen. Und wenn du das Ergebnis dann in den Händen hältst, melde dich einfach bei mir, ja?« Ani stutzte. Sie hatte den Zeitplan des Aufenthaltes von Lars nicht im Kopf, aber er müsste doch in Kürze wieder nach Hause kommen?!? »Ja, das ist dann meine schlechte Nachricht an dich. Ich muss weiter hierbleiben, da die Verhandlungen, von denen ich dir bereits kurz berichtet hatte, gescheitert sind und ich nun ein neues Konzept erstellen muss. Dafür ist ein Aufenthalt vor Ort leider notwendig.« Lars senkte seine Stimme. Es tat ihm leid, dass er nicht nach Hause kommen konnte. Er vermisste seine Ani, er wollte sie gern wieder um sich haben. Sie fehlte ihm. »Vergiss nie, dass ich dich liebe…«

6. Der Besuch von Kathie

Kathie grübelte laut. »Das ist echt ein bisschen wie Fleischbeschau. Zeig dich mal von vorne, ah ok ja, dreh dich mal um, ja ist ok. Hm…. zieh dich bitte aus. Ist ein bisschen wie beim Shoppen: Passt, passt nicht, passt, passt nicht.« Ani lachte. Die beiden saßen auf Anis Terrasse. Es war erst März, aber die Temperaturen waren erstaunlich mild für diese Jahreszeit. »Man guckt halt ob es passt oder ob es nicht passt. Fleischbeschau ist ein bisschen hart ausgedrückt. Aber von meiner Seite aus passt mit Jan bisher alles. Stimme, Aussehen, Versautheitslevel… also er ist auf jeden Fall meine Liga.« Ani verteilte jeweils ein Stück Sahnetorte auf ihren und Kathies Teller. »Und du seine, Ani. Nachdem, was du mir bisher von ihm erzählt hast, ist er ein Fang, den man lange halten sollte. Ich wusste doch, dass der richtige Sexpartner für dich irgendwann auftaucht. Du bist schon eine klasse Frau, auch er kann sich glücklich schätzen.« »Das wird die Zeit zeigen, Kathie. Aber eins kann ich dir klar sagen: Jan führt mich, er nimmt sich das, was er will und ist trotzdem bedacht, mir das zu geben, was ich brauche. Er ist der Einzige, dem ich meine geheimsten Fantasien anvertrauen würde, umgekehrt genauso. Wir sind so vertraut, als würden wir uns schon Jahre kennen. Und wenn wir vögeln… Kathie, es ist so, sein Körper, seine Art, seine Haut, sein Geruch, seine Stimme… geballt für mich kaum zu ertragen, weil es mich wahnsinnig macht! Ich brauche genau diesen Typ Mann, um einfach mal die Dominanz, die ich den ganzen Tag geben muss, sei es auf der Arbeit oder generell, in eine andere Hand legen zu können.«

Nach und nach merkte Ani unheimliche Parallelen zwischen sich und Jan. Es wurde immer unheimlicher. Er erschien ihr wie eine männliche Kopie von sich selbst. Sie führten die tiefsten sexuellen Gespräche, allein seine Stimme war in der Lage, ein Kribbeln zwischen ihren Beinen auszulösen. »Trefft ihr euch im Moment noch?« Ani schüttelte den Kopf. »Erstmal warten wir den HIV-Test ab. Aber das ist nicht der Grund, warum wir uns grad nicht sehen. Der Grund ist, dass ich in den nächsten fünf Wochen durch die Arbeit so eingespannt bin, dass ich mich auf nichts anderes konzentrieren kann und will. Es stehen doch die neuen Kataloge der Saison an. Die nächsten Schuhkollektionen, die in den Katalog aufgenommen werden, unterliegen meiner Verantwortung. Und danach habe ich Urlaub.« Ani grinste. »Ich verstehe…«, meinte Kathie schmunzelnd und schob sich dabei ein weiteres Stück Sahnetorte in den Mund. »Kathie, ich stehe auf alles an Jan. Wirklich alles. Sogar sein Arsch macht mich an. Und ich werde es mir nicht nehmen lassen, meinen Arsch jeden Abend – und sei es noch so spät – zu trainieren.« Kathie nickte. »Habf ich uch gemach…«, mampfte sie. »Analtraining.« Sie wischte sich den Mund ab. »Und ich verrate dir, warum Frauen Ärsche mögen. Damit meine ich das Körperteil, nicht den Mann selbst. Ein Po steht für Sinnlichkeit, sie lassen sich einfach toll anfassen. Und wenn der Arsch dann auch noch schmeckt… Ein Po hat bei mir einen wesentlich höheren Stellenwert als zum Beispiel der blanke Schwanz eines Mannes.« Ani erkannte darin ein Fünkchen Wahrheit. »Lust auf ein bisschen Sex?« Ani wollte sie, sie wollte Ani.

Sie küsste mich, streichelte mich und bevor mein Höschen fiel, fragte sie leise: „Darf ich weiter gehen?" Ich nickte, was für eine Frage! Ich wollte, dass sie mich zum Spritzen bringt.

Ihre Finger glitten in mich hinein, suchten nach dem Squirt-Auslöser. Ich wand mich unter ihren Liebkosungen, sie stöhnte auf, wenn ich aufstöhnte und das heizte mich noch mehr an. Ihre Zunge umkreiste meine Brustwarze, ihre Finger waren geschickt, aber sie ließ mich zappeln. Sie krabbelte wieder zu mir hoch, küsste mich, sodass ich meinen eigenen Saft schmecken konnte. Voller Verlangen stürzte ich mich auf sie, drehte sie auf den Rücken, fuhr über ihre Haut, legte hauchzart meine Hände um ihren Hals. Wie gerne hätte ich zugedrückt, hätte sie an ihre Grenze gebracht, aber ich tat es nicht. Es diente eher dazu, meinen Kopf zu ficken – der Gedanke, jetzt einfach zuzudrücken, während meine andere Hand in sie gleitet und sie dabei zum Spritzen bringen könnte... Meine Hand ließ von ihrem Hals ab, ich liebkoste ihre Brüste, ihren Bauch. „Ich muss so richtig nass sein", meinte sie plötzlich, leckte sich ihre Finger ab, glitt damit zwischen ihre Beine auf ihren Kitzler und begann, sehr heftig daran zu reiben. Ihre Augen verdrehten sich, sie war weggetreten. „Schieb Finger in mich." Diese Worte klangen gequält. Sie wollte spritzen. Mit meinem Zeige- und Mittelfinger öffnete ich ihre Spalte, glitt mit meiner Zunge durch und suchte die kleine Falte, hinter der sich ihre Perle verstecken musste. Sie sog die Luft durch ihre Zähne hart ein – ich war richtig. Nebenbei glitten zwei meiner Finger in sie – ich wäre gern ganz in ihr verschwunden. Ich kniete vor ihr, ich war so heiß darauf, sie zum Spritzen zu bringen! Ihre Augen waren geschlossen, als ich weitermachte. Drei Finger, vier Finger, schnelle Handbewegungen... und sie spritzte. Und wieder. Und wieder. Dabei schrie sie leicht auf.

Kurzzeitig verschwand meine gesamte Hand in ihr.
Und als sie dann zum letzten Mal abspritzte, verließ ein
„Oh mein Gott" ihre süßen Lippen, bevor sie meine ge-
samte Hand mit dem warmen Saft einseifte... Ich war
angefixt, ich wollte mehr. Aber sie schüttelte den Kopf.
Sie kam zu mir hoch, ich legte meine Hand auf ihr Herz,
welches schnell pochte. Ich bleib auf den Knien mit den
Worten „Ich kann das besser, wenn ich sitze." Sie
meinte: „Ok, ich hab da ja jetzt noch was gut zu ma-
chen." Sie küsste mich, ihre Hand wanderte wieder
zwischen meine Beine... und dann passierte es. Sie be-
wegte ihre Hand schnell in mir und ich spritzte ab und
kam dabei – laut. Es tat gut, ich fühlte mich sexy, es
machte mich an. Ich zählte laut bis fünf – Orgasmen-
anzahl halt. Unter mir tat sich eine Lache auf... mein
Saft kam im Überschuss rausgelaufen.

***

»Ach Kathie, du bist die Beste«, sagte Ani, während sich
beide wieder anzogen. Wieder auf Freundschaftsmodus
zurück frage sie:»Du sagtest vorhin etwas von Analtraining?«»Ja, ich habe das langsam gemacht. Du musst deinen
Arsch regelmäßig dehnen, wie du es auch vorhattest. Die
erste Woche mit einem kleinen Dehner, die zweite Woche
mit einem mittelgroßen Dehner. Die gibt es in jeder Apotheke zu kaufen, die erinnern mich ein wenig an eine Spitz-
tüte. Benutze immer genug Gleitgel, setz dir den Dehner
und lass ihn mindestens fünf Minuten drin, damit dein
Arsch sich daran gewöhnt. In der dritten Woche nimmst du
noch eine Nummer größer usw. So lange, bis der Dehner,
der dem Umfang von Jans Schwanz am nächsten kommt,
ohne Schmerzen sitzt.«
Am nächsten Morgen fuhr Ani zur Apotheke.

7. Entspannung

Für Jan verging die Zeit langsam. Sehr langsam. Den ersten HIV-Test hatte er bereits hinter sich gebracht – wie erwartet fiel er negativ aus. Er würde einen zweiten Test zeitgleich mit Ani machen. Er hatte immer drauf geachtet, dass der Sex, den er hatte, mit Kondom passierte. Sogar mit Sonja, seiner letzten Affäre, verzichtete er nie auf Kondome. Er war schlaftrunken, als Ani ihn morgens weckte. Das ist sicher keine Entschuldigung, aber eine Erklärung.

Jan hatte eine Entscheidung getroffen: Er würde in den Wochen bis zum nächsten Test keinen Sex haben. Ungeschützt schon einmal gar nicht, aber auch nicht geschützt. Es fühlte sich verrückt an – aber er wollte alles daran setzen, dass Ani keinen Grund fand, ihn sitzen zu lassen. Der Sex mit ihr war gut bis jetzt, steigerungsfähig, ja, aber wirklich gut. Er wollte mehr. Nicht mehr im Sinne einer Beziehung, mehr Sex. Mit ihr.

Es klopfte an seiner Hotelzimmertür. Jan stand auf und öffnete die Tür. Vor ihm stand eine hübsche Dame, die ihn überspielt anlächelte. »Massageservice«, sagte sie. Er trat beiseite und sie kam herein. Ein weiterer Mitarbeiter hievte die unhandliche Massageliege hinter ihr her, stellte sie am Bettende auf und verließ dann das Zimmer. »Auf geht's, bitte ziehen Sie sich aus. Dieses Handtuch können Sie sich gern um die Hüften legen.« Sie reichte ihm ein Handtuch. Ihre Stimme klang so schrill in seinen Ohren. Er war froh, als aus ihrem Handy sanfte Musik ertönte. Ein Zeichen dafür, dass sie nicht weiterreden würde. Jan zog sich aus, legte sich bäuchlings auf die Liege und schloss die Augen.

Ihre Hände waren schön warm, sie ölte ihn ein und massierte drauflos. Es fühlte sich toll an, als sich ihre Finger langsam an der Wirbelsäule entlangbohrten und sie verstand ihr Handwerk sehr gut. Sie massierte nicht zu fest, als dass es unangenehm wurde aber fest genug, um seine Verspannungen zu lösen. Dabei tat sich allerdings zwischen seinen Beinen eine neue Verspannung auf. Er griff sich beiläufig in den Schritt, legte den Schwanz hoch, damit es nicht wehtat und er weiter einigermaßen gut auf dem Bauch liegen konnte. Die harte Liege unter ihm machte das nicht gerade einfach, aber so war es viel besser auszuhalten. Die Musik endete nach 30 Minuten und somit auch die Massage. »Fertig!« Schrill, zu schrill diese Stimme. »Drehen Sie sich um. Ich möchte alle Ihre Verspannungen lösen.« Damit hatte er nun nicht gerechnet. Als wenn sie es geahnt hätte, fügte sie hinzu: »Geht auf meine Kosten. Diesen Service dürfen wir normalerweise nicht anbieten.« Jan stellte es nicht weiter infrage. Sein Schwanz schrie nach Erlösung. Er drehte sich um und dann ging es ganz schnell. Sie legte ihre geölten Hände um seinen Schaft, glitt herrlich leicht rauf und runter, massierte seine Eichel. Jan schloss die Augen und genoss. Sie schwieg dabei, was ihm sehr entgegen kam. Und dann kam er. Sein Saft spritzte hoch auf seine Brust und seinen Bauch. Sie hielt ihm sein Handtuch, welches vorher um seine Hüften geschwungen war, vor die Nase. »Aber abwischen gehört nicht zum Service.«

8. Fünf Wochen später

Ani dehnte ihren Arsch jeden Abend. Wie von Kathie vorgeschlagen zuerst mit einem kleinen, dann mit einem mittleren und nun mit dem großen Dehner. Dieser müsste dem Umfang des Schwanzes von Jan entsprechen. Sie ließ die Dehner jeweils zehn Minuten sitzen, nebenbei las sie ein Buch, stöberte in ihrem Handy herum oder holte einen ihrer Vibratoren hervor, um mit ihrem Kitzler zu spielen. Sie machte es sich gerne und auch oft selbst und inzwischen hatte sich in ihrer Nachttischschublade ein größeres Dildo- und Vibratorensortiment angesammelt.

Beim Dehnen mit dem großen Dehner merkte sie, dass etwas anders war. Es erregte sie noch mehr! Was auch immer der Dehner in ihrem Hintern tat, es fühlte sich großartig an! Sie legte ihre Hand auf ihren Kitzler. Diese Berührung fühlte sich intensiver an, als sie es bisher kannte. Sie konnte gar nicht anders, setzte sich einen Vibrator auf die Klitoris, während der Dehner weiter in ihrem Arsch verweilte und kam ganz intensiv zum Höhepunkt. Sie wiederholte auch diese Übung jeden Abend mit Freuden.

Die Zeit verging schnell. Ani hatte sehr viel zu tun, aber am Ende stand der neue Katalog, alle waren zufrieden und sie konnte in den Urlaub gehen. Der erste Urlaubstag startete mit Blutabnahme bei ihrem Gynäkologen. »Übermorgen müsste das Ergebnis da sein, Frau van Roden.«

Zwei Tage später rief sie Lars an. »Negativ, Lars, der Test fiel negativ aus!« Ani sprang bei diesen Worten auf und ab. »Ani, ich habe nichts anderes erwartet. Jan scheint ein sehr zuverlässiger und ehrlicher Mensch zu sein. Und ganz ehrlich: Ich würde bei ihm sogar auf eine meiner Bedingungen verzichten, nämlich diejenige, die besagt, dass du nie ohne Kondom vögeln sollst.« Darüber hatte Ani auch schon nachgedacht. Wenn sie und Jan sich darauf einigen würden, dass in ihrer Affäre keine Kondompflicht mehr herrschte, hatte das sehr viel mit Vertrauen zu tun. Sie musste mit Jan darüber sprechen.

Zeitgleich hielt auch Jan eine negative HIV-Auswertung in der Hand. Er hatte auch nichts anderes erwartet. Er schrieb sie an:»Ani, wollen wir uns heute Abend treffen?« »Ja, sehr gerne.«

Sie trafen sich wieder in einem Hotel. Ani packte einige Sachen in ihren kleinen Koffer. Sie wusste nicht, ob sie sich im Hotelzimmer noch hübsch machen oder ob sie später die Lust packen würde, Jan in einem heißen Outfit zu überraschen. Somit packte sie recht wahllos einiges ein, griff noch ihre Handtasche und fuhr los. In ihrer Handtasche lag ein Plug, sie wollte Jan damit überraschen.

Ani brachte noch schnell ihren Koffer ins Bad des Hotelzimmers, bevor beide etwas essen gingen. Das Restaurant war klein, verwinkelt und in jeder Ecke stand als Dekoration ein Musikinstrument. In dem Restaurant gab es häufig Musikveranstaltungen, daher wohl die dazu passende Deko. Sie setzten sich neben eine Harfe. Ani strich sanft über die Saiten der Harfe und diese erklang ganz zart. »Hier, Ani, mein Testergebnis.« Sie überflog den Zettel, den Jan ihr hinhielt und nickte zustimmend. »Ja, mein Ergebnis ist auch negativ ausgefallen.« Sie schwiegen sich an. Ihre Blicke trafen sich ständig, Jan nahm sanft ihre Hand und strich darüber. Als wenn er ihre Gedanken lesen konnte, meinte er:»Du kannst mir vertrauen.« »Kann ich das?« »Ja, Ani, das kannst du. Du hast doch genauso wie ich darüber nachgedacht, die Kondome bei uns wegzulassen, oder nicht?«Sie stimmte kopfnickend zu.»Wir sitzen dann beide im selben Boot. Ich kann nur sagen, dass ich dafür bin. Dann kann ich dich voll und ganz spüren. Und ich werde bei keiner anderen Frau das Kondom weglassen. Ich verspreche es dir.«

Das Essen kam, beide hingen ihren Gedanken nach und nachdem die Rechnung dann durch Jan beglichen wurde, nahm er Anis Hand.»Baby, lass uns spielen gehen.«

Im Hotelzimmer legte Jan sich aufs Bett.»Warte kurz, ich komme gleich zurück.« Ani ging ins Badezimmer und öffnete ihren Koffer. Den gesamten Inhalt des Koffers verteilte sie auf dem gelben Fliesenboden. Sie überlegte… und entschied sich, lediglich den Plug zu tragen. Somit zog sie sich aus und setzte sich kurzerhand selber den Plug, den sie aus ihrer Handtasche herausholte. Das Setzen allein machte sie schon so heiß, dass sie es kaum erwarten konnte, Folgendes zu tun. Sie ging zurück zu Jan, drückte ihn auf das Bett, küsste ihn leidenschaftlich und hauchte ihm ins Ohr:»Ich habe einen Plug in meinem Arsch sitzen.«

Diese Worte lösten in Jan die pure Lust aus. In seinem Kopf spielten sich die wildesten Szenarien ab. Er wollte so viel mit Ani anstellen, mit ihr erleben. Die Tatsache, dass sie nun von sich aus für ihn etwas in ihren süßen Arsch schob, machte ihn unheimlich an. Er stand sehr auf alles, was nicht im normalen Sexleben stattfand. Die Frage, die er sich stellte, war, was war denn schon normal? Für einen Menschen, der einen Fetisch lebt, ist normaler Sex vermutlich unnormal. Für einen Menschen, der über die Missionarsstellung hinaus nicht viel ausprobiert, weil ihm das volle Befriedigung gibt, ist ein Fetisch vermutlich unnormal. Jan würde seinen Fetisch für Ärsche nicht einmal Fetisch nennen. Er liebte es, eine Frau auszufüllen. Sie auf etwas zu ficken, was sie sich vorher reingeschoben hatte oder etwas, was er ihr reinschieben durfte. Liebeskugeln, in Kondom gepackte ganze Zitronen und Wasser. Ja, er stand auf Wasserspiele. Wasser in eine Spritze auffüllen, die Frau damit vaginal oder anal zu füllen, sie darauf zu ficken und dann zuzusehen, wie sie das Wasser wieder rausdrückt. Und er wusste, dass er mit Ani diese ganzen Spiele umsetzen konnte. Er hatte sich lange eine solche Spielpartnerin gewünscht. Und nun fiel eine solche hübsche und versaute Partnerin über ihn her. Er strich Ani über den Rücken, hielt kurz inne, als sein Finger ihre Arschritze berührte. »Weiter«, hörte er Ani keuchen. Er glitt mit dem Zeigefinger ihre Arschspalte entlang und verharrte, als er den Plug spürte. Sein Lusttropfen floss aus seinem Schwanz und seine Muskeln spannten sich an. Und dann sprach er:

»Ich will, dass du die Orgasmen laut zählst. Ich will, dass du dich fallen lässt und immer wieder kommst. Sei einfach Ani, sei versaut, es soll geiler werden als in jedem Porno. Unsere Körper sollen ineinander verschmelzen, alles soll egal sein in dieser Zeit, es geht nur um pure Lust. Schalt den Kopf aus. Ich will dich ficken, ich will, dass du mich fickst. Ich will dich ausfüllen, dir jedes Loch stopfen, meinen Schwanz in alle Löcher stecken. Ich will dich mit Wasser ausfüllen und dich darauf ficken, wenn du vollkommen ausgefüllt bist. Ich will, dass wir rotzen, dass wir hemmungslos sind. Und am Ende will ich in dich spritzen.« Anis Körper bebte unter seinen Worten, ihre rechte Hand krallte sich leicht in seinen Oberschenkel. Mit geschlossenen Augen genoss sie jedes einzelne seiner Worte, die so gut gewählt seinen Mund verließen und in ihrem Ohr landeten. Er fickte ihren Kopf damit! Ihr Becken kreiste leicht, ihr Arsch rieb sich somit an seinem Schwanz, der bereits prall und dick war. Sie drückte Jan bestimmend weiter in die Matratze, setzte sich auf, nahm seinen Schwanz in ihre Hand, führte ihn durch ihre nasse Spalte hin zu ihrer Pussy – und setzte sich auf ihn drauf. Dann fickte sie ihn. Der Plug in ihrem Hintern bewegte sich nicht, aber sie spürte ihn. Er traf Nerven, sie bäumte sich auf und kam.»Eins…« Dann packte Jan sie an den Hüften, drückte sie weiter runter auf seinen harten Schwanz und stieß unerlässlich zu. Er sah, wie sie dies mit geschlossenen Augen genoss. Sie biss sich auf ihre Unterlippe, ihre Hände hielten ihre Brüste fest, sie krallten sich heftig in ihre Brüste. Ihr Gesicht verzog sich, spannte sich an, sie nahm ihre rechte Hand und biss sich in den Handrücken, während sie wieder kam.»Zwei…« Ihr Kopf schoss dann blitzschnell zu ihm herunter, tief glitt sie mit ihrer Zunge in seinen Mund. Es war feucht und warm, beide vergaßen Zeit und Raum. Und in ihrer Ekstase fing Ani an, Jan auf den Oberkörper zu spucken. Allein dieses Geräusch machte ihn noch heißer, er setzte sich auf, fickte sie dabei weiter, schlang seine Arme um sie und so verrieb er ihre Spucke, die auf seinem Oberkörper war, auf ihrem Oberkörper. Ani fiel dabei nach hinten, ließ sich weiterficken und genoss dieses Spiel. Sein Schwanz glitt aus ihr heraus, lechzend nahm sie ihn in den Mund, saugte, leckte, spuckte drauf, leckte weiter. Völlig hemmungslos tat sie einfach das, was ihr in den Kopf kam. Und dabei zog sie sich vorsichtig den Plug aus dem Arsch. Da sie sich zu Hause den Arsch gespült hatte, gab es keine Spuren, die die Stimmung der beiden irgendwie gedrückt hätten. Sie sah Jan tief in die Augen, griff nach dem Melkfett, welches sie zuvor griffbereit neben das Bett gelegt hatte, warf es ihm hin und sagte:»Mach mich weich und fick mich in den Arsch.«

Jan griff nach der kleinen Dose. Ani legte sich auf den Bauch und er begann, sie zu massieren. Erst ihre Schultern und ihren Rücken, der vor Lust zitterte. An ihrem Arsch angekommen hielt er inne und sah sich sein Spielzeug genau an. Er zog die Backen auseinander, streichelte ihren Po und ihre Schenkel. Vor Lust lief Ani die Feuchtigkeit die Schamlippen hinunter. Blitzschnell drehte Ani sich auf den Rücken, legte sich ein Kopfkissen unter ihren Po und schloss entspannt die Augen. Jan begann sanft, ihren Po zu weiten. Erst ein Finger, dann zwei, dann drei. Ganz behutsam ging er vor, ließ sich nicht von ihrem zitternden Körper abhalten. Sie sah so unglaublich sexy aus, wie sie da lag und nur darauf wartete, dass er in sie eindrang. Als er versuchte, den vierten Finger in ihrem Arsch zu versenken, schrie sie auf. Ihr Gesicht sah gequält aus. Es tat ihr weh. Jan hielt sofort inne. Ihre Gesichtszüge entspannten sich wieder. Sie öffnete ihre Augen, sah Jan fordernd an und leise meinte sie: »Nochmal…« Jan konnte sich ein Grinsen nicht verkneifen. Er bewegte erneut die drei bereits in ihrem Arsch sitzenden Finger langsam hin und her, dehnte sie weiter und startete erneut den Versuch, den vierten Finger einzuführen. Sie schrie wieder, diesmal leiser, biss sich auf die Unterlippe, haute mit ihrer rechten Hand auf die Matratze und brachte mit zusammengebissenen Zähnen ein »Hör nicht auf, weiter« hervor. Jans Schwanz war hart und mit jedem Wort, welches sie von sich gab, wurde er gefühlt noch härter. Behutsam glitt sein vierter Finger Stück für Stück in sie ein und gesellte sich zu den bereits eingeführten drei Fingern. Sie entspannte sich, er merkte es, denn ihr Arsch wurde plötzlich ganz weich. Und dann bewegte er die Finger genauso, wie er es tat, wenn er sie vaginal zum Spritzen brachte. Sie hob ihr Becken, drückte es ihm entgegen, sie schien völlig weggetreten zu sein, denn ihr lief dabei ein klein wenig Spucke den rechten Mundwinkel hinunter. Es machte Jan unendlich an, dass das, was er mit ihr anstellte, ihr so gefiel. Er konnte nicht anders, hielt kurz in seiner Handbewegung inne, beugte sich mit seinem Gesicht über ihres und leckte ihr fordernd die Spucke weg. Sie öffnete ihre Augen, zog sein Gesicht an ihres, so dass ihre Nasenspitzen sich berührten und küsste ihn gierig auf den Mund. Ihre Zungen erreichten gegenseitig beinahe das im Rachen sitzende Zäpfchen, es war beiden egal, dass ihnen dabei die Spucke gefühlt überall hinlief. Jans Kopf schnellte hoch, sie sah ihn nun fordernd an, öffnete ihren Mund und sagte: »Spuck rein.« Er konnte kaum glauben, was er da hörte. Noch nie hatte eine Frau ihn dazu aufgefordert, angespuckt zu werden. Er zögerte nicht lange und tat es einfach. Und wurde mit einem schüchternen Lächeln ihrerseits belohnt. »Jan, deine Finger sind noch in meinem Arsch. Mach was draus.« Das ließ er sich nicht zweimal sagen, griff mit seiner freien Hand erneut zum Melkfett und schmierte Anis Arsch noch einmal ein, damit ganz sicher genug Gleitfähigkeit da war und er Ani so wenig wie möglich wehtat. Das Fett lief seinen Handrücken herunter und traf auf die Finger, die bereits in Anis Arsch steckten. Und dann tat er das, was er schon immer einmal tun wollte und dies nur aus den Filmen kannte, die er sah, wenn er sich einen runterholte. Er bewegte seine Finger ruhig in ihrem Arsch, wurde stetig schneller, bog die Finger in ihrem Arsch ein wenig nach oben Richtung Venushügel. Sie bäumte sich auf, ihre Finger krallten sich inzwischen ins Bettlaken. Und dann schrie sie. Dieses Mal nicht vor Schmerz, sondern vor Lust. Ihr Schreien ging über in ihre Sirene, die sie immer von sich gab, wenn sie kam. Und diese Sirene war lang, länger, als Jan es sonst von ihr kannte. Und dann passierte das, was Jan angestrebt hatte. Ani spritzte in hohem Bogen ab. Die Flüssigkeit kam aus ihrer Pussy herausgeschossen und landete komplett auf dem harten Schwanz von Jan. Mit offenem Mund sah er sich das Spektakel an. Ani war geiler als jeder Porno, den er bisher gesehen hatte. Sie entspannte sich wieder, flüsterte erschöpft »drei…«, er ließ seine Hände aus ihrem Arsch gleiten, ging kurz ins Bad, um sich die Finger zu waschen, auch wenn daran nichts klebte. Dann kam er zurück, sie hatte sich inzwischen wieder auf den Bauch gelegt. Das Kissen lag nun unter ihrem Venushügel, sodass ihr Po ein wenig erhöht lag. Mit beiden Händen zog sie ihre Arschbacken auseinander, sie wollte Jan ihren Arsch präsentieren. Und er sprang darauf an, nahm das Melkfett, schmierte sich damit seinen Schwanz ein, kniete sich hinter Ani und drang ganz vorsichtig in ihren Arsch ein. Es ging problemlos und so fickte er sie einige Zeit. Ani genoss es. Sie hätte es nicht für möglich gehalten, dass Analverkehr so schön sein konnte. Sie hatte es auch nie wirklich versucht. Umso erstaunter war sie, dass es sich so gut anfühlte. Sie rollte sich dabei zusammen, wie ein Kind im Mutterleib, damit Jan richtig tief reinkam. Seine Worte fickten ihren Kopf: »Ohhh, ich bin in deinem Arsch, ich ficke deinen Arsch!« Eine Kälte durchfuhr Ani. Dann wieder Wärme. All ihre Härchen stellten sich auf, während Jan bedacht und dennoch bestimmend immer wieder zustieß. Es fühlte sich so anders an als all das, was sie bisher kannte und erlebt hatte. Als Jan ihr dann noch seinen Finger auf den Kitzler legte, war es um sie komplett geschehen. Und dann keuchte sie völlig fassungslos: »Vier.«

Es folgte eine kurze Pause. Beide gingen ihren eigenen Gedanken nach. Jan war noch nicht gekommen – er wollte sich seine Ladung aufheben und erst ganz spät abspritzen. Er blickte zu Ani rüber. Sie lag ruhig mit geschlossenen Augen da und wirkte wie eine Puppe, einfach bildschön und unfassbar sexy. »Ani, ich möchte dir jeden Wunsch erfüllen.« Ani blinzelte ihn an. »Das ist gut, im Gegenzug werde ich auch dir Wünsche erfüllen.« Dann schloss sie wieder ihre Augen, grinste und sagte: »Ich würde dich gerne mal mit dem Strap-On ficken.« »Das trifft sich gut, das möchte ich dich auch.«

<u>*Aus dem Tagebuch der Ani R.:*</u>

Und ich wollte es auch, ich wollte es so sehr, ich wollte unbedingt seinen Schwanz erneut in meinem Arsch fühlen. Es dauerte alles seine Zeit. Er dehnte mich abermals mit seinen Fingern, vielleicht nahm er auch noch einen Analdehner zur Hilfe, ich weiß es nicht mehr. Nach langem Dehnen und hin und her passierte es dann – er konnte wieder weitestgehend problemlos seinen Schwanz in meinen Arsch stecken. Ich keuchte auf, mein Kopf explodierte bei diesem Gedanken. Er ließ seinen Schwanz in mir wachsen, bis ich „Stopp" rief. Dann hörte er wieder auf. „Ich pass auf dich auf", hörte ich ihn sagen. Fünf Worte – neben meiner absoluten Erregtheit schossen mir Tränen in die Augen. Einfach, weil ich mich total geborgen fühlte und ihm vertraute, obwohl ich grundsätzlich echt ausgeliefert war. Er war so vorsichtig und ich bin ihm dafür so dankbar. Er ging so gut auf mich ein, ich konnte das Spiel so genießen. Meine Lust war auf einem unermesslichen Level angelangt. Er stöhnte dabei so lustvoll, es drangen Worte wie „Ich fick deine Arschfotze" zu mir durch, die mich noch weiter in die Lust und ins um-mich-Vergessen schickten. Es ist unfassbar – immer, wenn ich dachte, es kann nicht noch geiler mit ihm werden, wir hätten ein gewisses Level erreicht, toppten wir das! „Mach dir den Strap-On um", bat ich. Er ließ von mir ab und tat es. Ich drehte mich zu ihm, nahm beide Schwänze in die Hand, tat so, als sei auch der Strap-On ein echter Schwanz, blies auf Aufforderung beide, rotzte auf beide und hatte furchtbaren Spaß dabei. Jan drehte mich wieder zurück in die Doggy-Style-Position. Was auch immer er dann mit welchem Schwanz tat, am Ende steckte der Strap-On-Schwanz in meinem Arsch und sein Schwanz in meiner Pussy. Mein Herz bebte, beinahe vergaß ich vor Gier zu atmen. Allein der GEDANKE an das Ganze, was da grad passierte, brachte mich zum Kommen.

Irgendwann legte er den Strap-On ab, fickte mich dann normal, presste Worte hervor, ich war in einer komplett anderen Welt. Und warum verblassen meine Erinnerungen? Ich weiß nur noch, dass ich am Ende mit dem Kopf am seitlichen Bettende lag, Jan über mir stand, seinen Schwanz wichsend, neben uns auf seinem Handy ein Porno lief, ich es mir klitoral besorgte mit Blick auf den Porno und zwischendurch auf den Schwanz über mir, den er so richtig geil wichste. Mein Höhepunkt baute sich immer mehr und mehr auf, mein Körper zitterte vor Verlangen nach dem absoluten Höhepunkt. „Mach eine spannendere Stelle an", zischte ich ihn an und er spulte den Porno etwas vor. Ja, ich mag Pornos. Auch Frauen dürfen Pornos mögen.

Dort zu sehen waren zwei Pärchen, die Herren vögelten die Damen anal. Meine Gedanken kreisten nur noch um diesen Porno, ich schrie innerlich: „Ja los, fick sie richtig geil in ihren heißen Arsch. Los, sie will das, siehst du nicht, wie sie dir ihren prächtigen Arsch entgegenstreckt, nur damit du deinen harten Schwanz in sie versenken kannst? Fick sie hart, fick sie härter, hör, wie sie stöhnt und schreit, sie will deinen Schwanz, deinen geilen Schwanz." Ich hätte das alles so gern laut herausgeschrien, aber ich war zu sehr damit beschäftigt, mich auf mich und meinen anbahnenden Orgasmus zu konzentrieren. Der dann auch am Ende heftig kam – ich schrie das ganze Hotel zusammen. Jan wichste sich weiter, er war so heiß, ich sah es in seinem Gesicht, er war kurz vorm Kommen. Ich lag weiter unter ihm, öffnete meine Beine. Er drang in mich ein und spritzte dann seine Ladung in mich.

Jan setzte sich nach dem ganzen Spiel erschöpft neben mich. Ich akklimatisierte mich langsam wieder, kam mit dem Oberkörper hoch und meinte: „Man, ich sollte jetzt echt mal im Bad Ordnung schaffen. So muss ich morgen früh einfach nur schnell den letzten Rest in den Koffer werfen und dann…" Jan lachte. „Ani, du bist wie ein Kerl. Jede andere Frau wäre nun beleidigt, weil man nicht noch kuschelt." „Das kommt gleich noch, wenn das nicht wäre, wäre auch ich sicher beleidigt. Aber jetzt pack ich erstmal." „Bleib bitte weiter bei mir. Ich werde morgen zwar ein wenig arbeiten müssen, aber wir können uns trotzdem hier im Hotel im Wellnessbereich eine schöne Auszeit nehmen. Ich lade dich selbstverständlich dazu ein."

Wir stiegen über die Klamotten im Bad, gingen duschen und kuschelten uns danach ins Bett. Er nahm mich einnehmend in seine Arme. „Schlaf gut", murmelte er. „Du auch, Jan. Ich hab dich lieb." Scheiße… hatte ich das gerade echt gesagt? Es überkam mich. Einfach so, weil es so ist. Ich mag ihn so unglaublich gerne! Aber ich fühlte dabei keine Schmetterlinge. Es war freundschaftlich gemeint. Hatte er das auch so verstanden? Ich weiß es nicht. Ich würde es als ein Momentgefühl beschreiben. Es liegt mir sehr viel an ihm. Zu wenig für eine feste Bindung, zu viel für „Es ist ja nur Sex.", denn dem ist nicht so. Ich gebe mich in den Momenten hin, in denen wir beisammen sind. Dabei waren sicherlich Gefühle im Spiel – die allerdings nichts mit Verliebtheit oder gar Liebe zu tun haben. Ja,

ich liebe seinen Körper, sein Körper ist wunderschön!
Aber das bedeutet nicht, dass ich ihn liebe. Oder doch?
Ich schlief unruhig ein...

***

9. Wellness

Der Duft von frisch gebrühtem Kaffee weckte Ani. Sie öffnete ihre Augen, die sich verquollen anfühlten. Sie hatte zwar recht gut geschlafen, aber sie merkte eindeutig den gestrigen Abend. Sie überschlug im Kopf, wie lange sie und Jan miteinander gespielt hatten und kam auf ungefähr fünf Stunden. Ihre Pussy brannte, ihr Arsch brannte, sie fühlte sich zerfickt – und das tat ihr gut.

Auf ihrem Nachttisch stand ein Tablett, auf dem neben der Tasse Kaffee auch ein bereits belegtes Brötchen auf sie wartete. Sie setzte sich auf, griff zum Brötchen und biss mit Genuss hinein. Auch der Kaffee schmeckte herrlich. Nachdem beides alle war, stand sie auf und streckte sich. Jan war nicht da, ein Zettel auf dem Tablett verriet Ani, dass er kurz in die Stadt gegangen war, um etwas zu besorgen. Ani ergriff die Chance und schrieb Lars eine Nachricht. Sie schrieb in Kürze auf, was gestern so passiert war und Lars antwortete darauf, dass er ihr eine schöne Zeit wünsche und er gerade ebenfalls eine schöne Zeit mit einer Dame hätte. Ani freute sich über diese Nachricht, sie hatte kein schlechtes Gefühl bei der Sache. »Lars, komm einfach irgendwann zu mir zurück«, schrieb sie. Lars starrte auf sein Handy und schrieb: »Ja, das werde ich.« Er hatte nicht vor, sie zu verlassen. Trotzdem wollte er, dass sie sich eine gewisse Zeit nur auf sich konzentriert, so wie er sich nur noch auf sich konzentrieren wollte. »Ich werde in zwei Monaten zurück sein. Ich möchte, dass du dich auf dich und deine Gefühle, deine Lust konzentrierst. Lass es uns versuchen und für diese zwei Monate nicht miteinander schreiben. Was denkst du?« Ani erschrak, als sie diese Nachricht las. Aber nicht, weil ihr die Worte wehtaten, sondern eher, weil sie nichts dabei fühlte. »So sei es.« Dies sollten die letzten drei Worte sein, die sie Lars schrieb.

Sie zog sich nicht an. Warum auch? Sie war satt und das Einzige, was sie jetzt wollte, war ein Wellnessbereich. Da sie keinen Bikini eingepackt hatte, schlüpfte sie nackt in den im Hotelzimmer vorhandenen Bademantel nebst Schläppchen, schnappte sich ihre Tasche, in der ihr Tagebuch verstaut war und war froh, dass es am Eingang des Wellnessbereichs einen kleinen Shop gab, der unter anderem Bademoden anbot. Sie entschied sich für einen schlichten lilafarbenen Bikini, den sie in der Umkleidekabine anprobierte, direkt anbehielt und ihn auf die Zimmerrechnung setzen ließ.

Der Wellnessbereich war recht groß, es gab sechs Saunen, ein großes Schwimmbecken, einen Massagebereich und etliche Liegen, die weitestgehend unbesetzt waren. Ani holte sich noch einen Kaffee und legte sich dann auf eine freie Liege am Schwimmbecken. Ihre Gedanken waren kurzzeitig frei, sie ließ einfach ihren Blick wandern und guckte sich hie und da die Menschen an, die sich ebenfalls hierher verirrt hatten. Dann stellte sie sich die Frage, was nur los sei mit ihr. Sie musste dem auf den Grund gehen. Sie liebte das Leben mit Lars, aber war das wirklich schon alles? Sie liebte nämlich gerade jetzt auch das Leben ohne Lars und mit Jan.

War es tatsächlich möglich, zwei Männer so zu mögen? Bei Jan würde sie nicht von Liebe im klassischen Sinne sprechen. Aber er hatte so viel an sich, was sie so sehr anzog und anmachte. Anfangs suchte sie sexuelle Befriedigung, die sie mit Jan nun sehr auslebte. Warum sich nun plötzlich innerlich etwas änderte, wusste sie nicht. Sie wollte noch mehr mit Jan erleben, wollte aber auf der anderen Seite auch mit Lars weiter zusammen sein. Sie wollte in zwei Welten leben. Und um auszutesten, wie das Leben in der Welt abseits vom normalen Leben, nämlich in einer für sie stimmigen Fantasiewelt war, entschied sie ohne Brimborium, sich für die zwei Monate, die sie nun ohne ihren Alltags-Lars verbringen würde, unbezahlt beurlauben zu lassen. Sie ging also zurück zum Eingang des Wellnessbereiches, fragte dort, ob sie kurz telefonieren könne und rief ihren Chef an, zu dem sie ein gutes Verhältnis hatte. »Mensch Ani, ich verstehe ja, dass du ausgebrannt bist. Aber gleich zwei Monate? Wer soll denn deine Arbeit so kurzfristig übernehmen?« »Greta ist auf dem gleichen Stand wie ich. Ich bin mir sicher, dass sie nichts dagegen hat. Gegen entsprechende Erhöhung ihres Gehaltes versteht sich.« »Warte kurz, ich hole Greta mit in die Leitung.« Kurz war Stille in der Leitung und dann hörte Ani Gretas zarte Stimme. Nachdem Greta die Lage erklärt wurde, hörte man erstmal nichts und dann einen Jubelschrei. Greta wartete schon lange auf den Tag, an dem sie in eine höhere Position versetzt werden sollte. In den zwei Monaten würde sie schon zeigen, was sie kann. »Dann wäre das geklärt. Ani, nimm dir deine Auszeit. Aber für dringende Fragen solltest du für uns erreichbar sein.« Damit endete das Telefonat. Und der Stein, der Ani vom Herzen fiel, war größer, als sie es je für möglich gehalten hätte.

Zurück an ihrem Liegeplatz zückte sie ihr Tagebuch.

Aus dem Tagebuch der Ani R.:

Gedanken rund ums Swingen: Swinger sind tolerante, offene Menschen. Menschen, die mitten im Leben stehen und das Leben in vollen Zügen genießen wollen. Menschen, die lebensfroh sind und Respekt voreinander haben. Menschen, die darüber hinaus offen mit dem Thema Sex umgehen können und vor allem zur eigenen Lust stehen und diese auch ausleben. Und auch ich werde es weiter ausleben. Jan weiß von seinem Glück nichts, aber für die nächsten zwei Monate gehört sein Körper mir. Ich hoffe, er lässt sich darauf ein. Auf ein Spiel. Wir brauchen dazu nichts weiter, als einen Ring. Als Zeichen der Unterwerfung in Gefühle.

***

Ani kramte in ihrer Tasche. Sie suchte einen Zettel. Sie wollte Jan eine Nachricht schreiben, die nichts in ihrem Tagebuch zu suchen hatte. Und dann schrieb sie drauflos. Sie schrieb das, was sie gerade fühlte und in ihrer Seele brannte.

Der Ring – die Unterwerfung in Gefühle

Ich wachte auf, schweißgebadet. Ich griff mir an die linke Hand – wo war er? Wo war mein Fantasieleben, welches mich vergessen lässt? Das mir zeigt, zu wem ich kurzzeitig gehöre, jemand, der mich leitet, der meine tiefsten sexuellen Geheimnisse kennt, der mein Leben bereichert, der ein wahrer Freund ist. Jemanden, den ich sehr mag, den ich im Spiel liebe, den ich aber im Alltag nicht um mich haben will. Der mich

249

fühlen lässt, wie man fühlt. Denn echte Gefühle sind in die Ferne gerückt.

Gefühle: Am Anfang meiner Swinger-Zeit sagte einmal ein Herr: „Ich weiß nicht, was Liebe ist. Ich mag Menschen. Aber ich war noch nie in meinem Leben verliebt. Vielleicht sind Herzen doch nur da, um Blut zu pumpen." Da sagte ich aus Routine: „Oje, das tut mir leid."

Ja, es war die Routine, die aus mir sprach. Denn nach längerem Nachdenken konnte ich diesen Mann so gut verstehen. Ich weiß, dass ich mich in der Jugendzeit leicht verliebte. Aber je länger eine Beziehung ging, umso mehr wollte ich wieder eine Trennung. Aber das passte nicht ins Weltbild. Also biss ich mich durch einige Beziehungen, weil es sich ja so gehört. Dann verliebte ich mich unendlich stark in Lars. Mein Herz flatterte, mir wurde schlecht, wenn ich ihn sah. Aber dieses Gefühl verflog ebenfalls nach einer Weile wieder. Aber wir blieben zusammen und heirateten, ich konnte mir im Alltag keinen besseren Mann für mich vorstellen. Aber war das der Beginn, als meine Gefühle mich verließen und nie wiederkamen? Ich sage zwar auf ein „Ich liebe dich" „Ich dich auch", aber für mich sind es Worte. Worte, die schon stimmen, die ich aber nicht fühlen oder greifen kann, wie andere es tun.

*Bin ich aromantisch? Ein Mensch, für den die Liebe bzw. das Wort Liebe keinen Sinn macht? Das würde ich mit einem Nein beantworten. Trotzdem möchte ich es im Spiel wieder **fühlen** dürfen. Denn Aromantik ist eine emotionale Orientierung, die nichts mit der Sexualität zu tun hat. Das, was ich einst fühlte, aber nun nicht mehr in der Lage bin, zu fühlen.*

Und was ist eigentlich Liebe? Diese Erklärung habe ich letztens gelesen:

Liebe ist kein höherer Geisteszustand oder ein Gefühl, sondern eine Sucht nach dem Glückshormon Dopamin. Der Hormonrausch kann ähnliche neurochemische Veränderungen im Gehirn bewirken wie Kokain. Romantische Liebe ist also eine Droge, und Dopamin ihr mächtiges Stimulans.

Sehr nüchtern betrachtet, oder? Eine Droge... aber ich will nie in die Abhängigkeit davon fallen. Und wenn dann nur für einen bestimmten Zeitraum. Der unbedingt begrenzt gehört! Ich will gefallen, ich will sexy sein, ich will, dass man mir hinterherguckt, mich geil findet, mich will, mich begehrt. Es macht mich an, wenn ich jemanden anmache. Und es macht mich an, wenn man mich liebt, wenn man mich im Spiel liebt. Und wenn man mich im Alltag mit dem Thema in Ruhe lässt. Wie in einem Doppelleben, nicht mit Schizophrenie zu vergleichen, wobei lustigerweise ein übermäßig hoher Dopamin-Spiegel in bestimmten Hirnarealen mit den Symptomen der Schizophrenie in Verbindung gebracht wird.

Zurück zum Thema... zum Ring...

Ich gehöre ihm, er gehört mir. Er darf mich benutzen, aber ich benutze auch ihn. Und zwar so, wie es mir gefällt. Und wenn er mich in die Knie zwingt, dann folge ich dem mit Stolz. Weil ich es genauso will. Dominanz heißt nicht, eine Frau auf die Knie zu zwingen, sondern in ihr das Verlangen zu wecken, auf die Knie gehen zu dürfen. Verlangen... ja, ich habe großes Verlangen. Nach dem Schauspiel, der Dominanz, der Illusion der Liebe, in einem anderen Leben sein zu dürfen. In einer Fantasiewelt. Und trotzdem immer drauf bedacht, nie komplett die Kontrolle zu verlieren.

„Lieb mich, wenn wir zusammen sind. Und lass wieder los, wenn die Zeit endet."

Sobald der Ring auf dem Finger sitzt, begebe ich mich in dieses Spiel. Es ist ein Zeichen des Vertrauens, der Ehre, Teil eines solchen Spiels sein zu dürfen. Es löst in mir sehr viel aus, angefangen von einem Lächeln und dem Gefühl, genau jetzt loslassen zu dürfen. Loslassen von den Problemen, die mich im Alltag begleiten. Und wenn ich den Ring ansehe, dann erinnert mich das daran. Dass ich loslassen darf. Dass ich lieben darf, dass ich knien darf. Dass ich mich kurzzeitig in das Gefühl der Liebe unterwerfen darf. Warum ich beides so verknüpfe, weiß ich nicht. Ich weiß nur, dass ich einfach aus dem Alltag fliehen möchte, und zwar so für mich sichtbar, dass ich daran erinnert werde, dass es gerade ok ist, dies zu tun. Ohne dass sich echte Gefühle, die falschen Gefühle, auftun. Ich möchte träumen, möchte die Realität vergessen, möchte abtauchen in eine andere Welt. Und ich weiß, dass ich wieder geweckt werde um wieder in das alltägliche Leben zu gehen. Aber bis dahin möchte ich spielen... denn das ist etwas, was ich wahrlich liebe!

Und Jan, wenn ich dir im Spiel ins Ohr ein „Ich liebe dich" hauche, dann ist das WIRKLICH nur im Spiel. Und nun Schluss damit, aber die Eckpunkte sind nun hoffentlich geklärt. Ich mag Nähe genauso wie du und ich mag es, in einem anderen Leben sein zu dürfen. So sei es und ich wäre glücklich, dies mit dir ausleben zu können. Und wenn nicht, machen wir weiter wie bisher, ganz einfach. Ob zu zweit, viert, sechst... egal. Hauptsache wir sind in jeder Konstellation irgendwie ein Team. Ansonsten macht jeder das, worauf er Bock hat. Pass bei unseren Treffen auf mich auf. Wenn wir uns sehen, ich bin dein, du bist mein. Ich werde immer ehrlich zu dir sein, sei du es bitte auch zu mir. Ich werde mit dir keine echte Beziehung eingehen, darauf kannst du dich verlassen. Trotzdem: Nimm meine Hand, behandele mich wie deine Partnerin. Es wird immer auf Zeit sein.

Ich schalte nun wieder auf Männer-Modus: Ich will ficken, aber mir tut die Pussy immer noch weh...

***

Ani las sich ihre Gedanken einige Male durch. Es traf fast das, was sie gerade fühlte.

Jan stand bereits geraume Zeit an der Bar des Wellnessbereichs. Unter seinem Bademantel trug er einen Hauch von Nichts. In der Vergangenheit ließ er oft bewusst die Unterwäsche bei einem Date weg, denn er hatte die Erfahrung gemacht, dass es gut bei den Damen ankam, wenn sie sahen, dass er unter seiner Hose nichts trug. Diese Taktik brauchte er bei Ani nicht mehr anwenden. Er wusste nicht, wie es um ihn geschah, aber er hatte das Verlangen, sehr viel mit ihr zu erleben. Er beobachtete sie schon eine ganze Weile, wie sie ruhig dalag, mit einem Zettel in der Hand, auf dem sie irgendetwas aufschrieb. Jan ertappte sich dabei, wie er ihr lockiges rot-braunes Haar anstarrte. Mit jedem Atemzug bewegte sich ihr Haar ein wenig. »Herr Kobas, in fünfzehn Minuten ist der Massageraum für Sie und Ihre Begleitung frei. Die von Ihnen bestellte Masseurin ist soeben im Foyer eingetroffen.« Jan nickte dem Mitarbeiter des Wellnessbereiches zu, der über beide Ohren grinste, denn er wusste, dass es sich um eine Massage der besonderen Art handelte. Das Hotel selbst bot eine solche Leistung nicht an. Aber den Massageraum für eigene Zwecke anzumieten war ein leichtes Spiel. Denn Geld gewinnt so häufig. Er wollte Ani mit dieser ganz speziellen Massage überraschen. Es würde beiden guttun. Jan bestellte sich einen Whiskey und für Ani einen Dry Martini mit zwei Oliven. Mit beiden Gläsern in der Hand ging er zu Ani und setzte sich neben sie. Sie zuckte zusammen, da sie immer noch ihr Geschriebenes offen in der Hand hielt. »Für dich«, sagte Jan, als er Ani ihr Glas reichte. »Danke.« Sie faltete den Zettel sorgfältig und gab ihn Jan. »Für dich.« Jan hinterfragte es nicht, er würde ihr Geschriebenes später lesen. Denn jetzt sollte es erst einmal in den Massageraum gehen. Er nahm ihre Hand, hauchte ein »Komm mit, aber vergiss dein Glas nicht« in ihre Richtung und zog sie hoch. Gemeinsam gingen sie in das 1. Obergeschoss des Wellnessbereichs. Auf der letzten Treppenstufe angekommen stieg Ani der Duft von Lavendelöl in die Nase. Sie mochte diesen Geruch sehr, er übte eine beruhigende Wirkung auf sie aus. Auch Jan roch häufig leicht danach.

Ani sah sich um. Im Wartebereich vor den Massageräumen 1 und 2 saß ein Mann, der in einer Zeitschrift blätterte. Die Räume waren belegt, zumindest waren die Türen der Räume geschlossen. Lediglich die Tür des Massageraums 3 war angelehnt und davor wartete eine kleine Frau. Haut und Haar waren dunkel und mit einem spanischen Akzent begrüßte sie Ani und Jan. »Was für schöne Paar«, sagte sie in gebrochenem Deutsch. »Ich bin Nora, ich euch massieren werde. Bitte erstmal duschen gehen, überall sauber werden.« Ani staunte nicht schlecht. Wortlos folgte sie Jan in die Dusche, beide wuschen sich gründlich und dann folgten sie Nora in den Massageraum. Dort stand keine – wie Ani es erwartet hätte – typische Massageliege, sondern eine große Matratze lag auf dem Boden. Auf einem kleinen Tisch neben der Tür stand Wasser und auf dem Stuhl daneben lag ordentlich gestapelt die Kleidung von Jan. Er hatte die Mitarbeiter gebeten, seine Sachen dort hinzulegen. Auch die Kleidung von Ani lag auf dem zweiten, gegenüberstehenden Stuhl.

Jan war begeistert, dass die Hotelmitarbeiter diesen Raum so schnell so gut umgestaltet hatten. Dies schrie nach einem Extrahonorar für die Trinkgeldkasse. »Bitte hinlegen, auf Bauch«, sagte Nora. Sie schloss die Tür und drehte den Schlüssel im Schloss um. »Bikini weg«, fügte sie noch hinzu, als Ani ihren Bademantel ablegte. Auf der Matratze lag ein großes, frisches Handtuch, neben der Matratze stand eine Flasche mit Öl. Die beiden legten sich nackt auf den Bauch. »Jetzt heißt es genießen«, flüsterte Jan. Eine wohlige Musik erfüllte den Raum. Aus dem Augenwinkel sah Ani, wie Nora sich auszog. Sie setzte sich nackt zwischen die beiden, nahm das Öl zur Hand und rieb beide Rücken damit ein. Ganz leicht begann Nora, Ani zu massieren. Dann Jan. Immer im Wechsel. Ani genoss die sanften Berührungen von Nora. Nora ließ von Ani ab und ein sachtes Stöhnen war zu hören. Es war Jan. »Deine Frau ruhig gucken kann.« Ani schaute nach rechts. Mit vollem Körper rieb sich Nora an Jan. Sie rieb ihre Brüste an Jans Arsch und glitt hoch bis zu den Schultern. Dann wieder runter. »Sie ist so weich und ich steinhart«, flüsterte Jan erregt. Und Nora hörte nicht auf…

Aus dem Tagebuch der Ani R.:

Eine Stunde, in der wir uns völlig vergaßen. Nora entführte uns in die Welt voll sanfter Erotik. Ja, es muss nicht immer hart und extrem sein. Aber ich möchte auf das Extreme trotzdem nicht mehr verzichten.

Aber zuzusehen, wie Jan von dieser rassigen Frau verwöhnt wurde war für mich ein Augenschmaus. Sie ölte ihn ein, massierte geduldig seinen Rücken, glitt auf ihm hoch und runter, wiederholte dieses auch auf mir, massierte mich. Ihre Hände waren warm und sanft. Was durfte man wohl alles mit ihr anstellen? Leicht strich ich ihr über Arm und Brüste, sie ließ es zu. Küssen ließ sie nicht zu. Aber ansonsten waren kaum Grenzen gesetzt. Sie verschwand zwischen Jans Beinen, hob sein Becken an und meinte: „Oh mach ich gerne lecken zwischen Pobacken." Und dann verschwand ihre Zunge auch genau dort, wo ich es am wenigsten erwartet hätte. Jan zog mich hart an sich und flüsterte mir mit leiser aber harter Stimme genau drei Wörter in mein Ohr: „Zunge am Arsch." Meine Pussy zuckte bei diesen Worten. Sie klangen wie Feuerwerk im Ohr und mein Körper sprang darauf sofort an. Ich glitt mit meinem Kopf nach unten, um mir aus der Nähe anzusehen, was Nora mit Jan machte. „Ganz sauber, schmeckt nach Haut", sagte sie. Während Nora es aussprach, merkte ich, wie Jan mich mit seinen Fingern sanft zwischen meinen Arschbacken streichelte. „Mann mag gerne gucken wenn Frau macht." Ich verstand diesen Satz erst, als Nora sich von Jan abwand, rechts an mir vorbeiglitt und ich anstatt Jans Fingern eine warme Zunge an meinem Arsch spürte. Ein Blick über meine Schulter verriet es mir: Jan starrte wie besessen auf meinen Arsch, an dem Nora zugange war. Sein Schwanz zuckte, sein Lusttropfen tropfte auf seinen Bauch. Unterhalb seines Bauchnabels bildete sich ein klitzekleiner See, den ich ableckte. Um danach seinen Schwanz in den Mund zu nehmen. Jan dehnte dabei ihre Pussy, ihre Beine hatte sie schön weit gespreizt. Es dauerte nicht sehr lange, bis seine gesamte Hand in ihrer Pussy verschwand. Sie stöhnte, ich blies schneller, zog sie dazu, damit wir abwechselnd den Schwanz blasen konnten. „Faust guuuut", keuchte sie. Und dann...

***

...holte sie ein Klingelton zurück in die Realität. Nora ließ von Jan ab. »Stunde ist um, nun ihr könnt alleine weitermachen, ich nun gehen duschen und dann fort.« Nora stand auf, Jans Faust glitt genauso schnell aus ihr raus wie sie reingeglitten war, griff nach ihren Sachen, verabschiedete sich mit einer Umarmung und verließ den Massageraum. »Ani, der Raum ist den Tag über reserviert für uns. Falls du jedoch lieber…« Weiter kam Jan nicht. Ani stürzte sich auf ihn und küsste ihn hart. Ihre Zunge verschwand ganz in seinem Mund, sie spürte beinahe sein Zäpfchen am Ende des Halses. Er zog sie an sich. Dann zeigte er in Richtung Wand. Wer vögeln will, braucht nicht viele Worte. Ani stand auf und tat einfach intuitiv das, was sie meinte, das Jan von ihr wollte. Sie stützte sich mit den Händen an die Wand, ihren Arsch streckte sie dabei in Jans Richtung. Sie wollte gevögelt werden, hart, schnell, sie war von der Massage so heiß, dass es sich in ihrem Kopf anfühlte, als würde sie alles vergessen. Und das wollte sie. Sie wollte den Alltag vergessen, sie wollte, dass Jan mit ihr macht, was er will. Grob, lieb, was auch immer. Sie wollte das Gefühl abschütteln, eine brave Hausfrau zu sein, auch wenn sie das gewiss nicht mehr war.

Sie spürte den harten Schwanz von Jan an ihrem Arsch. Er packte sie an den Hüften, zog sie weiter an sich heran. Jans Hand griff ihr in den Schritt. Ani war klitschnass, so erregt war sie. Man hörte ein leises Stöhnen und dann stieß Jan hart zu. Sein Schwanz verschwand mit einem Stoß vollends in Anis nasser Pussy. Es dauerte nicht lange und sie kam durch die heftigen Stöße von ihm. »Eins«, murmelte sie. Dann zog Jan sie zurück auf die Matratze, packte sie wieder im Doggy-Style, fickte hart drauflos… »Zwei.« Sie vögelten weiter, er drückte ihren Kopf auf die Matratze und schlug ihr beim Stoßen so hart auf den Arsch, dass sein Handabdruck sofort zu sehen war. »Drei.« Ani wimmerte leicht, Jan sollte einfach weitermachen, sie weiter ficken, ja, er sollte sie zerficken, sie wollte, dass sie noch tagelang merkt, dass sie so hart gefickt wurde. Nach gefühlt endloser Vögelei, in dem irgendwann »Fünfzehn« fiel, stoppten beide. Jan stand auf, nahm sich die auf dem kleinen Tisch stehende Wasserflasche und leerte sie zügig. Ani sah, wie verschwitzt er war, kleine Schweißtropfen liefen seinen Nacken und Rücken hinunter. »Schon so kaputt? Das kenn ich ja gar nicht von dir«, neckte sie ihn. Er sah sie strafend an, sagte kein Wort, stellte die Wasserflasche zurück, griff nach seiner Jeans, die auf dem Stuhl lag und zog den Gürtel aus seiner Hose. Bereits das Geräusch, als Jan den Gürtel aus den Schlaufen zog, ließ Ani einen Schauer über den Rücken laufen. Ihr Körper spannte sich dabei erregt an, beinahe verkrampfte sie dabei. »Zähl jeden einzelnen Schlag, hörst du?« Ani grinste, ohne dass er es sah. Sie konnte es kaum erwarten, dass er endlich zuschlug! Sie hob ihr Becken noch höher in die Luft, damit ihr Arsch schön straff nach hinten gestreckt war. Und dann schlug Jan zu. Ani schrie: »Eins.« Pause. »Zwei.« Pause. »Drei.« Ihre Stimme klang ein wenig gequält, es tat weh, ja, aber es tat mehr gut als weh. »Zähl weiter.« Seine Stimme klang männlich bedrohlich. Ani wusste, dass er ihr nichts täte. Sie vertraute ihm komplett. »Vier.« Pause. »Fünf.« Pause. »Braves Mädchen, ab jetzt wird es mehr wehtun, ich schlage nun mit der glatten Seite des Gürtels.«

Ani zählte noch weitere fünf Schläge. Diese taten ihr eindeutig mehr weh als die ersten fünf Schläge. Dann legte Jan den Gürtel beiseite, küsste zärtlich Anis Nacken und fickte sie erneut hart von hinten in ihre triefend nasse Fotze.

Aus dem Tagebuch der Ani R.:

Was macht Schmerz mit mir? So richtig geil macht mich das einfache Schlagen nicht. Ich genieße es total, aber dass ich voll geil werde, also so richtig: Nein. Ich stehe auf die Gänsehaut, die es auslöst. Ich stehe auf den

Schmerz... ja, ein wenig. Aber auch das macht es nicht aus. Ich liebe die Kombination aus Schmerz und Wohlsein. Es tut mir gut, wenn mich jemand so begehrt, dass er mich schlägt. Es hat eher mit einem inneren Gefühl als mit körperlichem Gefühl zu tun. Ich liebe das Gefühl, begehrt zu werden. Das Gefühl, etwas wert zu sein. Ich liebe Dominanz in Kombination mit Liebhaberei. Wenn jemand genau weiß, was er will, wenn jemand weiß, wie er mir hart den Alltag aus dem Kopf schlägt und fickt, aber dennoch weiß, dass auch meine Seele Streicheleinheiten braucht. Oder mein Körper, wenn er geschlagen wurde. Begehren... ja, es ist das Gefühl, begehrt zu werden. Und das nicht von einem sanften, devoten Mann, sondern von einem sanften, dominanten Mann. Ich trage jeden blauen Fleck mit Stolz. Es erfüllt mich mit Stolz, wenn ich jemandem so sehr gefalle. Ich spürte den Druck des Schlagens noch Tage später. Jede Bewegung, die ich machte und die mich diesen Druck spüren ließ, ließ mich lächeln. Es machte mich glücklich! Es macht glücklich, ein böses Mädchen gewesen zu sein und keiner aus der normalen Außenwelt ahnt davon etwas. Und ich lächle auch, wenn ich die Male noch Tage später sehe, nicht nur, wenn ich sie spüre. Es ist unbeschreiblich schön. Als würde man Schmuck tragen...

***

Es vergingen 45 Minuten, in denen er sie drehte und wendete, wie er sie brauchte. Am Ende rutschte Jan aus Ani raus, drehte sie kniend vor sich und Ani dachte sich, warum eigentlich nicht Handjob? So legte sie los. Zwischen Blasen und Wichsen wechselte sie hin und her und beobachtete Jans Reaktionen. »Nur noch wichsen«, keuchte er dann. Somit wichste Ani, leckte trotzdem über seine Eichel, machte bereitwillig den Mund auf, stöhnte, um ihn anzuheizen und versuchte so zu wichsen, wie er es bei sich selber tat. Mit Erfolg, seine Beine zitterten, seine Oberschenkel spannten sich extrem an, er warf seinen Kopf zurück, sein Kiefer spannte sich an. Mit einem Lauten »Oh ja, ich komme« drückte er ihren Mund auf seinen Schwanz und spritzte ihr in den Mund. Und Ani schluckte es. Er strich ihr sanft über ihr Gesicht, sie schloss ihre Augen und genoss seine Berührungen. Ihre Pobacken brannten, sie merkte deutlich die Schläge, die Jan ihr zugefügt hatte. Ein Blick nach hinten verriet ihr, dass ihr Arsch eine dunkelrote Färbung angenommen hatte. Und diese Färbung zauberte ein Lächeln auf ihr Gesicht. »Wie eine Markierung«, dachte sie. Und stellte dabei fest, dass sie sich gern von ihm markieren ließ. Aber auch, dass sie nie vollends devot sein würde.

»Komm, wir gehen duschen. Lass uns danach ein wenig in einer Sauna entspannen.« Ani nickte. »Was ist mit unserer Kleidung?« »Kümmert sich ein Hotelmitarbeiter drum«, sagte Jan kurz und knapp.

Die beiden gingen duschen, schlüpften in ihre Bademäntel und gingen langsam Richtung Sauna. Jan steuerte direkt auf die Kräutersauna zu. Dort angekommen stellten sie fest, dass in dieser Sauna niemand saß. Sie legten ihre Bademäntel ab, gingen in die Sauna hinein und setzten sich nebeneinander. Es roch wieder nach Lavendel. Ani jedoch interessierte sich nur für Jan. Dieser Mann übte eine unheimliche sexuelle Anziehungskraft auf sie aus. Er wirkte auf sie wie eine Droge. Sie scannte Jan von der Seite her von oben bis unten ab. Dieser Mann erfüllte mit seinem bloßen Sein einen ganzen Raum – in diesem Fall die gesamte Sauna – mit solch unfassbarem Sex-Appeal, dass es ihr fast den Atem raubte. Sie legte ihre Beine auf seinen Schoß und hauchte: »Schon mal Sex in einer Sauna gehabt?«

Er verneinte dies, er habe es wohl mal probiert, aber da macht doch schnell der Kreislauf schlapp. Dann sah er Ani durchdringlich an. »Schon mal in der Sauna geleckt worden?« Ani schüttelte den Kopf. »Leg dich hin.«

Sie tat es und Jan verschwand mit seinem Kopf zwischen ihren Beinen. Wieder stöhnte Ani auf, griff nach der Sitzfläche über ihr, krallte sich darin fest, sie war auf einen Schlag höchst erregt. Ihr Becken drückte sich seiner kreisenden Zunge entgegen, sie war voller Verlangen nach ihm, nach seinem Körper, seinen Lippen und vor allem seinen Händen. Die rechte Hand kam auch direkt zum Einsatz. Zwei seiner Finger glitten in Ani und brachten sie mehrfach zum Spritzen. Sie ließ es einfach zu, vergaß komplett, dass die beiden in einem öffentlichen Bereich saßen. Es störte niemand, in dieser kleinen Sauna gab es nur Ani und Jan – und den Duft von Lavendel, ihres Squirts gepaart mit dem Atem von Sex. Ihr wurde ganz schwindelig. Jan stand auf, reichte ihr seine Hand und zog sie aus der Sauna raus in Richtung Duschbereich. Sie kniete sich vor Jan. »Lass meinen Schwanz in deinem Mund wachsen.« Ohne Widerworte nahm Ani den schlaffen Schwanz in den Mund und ließ ihn – wie befohlen – in ihrem Mund wachsen. Sein Schwanz war in kürzester Zeit hart. »Stopp«, flüsterte er. »Da kommen Leute.«

Ani sprang auf, die beiden duschten sich ab, gingen ohne weitere sexuelle Ambitionen in zwei Saunen, ließen es sich gut gehen und genossen die Ruhe. Keiner von ihnen sagte auch nur ein Wort. »Lass uns auf unser Zimmer gehen, Ani. Ich glaube, dir gefällt, was dort auf uns wartet.« Sie zog ihre Augenbraue hoch. »Na dann, ab aufs Zimmer…«

10. Überraschung

»Bitte vertrau mir«, sagte Jan, als er der nackten Ani die Augenbinde umlegte. Dann führte er sie zum Bett. »Setz dich hin. Falls du etwas nicht möchtest, dann verwende ein Safeword. Unseres lautet »Paris«. Und wenn du irgendwann das Gefühl hast, du möchtest es sanft zu Ende bringen lassen, dann tippe einfach auf dein Handgelenk. Dann werde ich dafür sorgen, dass es endet. Und nun genieße.« So saß Ani mit verbundenen Augen auf dem Bett im Hotelzimmer und wartete. Ihr Puls raste, ihre Hände zitterten. Sie wusste nicht, was kommen würde. All ihre verbliebenen Sinne waren geschärft. Sie hörte eine Fliege summen und die Blumen, die auf der Fensterbank standen, roch sie um ein Vielfaches intensiver. Dann hörte sie Schritte auf dem Flur, die vor der Zimmertür stoppten. Jan öffnete die Tür. Der Raum füllte sich mit dem Duft von Mann. Verschiedene Düfte nahm Ani wahr. Einen davon kannte sie, es war der von Jan. Er trug am liebsten Eau de Toilette, welches im Akkord herb männlich roch, davor jedoch ein wenig nach Basilikum und Lavendel. Dieser Geruch faszinierte und beruhigte sie.

Den anderen Duft konnte sie nicht zuordnen, aber es handelte sich eindeutig um einen zweiten Mann. Er roch holzig-orientalisch, irgendwie nach einer Mischung aus Salbei und Zimt. Sie verfolgte die Schritte der Herren. Die beiden gingen umher, sagten aber kein Wort, beide schienen Ani zu beobachten. Ob ihre Schwänze dabei schon hart wurden? Dieser Gedanke löste ein Zucken ihrer Pussy aus.

Es raschelte, es knisterte, es klopfte. Sie hörte das Geräusch eines sich öffnenden Reißverschlusses. Ani vermutete, dass die Herren die Kleidung fallen ließen. Vor ihrem

Gesicht wurde es warm – jemand kam ihr näher. Dieser Jemand fasste Ani sanft am Kinn, zog es hoch und küsste sie. Diese Lippen gehörten nicht Jan. »Du Schöne«, murmelte der Unbekannte. »Lass dich fallen, wir zwei kümmern uns um dich.« Ani musste lächeln. Und dann genoss sie einfach, was passierte. Der Unbekannte erforschte ihren Körper und blieb schnell mit seiner Zunge zwischen ihren Beinen hängen. Sie streckte ihm ihren Unterleib entgegen. Dann streckte sie ihre Hand aus – sie suchte Jans Nähe. Und erst, als sie seine Hand an ihrer Hand spürte, konnte sie sich komplett fallen lassen.

Aus dem Tagebuch der Ani R.:

Es war ein wunderbares Gefühl. Ich konnte in diesem Spiel irgendwann nicht mehr einordnen, welche Hand mich gerade berührte. Da waren Hände, die über meinen Rücken kratzten. Hände, die zeitgleich mein Gesicht umfassten. Hände an meinen Brüsten, Hände zwischen meinen Beinen. Ich fiel in Trance, ich schaltete ab und ließ mich fallen. Die beiden Herren waren vorerst sanft. Und dann wurde es härter. Ich hörte, wie jemand eine Kondompackung aufriss. Als dann ein Schwanz von hinten in meine Pussy eindrang, stöhnte ich auf. Es war der Unbekannte, sein Schwanz war ein wenig dünner als der von Jan. Aber er fickte mich gut. Jan umschloss mein Gesicht, küsste mich und strich mir durchs Haar, während ich weiter von hinten gevögelt wurde. „Ich würde gleich gern was versuchen, Ani. Bleib einfach locker." Ich nickte, sagte kein Wort, ich wollte nicht reden. Wie auch immer die beiden sich dann positionierten, plötzlich merkte ich, wie jemand meinen Arsch mit Gleitgel einrieb und mich dann dehnte. Ganz sanft. Der Unbekannte legte sich unter *mich und drang in meine Pussy ein. Jans Hand berührte behutsam meinen Arsch. Und dann glitt er leicht und einfach hinein.*

Man nennt es Sandwich. Zwei Schwänze stießen immer wieder zu. Ich schrie dabei, es fühlte sich unbeschreiblich an! Jan kratzte dabei über meinen Rücken, raues Stöhnen der Männer drang in meine Ohren und ich kam so oft zum Höhepunkt. Am Ende zählte ich über 30 Orgasmen.

***

Jan genoss es, dass Ani immer wieder laut aufheulte, wenn sie kam. Und das machte ihn noch mehr an. Das Wissen, dass sie es gut fand, was er tat und sie so offen für alles war, machte ihn glücklich. Nach einer Zeit nahm er wahr, dass sie ganz zittrig auf ihr Handgelenk tippte. Zeit für ein Ende. »Spritz ab«, raunte er dem Mitspieler zu. Dieser nickte, zog seinen Schwanz aus Anis Pussy und spritzte mit einem lauten Grunzer seinen Saft in das Kondom. Die Männer nickten sich zu. Jan deutete mit dem Kopf Richtung Zimmertür. Und ohne ein weiteres Wort zu sprechen griff der Herr nach seiner Kleidung, zog sich an und ging seines Weges.

Anis Körper bebte. Sie rollte sich zusammen und Jan nahm sie in den Arm, strich ihr über ihre Arme und verharrte am Ende mit seiner Hand in ihrer. »Ich habe noch eine kleine Überraschung für dich, wenn du noch Lust hast.« Sie schüttelte den Kopf und schlief ein.

Am nächsten Morgen wachte sie in seinen Armen auf. Er war bereits wach und starrte sie an. »Wie war die Erfahrung gestern für dich?« Sie lächelte. »Es war gut, sehr gut.«

11. Der Ring der Unterwerfung

Ani wollte nicht unbedingt dominiert werden. Sie wollte sich unterwerfen, ja, aber auf eine andere Art, als er es gedacht hatte. Und auch in ihm wuchs der Wunsch, dass er sich unter ihrer Hand das eine oder andere Mal einfach fallen lassen dürfte. Über den Tod seiner Frau ist er nie hinweggekommen. Er hatte seitdem keine Träne mehr vergossen, obwohl sein Körper danach schrie, endlich mal loslassen zu können. Er hatte seine Frau so geliebt. Nie wieder wird er so lieben können, das wusste er. Und er würde es auch nicht wollen, denn der Schmerz des Verlustes saß tief, auch wenn es schon Jahre her war. Nach ihrem Tod sehnte er sich nur noch nach kurzfristiger, sexueller Nähe. Das endete, als er sich auf die Affäre mit Sonja einließ, die längere Zeit lief und er mit dieser Frau seine sexuelle Erfüllung hatte. Zumindest fast – sie hatte nicht diesen Charme und Ausprobierfaktor, wie Ani ihn hatte. Er war verrückt nach Ani! Er war froh, dass Sonja durch gewisse Umstände aus seinem Leben verschwand. Sie wollte sich fest binden, ihn ganz für sich haben. Sie war alleinstehend. Er wollte das nicht. Und auch bei Ani wollte er das nicht. Aber das Spiel mit den Gefühlen auf Zeit gefiel ihm. Der Brief von Ani lag auf seinem Schoß, er hatte ihn mehrere Male gelesen. Ihm gefiel ihre Vorstellung. Zu lieben, wenn man beieinander ist und loszulassen, wenn diese Zeit endet. Beim erneuten Lesen ihres Briefes drehte er in seiner rechten Hand den Ring, den er inzwischen für Ani besorgt hatte. Er hoffte, dass der Ring passt. Es war ein Edelstahlring, eine Seite in schwarz und die andere in silber gehalten, wobei der silberne Streifen dünner als der schwarze war. Irgendwie wirkte der Ring schlicht und doch auffällig. Ani war nicht schlicht, aber er fand, dass der Ring dennoch perfekt zu ihr passte. Nun war es an ihm, ihr zu zeigen, dass er sich auf dieses Spiel einlassen würde. Er schrieb ihr eine Nachricht: »Wir sind weder fest noch lose, nicht aneinandergebunden und dennoch verbunden. Siehst du das genauso? Dann lade ich dich heute Abend in mein Hotel ein. Ich würde mich freuen, wenn du herkommen würdest.«

Als das Handy von Ani vibrierte und sie die Nachricht von Jan las, konnte sie sich ein Grinsen nicht verkneifen. Und am Abend machte sie sich auf den Weg zu ihm…

Aus dem Tagebuch der Ani R.:

Wir knieten voreinander auf dem Boden des Hotelzimmers. Stirn an Stirn, ich sog seinen unverwechselbaren guten Duft ein. Er roch nach ihm, nach Leidenschaft, nach allem, was ich brauchte. Und dann begann er zu sprechen. „Ich will, dass du in der Zeit, in der wir zusammen sind, mir gehörst. Genauso will ich dir gehören. Ich will dich benutzen, du sollst mich benutzen. Ich will, dass wir alle Hemmungen fallen lassen, ich will, dass wir dreckig sind, dass wir ausleben, was wir ausleben wollen. Ich will dich lieben…" Mein Atem stockte, diese Worte waren so unfassbar gut gewählt. Diese perfekt gewählten Worte gepaart mit diesem Duft, der ihn umgab, brachten mich um den Verstand. Es war der perfekte Moment, in der perfekten Location mit dem perfekten Geruch. Er holte einen Ring hervor – mit ihm konnte das Spiel beginnen. Ein Spiel, in dem ich mich der Gefühle unterwerfe. In dem ich mich ihm unterwerfen wollte und würde. Ich wollte seins sein. Auf Zeit, ja. Das, was er mir geben kann, geben wird, ist für mich einzigartig. „Willst du mir gehören?" Ich nickte. „Ich will dir gehören. Ich will deins sein."

Er steckte mir den Ring an. „Ich liebe dich", flüsterte er. „Ich dich auch", gab ich zurück. „Das Spiel beginnt", hauchte er weiter. Ich wollte es, ich wollte nichts mehr als das. Ich wollte vergessen, ich wollte fühlen, ich hoffte so sehr, dass er mich einfach so zum Fühlen bringen kann. Es liegt mir fern, mich zu verlieben. Aber ich will, dass es für einen gewissen abgesteckten Zeitrahmen genau das auslöst. In der Zeit, in der ich mit ihm zusammen bin. Ein Schauspiel, ein Erlebnis, etwas, das mir die Last von meinen Schultern nimmt, mich schweben und frei fühlen lässt. Nicht mehr und nicht weniger.

***

Jan zog Ani hoch. »Komm, ich möchte mit dir duschen gehen.« Sie gingen ins Bad. Immer wieder fiel Anis Blick zum Ring. Jan hatte ihn sehr gut gewählt. Er sah perfekt auf ihrem linken Mittelfinger aus, er zierte ihn würdevoll. Im Bad angekommen zogen Ani und Jan sich aus, aber machten vorerst die Dusche nicht an. Jan zog es vor, Ani erst einmal einige Male zum Spritzen zu bringen, um sie im Anschluss daran von hinten zu vögeln. Sie war so feucht und nass vom Spritzen, für sie war es weiterhin unfassbar, welche sexuelle Ausstrahlung und Kraft Jan auf sie ausübte. Jan hielt plötzlich inne. »Warte, ich habe da was vorbereitet. Ich möchte dich vollkommen ausfüllen. Schließ deine Augen, Ani.« Ani tat es, gespannt darauf, was nun kommen mochte. Sie hörte, wie Jan den Wasserhahn an und kurze Zeit später wieder ausmachte. »Bücke dich weit vor, ich möchte deine Pussy von hinten sehen können.« Ani streckte Jan ihren Arsch entgegen. Sie merkte, wie er sanft ihre Schamlippen auseinanderzog. »Wunderschön, deine Pussy ist so wunderschön«, murmelte er. Dann leckte er sie – nein, er versank gierig in ihr. Sie merkte seine Zunge,

267

seine Nase, sein Gesicht. So, als wolle er voll und ganz in ihr verschwinden. Jan genoss es. Er gestand sich selber:»Ja, deine Pussy ist wie ein Fetisch für mich. Gott, was schmeckt sie gut und sieht wahnsinnig toll aus.« Er hielt inne, nahm sich die links von ihm liegende Klistierspritze, die er mit Wasser gefüllt hatte. Dann führte er die dünne Spitze der Spritze in Ani ein, drückte – und füllte so langsam ihre Pussy mit Wasser voll. Ani merkte davon erstmal nichts. Sie wartete gespannt. Und dann baute sich ein unheimlicher Druck in ihr auf. Es fühlte sich an, als sei ihre Blase randvoll, was nicht möglich war. Je mehr Wasser in sie hineingepumpt wurde, desto praller schien ihr Unterleib. Sie kniff die Augen zusammen, biss sich auf ihre Unterlippe und irgendwann entfleuchte ihr ein »Stopp.« Jan hielt inne, zog die Spitze langsam heraus, wichste sich seinen Schwanz hart und drang behutsam in Ani ein. Sie war innerlich vollkommen ausgefüllt und das führte dazu, dass sie unter Jans Stößen problemlos mehrfach kam. »Sieben…« Jan stoppte, drehte Ani um und drückte sie gegen die Fliesen, legte seine Hände leicht um ihren Hals und sah sie auffordernd an. »Schlag mich«, bat sie ihn. Und er holte aus… und schlug ihr mit recht kräftiger Wucht ins Gesicht. Erst links, dann rechts, wieder links, wieder rechts. Dabei hielt er ihren Kopf fest, sie sollte ja kein Schleudertrauma bekommen. »Weiter«, keuchte Ani. Jan sah ihr drohend in die Augen, würgte sie sanft, gab ihr dabei sechs Schläge auf die linke Brust, sechs auf die rechte Brust. Ani zählte mit. Dann drehte er Ani um, schlug ihr abwechselnd auf den Arsch, insgesamt zehn Schläge. Auch da zählte sie mit. Er drehte sie so, wie er sie brauchte und Ani fand das Ganze fantastisch. Zur Belohnung ließ er sie erneut spritzen. Seine Zunge breitete sich tief in ihrem Rachen aus. Er war wild, fordernd, sexy. Einfach er. Dann zog er sie an sich, küsste sie sanft und wichste sich. Ani stellte sich breitbeinig vor ihm auf. »Spritz mir auf den Schwanz«, sagte er gierig, während seine Hand in ihrer Pussy verschwand und es erneut auslöste. Sie tat es. Sie hatte so viel Wasser durch die Klistierspritze in sich, dass es für ein langes nasses Spiel mehr als ausreichte. Er stöhnte auf, drückte sich an die Fliesenwand und Ani ging auf die Knie. Ihre rechte Hand wanderte seinen Damm entlang bis hin zu seinem Arsch. »Warte kurz«, meinte er, nahm sich Gleitgel und schmierte ihre Hände damit ein. Erst versenkte Ani einen Finger in seinem Arsch, nämlich den Mittelfinger. Dann versenkte sie vorsichtig zwei Finger, drückte sie innerlich nach vorne und machte so Alarm, wie er es bei ihr tat, wenn er sie zum Spritzen brachte. Ani hatte offenbar irgendeinen Punkt getroffen, der ihm sehr gefiel, denn seine Augen rollten zurück und er stöhnte so heftig auf, dass sie einfach weitermachen musste. »Oh Gott, sowas habe ich noch nie gefühlt«, presste er hervor. Was Ani wiederum animierte, einfach nicht aufzuhören. Er wichste sich dabei, er stöhnte, er schien völlig auszuflippen. »Ich k…« Weiter kam er nicht, dann spritzte er ab. Sein Körper bebte unter seinem lauten Orgasmus. Als sein Herzschlag wieder den Normalzustand erreicht hatte, zog er Ani an sich, sie duschten sich gemeinsam ab und fanden sich danach im Bett wieder.

»Immer, wenn ich denke, man kann da nicht mehr viel toppen, dann toppt man es mit dir doch«, stellte Jan fest. Ani küsste seine Nasenspitze. »Leg dich auf den Bauch. Ich will vorerst sanft weitermachen.« Ani griff nach dem Kokosöl, welches auf dem Nachttisch bereitstand, ließ es in ihrer Hand warm werden und verteilte es auf Jans oberen Rücken. Dann begann sie, ihn einfach nach Gefühl zu massieren, erst sanft, dann in die Vollen inklusive Ellenbogeneinsatz. Jan gefiel das, er gab zumindest entsprechende Laute von sich. Ani machte weiter, einfach wie es ihr in den Kopf kam. Plötzlich hatte sie den Drang, ihre Aufmerksamkeit zu 100% auf seinen Unterarm zu lenken. Und genau dabei passierte es… sie empfand etwas! Wie Jan so dalag, Augen vorerst geschlossen, seine Adern, die sich auf der rechten Hand und dem Unterarm so schön abzeichneten, die leichte Muskulatur, die einfach ruhig dalag, während sie ihn massierte, der atmende Körper, ganz ruhig bewegte sich Jans Rücken auf und ab. Sie kam immer mehr in Fahrt. Nach der Massage küsste sie seinen Unterarm und arbeitete sich zu seinen Fingern hoch. Einen nach dem anderen nahm sie in den Mund. Beim Küssen sah sie in sein Gesicht, seine Augen waren geöffnet, er beobachtete sie. »Weißt du eigentlich, dass dies hier auch eine Fantasie von mir war?« Sie zog die rechte Augenbraue fragend hoch. »Ich wollte eine richtig gute Massage von einer hübschen Frau bekommen. Und die Massage ist sehr gut, aber ich genieße viel mehr den Anblick von dir. Du siehst so sexy aus. So schön.« Ani senkte ihren Kopf, lächelte und dankte ihm. Dann machte sie einfach weiter. Diese ganzen Gefühle, die sich in ihr breit machten, waren wunderbar. Sie küsste seinen Arm, dann küsste sie vom Arm über Nacken bis hin zu seinem Ohr und flüsterte ihm zu: »Ich liebe dich.« Er sagte nichts, er lag nur da, lächelte und genoss die Worte. »Dreh dich um, Jan, ich möchte an dir riechen.« Er tat es, sie nahm seine beiden Hände in ihre, drückte sie seitlich seines Kopfes in die Matratze und roch. Erst an seinem Hals, dann an seiner Ellenbeuge, weiter zu seiner Achsel. Und da verharrte Ani. Sie sog den Duftmix seiner Haut und Duschgel förmlich in sich auf. Und dann leckte sie ihn in seiner

Achsel. Es schmeckte so gut, nicht schlimm, nicht schweißig oder so. Sehr gut einfach. Er meinte:»Andere würden das abscheulich finden, aber mich macht das total an« und bestätigte Ani damit, dass es für ihn ok war, was sie gerade tat. Sie dachte ganz kurz an Leon, bei ihm hatte sie genau dieses einmal im Ansatz ausprobiert. Es schien ein ungewöhnlicher Fetisch zu sein. Aber was war schon normal und was nicht? Ani wanderte wieder hoch, sie küsste Jan, fasste sein Gesicht intensiv an. Dann legte sie sich platt auf ihn, um jeden Zentimeter ihres Körpers mit seinem zu vereinen. Ohne, dass er sie dabei fickte. Sie lag einfach so auf ihm und genoss seine Wärme.»Es klappt tatsächlich«, stellte er fest.»Was meinst du?«, fragte Ani.»Das Spiel mit den Gefühlen. Lieben ohne zu lieben.« Es war nicht das typische Gefühl der Liebe. Es war anders. Fühlen ohne in echt zu fühlen, lieben ohne in echt lieben zu müssen. Das machte diese Leichtigkeit zwischen ihnen aus. Es ist eine Art von Beziehung – auch wenn es keine echte Beziehung war – die einzigartig und wunderbar passierte und passte. Die aber dem Alltag nicht gefährlich werden konnte.»Lass mich noch etwas bei dir probieren«, sagte er. Ani legte sich auf den Rücken. Jan küsste sie zärtlich am Hals, ihren Oberkörper hinab und verharrte mit seinem Mund zwischen ihren Beinen – um in ihre Pussy zu pusten, so, als würde er in einen Luftballon pusten. Ani japste auf, wieder fühlte sie sich vollkommen ausgefüllt, aber es fühlte sich anders an als noch unter der Dusche. Einige Male pustete Jan sie auf, kam dann wieder zu ihr hoch, küsste sie, versank mit seinem Kopf im Kissen. Dieses Aufpusten hatte er das erste Mal bei seiner Frau probiert. Er wurde bei dem Gedanken an sie wehmütig und Ani merkte, dass etwas nicht stimmte. Jan bebte und das nicht vor Erregung. Sie hinterfragte es nicht.

Aus dem Tagebuch der Ani R.:

Und was dann passierte, kann ich kaum in Worte fassen. Wir kamen uns innerlich so unfassbar nah. Jan weinte. Ich drückte ihn, wortlos, wollte einfach nur für ihn da sein. Ich hinterfragte es nicht, nahm nach einiger Zeit sein Gesicht in meine Hände und stellte nur fest: „Ich liebe dich, Jan!" „Ich liebe dich auch." Ehrliche Worte, vereinbart, sie sagen zu dürfen, wenn wir im Spiel sind. Wenn wir ein Paar spielen. „Schlag mich", sagte er plötzlich. Ich nickte, hinterfragte auch das nicht, hielt seinen Kopf fest und schlug ihm ins Gesicht. Einige Male... Ich schlug nicht doll zu, ich musste mich eh überwinden, dies zu tun. Aber es tat gut. Sowohl mir als auch ihm. Ich drückte ihn dann nach den intensiven Gefühlsregungen und Schlägen auf die Matratze. Ich saß auf ihm, fuhr mit meinen Fingern über seinen Körper, langsam nach oben gleitend, bis hin zu seinem Hals. Und ich weiß nicht, ob sein Schwanz dann in mir steckte, als ich anfing, ihn zu würgen. Nicht fest, nur ganz leicht, einige Male. Dabei leckte ich gierig an seinen Händen, zwischen seinen Fingern und merkte, dass ihn das richtig anheizte. Seine Tränen versiegten. Diese ganze Sache war so unfassbar nahe...

Wir vögelten sowohl innig verschmolzen, liebend als auch dann einfach nur geil. Er fickte mich angestrengt und ich hoffte sehr darauf, dass er in mir kam. „Sag, dass ich in dich spritzen soll", keuchte er. „Bitte spritz in mich, bitte, ich will das, bitte!" Seine Stöße wurden schneller, er zog seinen Schwanz aus mir heraus, wichste sich kurz selber, stieß ihn dann wieder in mich. Ich merkte, wie sein Schwanz so richtig hart und groß wurde. Und wie er zuckte, als er seine gesamte Ladung in mich pumpte. Fast gemeinsam kamen wir zum Höhepunkt.

***

Jan hielt Ani in seinen Armen. Sie war sehr schnell eingeschlafen. Sie hatte es geschafft, ihn zum Weinen zu bringen. Wenn auch nur kurz, aber mit diesem Gedanken schlief auch er ein.

Aus dem Tagebuch der Ani R.:

Ich wurde wach, viel zu früh. Jan schlief ganz ruhig, mit dem Rücken zu mir gedreht. Kurze Zeit später drehte er sich um und rückte an mich ran. Ich spürte seine Hitze. Er zog mich an sich und löffelte mich. Dann kroch ich auf seine Brust, lauschte dem Pochen seines Herzens, fuhr mit der Hand über seinen Oberkörper, hin zu seinem Schwanz… meine Gier nach ihm war riesig groß. Ich konnte nicht genug von ihm kriegen. Ich zog die Decke beiseite, griff nach seinem Schwanz und stürzte mich mit dem Mund auf ihn. Zwischen blasen, wichsen und streicheln hörte ich ihn nur raunen: „Du bist der Wahnsinn!" Ich lächelte – tut schon gut, sowas zu hören. Ich ließ nicht von ihm ab, machte einfach weiter, rotzte auf seinen harten Schwanz, verschlang ihn gierig, immer bis zum Würgereiz. Seine linke Hand lag auf seinem Handy und ich ahnte, was er da gleich tun würde. Und freute mich tatsächlich darauf. Seine Beine zuckten, er rieb die Fußsohlen aneinander, konnte sein Zucken nicht steuern und wollte es vermutlich auch nicht steuern. Er startete einen Porno und ich grinste übers ganze Gesicht. „Ich will deine Pussy", stöhnte er. Wortlos richtete ich mich auf, setzte mich über ihn, griff wieder nach seinem Schwanz und setzte mich auf ihn. Jan zog mich an sich und ich gab die Führung an ihn ab. Er fickte mich hart, härter, schneller. Mein Gehirn war aus, ich konzentrierte mich voll und ganz auf seine Stöße, machte zwischendurch im Takt mit, schrie ihm ins Ohr, kam zwei oder drei Mal bis er in mein Ohr raunte: „Leg dich auf den Rücken." Ich fiel wortlos nach hinten, er war plötzlich über mir, links von mir lief der Porno, mein Kopf wurde genauso gefickt wie ich gerade. Ich sah nicht zu Jan, sein Gesicht war mir in diesem Moment egal. Ich war mir sicher, dass er gierig guckte, voller Verlangen und in absoluter Ekstase. Mein Blick war starr auf das Handy gerichtet, wo die Dame gerade von drei weiteren Herren gefickt wurde. Einer nahm sie von hinten, dem anderen blies sie gerade einen und der Dritte – ich glaube, der stand daneben und holte sich bei dem Anblick einen runter. Würde ich genauso machen, wenn ich ein Kerl wäre. Jan zog seinen Schwanz aus mir heraus, baute sich über mir auf – so wie er es tat, wenn er sich selber seiner Ekstase ein Ende schaffen wollte. Ich lag in mich gekrümmt vor ihm, sah genau dabei zu, wie er seinen Schwanz bearbeitete, sich mal schnell und mal langsam wichste, aufhörte, weitermachte. Ich wusste bereits genau, wie er wichst. Was welcher Muskel tut, wie welcher Muskel zuckt, wie sich seine Füße verkrampfen, wie sich sein Atem ändert, wie sein Schwanz dabei anfängt zu schäumen, wie sich seine Bewegung kurz vorm Kommen ändert, wie sich sein Gesicht ändert. Es sah so aus, als wäre er fassungslos. Wie seine Augen starrten, vor Geilheit starr auf mich oder auf das Handy gerichtet. Diese ganzen Kleinigkeiten erfüllten mich mit Stolz...

Und dann kam er und ließ den warmen, klebrigen Saft über mein Gesicht laufen. „Guten Morgen." Ich lachte. Ja, der Tag konnte starten.

***

Ani war wund. Sie konnte sich nicht helfen – sie wollte ihrer Pussy ein Kamillenbad gönnen. Als sie in der Badewanne lag, signalisierte ihr Körper ganz klar, dass er eine Pause bräuchte. Ihre Libido war dagegen. Und so fingen die beiden an zu streiten.

Nach dem Bad cremte Ani ihre Pussy mit Heilsalbe ein. Jan hatte die Augen offen, als sie wieder zu ihm ins Bett huschte.»Du hast gebadet?«, fragte er. Sie nickte.»Ja, ich bin ziemlich wund. Ich denke, ich brauche doch mal zwei Tage Pause.« Sieg für den Körper, dachte die Libido. Jan nickte, zog sie an sich. Sie schmiegte sich kurz an ihn, nahm den Ring ab, gab ihn Jan und sagte:»Ich bin dann mal weg. Wir schreiben.«

12. Zeit

Ja, sie verging wie im Flug. Ani erlebte so viel, sie tobte sich zusammen mit Jan aus. Sie hatten Sex zu zweit, zu dritt, zu viert. In etlichen Variationen, mit unglaublichen multiplen Orgasmen und viel Herz dabei. Das Herz, welches jedes Mal wieder höherschlug, wenn Jan ihr den Ring aufsetzte. Und welches wieder normal schlug, sobald sich ihre Wege trennten. Ani liebte dieses Spiel genauso wie Jan. Sie spielen sanft, hart, dominant, devot. Eine solche facettenreiche Affäre hätte Ani niemals erwartet. Mit der Zeit wurde Jan ein echter Freund für sie. Und auch er nahm Ani als echte Freundin an. Sie waren sich ähnlich, sie waren sich einig. Es war perfekt! Der perfekte Ausgleich. Auch wenn sie ihren

Urlaub damit verbringen wollte, sich vom Alltag zu entfernen und in der Fantasiewelt zu leben, so schlich sich ein Alltag zwischendurch trotzdem ein. Aber auch das war gut so, es machte sie nicht traurig, diese Kombination machte sie vor allem glücklich. Jan und Ani wurden immer hemmungsloser. Sie planten die nächsten Dates, sie waren geil und inzwischen so verbunden und eingespielt als Team, dass jedes Date ein Erfolg für alle wurde. Nicht alle Erlebnisse schrieb sie in ihr Tagebuch. Sie schrieb nur noch die außergewöhnlichsten Erfahrungen auf und erzählte dies auch Jan. Jan fand es beeindruckend, dass Ani dies tat. Sie erzählte ihm den Hintergrund, nämlich den, dass sie es in erster Linie für Lars niederschrieb, dass Lars ihr dieses Tagebuch geschenkt hatte und ihr damit den Start in ihre sexuelle Zufriedenheit gab. »Du hast einen tollen Mann, Ani, wirklich«, sagte Jan. »Ich weiß, aber inzwischen habe ich nicht nur Lars, sondern auch dich.« Sie schmiegte sich an Jan. Dabei wurde es ihr schwer im Magen, als wenn sich darin etwas ausbreiten würde. Es war anders, als es bei Lars der Fall war. Sie konnte das Gefühl nicht greifen, wusste nicht, wie es um sie geschah. Jan sah ihr tief in die Augen und strich ihr sanft eine Haarsträhne aus dem Gesicht. Sie schob das Gefühl beiseite, sie schüttelte ihren Kopf, als ob sich damit ihre Gedanken neu ordnen würden. Als ob man so das Gefühl, sich in jemanden zu verlieren, einfach wegschütteln könnte. Jan wirkte inzwischen wie eine starke Droge auf sie. Und Ani war sich nicht sicher, ob sie nun süchtig nach dem Glückshormon Dopamin war oder süchtig nach Jan, weil Jan der Inbegriff dieses Hormons für sie war und sie langsam aber sicher in die Abhängigkeit glitt. Genau das wollte sie nicht. Also schüttelte sie erneut kurz und heftig ihren Kopf und lenkte ihre Gedanken in eine andere Richtung. »Sobald Lars wieder da ist, trete ich etwas kürzer«, sagte sie. »Wir sollten uns unbedingt noch treffen, aber so intensiv, wie es derzeit der Fall ist, ist dann nicht mehr möglich.« Ani versetzte sich mit diesen Worten selber einen Schlag, der sich in ihrem Bauchraum breit machte. Aber sie unterdrückte es so gut es ging.

Jan nickte. Er sprach nicht aus, wie sehr ihn dieser Gedanke traf. Langsam aber sicher schlichen sich echte Gefühle ein. Er schüttelte diese Gefühle ab und dann, ganz behutsam und aus dem Nichts, verschwand seine Hand unter ihrem Rock und seine Finger umkreisten ihren Kitzler lange und sanft, bis sie einige Male kam.

13. Rot

Das letzte Treffen mit Jan lag eine Woche zurück. Anis Urlaub neigte sich dem Ende zu. Sie wusste nicht, ob sie das gut oder schlecht finden sollte. Sie genoss diese hemmungslose Zeit mit Jan unheimlich. Sie genoss es, dass die beiden eins waren, sobald der Ring auf ihrem Finger saß. Sie genoss es, sich immer wieder ohne Furcht fallen lassen zu dürfen, wann immer ihr danach war. Wann immer ihm danach war. Sie benutzten und liebten sich im Wechsel, solange sie miteinander spielten. Und keiner von beiden sprach aus, dass das Herz doch mehr mitspielte als es ihnen lieb war.

Aus dem Tagebuch der Ani R.:

Jan fickte mich durch das ganze Zimmer. Auf dem Bett, dem Sessel, dem Schreibtisch, im Badezimmer auf dem Waschbecken, dem kleinen Flur. Er drehte und wand mich so, wie er mich brauchte. Seine Worte „Meine kleine Schlampe, bleib dort sitzen, bis ich wieder da bin" hallten in meinem Kopf. Ich widersprach ihm nicht. Das Spiel mit der Macht gefiel ihm genauso sehr wie mir. Dieses Mal war ich diejenige, die tat, was er mir sagte. Diejenige, die über ihre Grenzen gehen sollte. Ich saß in der Ecke. Nackt wie ich war zitterte ich, mir war kalt und das sah man mir an. Meine Nippel stellten sich auf. Dann stand er wieder vor mir, ich starrte auf seinen harten erigierten Schwanz. Er wusste, mich erneut zu ficken, wäre jetzt nicht der richtige Moment. Trotzdem kam er näher, sein Schwanz war nun direkt vor meinem Gesicht. „Lutsch", hauchte er rau und ich gehorchte. Langsam wurde mir wärmer, sein Schwanz schmeckte nach Lust, Verlangen und Sex. Ich schmeckte mich selbst, denn er steckte vor Kurzem noch in mir. Es pulsierte wieder zwischen meinen Beinen. Ich wurde feucht – schon wieder...

Betroffen drehte ich den Kopf beiseite. Jan drehte mich blitzschnell um, sodass er hinter mir stand. Er griff mir in die Haare, zog meinen Kopf nach hinten. Kurz trafen sich unsere Blicke. Dann überstreckte er meinen Hals. „Kotz, falls du dabei kotzen musst." Mit diesen Worten rammte er gnadenlos seinen Schwanz in meinen Hals. Sein Sack streifte meine Nase, während er mich hart in meinen Hals fickte. Ich würgte, ich bekam dabei kaum Luft und schlug ihn mit meiner Hand gegen seine Wade. Er glitt aus mir raus. „Vergiss es, nochmal", sagte er und fickte erneut meinen Hals. Mein Würgereiz war stärker als ich, er zog beim erneuten Schlag gegen seine Wade seinen Schwanz zurück und ich kotzte im hohen Bogen auf den Hotelzimmerfußboden. Beim Kotzen hielt er mir meine Haare fest, streichelte mich über meinen Rücken. Ich war wie elek-trisiert, sah ihm, nachdem ich mir den Mund notdürftig mit dem Handrücken abgewischt hatte, fordernd in die Augen. Das ich gerade gekotzt hatte, war mir vollkom-men egal. „Fick nochmal..." Und er tat es. Gierig um-fasste ich seine Beine, drückte seinen Schwanz so weit es ging in meinen Hals und ließ mich erneut tief in mei-nen Rachen ficken. Beim nächsten Wadenschlag stoppte er wieder.

Ich stand auf, griff nach meiner Handtasche und ver-zog mich damit kurz ins Bad.

***

Ani zog ihr dunkelblaues Kulturtäschchen aus ihrer Hand-tasche. Sie öffnete den Reißverschluss und holte ihre Zahn-bürste, Zahnpasta und Mundspülung hervor. Es gab Dinge, die sie in letzter Zeit immer mit sich herumtrug. Beim Zäh-neputzen und anschließendem Gurgeln mit der minzig schmeckenden Mundspülung sah sie sich im Spiegel an. Ihre Haare waren völlig zerzaust, die von ihr morgens auf-getragene dunkle Wimperntusche zeichnete sich fleckig unter ihren Augen ab. Sie spuckte die Spülung ins Wasch-becken und fühlte sich wieder frisch. Dann zog sie ihre Haarbürste hervor. Jan lugte ins Bad. »Ist alles in Ord-nung?«, fragte er. Sie nickte, ihre Blicke trafen sich im Spie-gel. »Ich möchte das machen.« Er nahm ihr die Bürste aus der Hand und begann, ihr zerzaustes Haar zu kämmen. Sie spürte dabei seinen harten Schwanz an ihrer rechten Arsch-backe. Und im nächsten Moment drang er in sie ein. Sie war so feucht, dass er ganz leicht in sie gleiten konnte. Er stieß nur einige Male zu während er ihr weiter die Haare kämmte und sie sich dabei ernst über den Spiegel in die Au-gen sahen. Dann zog er seinen Schwanz zurück, legte die

Bürste auf die Ablage, zwinkerte ihr zu und sagte:»Ich warte wieder drüben auf dich.«

Ani entfernte noch schnell mit einem angefeuchteten Stück Toilettenpapier die Wimperntuscheflecken unter ihren Augen. Dann ging sie zu Jan, der es sich nicht nehmen ließ, erneut ihren Hals zu ficken. Das Geräusch, welches Anis Kehle verließ, machte ihn heiß. Es klang wie ein Röcheln, es klang flutschig und nass. Aus Anis Mundwinkeln floss Speichel. Sie hatte die Augen zu, wirkte weggetreten und konzentriert. Er wusste, dass diejenige, die in den Rachen gefickt wurde, den Würgereiz überwinden musste, damit ein Schwanz tief im Rachen verschwinden kann. Und dieses ihn völlig heiß machende Röcheln entspannte ihre Muskulatur.

Jan stoppte dann, zog seinen Schwanz aus ihrer Kehle, nahm ihr Gesicht in beide Hände, beugte sich über sie, sodass sein Kinn beinahe ihre Nase berührte und ließ einen Faden seines Speichels in ihren Mund gleiten. Sie streckte ihm ihre Zunge entgegen, verlangte so wortlos nach mehr. Und er gab ihr mehr. Sie verharrten eine ganze Zeit in dieser Position, dann drehte Ani ihren Kopf nach hinten und rotzte Jan ihren und seinen Speichel auf seinen Schwanz. Sein Schwanz zuckte, als die gesamte Ladung auf ihm landete. Anis Mund öffnete sich wieder weit. Sie wollte das, sie wollte weiter von Jan in den Hals gefickt werden. Er jedoch zog sie hoch und seine Zunge bohrte sich in ihren Mund. Sie genoss es mit geschlossenen Augen, wie er sie küsste, während seine Hände ihre Brüste kneteten. Er hielt inne, sah sie an und folgte seinem Drang. Erst küsste er nur hauchzart ihre Stirn, dann leckte er ihr über die Stirn, leckte weiter über ihre Nase auf ihre Wangen, sodass ihr Gesicht am Ende von seinem Speichel glänzte. Er wurde wilder, leckte erneut durch ihr Gesicht, ließ dieses Mal die geschlossenen Augen nicht aus. Er fühlte sich wie ein Hund, der freudig seinem Herrchen durchs Gesicht leckte. Wohlige Klänge verließen ihre Kehle, sie genoss jede Berührung. Dabei führte er sie Richtung Bett, sie legte sich auf ihren Rücken, ließ ihren Kopf über die Bettkante nach unten sinken. Er kniete erst an ihrem Gesicht, leckte noch einige Zeit jeden Millimeter ab, stand dann auf und schob erneut seinen Schwanz in ihren Rachen.

Ani wusste nicht, wie ihr geschah. Sie war weggetreten, sie hatte kein Zeitgefühl mehr. Jan hatte nun beide Hände frei und blickte auf die Schublade des Nachttisches. Seine Finger kribbelten bei dem Gedanken daran, was er dort hineingelegt hatte. Ani bekam nicht mit, dass Jan die Schublade öffnete, eine Zitrone rausholte, diese in ein Kondom packte und sie neben ihre Hüfte aufs Bett legte. Er strich über ihre Beine, glitt mit seinen Fingern zwischen ihre Spalte, spürte ihre Nässe. Seine Finger verschwanden nach und nach in ihr. Er weitete sie, während er weiter unentwegt ihren Hals fickte. Zwischendurch glitt sein Schwanz heraus, damit sie Luft bekam und sie drückte danach seinen Schwanz wieder hart in ihren Rachen. Sie fühlte, dass sich der Druck in ihrer Pussy immer weiter aufbaute. Und als er ihr zuraunte »Meine ganze Hand steckt in dir« machte sie das nur noch wilder. Er brachte sie zum Spritzen, ein Orgasmus nach dem anderen durchfuhr sie. Die Orgasmen, die in ihr hochstiegen, konnte sie nicht mehr laut zählen. Sie wollte seinen Schwanz einfach nicht mehr hergeben.

Jan glitt aus ihr heraus, nahm sich die von ihm zuvor in das Kondom gepackte Zitrone und schob ihr diese vorsichtig in ihre Pussy. Es fühlte sich kalt an, dachte sie. Was ist das nur? Jan kam zu ihr aufs Bett, nahm ihre Beine hoch und drang in sie ein. »Ausgefüllt, du bist ausgefüllt«, sagte er erregt und fickte langsam drauflos. Jetzt, da ihr Mund frei war, schrie sie: »Zwanzig.« Und es folgten weitere Orgasmen. Jeder überrollte sie wie eine Welle, ein unruhiges Meer, welches viel Wellengang hatte. Völlig erschöpft lag sie da. Ihr Herzschlag beruhigte sich nur langsam. Jan war immer noch nicht gekommen, was Ani sehr recht war, denn sie hatte sich dafür etwas überlegt. »Ich ziehe mal die Zitrone aus dir wieder raus.« Und mit einem Ruck war sie draußen. »Leg dich auf den Bauch.« Anis Stimme war fest, er widersprach ihr nicht. Jan sah sie an, fragend. Aber ihm war der Rollenwechsel recht und so legte er sich auf den Bauch. »Zieh ein Bein an, bleib locker, entspanne dich.« Er zog das rechte Bein ein wenig an und schloss die Augen. Er fühlte Anis Zunge, die seine Wirbelsäule hinunterglitt. Er merkte, wie sie seine Arschbacken auseinanderzog, wie ihre Zunge über sein Steißbein glitt, weiter runter zwischen seine Spalte. Und er stöhnte auf, als er ihre Zunge an seinem Loch merkte…

Aus dem Tagebuch der Ani R.:

Ich wollte Jan etwas Gutes tun. Sein Hintern war so schön anzusehen, er war so knackig und verlockend. Er lag so unschuldig da, er wirkte so vollkommen und schön. Und sein Arsch schmeckte sauber, gut, lecker. Die Oberfläche der Haut am Arschloch fühlte sich beim Lecken anders an. Nicht schlecht, ebenfalls lecker, aber anders. Ich zog seine Arschbacken noch weiter auseinander, spuckte auf seinen Arsch. Ich griff zum Gleitgel, welches in Reichweite auf dem Nachttisch stand, öffnete es und ließ auch das Gel auf sein Arschloch laufen. Ich stellte sein rechtes Bein dabei auf, dann schmierte ich meine Finger ebenfalls mit dem Gleitgel ein und massierte erstmal sanft seine Rosette. Dass Jan sich vorab nicht mit der Klistierspritze gespült hatte, war mir vollkommen egal. Wir waren bei einem Level angelangt, wo so etwas sehr nebensächlich schien. Meine Fingernägel waren kurz genug, ich würde das dünne, innere Gewebe nicht verletzen. Und so drang ich behutsam mit meinem Mittel- und Ringfinger in ihn ein. Er stöhnte auf.

Mit meinen Fingerkuppen tastete ich seine Arschinnenwand Richtung Bauchdecke ab, so lange, bis ich das kastaniengroße Organ spürte... Ich wusste, dass es 5-7 cm tief lag, dass es zwischen Harnblase und Beckenboden zu finden war. Und ich wusste, dass ich nun sanften Druck auf seine Prostata ausüben konnte. Und das tat ich auch. Ganz behutsam massierte ich seine Prostata. Ich achtete genau auf seine Reaktionen. Sein Schwanz wurde dabei schlaff. Ich wusste, dass das passieren kann, es macht aber keinen Unterschied. Seinen Schwanz musste ich nicht stimulieren, um den Orgasmus auszulösen. Und trotzdem streichelte ich den Schwanz mit meiner freien Hand.

Sein Körper reagierte immer heftiger, Jan streckte mir seinen Arsch entgegen. Ich massierte seine Prostata erst sanft, dann stärker, dann wieder sanft. Ich sah zu, wie sich sein Gesicht verzog, eine Mischung aus Geilheit und Ängstlichkeit machte sich darauf breit. Ich ließ mich nicht beirren, ich war mir sicher, dass die Geilheit siegen würde.

***

Jan wollte mehr, seine Schwanzspitze wurde ganz heiß bei den Berührungen, die Ani in seinem Arsch ausführte. Sein Kiefer spannte sich an, genauso wie seine Füße. Und dann passierte es. Es fühlte sich für ihn so an, als würde er kommen. Und das nicht nur einmal, mehrmals durchschoss ihn solch ein heftiger Schauer, dass er das Gefühl hatte, innerlich zu explodieren. Das Gefühl wurde sehr intensiv und am Ende so heftig, dass er es kaum noch aushielt. Es war unfassbar geil, aber dann überwog das heftige Gefühl so stark, dass er Ani bremsen musste.

Aus dem Tagebuch der Ani R.:

Sein „Stopp" ließ mich innehalten. Aber ich stoppte nur die Massage, meine Finger verweilten in seinem Arsch. Ich merkte, wie sich sein Körper entspannte und nahm mit Freude zur Kenntnis, dass das Bettlaken an der Stelle, wo sein Schwanz lag, nass war. Auch an seinem Schwanz glänzte die Flüssigkeit, die nicht wie Sperma aussah. Ich raunte ihm zu „Drecksau, du hast das Laken eingesaut" und er antwortete darauf nur: „Fick mich!" Das ließ ich mir nicht zweimal sagen und begann, ihn mit meiner Hand zu ficken. Es steckten zu dem Zeitpunkt drei meiner Finger in ihm. Ich erhöhte unter seinem Stöhnen auf vier Finger, dann auf fünf. Sein Arsch nahm beinahe meine gesamte Hand in sich auf. Ein Handzeichen seinerseits ließ mich innehalten. Seine Augen funkelten mich an und er warf mir wortlos einen Dildo zu.

Ich griff nach dem Gleitgel, schmierte den Dildo damit ordentlich ein. „Dreh dich auf den Rücken und mach die Beine hoch", bat ich ihn. Mit einem Ruck drehte er sich um, streckte seine Beine in die Luft und zog mit seinen Händen seine Arschbacken auseinander. Seine Hände zitterten, er war offensichtlich nervös. Ich schob seine Hände beiseite, er sollte einfach nur entspannen und dazu gehörte auch, dass seine Arme entspannt neben ihm lagen. Ich konnte seinen

Blick nicht zuordnen, es war eine Mischung aus Neu-
gier und Skepsis. Mit dem Dildo in der linken Hand
fuhr ich langsam seinen Damm entlang. Meine rechte
Hand lag ruhig auf seinem weichen Schwanz. Er
zuckte leicht unter den Bewegungen, die mir vorka-
men, als hätte ich gerade Schneckentempo eingelegt.

***

Jan spürte den Dildo an seinem Arsch. Er streckte sich ihm entgegen, er wollte dieses Spielzeug in sich spüren. »Rein damit«, presste er hervor. Und Ani tat es. Sie drückte den Dildo, der vom Ausmaß her einem durchschnittlichen Schwanz entsprach, mit leichtem Nachdruck in Jans Arsch. Es dauerte nicht lange und der Dildo saß komplett in ihm drin. Ani fickte langsam drauflos, sie wollte Jan nicht verletzen. Jan jedoch war so elektrisiert von dem Gefühl und dem Gedanken, dass er von Ani mit dem Dildo gefickt wurde, dass er laut rief: »Schneller, fick mich schneller!« Und Ani tat es. Unter ihrer rechten Hand wurde Jans Schwanz langsam hart. »Wichs!« Sein Kopf fiel nach hinten, sein Hals schien überstreckt und durch seine Anspannung traten seine Sehnen am Hals hervor, so, als wollten sie unter der Haut hervorspringen. Ani fickte mit der linken Hand, wichste mit der rechten Hand und wurde in ihren Bewegungen immer heftiger. Jan fing an zu schwitzen, er zog seine aufgestellten Beine an, die unentwegt zuckten. Es sah fast so aus, als würde sich sein ganzer Körper verkrampfen. Aber er rief weiter laut aus »Fick! Wichs! Fick! Wichs!« Ani gab alles, in einem rasanten Tempo fickte sie Jan mit dem Dildo. Die Koordination der Rein- und Rausbewegung mit dem Dildo in der einen und die Auf- und Abbewegung mit der anderen Hand ging schwieriger, als sie es vermutet hatte. Sie hatte auch Schwierigkeiten damit, sich mit der einen Hand auf den Kopf zu hauen und mit der anderen gleichzeitig an ihrem Bauch zu kreisen. Trotzdem: Sie fickte schnell rein und raus, sie wichste auf und ab. Die Lusttropfen von Jan schäumten inzwischen an seiner Eichel, er verkrampfte noch mehr, als er ohnehin schon war. Ein dumpfer, gieriger Laut verließ seine Kehle. Er biss sich stark auf seine Unterlippe, so wie Ani es auch tat, kurz bevor sie kam. Seine Lippe blutete und dann brüllte Jan. Er klang wie ein Löwe, der Feinde verschrecken wollte. Schweißperlen liefen seine Schläfen herunter. Ani vernahm ein Knurren und einen weiteren dröhnenden Laut. Dann kam er. Der Saft schoss in Massen aus seinem Schwanz, ein Teil landete auf seinem Bauch, bevor er Anis Kopf packte und ihren Mund auf seine Eichel drückte.»Schluuuuuck«, schrie er. Ani tat es. Sie schluckte den Rest, der aus seinem Schwanz schoss, herunter. Jans Schwanz wurde schlaff, aber im Kopf schien er hart zu bleiben. Er packte Ani und drapierte sie auf den Rücken. Dann beugte er sich über sie, die Schweißtropfen landeten auf Anis Oberkörper, jeder Tropfen seines Schweißes ließ sie zittern. Er küsste sie wild, sodass der Speichel ihre Mundwinkel herunterlief. Jan knurrte weiter wie ein Tier, ließ von ihren Lippen ab – und dann biss er sie unsanft in den Hals. Dieses Knurren fuhr ihr durch Mark und Bein. Ihre Brust bäumte sich auf, ihr Becken suchte verzweifelt die Berührung seines Schwanzes.»Genauso gierig wie ich«, murmelte er und biss erneut zu. Sie leckte sich über ihre Lippen, ihre Lippen schmeckten nach Eisen. Mit dem Zeigefinger strich sie über ihre Unterlippe und sah auf ihren Finger. Blut, es war Blut, was sie da schmeckte…

Die Farbe Rot wird oft gesehen als ein »Stopp«, als ein Warnsignal, etwas, wo man innehält und urplötzlich aufhört. Nicht so bei Ani. Für sie gab es keine Grenze, kein

»Stopp«, ihr Körper und auch ihr Herz schrien nach Jan. Berauscht von völliger Hemmungslosigkeit leckte sie ihren Finger ab. Jans Kopf schnellte hoch, er wollte erneut zubeißen. Er sah Ani kurzzeitig ins Gesicht. Ihre Lippen waren rot, sie leckte sich gerade die Lippen mit ihrer Zunge ab und stöhnte dabei hauchzart. Genau dieser Anblick führte dazu, dass sein Schwanz langsam wieder hart wurde. So schnell wurde er selten hart, wenn er gerade gekommen war. Er dachte nicht weiter darüber nach, er wartete ab. Und als Ani fertig war und kein Blut mehr auf ihren Lippen zu sehen war, drückte er seine Achsel in ihr Gesicht. Sie drehte den Kopf nicht weg, sie biss hinein, sie leckte, der Duft berauschte ihren Kopf noch mehr.

Aus dem Tagebuch der Ani R.:

Er hätte alles mit mir anstellen können. Ich war wie weggetreten. Nachdem ich wieder Luft bekam, weil er seine Achsel wegzog, merkte ich, wie er mir seinen Schwanz hinhielt. „Nicht anfassen." Diese Worte erreichten mich zu spät, denn ich griff ihm bereits beherzt zwischen die Beine. Seine Augen funkelten mich an. Er war so in seiner Rolle und ich senkte betroffen den Kopf. Er schlug zu. Nicht, wie von mir vermutet, mit seiner Hand, nein. Er nahm seinen Schwanz, holte mit der Hüfte aus und schlug weitere Male in mein Gesicht. Was zur Folge hatte, dass ich augenblicklich wieder feucht wurde. „Beine breit!" Ich gehorchte, sah ihn dabei aber fragend an und meinte: „Kommt jetzt der Blumentopftest?" Er lachte. „Der was bitte?" „Naja, testest du jetzt wie bei einem Blumentopf, ob ich feucht bin? In einen Blumentopf steckt man doch auch einen Finger rein, um zu testen, ob die Erde noch feucht ist oder ob

287

sie gegossen werden muss." Er lachte weiter. Er hörte gar nicht mehr auf zu lachen. *„Nein, das hatte ich eigentlich nicht vor",* brachte er hervor. *Dann hörte ich, wie er mir zwischen die Arschbacken spuckte, spürte, wie seine Spucke sich langsam den Weg Richtung Pussy suchte, genoss es, wie er seinen Schwanz dann ebenfalls mit seiner Spucke nass rieb, mich dann mit seiner Eichel ebenfalls wieder nass machte und fickte. Der Klang des Rotzens lösten die nächsten Kopforgasmen aus. „Mach das nochmal", presste ich hervor. Und er tat es – viele Male tat er es. Und jedes Mal war es ein Genuss für meine Fantasie, ein seidiges Gefühl für meinen Arsch und auch für meine Pussy…*

Wir stellten so viel an. Er brachte mich im hohen Bogen zum Spritzen, dass die Flüssigkeit in meinem Gesicht landete, er stand darauf, mir seinen Saft auf meinen Körper zu spritzen, er stand darauf, dass ich ihm sagte, wohin ich seinen Saft will. Ob Brüste, Pussy, Arsch, Beine, Füße, Gesicht, auf die Brille, die ich ab und zu trug, ganz egal. Wir gingen eines Abends sogar so weit, dass ich die Kontrolle übernahm, ihn mir nahm und hinlegte, wie ich ihn wollte, was zur Folge hatte, dass ich sogar kurzzeitig seinen großen Zeh in meinem Arsch hatte. Es gab einfach kaum Grenzen.

***

All diese Erinnerungen zauberten ein Lächeln auf Anis Lippen.

14. Die Party

Ani wollte es noch hemmungsloser angehen, als eh schon alles war. Heute Abend würde es auf eine Party gehen, sie war dort mit Jan verabredet. Eine Nachricht auf ihrem Handy ging ein, sie war von Jan. »Ich bin gleich da.« Jan war nervös. Er musste nicht nervös sein, aber er konnte nichts gegen dieses Gefühl tun. Er hatte ein Geschenk für Ani dabei. Er hoffte sehr, dass sie dieses annehmen würde. Die eine Erfahrung, die die beiden zusammen erlebt haben, ließ ihn einfach nicht mehr los. Sie erlebten so viele unfassbar geile Sachen, aber der Gedanke an die blutigen Lippen von Ani, die nur deshalb blutig waren, weil seine Lippe geblutet hatte, ließ ihn nicht mehr los. Er war berauscht, nicht, weil ihn dieses Blut anmachte, aber der Gedanke, dass Ani ihm nichts übel nahm, dass nichts peinlich war, dass er bei ihr so sein konnte und durfte, wie er war, ohne das Gefühl haben zu müssen, er würde zurückgewiesen werden, weil er gerade etwas tat, was ihr sauer aufstoßen konnte, tat gut und gab Sicherheit. Es gab nichts, rein gar nichts, was er nicht mit ihr tun könnte. Einfach nur, weil sie ihn weder be- noch verurteilte.

Jan stieg aus dem Wagen. Es war das erste Mal, dass er vor Anis Haus stand. Der große Vorgarten wirkte ordentlich, ein gepflasterter Weg führte zu einer kleinen überdachten Veranda. Er klingelte – Ani öffnete. Sie sah atemberaubend gut aus. Er küsste sie, sie küsste ihn leidenschaftlich zurück. Dann löste sie sich von ihm, wollte gerade nach ihrer Jacke und Handtasche greifen. »Einen Moment, Ani.« Sie hielt in ihrer Bewegung inne. »Erst einmal möchte ich dir deinen Ring aufsetzen.« Er zog den Ring aus seiner rechten Manteltasche hervor und setzte ihn ihr auf den Finger. Er küsste dann ihre Hand und auch den Ring. Dies tat er immer, sobald er den Ring auf ihrem Finger platziert hatte. Dann zog Jan eine Schachtel aus der linken Manteltasche hervor. »Mach sie gern auf.« Ani nahm die Schachtel entgegen und öffnete sie. Darin lag eine Schreibfeder. Die Feder war rot, sie wirkte elegant. Die Griffzone war silber und antik verziert. Der dazugehörige Stiftsockel, der genauso hübsch verziert war wie die Griffzone, vollendete das Geschenk.

Dabei lag ein Röhrchen, gefüllt mit roter Tinte. »Könntest du dir vorstellen, einen Eintrag, der mich betrifft, in dein Tagebuch mit dieser Feder und der dazugehörigen Tinte zu schreiben?« Ani begutachtete das Röhrchen, in dem die rote Flüssigkeit in ihrer Bewegung hin- und herschwappte. »Das ist dein Blut!« Sie stellte es nicht mit Entsetzen fest. Sie stellte es mit einem gewissen Stolz fest. Und es ging ihr wie ihm: Sie dachte an den Abend, als ihre Lippen blutig waren, wie ihre Zunge neugierig über ihre Lippen fuhren, um sein Blut zu schmecken, wie sie Jan direkt wieder gierig küsste, als sie merkte, dass es ihr schmeckte und sie einfach mehr davon haben wollte, als sie merkte, dass sie ohne be- und verurteilt zu werden einfach alles machen konnte, was sie wollte, was sie brauchte. Sie konnte sich alles von ihm nehmen. »Ja, es ist mein Blut. Warte nicht zu lange, um es zu benutzen, es ist nicht ewig haltbar, aber eine gewisse Zeit. Sobald du das Röhrchen öffnest, wird Luft drankommen. Du hast ab dann nur wenig Zeit, damit etwas zu Papier zu bringen.« Ani nickte lächelnd, legte die Schreibfeder zurück in die Schachtel und legte diese dann auf die Kommode neben der Tür. Das Röhrchen deponierte sie in ihrem Kühlschrank. Dann griff sie nach ihrem Mantel und beide fuhren los zur Party.

Lars wartete im Eingangsbereich der Location. Dort hingen bunte Lampions und man hörte die Bässe der Musik, zu denen einige Leute, die ebenfalls im Eingangsbereich standen, mit dem Kopf wippten. Die Stimmung wirkte auf den ersten Blick ruhig und gelassen, einzig die frivolen Outfits der Gäste ließen darauf schließen, dass es sich nicht um eine einfache Feier handelte, sondern dass Swingen durchaus ebenfalls erwünscht war. Lars lehnte an einer Säule, an seiner Seite stand eine schlanke Frau mit blonden langen Haaren. Er hielt ihre Hand. Ani wusste nicht, dass Lars bereits zurück war. Er hatte es ihr nicht erzählt. Und es hatte ihn nur kurzzeitig ins Haus gezogen, er wollte in das Tagebuch von Ani gucken. Dabei hatte er keine Spuren hinterlassen. Er las einige Geschichten daraus und musste dabei lächeln. Es schien ihm, als würden die Dinge, die Ani erlebt, ihr Eheleben beflügeln und nicht bedrücken. Dass Ani mit Jan zu dieser Party gehen würde, stand in ihrem Tagebuch. Er hatte daher keine Bedenken, Violet mit zur Party zu nehmen. Mit ihr hatte er die letzten Wochen verbracht, sich mit ihr getroffen, wenn er abends nach einem harten Arbeitstag einmal nicht seine Ruhe genießen wollte. Und da sie nun einige geschäftliche Termine in Deutschland hatte, sind sie gemeinsam ins Flugzeug gestiegen.

Violet war ganz anders als Ani. Er hegte keine tiefsitzenden Gefühle für sie, aber sie war ihm unheimlich wichtig geworden. Er wusste, dass Ani Gefühle für Jan hatte. Wie stark diese waren, las er zwischen ihren geschriebenen Zeilen. Und es störte ihn nicht. Es gibt eben Menschen, die mehrere Menschen gleichzeitig lieben können. Ani war offensichtlich ein polyamorer Mensch. Er wusste nicht, ob ihr das bewusst war. Aber er war sich sicher, dass es so sein musste. Ein Mensch ist in der Lage, zwei oder sogar noch mehr Menschen zu lieben, auf unterschiedlichste Art und Weise. Gleich stark vielleicht, ja, aber dennoch unterschiedlich. Und solange mit dieser Lebensweise keinem wehgetan wird, war es in Ordnung, fand Lars. Er für seinen Teil konnte damit gut umgehen. Als Ani aus dem Auto stieg, reichte Jan ihr seine Hand. Ein Schauer durchfuhr sie, als er sie berührte. Sie gingen zusammen Hand in Hand zum Eingang, legten an der Garderobe ihre Jacken ab, gingen dann zusammen in den Umkleidebereich und zogen sich um. Lars beobachtete Ani, sie hatte ihn noch nicht entdeckt. Sie sah umwerfend aus, als sie aus der Garderobe schwebte. Sie trug halterlose Strümpfe, ihr enges schwarzes Kleid im Wet-Look und hohe schwarze High Heels. Die Nieten auf den Riemchen der Schuhe umspielten ihre Knöchel und sowohl die roten Nägel als auch ihre roten Lippen vollendeten perfekt den Look. Ihre rot-braunen Haare hatte sie zu einem Dutt zusammengesteckt und rechts und links fielen leichte Locken in ihr Gesicht. An der linken Hand trug sie einen Ring, den er nicht kannte, von dem er aber wusste, dass es der Ring war, den sie von Jan geschenkt bekommen hatte. Ihren Ehering trug sie nicht – was gut war, denn er trug ihn ebenfalls nicht. Dafür trug sie aber das Armband, welches Lars ihr geschenkt hatte.

Die rechte Hand von Lars umfasste die Hand von Violet, in der linken Hand hielt er ein Glas Dry Martini mit zwei Oliven. Galant ging Ani mit Jan Richtung Bar, ihre Hände ineinander verkeilt. Der Eingangsbereich war groß, vier Säulen ragten bis hoch an die Decke und einige Meter dahinter lag die große Bar. Und da sah sie ihn, wie er lässig an einer Säule lehnte, eine Dame an seiner Hand. Ani wusste nicht, wie ihr geschah, ihr Herz machte einen freudigen Satz und sie löste sich von Jan, um Lars in die Arme zu springen. »KIWI«, schrie sie, als sie Lars um den Hals sprang. Und dann fing sie an zu weinen. Vor Glück, vor Freude, vor Kummer. Alles, was sich in ihr aufgestaut hatte, ließ sie einfach raus. Lars hielt seine schluchzende und zitternde Ani fest im Arm. »Es ist alles gut, Ani. Lass alles raus, was auch immer da in dir festsitzt.« Ani wusste es selber nicht. Beim Weinen fasste sie nach hinten, Jan verstand und nahm ihre Hand, drückte sie leicht und strich mit seinem Daumen über ihren Handrücken. Dann löste sie sich aus der Umarmung, sah Lars tief in die Augen und meinte: »Es ist so schön, dich zu sehen.« Dann blickte sie hinter sich. »Lars, das ist Jan. Jan, das ist Lars.« Die beiden schüttelten sich die Hände. »Ani, das ist Violet.« Ani überlegte nicht lange und umarmte die fremde Frau einfach und Violet umarmte herzlich zurück. Dann drückte Lars Ani den Dry Martini in die Hand. »Ich weiß, man darf auf solchen Partys keine Fotos machen, aber Ani, ich möchte ein Bild von dir schießen. Magst du dich auf das Sofa da hinten setzen? Da ist ja kaum was los und der Schnappschuss wird schnell erledigt sein.« Ani nickte, ließ sich schnell fotografieren und ging dann mit ihrem Dry Martini in der Hand Richtung Bar.

Auf der Party herrschte ein buntes Treiben. Kathie war auch da, sie stand an der Bar und als Ani diese erreichte, umarmten und küssten sie sich. Es war privat anders zwischen ihnen, aber bei einer solchen Veranstaltung gehört ein Kuss einfach dazu. Als beide ihr Getränk ausgetrunken hatten, nahm Kathie Ani an die Hand. »Lass uns mal eine Runde drehen.« Ani blickte zu Lars, der mit Jan einige Meter entfernt stand und sich unterhielt. Sie gab beiden das

Zeichen, dass sie eine Runde drehten. Lars nickte und rief: »Macht das, wir trinken noch was zusammen und danach gehen wir zum Buffet.«

Der Rundgang war lang. Ani sah so einige Szenarien: Von normalem Sex über Menschen, die ihren Fetisch auslebten und Männer, die sich auf solche Anblicke einen wichsten. Sie empfand das Ganze nicht mehr seltsam, es war inzwischen ein Teil von ihr geworden und sie genoss alles, was sie sah. Sie sah Männer, die Männer fickten, während eine weitere Frau davor saß, um dem Mann einen zu blasen. Sie sah Transen, die ihre Brüste zeigten und zeitgleich ihren Schwanz in der Hand hielten und sich verwöhnen ließen. Sie sah Männer, die am Boden knieten und Frauen dabei die Füße küssten und leckten. Ani stoppte und sah genau hin. Eine der Frauen, die in der Runde stand und ihren Fuß hinhielt, beobachtete sie ganz besonders. Die Frau drehte sich zu Ani, sah ihren fragenden Blick, stupste ihre Nebendame an und zeigte mit ihrem Kopf auf Ani, um dann auf sie zuzugehen. »Möchtest du mitspielen?« Ani schüttelte ihren Kopf. »Nein, ich finde das Spiel zwar faszinierend, aber ich möchte nicht mitmachen. Würdest du mir sagen, was in deinem Kopf vorgeht, wenn du ihm deinen Fuß anbietest?« Ohne mit der Wimper zu zucken erzählte die Frau freiheraus:

»Nun ja, es ist so ein zweigeteiltes Ding. Der größte Teil des Vorgangs ist für mich kopfkickend, da habe ich dieses Machtgefühl. Ich kann Dominanz ausleben, weil ich jetzt entscheide, ob der Kopf des Knienden dabei nach links oder nach rechts geht, ob ich ihm das gönne, ob er sozusagen riechen kann was ihm gut gefällt. Das ist das reine Spiel der Unterwerfung, er unterwirft sich, weil er auf den Knien ist, weil er an meinen Füßen ist, das erniedrigt ihn irgendwie. Das finde ich gut. Und ein ganz kleiner Part ist dann da, wenn er ganz inbrünstig die Füße geküsst und gerochen hat und fragt, ob er denn darf und dann einfach meine Zehen in den Mund nimmt und da dran lutscht, das ist für mich erregend. Ich komm davon nicht, aber das kribbelt so schön. Ähnlich, als wenn jemand dich im Nacken küsst oder so leicht beißt, das ist auch so schön erregend, dieses Kribbeln. Also ich finde das sehr angenehm.« Sie stoppte, denn die Nebendame tickte sie an. »Es geht weiter, du bist wieder an der Reihe.« Sie strich Ani über die Schulter, zwinkerte ihr zu und ging zurück in die Runde.

Es gefiel Ani, dass die Menschen so offen mit ihrer Sexualität umgingen. In dem normalen Leben, aus dem sie kam, war alles das, was sie nun erlebte, ein Tabu. Umso mehr genoss sie es, dass sie in dieser Welt so offen sein konnte, wie sie eben war. Ohne dass sich jemand mit Ekel im Gesicht von ihr abwand.

Sie gingen weiter, an einigen Spielen nahmen Kathie und sie teil. Während Ani geleckt wurde, setzte sich eine weitere Frau einfach so auf ihr Gesicht. Ihr Saft lief Ani durchs Gesicht, jede schmutzige Kleinigkeit war ein Genuss für Ani. Neben ihr brachte ein Mann eine Frau gerade zum Spritzen und danach versenkte er seine Hand in ihrer Pussy. Er fistete sie. Sie kam dadurch erneut zum Spritzen, bettelte nach mehr und er gab ihr mehr. Die Geilheit von Ani stieg immens an. Und so wurde sie, nachdem sie ausgiebig geleckt wurde und selber leckte, von einigen Herren gevögelt.

Ihr wurde mehr oder weniger das Hirn herausgevögelt. Als sie einige Male kam und dann entschied, ihre Runde mit Kathie weiter zu drehen, holte sie schon fast der Alltagsgedanke wieder ein. Kathie sah es in ihrem Blick. »Ach

Ani, nicht jetzt.«»Ich kann es doch nicht ändern. Nur noch eine Woche, dann werde ich wieder zur Arbeit gehen. Lars ist zurück und alles nimmt seinen gewohnten Gang. An den Gedanken muss ich mich gewöhnen.«»Ja, musst du, aber nicht jetzt.«

Ihr Magen knurrte. Ani und Kathie ließen vom wilden Treiben ab und gingen zurück Richtung Bar, neben der das große Buffet aufgebaut war. Mit vollgepackten Tellern setzten sie sich an einen Tisch, aßen, quatschten und fühlten sich sichtlich wohl.»Wie geht es jetzt weiter mit dir und Jan?«»Ich werde nicht von ihm ablassen. Warum auch? Ich bin zufrieden und Lars scheint zufrieden. Guck ihn dir doch an, wie er mit Violet flirtet.« Lars, Violet und Jan standen an der Bar, alle ein Bier in der Hand. Sie unterhielten sich angeregt. Lars lachte lauthals wegen etwas, was Jan gerade erzählte und Violet kicherte hinter verstecktem Handrücken.»Sie wirkt so schüchtern. Aus ihr könnte man mit Sicherheit auch noch eine Eva locken«, lachte Ani, die an sich selbst zurückdachte, als sie noch am Anfang stand und sich selber finden wollte und am Ende gefunden hat. Sie aßen die letzten Reste ihres Sandwiches auf und gesellten sich zu Lars, Violet und Jan.»Einen Dry Martini, bitte«, rief Ani dem Barkeeper zu. Sie war so glücklich, als sie in dieser Runde stand. Ihr Herz machte einen Satz, als sie zwischen Lars und Jan stand. Voller Freude und Euphorie küsste sie erst Jan und danach Lars. Violet bekam ein Küsschen auf die Wange und sie biss Kathie in die Schulter.

Alles schien in Ordnung zu sein. Jan hielt Ani fest an der Hand.»Lass uns spielen gehen«, hauchte er ihr ins Ohr. Dann löste sich seine Hand von ihr. Sie nickte Lars zu, der wiederum zwinkerte ihr zu. Als Ani sich umdrehte, um Jan zu folgen, lag dieser bereits am Boden.

Ani erinnerte sich nur noch vage an das, was dann geschah. Jan rang nach Luft, irgendwer rief panisch »…Rettungswagen…« Das Dröhnen der Sirene hallte noch in ihren Ohren, sie beugte sich über Jan, der keuchend »Ich liebe dich« und schlussendlich »Erdnuss« von sich gab. Dann sackte sein Kopf zur Seite.

Stundenlang saßen Ani und Lars hilflos im Krankenhaus. Kaum zu glauben, wie viel Angst und Tränen in eine Handvoll Stunden passten. Lars hielt ihre Hand und reichte Ani ein Taschentuch nach dem anderen, da die Tränen der Hilflosigkeit nicht enden wollten. Ihre Augen waren schon ganz verquollen und sie war so müde. Die Tür, über der groß die Aufschrift »OP-Bereiche« stand, öffnete sich und ein Arzt kam auf sie zu. Allein sein Gesichtsausdruck verriet ihr bereits, dass keine guten Nachrichten seinen Mund verlassen würden. »Frau van Roden, wir dürfen keine Auskünfte geben, Sie standen in keinem Verwandtschaftsverhältnis zu Herrn Kobas.« Ihr Herz – es stach unfassbar stark und eine widerliche Übelkeit machte sich in ihr breit. STANDEN… er hatte das Wort »standen« gesagt und nicht »stehen«. Alles, was sie in diesem Moment tun konnte, war schreien. Dann brach ihre Erinnerung ab.

15. Trauer

Ani zog ein langes schwarzes Kleid an, in dem sie schwitzte, denn es war ein warmer Tag. Nichts ungewöhnliches Anfang September und doch einer der schlimmsten

Tage, den sie erleben sollte. Sie schlüpfte in schlichte, schwarze Schuhe und warf sich noch ein leichtes Tuch um ihren Hals. An ihrer linken Hand glänzte der Ring, den Jan ihr geschenkt hatte. Und mit einem Lavendelblumenstrauß in der Hand verließ sie das Haus, setzte sich auf den Beifahrersitz des Wagens und ließ sich von Lars zum Friedhof fahren.

Die Beerdigung war kurz. Ani kannte kaum jemanden der Anwesenden. Lars saß neben ihr, Violet war nicht dabei. Kathie war da, sie saß eine Reihe hinter Ani. Dahinter erkannte Ani noch zwei Gesichter, die ihr bekannt vorkamen. Es waren Luke und Zoe, beide sahen betroffen zu Boden und jeder hing seiner eigenen Trauer nach. Die Worte des Pastors nahm Ani kaum wahr. Wie erstarrt saß sie da, sie konnte ihren Blick auf den Sarg nicht abwenden. In diesem Stück Holz lag er also. Regungslos. Die Augen geschlossen, für immer.

Am Ende der Trauerrede standen alle auf. Ani machte es wie in Trance den anderen gleich, stand auf und lief so lange hinter dem Sarg her, bis sie an dem ausgehobenen Loch ankamen. Jan wurde von den sechs Sargträgern abgelassen. Ani stand vor dem offenen Grab, drehte immer wieder den Ring an ihrer linken Hand und schluchzte. Lars reichte ihr den Lavendelblumenstrauß, den sie unter Tränen auf den Sarg warf. Nun war es zu Ende. Den Kopf gesenkt und bibbernd vor Trauer drehte sie sich um. Zoe stand hinter ihr, sie ergriff Anis Hand, reichte ihr ein Blatt und flüsterte ihr zu: »Ich dürfte das nicht. Vernichte es, nachdem du es gelesen hast.« Ani steckte das Stück Papier in ihre Handtasche, nickte Zoe zu und verließ überstürzt den Friedhof.

Drei Tage brauchte sie, um den Mut zu sammeln, das Blatt, welches ihr Zoe gegeben hatte, aufzufalten. Es war eine Kopie des Obduktionsscheins. Einige Felder wurden geschwärzt, andere wiederum sollte Ani lesen dürfen. Ihre Hände zitterten und Tränen füllten ihre Augen. Mit verschwommenem Blick überflog sie einige Male den Bericht, damit ihr nichts entging.

Sie erkannte seinen Namen: Kobas, Jan. Die Anschrift und auch das Geburtsdatum waren geschwärzt, ebenso der Name des Krankenhauses, in dem Jan gestorben war. Immer und immer wieder las sie Todesursache und Todesart durch:

...Wiederbelebung nach Herz- und Atemstillstand... Gehirn erlitt Sauerstoffmangel... dies führte zum Tod... Unfall, kein Tod durch fremde Hand... kein natürlicher Tod... Nahrungsmittelunverträglichkeit... Erdnusseiweiß... anaphylaktische Reaktion...

Unterschrieben war der Bericht von Zoe, ihr Nachname war ebenfalls geschwärzt. Dann glitt das Blatt aus Anis Hand und fiel zu Boden, während sie zeitgleich schluchzend in sich zusammensackte. Manchmal brauchte es nur Sekunden, damit eine Begebenheit jemanden für die Ewigkeit zeichnen würde. Der Bericht fühlte sich wie das letzte Lebenszeichen eines Toten an. Sie weinte bitterlich, ihre Gedanken überschlugen sich. Jan war nicht derjenige, der an diesem Abend ein Sandwich mit Erdnussbutter gegessen hatte. Er sackte zusammen, nachdem SIE ihn geküsst hatte. Und auf ihrem Sandwich... genau in diesem Moment musste sich Ani mehrere Male übergeben.

Ani vernichtete – wie von Zoe erbeten – den Obduktionsbericht und eine Woche später stand sie erneut völlig fassungslos am Grab von Jan. »Ich wusste es nicht, Jan. Du hast es mir nie erzählt. Du hast es mir nie erzählt...« Eine Träne rollte ihre Wange hinunter. Sie vermisste ihn schmerzlich und versuchte durchgehend, sich keine Schuld zu geben. Das Grab war inzwischen bepflanzt und Ani goss den Lavendel, der am Kopf des Grabes blühte.

Abends nahm sie sich ihr Tagebuch und schrieb...

Aus dem Tagebuch der Ani R.:

Ein Herz braucht Blut zum Leben. Genauso wie eine Blume Wasser zum Leben braucht, das sie stets erblühen lässt. Ohne das Gefühl der Freude und der Zufriedenheit in unserem Leben verwelken wir schnell wie eine Blume, der man kein Wasser gibt. Jeder Mensch muss mit seinem eigenen Wasser gegossen werden.
Du warst mein Wasser, Jan. Du hast mich erblühen lassen. Du hast mir geholfen, mich selber zu finden. Und ja, ich werde mich weiter ausleben. Aber ich werde dich nie vergessen... Denn durch dich lernte ich Zufriedenheit.

***

Sie unterdrückte das Schluchzen, welches sich in ihr breit machte. Der Kloß in ihrem Hals tat so weh. Sie griff nach der Schreibfeder, öffnete das Röhrchen mit Jans Blut, welches sie zuvor aus dem Kühlschrank geholt und kräftig geschüttelt hatte, tauchte die Federspitze in das Röhrchen hinein und schrieb:

Mein Herz pocht deins ist nun leise

Ich liebte dich auf besondere Weise

Durch dich erblüht und voller Mut

Dies geschrieben mit deinem Blut

Ich lass dich los, die Zeit ist um

Ändern wird dies kein „Warum?"

Jetzt sieh mir aus der Ferne zu

Was ich mit meinem Mut nun tu...

Ich werde dich wirklich vermissen, Jan

Sie küsste die Zeilen, die eher rostbraun und nicht tiefrot wirkten, wie sie es erwartet hätte. Und so schloss sie ihr Tagebuch. Sie klemmte die Schreibfeder hinter das Lederband auf der Rückseite, legte das Buch beiseite, drehte sich um, kuschelte sich in die Arme ihres Mannes und schlief weinend ein.

In der Nacht vibrierte ihr Handy. Es ging eine Nachricht ein. Von Leon...

Ende

Anis Wunschliste:

1. Ich möchte einen MMF (Mann-Mann-Frau) und FFM (Frau-Frau-Mann) ☑

2. Ich möchte eine Frau für mich allein ☑

3. Ich möchte in kurzer Zeit mit vielen Männern vögeln ☑

4. Ich möchte eine Daueraffäre, mit der ich allein und mit anderen Spaß haben kann ☑

5. Ich möchte den Macho wiedertreffen ☑

6. Ich möchte dominiert werden ☑

7. Ich möchte bei einem Date viele Orgasmen erleben ☑

8. Ich möchte blind verführt werden ☑

9. Ich möchte mich geliebt fühlen ☑

10. Ich möchte zusehen, wenn zwei Männer miteinander ficken ☑

Aus dem Tagebuch der Ani R.:
Check-Liste. Wenn ich mir einen Typen backen könnte...

Check Nr. 1: Stimme

Check Nr. 2: Sympathie

Check Nr. 3: Ehrlichkeit

Check Nr. 4: Küssen kann er

Check Nr. 5: toller Körper, sportlicher Typ

Check Nr. 6: ausdauerndes Lecken

Check Nr. 7: Geruch und Geschmack

Check Nr. 8: Squirten, er weiß, wie das geht

Check Nr. 9: Frau steht im Vordergrund

Check Nr. 10: erste Runde/zweite Runde/dritte Runde

Check Nr. 11: geiler Arsch und Rücken

Check Nr. 12: Diskretion

Check Nr. 13: gebildeter Typ, gern humorvoll

Check Nr. 14: Begehren

Check Nr. 15: Gentleman

Check Nr. 16: viele Orgasmen

Check Nr. 17: Wunscherfüllungen

Check Nr. 18: Geborgenheitsgefühl/Vertrauen

Check Nr. 19: Dominanz von seiner Seite aus

Check Nr. 20: Schwanzgröße

Check Nr. 21: Daueraffäre

***

Danksagung

Danke an alle, die einem Interview zugestimmt und mir ihre inspirierenden Geschichten erzählt haben. Erst ihr habt es ermöglicht, dass dieser Roman zustande kam und zum Leben erwachte.

Danke an alle, die ihre Zeit damit verbracht haben, Korrektur zu lesen. Ein Durcheinander konnte somit klar verhindert werden.

Danke an die Leser, die dieses Buch gelesen haben.

Und ein Danke an alle, die weder be- noch verurteilen.

Information

Ähnlichkeiten zu real existierenden Personen aus dem Roman sind rein zufällig und nicht beabsichtigt.